ANTONIN VARENNE
ÄQUATOR

ANTONIN VARENNE

ÄQUATOR

Roman

Aus dem Französischen
von Michaela Meßner

C. Bertelsmann

*Für Liam Maximilien Joe Smith
und Jones Segundo Pascal,
die Varenne-Brüder*

TEIL EINS

I

Lincoln City, Nebraska, Juni 1871

Diesseits des Platte River hatte man, als die Stadt noch Lancaster hieß, den Süden unterstützt, bevor sie nach der Niederlage zu Ehren Lincolns umgetauft wurde. Der neue Name der Stadt war für die Bewohner eine Schmach, sobald sie ihn in den Mund nahmen, spuckten sie zwischen ihre Stiefel auf den Boden, selbst in ihren Häusern, schließlich befanden sie sich in Feindesland. Kam ein Reisender in den Saloon und hob das Glas auf den Befreier der Südstaaten, wurde er von Schweigen empfangen, trank aus und sah zu, dass er schleunigst wieder davonkam.

Lincoln wurde Hauptstadt des Bundesstaates. Es ließ sich

ein Gouverneur aus dem Norden dort nieder, sodann ein Postdienst, ein Gericht, eine Schule und das Grundbuchamt, das jedem amerikanischen Bürger, der den Wunsch danach verspürte, eine sechzig Hektar große Parzelle zur Verfügung stellte. Kostenlos. Unter zwei Bedingungen: Man durfte nicht unter einundzwanzig Jahre alt sein und man durfte nie die Waffen gegen die Regierung erhoben haben – gegen die der Nordstaaten. Die ehemaligen Konföderierten hatten kein Anrecht auf staatliche Großzügigkeit. Washington wollte den Krieg aus dem Gedächtnis tilgen, indem es zur Eroberung des Westens aufbrach, zog aber in den Grundstückskatastern weiterhin Frontlinien. Berge, Routen und Flüsse und vor allem Rachegelüste bildeten unüberwindliche Barrieren.

Viele träumten davon, die Holzbaracke des Land Office einzureißen, Brett um Brett.

Für fünfzig Cent die Nacht hatte Pete Ferguson ein Zimmer gemietet, dessen Fenster auf das kleine, weiß verkleidete Haus mit den schwarzen Lettern über der Tür hinausging: *US Land Office. Konzessionen. An- und Verkauf von Grundstücken.*

Nachdem er wochenlang über die Trails gezogen war, ungeschützt den Blicken der anderen ausgesetzt, hatte er es für eine gute Idee befunden, sich in dieser Pension im Zimmer einzusperren, bis seine Angst ihn geradezu lähmte. Er hatte ganze Tage auf einem Stuhl verbracht, den Baumwollvorhang vor seinem Fenster gelüpft, eine Flasche nach der anderen geleert und den Männern und Frauen dabei zugesehen, wie sie den kleinen Regierungsladen betraten. Einzig das Schauspiel ihrer Verwandlung hatte ihn abzulenken vermocht.

Wie aus dem Ei gepellt, damit man ihnen nicht ansah, dass sie eigentlich Bettler waren, voller Sorge, man könnte sie erneut mit dem Versprechen auf Land bloß übers Ohr hauen wollen, betraten sie den Laden wie eine Kirche am Hochzeitstag, um ein neues Bündnis zu schließen, das ihr Armenschicksal besiegelte. Das kleine weiße Haus nahm sich neben den anderen Buden wie eine Kapelle aus, der Regierungsvertreter stand auf der Schwelle mit der Haltung eines Priesters, der die Alte Welt freispricht von den Sünden, die sie an den Enterbten begangen hatte, welche die Neue Welt jetzt großzügig empfing. In einem Akt, der zugleich Hochzeit und Taufe war. Ungläubig, die Schuhe weiß vom Staub, kamen aus allen Himmelsrichtungen Pioniere ins Land Office geeilt, um es mit einer Besitzurkunde in der Tasche wieder zu verlassen. Der Staatsdiener verabschiedete sie noch mit einem Händedruck, der auch sie zu Menschen machte, die etwas besaßen. Nachdem sie wieder ihre Planwagen bestiegen hatten, fuhren sie aufgewühlt zu ihren sechzig Hektar Land davon; die Ehefrauen sahen ihre Männer an, gemeinsam holten sie, mit Tränen in den Augen, einmal tief Luft. Dankbarkeit stand auf ihren Gesichtern zu lesen, und ein neuer Stolz. Dieses Geschenk machte sie zu ewig treuen Bürgern. Zu Patrioten. Die lange Irrfahrt war zu Ende, es war der Lohn für ihre Opfer und Anstrengungen, sie zweifelten nicht mehr an ihrem Verdienst, das Land stand ihnen zu.

Pete hatte an jenen Indianerhäuptling denken müssen, von dem Alexandra Desmond gesprochen hatte: einen Lakota-Indianer, der glaubte, er erteile den Weißen eine Lektion in Sachen Weisheit, indem er ihnen erklärte, die Erde gehöre nicht den Menschen, sondern die Menschen gehörten der Erde. Eine sinnlose Lektion, sagte Alexandra, denn die Weißen klammerten sich mit aller Macht an diese Erde. Sie war der einzige Grund, weshalb sie gekommen waren.

Die meisten waren so alt wie er, hatten Kinder, die sich an ihre Beine hängten oder an den Brüsten ihrer Mütter lagen. Die Männer hatten gewölbte Stirnen, die Frauen gesunde rote Bäckchen.

Als Pete sich erhob, standen seine Sachen schon bereit. Die Pistolenhalfter waren bestückt, die Decke um seine Winchester, seinen Proviantsack und sein an den Ecken bestoßenes Heft gewickelt, das letzte Geschenk von Arthur Bowman. Er wusste nicht mehr, wann er angekommen war oder warum er sich diese Stadt ausgesucht hatte, nur dass es höchste Zeit war, sie zu verlassen.

Die Witwe, die die Pension betrieb, zählte ihm in ihrem Wohnzimmer unter einer an die Wand genagelten Fahne der Konföderierten das Hartgeld auf den Tisch. Sie murmelte, es sei eine Schande, diese vielen Fremden in der Stadt, die immer zahlreicher würden. Mit den Fingerspitzen schob sie ein paar Cent übers lackierte Holz, alles, was ihm von seinen vier Dollar übrig blieb.

»Für Sie, Mr. Webb.«

Pete Ferguson ließ die Geldstücke auf dem Tisch liegen, warf sich die Pistolenhalfter über die Schulter und ging zum Stall. Reunion schnaubte, als er den Sattel auf den Rücken des Tieres legte. Pete ging mit dem Mustang am Zügel über die Straße und blieb vor dem Land Office stehen. Er las noch einmal die aufgemalten Lettern und reckte die Nase in die Luft, bevor er einen Fuß in den Steigbügel steckte.

»Ich wollte gerade schließen. Kann ich etwas für Sie tun?«

Pete betrachtete den Mann auf der Türschwelle, der so groß war wie sein Lächeln breit.

»Falls Sie reinkommen wollen, ich hab noch ein paar Minuten Zeit.«

Die Stimme eines Traumverkäufers, der in extremis, kurz vor Ladenschluss, noch schnell die Seele eines allerletzten Pioniers einzufangen versucht, den es zu konvertieren gilt. Pete stieg die Stufen hinauf und trat ein. Der Mann hängte seinen Hut wieder an den Haken, bot ihm mit einer ausholenden Armbewegung einen Stuhl vor dem Schreibtisch an, nahm hinter dem Tisch Aufstellung und reichte ihm die Hand.

»George Emery. Womit kann ich Ihnen behilflich sein, Mister...«

»Billy Webb.«

George Emery drückte Pete so energisch die Hand, dass es sich anfühlte, als befände sich in seinem Greiforgan nichts mehr an gewohnter Stelle.

»Suchen Sie Land, Mr. Webb? Eine Konzession? Sind Sie Farmer? Viehzüchter? Minenarbeiter? Haben Sie eine Familie oder wollen Sie eine gründen? Ein Mann in Ihrem Alter hat doch ein Recht darauf. Vielleicht waren Sie ja im Krieg, Mr. Webb, und haben weit mehr verdient als nur ein Stück Land. Waren Sie im Krieg, Mr. Webb? Ich meine... auf welcher Seite?«

»Auf der Seite der Gewinner.«

George Emery blinzelte.

»Verstanden! Woher kommen Sie, Mr. Webb?«

Petes Blick wanderte über die Regale hinter Emery, auf denen die zusammengerollten Karten und die Katasterregister lagen.

»Oregon.«

Der Angestellte des Land Office folgte seinem Blick, bevor er wieder seinen Kunden betrachtete.

»Ein unionstreuer Staat. Aber sagen Sie mir doch, was Sie

wünschen, Mr. Webb, dann schauen wir uns gemeinsam an, was die Vereinigten Staaten für Sie tun können.«

Der Angestellte bezweifelte nicht, dass die Regierung die Wünsche eines jungen Mannes wie Billy Webb befriedigen würde.

»Geben Sie allen Leuten Land?«

»Allen Bürgern, die…«

»Egal wem?«

»Wie bitte?«

»Gehört Ihnen das ganze Land?«

Pete ging um den Schreibtisch herum zu den Karten. Er zog eine heraus, hielt sie sich nah ans Gesicht und roch an der Farbe, legte sie an ihren Platz zurück, öffnete ein Register. Der Mann von der Regierung räusperte sich.

»Ich muss noch dazusagen, dass es nur die ersten Hektar umsonst gibt. Und dass die Grundstücksparzellen, die im Bundesstaat noch verfügbar sind, schon recht weit vom Platte River entfernt sind. Es gibt noch schöne Grundstücke, aber es sind nicht die zugänglichsten. Die meisten können zumindest bewässert werden. Was genau suchen Sie denn, Mr. Webb?«

Pete legte das Register zurück auf den Schreibtisch und ging durchs Zimmer bis zum Fenster, sah hinaus auf seinen Mustang und die Hauptstraße von Lincoln zur Abendessenszeit.

»Fragen Sie die Leute, was sie in ihren Häusern so alles anstellen wollen?«

Emery reckte den Hals, um sich ein wenig vom Kragen seines Hemdes zu befreien.

»Ich verstehe Ihre Frage nicht.«

»Wie sie ihre Frauen und Kinder behandeln?«

»Wie meinen Sie das?«

»Fragen Sie sie, wer sie sind?«

»Wer sie sind? Wovon reden Sie?«

»Von ihrer moralischen Gesinnung. Das ist es doch, was Sie hier mit Ihren Eigentumsurkunden anbieten, das Recht, im eigenen Haus tun und lassen zu können, was immer man will, oder nicht?«

Emery richtete sich auf, seine dröhnende Stimme füllte den ganzen Raum innerhalb der vier Bretterwände.

»Junger Mann, Sie verbreiten hier einen Gestank, der mich annehmen lässt, dass Sie nicht mehr ganz nüchtern sind. Sie sollten sich hinlegen.«

»Haben Sie schon einmal unterm Dach eines Mannes gelebt, der alle Rechte hat, Mr. Emery?«

»Das reicht!«

»Geben Sie mir das Geld!«

Der Angestellte des Land Office runzelte die Stirn und betrachtete den stämmigen jungen Mann, seine vorgewölbten Schultern über der breiten Brust.

»Mein Junge, du solltest jetzt besser verschwinden, sonst bekommst du noch Probleme.«

»Als ich noch ein Kind war, da dachte ich, Gott wäre auf der Seite meines Vaters, denn er war stark, und wenn ich einmal groß wäre, würde der Herrgott auf meiner Seite stehen.«

George Emery öffnete eine Schublade seines Schreibtischs und holte eine Pistole heraus.

»Ich weiß nicht recht, was da bei dir nicht ganz stimmt im Oberstübchen, mein Sohn, aber du gehst jetzt besser raus hier.«

Pete Ferguson starrte die Waffe an.

»Das macht schon Eindruck, so ein bewaffneter Mann. Der Besitz einer Waffe ist eine große Verantwortung, das darf man nicht jedem x-Beliebigen überlassen. So wenig wie das Recht, bei sich zu Hause tun und lassen zu können, was man will.« Er griff langsam in seine Weste und zog einen .45er Colt.

»Schwer, für alle Konsequenzen geradezustehen.«

Er hielt die Waffe mit ausgestrecktem Arm neben seinem Bein.

»Mr. Emery, verstehen Sie die Bedrohung, die für uns von Ihnen ausgeht? Welchen Mut wir aufbringen müssen, um uns ihr entgegenzustellen?«

Der Angestellte des Land Office hob eine Hand zum Zeichen, er möge sich beruhigen, mit der anderen hielt er immer noch den Revolver auf ihn gerichtet, was aussah, als schwöre er auf die Bibel.

»Mach jetzt keine Dummheit, die du bereuen könntest, mein Junge. Wir werden schon eine Lösung finden.«

»Ich bin kein Freund von Verhandlungen. Wir müssten aufhören zu reden. Etwas tun.«

»Ich geb dir das Geld, und wir lassen es auf sich beruhen.«

George Emery zog ein Lederetui aus der Jacke, warf es auf den Schreibtisch und trat einen Schritt zurück.

»Würden Sie mich jetzt bitte allein lassen.«

»Was?«

»Gehen Sie durch die Hintertür hinaus und lassen Sie mich allein.«

»Das kann ich nicht. Du nimmst jetzt das Geld und haust ab.«

»Legen Sie Ihre Waffe nieder und gehen Sie, ehe wir uns eines anderen besinnen und uns beide wieder die Wut packt.«

George Emery fuhr sich mit trockener Zunge über die Lippen, legte seinen Revolver auf den Schreibtisch, zog einen Schlüsselbund aus der Tasche und schloss die Tür neben den

Kartenregalen auf. Er drehte sich zu dem jungen Mann um und prägte sich alle Einzelheiten seiner Gesichtszüge und Kleidung ein.

»Wir finden dich, mein Sohn.«

Er verschwand, ohne die Tür hinter sich zu schließen. Pete wankte, zog einen Flachmann mit Whisky aus der Jacke und leerte ihn. Er steckte das Lederetui ein, ging zu den Karten, bückte sich, roch noch einmal daran, strich ein Zündholz an seinem Jackenärmel an, hielt die Flamme an eine der Papierrollen und sah zu, wie das Feuer von einer Karte zur nächsten sprang. Das Holz der Aktenschränke begann sich zu schwärzen, der Schreibtisch leuchtete in Gelb und Orange, und Rauch rollte zur Decke hinauf. Tränen liefen ihm über die Wangen, draußen bäumte sich sein Pferd auf.

Er sprang in den Sattel, bog in eine kleine Gasse und floh über eine Parallelstraße aus Lincoln, vorbei an einer endlosen, geschlossenen Reihe von Gärtchen und Hinterhofläden. Es wurde dunkel über dem Trail nach Osten, das Leder seiner vom Brand erhitzten Jacke war noch glühend heiß.

Reunions Muskeln lockerten sich, und sein Lauf wurde weicher; der Mustang nahm Tempo auf, sein Atem folgte dem Takt des Galopps. Sie verließen den Trail und ritten gen Süden, durch das hohe Gras der Ebene, eine grau wogende See unter ersten Sternen. Einige schwarze Reliefs, runde Hügel am Horizont, gaben ihrem Lauf die Richtung.

Im Morgengrauen machten sie halt, am Ende ihrer Kräfte. Pete leerte eine Feldflasche voll Wasser und rollte sich in einem zerfurchten Graben zusammen, während Reunion taufeuchte Pflanzen abweidete.

Er erwachte schweißnass unter einer hoch am Himmel stehenden Sonne, die scharf umrissen war wie ein Kupferdiskus, entkleidete sich, behielt nur die Hose an und stieg barfuß zum Gipfel des höchsten Hügels hinauf, eine Flasche Whisky und das Lederetui von George Emery in der Hand. Im Schneidersitz betrachtete er die endlose ebene Landschaft. Er beschwerte die Geldscheine mit einem Stein, um sie vor dem Wind zu schützen, und zählte seine Beute.

Sein Kopf fiel vornüber, die Schultern rundeten sich. Die Sonne brannte ihm auf den Rücken und wärmte den Whisky. Pete Ferguson, in Nebraska als Dieb und Brandstifter gesucht. Achtundsiebzig Dollar. In Nevada unter Mordverdacht stehend.

*

Mein Bruder.

Nach dem Alten war Billy Webb der Mensch, den du in Basin am meisten gehasst hast, und als er tot war, hast du ihn noch mehr verabscheut. Weil dieser kleine Scheißkerl nun ein Held war und weil niemand mehr sagen konnte, Billy Webb sei ein dreckiger reicher Schnösel, der uns ins Gesicht spuckt, uns, den Ferguson-Söhnen.
Am Tag, als er starb, wärst du gern an seiner Stelle gewesen, zusammen mit den anderen Familienvätern, die aufgebrochen waren, um ihre Rechnung mit den Rothäuten zu begleichen, die zum Jagen bis auf unser Land kamen. Aber dann durfte nur Billy mit seinem neuen Karabinergewehr und seinem Pferd ins Reservat von Warm Springs aufbrechen – denn du hattest ja keins. Der Alte war bei der Expedition mit von der Partie, er hatte die Tiere vor den Kippkarren gespannt und, besoffen wie die anderen, brüllte er, man bräuchte einen Leichenwagen, um die Kadaver der Paiute-Indianer nach

Hause zu schaffen. Sie lachten und schossen im Hof der Ranch in die Luft. Mir machten sie Angst, und du warst wütend, dass du sie nicht begleiten konntest.
Aber dann haben sie den Sohn von Webb im Mistkarren der Fergusons nach Haus gebracht, all diese wackeren Kerle waren zu besoffen und zu dumm gewesen, um sich mit den Indianern zu schlagen. Sie fanden nicht mehr, dass das eine so gute Idee war, dieser stinkende Leichenwagen.
Als sie in jener Nacht zurückkamen von Basin, nachdem die Stadt den Sheriff und die Soldaten von Fort Dalles mobilisiert hatte, blieb der Alte auf der Türschwelle stehen und sah uns wankend nach. Ich werde seine Worte nie vergessen: »Hier müssen wir unser Land und unsere Familie verteidigen. In Basin werden sie sagen, dass die Ferguson-Söhne sich kein Bein ausgerissen haben, um unsere Ranches zu verteidigen, und dass Billy Webb ein Held ist.«
Du bist auf der Ranch geblieben, um dich um mich zu kümmern, Pete, weil ich zu klein war und Angst hatte.
Ich habe immer noch eine Narbe am Kopf von den Prügeln, die der Alte uns an jenem Abend, den ich auch nie vergessen werde, verpasst hatte. Während er mit mir beschäftigt war, hast du sein Gewehr genommen und ihm den Lauf in den Nacken gehalten, damit er aufhört, mich zu schlagen. Die Wut hat dir eine Stimme gegeben, die ich nicht von dir kannte: »Hör auf, ihn zu schlagen, sonst schieß ich dir den Kopf weg.«
Der Alte hat sich aufgerichtet, und du hast, als er dir sagte, du sollst das Gewehr loslassen, so lange durchgehalten, wie du konntest. Du wusstest, dass du es am Ende loslassen würdest und was dann geschehen würde. Aber er hatte aufgehört, auf mich einzuprügeln.

Drei Tage bist du im Bett gelegen, nachdem er dich zusammengeschlagen hatte, aber auf der Ranch ist es nie wieder so gewesen wie vorher. Wir wussten alle drei, dass sich etwas geändert hatte.
Jahre später, als wir in den Krieg zogen und Rudy Webb aufkaufte, was von der Ranch noch übrig war, rächte er sich dafür: In der Familie Ferguson gab es zwei lebende Brüder und keinen Vater mehr, während in seiner Familie nur noch ein Vater ohne Sohn übrig war.
Heute hast du ein gutes Pferd und ein gutes Karabinergewehr. Das ist alles, was dir bleibt.
Wo auch immer du bist, ich hoffe, dass du auf deiner Flucht nicht allein bist und dass du jemand anderen als Billy Webb findest, mit dem du reden kannst. Er hat dir schon lange vergeben, dass du ihm den Tod gewünscht hast an jenem Tag, an dem die Männer ins Reservat aufbrachen.

2

Dodge City, Kansas, September 1871

Nach Einfall der Nacht waren ein paar Soldaten von Fort Dodge in der Stadt geblieben, in Hoover's Saloon, den George Hoover ein Jahr zuvor, als Dodge City noch nicht viel mehr war als eine Reihe in die Erde gerammter Pfähle, eigens für sie eröffnet hatte. Nicht dass der Gründer des Etablissements ein so großer Patriot gewesen wäre, dass er rein zum Vergnügen mitten im Nirgendwo Bier an Militärs verkaufen wollte, aber er wusste bereits damals, dass die Eisenbahn kommen würde.

Seither waren drei Gebäude in Dodge City errichtet worden. Ein General Store und dann noch ein Hotel, in das die ledige männliche Bevölkerung, eher klein an der Zahl, noch keine Prostituierten gelockt hatte, obwohl sie schon auf dem Weg waren, sowie ein paar Pionierfrauen, die gute Ehefrauen abgeben würden. Schließlich hatte sich noch ein Wäscher, Friseur und Barbier niedergelassen, der die Ankunft der Damen ebenso ersehnte, damit die Kerle endlich anfingen, sich zu waschen.

Es war keine Neuigkeit, dass es hier in Kansas, so weit das Auge reichte, grüne Ebenen gab, die nur auf die Planwagen warteten, um Ernten wie im Garten Eden hervorzubringen. Es waren bereits Pioniere hindurchgezogen, die aus Missouri und Texas gekommen waren. Aber die Eisenbahn, das war etwas anderes. Ein Strom aus Eisenschienen, Schwellen und Kieselsteinen, der direkt aus dem Osten geflossen kam, an dessen Ufern anstelle von Bäumen Farmen emporschossen. Die Santa Fe Railway verkaufte die Grundstücke entlang ihrer Gleise zu einem guten Preis. Aber für das zukünftige und große Dodge City waren nicht die Farmen das Wichtigste. Man wartete auf die texanischen Großgrundbesitzer, die ihr Vieh in Waggons verladen und in Windeseile in alle Richtungen verschicken wollten, das heißt, in jene beiden Richtungen, die Amerika kannte: den Osten und den Westen. Hunderte, Tausende, Millionen von Langhornrindern galt es zu verschicken. Also hatte Hoover, der den richtigen Riecher und Freunde bei der Santa Fe Railway hatte, fünf Meilen vor Dodge City sein erstes Whiskyzelt aufgeschlagen, genau dort, wo der Bahnhof gebaut werden sollte. Ein Jahr später war die Eisenbahn endlich vor seinem Saloon angekommen: Die Passagiere streckten den Kopf heraus, setzten einen Fuß auf die Verladerampe und stiegen dann aus dem Zug, um bei ihm einzukehren. Eine gänzlich unscheinbare Bahn: eine neue Lokomotive, ein Kohlenwagen, ein Fahrgastwaggon, ein Waggon für die Handelswaren, nicht mehr und nicht weniger.

Die fünf oder sechs Soldaten aus dem Fort und die dreißig Bewohner von Dodge City ließen sich volllaufen, und falls sie hundert Dollar in der Tasche hatten, suchten sie sich eine Zukunft: ein Hotel, einen Eisenwarenhandel, ein Restaurant, eine Möbelwerkstatt oder ein Bordell. George Hoover sollte schon bald, als immer mehr Dollars in der Kasse seiner Bar klimperten, einen Geldverleih aufziehen. Es hatte so was schon gegeben, dass Städte einfach aus dem Nichts entstanden, und es war bekannt, dass der Erste, der einen Saloon aufmachte, als Bürgermeister endete, der Erste, der einen Zaun baute, Senator wurde, und der Erste, der einen Hammer verkaufte, am Ende ganze Straßen sein Eigen nannte.

Außer den Bürgern von Dodge waren auch Männer aus dem Osten und dem Süden herbeigeströmt, Viehhändler und Abgesandte großer Zuchtfarmen. An jenem Abend drängten sich in Hoover's Saloon in Dodge City, zählte man die Arbeiter der Eisenbahngesellschaft hinzu, etwa sechzig Personen. Der Tisch, an dem alle sitzen wollten, war der des Stellvertreters der Santa Fe Railway, der binnen weniger Stunden König des Westens wurde. Die Fleischverkäufer bildeten den ersten Kreis um ihn, die Diskussion artete in eine Auktion aus, in der es darum ging, wer die meisten Kilos an Ware anzubieten hatte, die er herschicken oder mit den nächsten Zügen liefern lassen würde. Die Preise stiegen schneller als ein Säuglingsfieber. Ein Händler der North Western Fur Company setzte seine Ellbogen ein, und so lieferten sie sich am Ende inmitten der Gläser einen Faustkampf.

»Sie wissen genau, dass es sich bei diesen Preisen für uns überhaupt nicht mehr lohnt, unsere Felle zu liefern! Da können wir sie ebenso gut mit den Planwagen ausfahren! Fünfhundert für ein Fell, da lassen wir sie am besten gleich hier verrotten!«

Der Abgesandte der Santa Fe Railway verschränkte die Hände vor dem Bauch.

»Wenn Sie das nicht zahlen können, ist das doch nicht die Schuld unserer Gesellschaft.«

Der Fellhändler entgegnete dem Viehzüchter: »Bei diesen Tarifen machen Sie nicht mehr lange Geschäfte, und das wissen Sie. Ihr steckt in dem Spiel mit der Santa Fe unter einer Decke, und wir, die Kleinen, müssen das ausbaden! Wenn wir nicht gemeinsam kämpfen, werden sie uns ausbluten lassen, und davon profitieren nur die anderen!«

Die Ranchverwalter aus Texas und Kansas, die sich eng an Henry Sitler angeschlossen hatten, den größten Viehzüchter zwischen Dodge und Junction City, scherten sich einen Dreck um das, was der Mann von der Fur Company erzählte. Das Vieh war mehr wert als die Felle, und seit die Dürre und der Krieg vorbei waren, schossen die Preise nur so in die Höhe. Denn zum Glück verschlang das Land Jahr um Jahr mehr Fleisch.

Der Mann von der North Western Fur schüttelte den Kopf, schimpfte sie Idioten und verließ den Saloon. Er ging den Bahnsteig entlang zum Lager der Jäger, wo die Felle, zu zwei Meter hohen Haufen zusammengeschnürt, auf den Karren ihrer Bestimmung harrten. Dort standen etwa zwanzig Männer um ein Feuer herum. Bob McRae, der älteste von ihnen, fragte einen Händler, wie es gelaufen sei.

»Ich habe keine andere Wahl. Wenn Sie Ihre Jagdbeute in diesen Zug laden wollen, kann ich Ihnen nicht mehr als zwei Dollar pro Fell bieten. Bei drei Dollar müssten Sie selbst nach Atchinson liefern.«

»Bei zwei Dollar kann ich mein Unternehmen auch gleich dichtmachen. Das ist unsere Sommersaison, ich muss Arbeiter bezahlen, muss Material für die Wintersaison einkaufen. Schon bei drei Dollar machen wir keinen Cent Gewinn.«

»Zwei Dollar, mehr kann ich nicht anbieten, wenn es mit der Eisenbahn gehen soll.«

Bob McRae dachte nach.

»Sind es die Viehzüchter, die die Preise so nach oben treiben?«

»Sie haben noch gar keine Fracht, aber sie heizen das Geschacher an, damit sie sicher sein können, dass niemand die nächsten Züge bezahlen kann. Der Repräsentant der Santa Fe sitzt da und säuft, während die Preise in die Höhe schießen.«

»Und der Waggon, der hier wartet, ist der immer noch leer?«

»Es ist nichts drin. Der Zug fährt morgen weiter.«

»Und jetzt hindert uns die Viehzüchterbande daran, ihn mit unseren Fellen zu beladen?«

Der Repräsentant der North Western Fur nickte.

»Die halbe Stadt hofft, mit den Leuten aus Texas und der Sitler-Ranch zusammenzuarbeiten, sie haben kein Interesse daran, mit ihnen über Kreuz zu kommen.«

»Wie viel können Sie für die Fracht bezahlen?«

»Zehn Cent pro Fell ist das Maximum, und ich nehme die Ladung für zwei Dollar achtzig das Stück.«

»Sie geben uns drei Dollar, und wir schenken Ihnen drei schöne Felle, davon ist jedes mindestens fünfundzwanzig wert.«

Der Handelsvertreter reichte ihm die Hand.

»Da schlag ich ein.«

Bob McRae betrachtete die Jäger ringsum. Er musste nicht immer reden, damit man ihn verstand. Als er sich wieder auf den Weg machte, folgten ihm die anderen, die Wirte, Kürschner, Köche und Maultiertreiber, direkt in den hell erleuchteten Saloon.

Auf dem Bahnsteig stand unter einer vom Wind geschaukelten Lampe ein Mann, die Hände in den Taschen, und betrachtete die Lokomotive. Ein junger, stämmiger Mann, der seine Fellkragenjacke unterm Arm und einen runden Hut auf dem Kopf trug.

McRae blieb auf seiner Höhe stehen.

»Mein Junge, falls du den Auftrag hast, diesen Zug zu bewachen, geb ich dir den guten Rat, mal eine Runde zu drehen.«

Der Kerl wandte sich zu McRae und den Jägern um.

»Ich arbeite nicht für die Eisenbahngesellschaft.«

»Ich würde trotzdem nicht da stehen bleiben, dürfte besser sein für dich.«

»Ich geh, wohin ich will.«

Der junge Kerl hielt eine Flasche in der Hand, drehte ihnen den Rücken zu, den Blick unverwandt auf die Lokomotive gerichtet. Die anderen Jäger trollten sich zum Saloon, aber McRae blieb stehen und lächelte.

»Suchst du Arbeit?«

»Kommt drauf an.«

»Was kannst du?«

»Ein bisschen nichts, ein bisschen alles.«

»Himmel, du verkaufst dich wirklich prächtig. Bist eingestellt.«

»Um was zu tun?«

»Mit mir zurück in diesen Saloon zu gehen.«

»Und dann?«

»Dann wollen wir mal schauen, ob du auf deinen Beinen wieder herauskommst.«

Der junge Mann hob seine Flasche.

»Der Whisky macht mir keine Angst.«

»Du wirst keine Zeit haben, was zu trinken, ich brauche deine Arme.«

»Was wollen Sie da drin machen?«

»Über den Preis für die Fracht in diesem Zug verhandeln, den du so bewunderst.«

Die Jäger bahnten sich einen Weg bis zum Tisch des Angestellten der Santa Fe Railway. Henry Sitler, der neben ihm saß, hatte eine Flasche von Hoovers bestem Whisky bestellt. Die Verhandlungen waren beendet, jetzt wurden sie begossen. Bob McRae sprach den Kerl von der Eisenbahngesellschaft an: »Die Jungs und ich, wir haben da eine Felllieferung, sie liegt draußen auf unseren Karren, und wir wüssten gerne, wie wir das jetzt anstellen sollen, dass wir sie in Ihren Zug bekommen, denn wir müssen weiterarbeiten.«

Henry Sitler ließ seinem Gegenüber keine Zeit für eine Antwort: »Ich glaube nicht, dass das ein Problem ist, Bob. Sie müssen nur bezahlen, und der Waggon gehört Ihnen.«

»Der Zug ist schneller als die Karren, und wir sind uns einig, die Differenz zu zahlen, aber das sind zehn Cent pro Fell, mehr nicht.«

»Das wäre nicht wirklich gerecht, Bob, schließlich müssen wir auch für unsere Ware bezahlen.«

»Bei allem Respekt, den ich Ihnen schulde, Mr. Sitler, Sie wissen, dass wir nicht die Mittel haben und dass Sie es sind, der die Preise festgelegt hat. Wer wird Ihre Prärien von den Bisons befreien, wenn Sie Ihre Waldläufer arbeitslos machen?«

»Machen Sie das mit denen aus, die Ihre Felle kaufen, das ist weder Ihre Angelegenheit noch die der Eisenbahngesellschaft.«

Bob McRae drehte sich wieder zu dem Angestellten der Santa Fe um: »Hören Sie, wir haben eine Fracht, die schon bereitsteht. Ihr Zug wird leer fahren. Mit zehn Cent das Fell machen Sie ein gutes Geschäft.«

»Die Gesellschaft hat die Preise festgelegt, Mister, ich kann nichts für Sie tun. Mr. Sitler hat recht, machen Sie das mit Ihren Handelspartnern aus.«

»Unseren Handelspartnern? Mister, wir geben Ihnen dreihundert Dollar und laden heute Abend selbst unsere Ware ein. Das heißt nicht, dass wir versuchen, Sie zu zwingen, das heißt nur, dass das ein gutes Angebot ist.«

Im Saal wurden Stimmen laut, einige Kerle sagten, McRae habe recht, das sei ein ehrliches Geschäft, andere sagten, für die Jäger eine Ausnahme zu machen, sei kein fairer Handel. Sitler hob die Stimme: »Meine Herren, Dodge City wird bald eine große Viehhandelsstadt sein, und der Markt bestimmt den Transportpreis. Gleiche Bedingungen für alle. Verkauft Mr. Hoover seinen Whisky zu unterschiedlichen Preisen an verschiedene Kunden?«

Im Gelächter wurden Stimmen laut.

»Glauben diese Bisonjäger etwa, sie hätten ein Recht auf was Besseres als wir?«

»Werft sie raus!«

»Macht den Whisky billiger!«

»McRae hat recht, keiner könnte denselben Preis zahlen wie die großen Ranches!«

»Die Eisenbahn gehört allen!«

»Sollen sie doch ihre Felle einladen!«

Im Saloon hatten sich zwei Lager gebildet, und eine Seite schrie die andere an. McRae beugte sich zu dem Angestellten der Railway-Gesellschaft hinunter.

»Dreihundert Dollar sind ein gutes Geschäft, und das wissen Sie.«

Einer von der Sitler-Ranch zog ihn am Ärmel.

»Wir haben dir ja gesagt, dass es sinnlos ist, McRae. Du bist an diesem Tisch nicht willkommen.«

McRae achtete nicht auf den Arbeiter.

»Wir können bis dreihundert Dollar gehen, unser letztes Angebot.«

»Lass es gut sein, McRae, du und deine Aasfresser, ihr haut besser hier ab.«

Der Angestellte der Santa Fe wusste nicht mehr ein noch aus, der Saloon hatte sich zum Rummelplatz gemausert, auf dem jeder herumbrüllte. Die Whiskytrinker, die noch vor der Tür standen, drängten herein und verursachten einiges Gerangel. Hoover brüllte hinterm Tresen hervor allen zu, sie sollten sich beruhigen. Die Arbeiter der Santa Fe und die Cowboys krempelten die Ärmel hoch. Sitlers Angestellter versuchte McRae vom Verhandlungstisch fortzureißen. Der stämmige junge Kerl, den Bob frisch angeheuert hatte, streckte ihn mit einem Fausthieb auf die Schläfe nieder, und es brach ein Kampf los, als habe man in einer gasgefüllten Mine ein Streichholz angestrichen.

Die Soldaten von Fort Dodge, die niemand anzurühren wagte, blieben mitten im Gedränge stehen, sahen einander an, leerten ihre Gläser und warfen sich ins Gewühl. Durch etliche Schreie bekam das Ganze eine grobe Richtung: die Gruppe, die die Jäger vor die Tür setzen wollte, auf der einen Seite, und auf der anderen diejenige, die durchsetzen wollte, dass sie ihre Felle einladen durften. Wahllos hagelte es Fausthiebe auf Verbündete wie Gegner. Die Arbeiter und die Cowboys waren die Einzigen, die ein klares Ziel vor Augen hatten: die Jäger, die in der Mitte des Saloons einen Block bildeten. Tische wurden über den Köpfen weitergereicht und landeten mitsamt den Stühlen auf der Straße, um Platz zu schaffen. Der Vertreter der Santa Fe Railway kroch auf allen vieren hinter den Tresen, den Hoover und sein Barmann mit Spatengriffhieben verteidigten. Die herausgerissenen Bretter der Verkleidung wurden zu Waffen umfunktioniert. Rancher und Jäger gingen schließlich aufeinander los, und das Kampfgetümmel wurde immer gewalttätiger. Augenbrauen und Schädel platzten, die Männer bissen sich gegenseitig in die Ohren, wieder andere, die zu Boden gegangen waren, rammten ihre Zähne in fremde Waden. Ein Soldat, dem es gelungen war, auf den Tresen zu klettern, rannte über diesen hinweg und sprang mit ausgebreiteten Armen in den Saal. Die Jäger bildeten eine Linie und stürmten, jeder beim Nebenmann eingehakt, brüllend vor, bis sie die Cowboys in eine Ecke gedrängt hatten. Hoch über den Köpfen wurden Stuhlbeine und Bretter geschwungen. Die Jäger hatten einige Mann verloren, waren aber schon bald die einzige noch sichtbare Gruppe. Sitler hatte sich davongeschlichen. Die Tür war aus den Angeln gehoben und die Verkleidung herausgerissen worden, ein Drittel der Fassade fehlte, und die frische Luft, die hereinströmte, brachte denen, die noch stehen konnten, ein wenig neue Energie. Die Fausthiebe trafen nichts mehr, Stöße mit dem Knie und dem Kopf brachten die Urheber aus dem Gleichgewicht; als die Hälfte der Kunden außer Gefecht gesetzt war, begann man, sich umzublicken, um Bilanz zu ziehen.

Bob McRae, dem es eine Wange und die Lippen gespalten hatte, die Nase schief und das eine Auge dick wie ein Ei, stieg über die Leiber und Trümmer hinweg. Er zog Geldscheine aus der Tasche und knallte sie auf den hölzernen Bartresen, beugte sich darüber und sah dahinter den Angestellten der Eisenbahngesellschaft kauern.

»Meine Jungs und ich, wir laden die Felle jetzt selber auf. Sie müssen sich nicht darum kümmern.«

Am nächsten Morgen fuhr der Zug der Santa Fe Railway gen Osten, den Waggon beladen mit dreitausend Bisonfellen, der ersten Frachtladung aus Dodge City. Der Jägerkonvoi verließ die Stadt Richtung Westen, und die Karren, verteilt auf Gruppen von zwei oder drei Mann, fuhren getrennte Wege. Jeder Jagdführer hatte seine eigene Route. Seit die Bisonherden kleiner wurden, so erklärte McRae, folge jeder der eigenen Eingebung, in welcher Ecke man noch welche finden könnte. Die Farbe des Grases, die Größe des Mondes, Hinweise aus erster Hand oder wundersame Einflüsterungen.

»Es ist so, früher konntest du in egal welche Richtung aufbrechen, nach Nebraska, Wyoming oder Colorado, du bist immer auf Herden mit zwei- oder dreihundert Tieren gestoßen. Jetzt bringt man mehr Zeit damit zu, nach ihnen zu suchen, als sie zu erlegen, und ist schon zufrieden, wenn man vierzig Tiere findet. Es dürfte etwa ein- oder zweitausend Bisonjäger geben, zwischen der Süd- und der Nordherde. Hast du schon mal Bisons getötet, mein Sohn?«

»Nein.«

»Wie heißt du?«

»Billy Webb. Es wäre mir lieber, wenn Sie mich nicht ›mein Sohn‹ nennen würden.«

»Billy, es passiert mir gelegentlich, dass ich Burschen, die zwanzig Jahre jünger sind als ich, für Kinder halte, auch wenn ich weiß, dass ihr längst keine Kinder mehr seid. Es ist ein Elend, seit diesem Krieg gibt es kein einziges Kind mehr in diesem Land. Bist du im Krieg gewesen, Billy?«

»Wie alle.«

Bob McRae deutete nach rechts auf eine Baumreihe am Arkansas River. In dieser Ebene machte einem die kleinste Knospe, die aus dem Gras ragte, Lust, eine Familie zu gründen. Zwei weitere Jagdtrupps hatten sich bereits unter den Zweigen niedergelassen. Sie schlugen ihre Zelte auf, und auf den Feuerstellen wurde das Kochgeschirr erhitzt. Die Nachricht von der Keilerei im Saloon hatte bereits die Runde gemacht, und es kündigte sich ein feuchtfröhlicher Abend an. Alle waren der Ansicht, es hätten sich noch nie so viele Menschen zur gleichen Zeit in Dodge City befunden, und die Waldläufer, welche die Städte mieden, sahen ihre Überzeugung bestätigt: Befanden sich zu viele Menschen an einem Ort, endete es immer in einer Schlägerei.

McRae beteiligte sich nicht mehr an dem Gespräch; er saß abseits und betrachtete den Himmel, an dem gerade die Sonne unterging, mit parallelen Farbstreifen, so lang wie die Ebene, in dieser Welt, in der alles horizontal und fern war. Pete setzte sich zu ihm.

»Woraus wird meine Arbeit eigentlich bestehen?«

»Deine Arbeit wird alles sein außer Bisons töten. Das Enthäuten und Zerlegen. Die stupideste Arbeit, die härteste und die widerwärtigste, die du je verrichtet hast. Vimy wird dich in diese Kunst einweisen, um es mal so zu nennen. Er ist der Beste in dieser Disziplin, selbst hier, wo jeder in irgendetwas der Beste ist, und sei es nur im Unsinn erzählen. Hast du schon mal einen Tornado erlebt, Billy?«

»Nein.«

»Von der Wüste im Süden weht es diesen heißen Wind heran. Vom Meer hinter Texas kommt die Feuchtigkeit, die mir die Schmerzen in jeden Knochen treibt. Von dort oben im Norden kommt die Kälte, der wir ausgesetzt sein werden. Es wird bald Herbst, und da mischen sich alle Temperaturen. Wir werden mit Sicherheit einen Tornado erleben.«

»Was ist das Gefährliche daran?«

»Mein Junge, wenn du einen Tornado und eine Ladung Bisons gesehen hast, dann hast du dasselbe gesehen.«

»Was für einen Lohn bekomme ich denn für diese stupide Arbeit?«

»Einen angemessenen. Die Arbeit ist nicht nur stupide, sie ist auch anstrengend. Einen Dollar pro Tag. Und du kriegst einen Zuschlag, wenn du bis zum Ende der Wintersaison durchhältst und das Geschäft gut lief. Gibt es irgendein Problem?«

Pete steckte die Hände tief in die Taschen. »Ich mag es in der Regel nicht, wenn man zu viel mit mir redet.«

McRae brach in Lachen aus.

»Mit Gesprächen wird man dich in den Plains nicht belästigen. Und mit Fragen auch nicht.«

*

Mein Bruder.

Wir hier auf der Fitzpatrick-Ranch glauben, was du gesagt hast, aber wir sind die Einzigen.
Niemand in Carson City würde sagen, dass Lylia gelogen hat und du den alten Meeks nicht getötet hast. Die Leute erzählen sich alle, du hättest ihn zu Tode geprügelt, und das hätte eines Tages so kommen müssen, nachdem du immer nur Probleme gemacht hast. Die Stadt bringt mittlerweile der Ranch die gleiche Missgunst entgegen, die Lylia dir gegenüber hegt.
Was immer sie sagt, Carson City will es glauben.
Sie wissen sehr wohl, dass wir Deserteure sind, das ist kein Geheimnis mehr. Das Geld der Ranch und Arthur Bowman, das ist alles, wodurch unsere Lüge noch gedeckt wird.
Einige glauben, wir wären die echten Neffen von Arthur, weil sie sagen, dass du ihm ähnlich siehst. Sie hatten Angst vor dir, so wie sie Angst vor ihm hatten. Die Wahrheit ist, dass wir desertiert sind und dass Meek' Sohn im Krieg sein Leben ließ, während wir uns auf der Ranch versteckt hielten.
Ich weiß, es war nicht einfach für dich, vieles lief nicht gut. Ich sage mir, das ist meine Schuld, du bist zu lange geblieben, wegen deinem kleinen Bruder, du hättest schon vor langer Zeit gehen müssen. Weder Alexandra noch ich, keiner hatte den Mut, es dir zu sagen, und du hattest nicht den Mut, selbst diese Entscheidung zu treffen. Bis zum Tod von Vater Meeks ist alles so vor sich hin gedümpelt. In Carson hat die Zeit gegen dich gearbeitet. Jetzt, da du unterwegs bist, ist es anders, je mehr die Zeit vergeht, desto besser bist du vor der Rache der Stadt geschützt. Diesen Winter hat es viel geschneit, aber durch die neue

Scheune auf den Ostweiden waren die Pferde geschützt und die Futtervorräte ausreichend.
Aileen fragt nach ihrem Onkel Pete. Sie denkt oft an dich. Vergiss sie nicht, diese Kleine, die du so geliebt hast. Sie ist traurig, dass du im April nicht da sein wirst, um ihren neunten Geburtstag zu feiern. Sie ist jetzt groß genug, um zu verstehen, dass man ihr Geschichten erzählt, aber sie tut so, als würde sie uns glauben, weil sie sich wünscht, dass du nur auf Reisen gegangen bist und bald wieder zurückkommst. Alexandra und Arthur machen sich Sorgen um dich.
Ich bin der Traurigste von allen.
Du hattest diese Pläne, mit uns nach Kalifornien aufzubrechen und dort ein Haus für uns zu bauen, daran denke ich noch, selbst hier auf der Ranch, wo ich mir nichts mehr auszumalen brauche, wo der Traum ohne dich Wirklichkeit wurde. Manchmal kehrt dieses Gefühl zurück, wie auf der Farm, dass ich im Haus eines Toten lebe, dessen Namen ich nicht auszusprechen wage. Wir sind noch nie getrennt gewesen. Die Gewissheit, dass einer von uns den anderen wird sterben sehen, dass wir immer zusammen sein werden, ist fort. Man müsste jemanden mit Geld nach Basin schicken, damit man Mama auf den Friedhof umbetten kann. Nachdem Rudy Webb unsere Schulden bezahlt und das Land wieder zurückgekauft hat, hat sie das Haus wahrscheinlich dem Erdboden gleichgemacht. Ich denke ständig daran, was wohl aus den beiden Gräbern geworden sein mag.
Ich habe wieder diese Albträume. Ich träume wieder von der Farm.
Ich werde mit Lylia reden, damit sie ihre Zeugenaussage widerruft. Ich weiß, dass du dir das wünschen würdest.
Ich hoffe, Reunion geht es gut. Der Sohn von Walden und

Trigger: Das ist, als habest du die Fitzpatrick-Ranch mitgenommen. Er ist nur ein Tier, ich weiß, aber ich sage mir, dass er auf dich aufpasst. Ich sehe dich in einer großen Ebene, es gibt ein Feuer, das dir Licht spendet, du liest ein Buch, und neben dir schläft Reunion. So stelle ich mir dich gerne vor. Pass gut auf dich auf, Pete. Ich hoffe, dass dir nicht kalt ist, dass du Wasser hast und etwas zu essen und dass du manchmal auf deiner Flucht an meiner statt jemanden findest, mit dem du reden kannst.

3

Vimy war ein indianisch-französischer Mestize aus Kanada. Er hatte dort bis Ende der 1860er-Jahre als Pelzhändler gearbeitet, bis es keinen einzigen Biber mehr gab, weil lauter Kastorhüte daraus gefertigt worden waren, und die Briten der Hudson Bay Company den Laufpass gaben. Damals war er in den Süden gegangen und hatte sich auf die Bisonjagd verlegt. Er hatte Bob McRae kennengelernt, und dann taten sie sich zusammen. Vimy war nicht der Mensch, der irgendjemandem sagte, was er tun sollte, also übernahm McRae die Führung. Pete Ferguson hatte ganze fünf Tage gebraucht, um das herauszufinden, während er den lieben langen Tag neben Vimy auf der Karrenbank saß. Und auch das hatte McRae ihm erzählt. In der Prärie, in der es doch angeblich immer so still ist, war sein Boss ein ausgemachtes Plappermaul.

Neben den beiden Geschäftspartnern gab es noch einen Bürgerkriegsveteranen, Ralph, der sich um die Verwaltung, die Küche, die Maulesel und das Lager kümmerte. Er war etwa fünfunddreißig Jahre alt und hinkte, seit er in Appomattox einen Granatsplitter abbekommen hatte, bei jenem Gefecht, das schließlich dazu geführt hatte, dass Lee und der Süden sich in einem kleinen Haus in Virginia an einen Tisch setzten. Ralph gehörte zum Regiment von Custer, der die Trosse von Lee verbrannt hatte, und nur dank Custer, das betonte Ralph immer wieder, hatte die Union den Krieg gewonnen.

»Und du, Billy, als was bist du '64 losgezogen? Bist du vor Kriegsende angekommen oder nicht?«

Pete, der mit den anderen ums Feuer saß, hatte geantwortet, darüber wolle er nicht reden. Ralph hatte einen Augenblick insistiert, bis McRae ihm sagte, er solle die Klappe halten und Pete solle sich mit seiner Decke ein Stück weiter verziehen.

Der große Karren wurde von zehn Mauleseln gezogen, und er würde leer bleiben, wenn sie ihn nicht mit Bisonhäuten füllten. Der kleine Karren, der von Ralph gelenkt wurde, gehörte zur Kantine und dem Lager, ihm waren sechs Tiere vorgespannt. McRae blieb die ganze Zeit auf dem Pferd sitzen und brach vor dem Morgengrauen zu einem Aufklärungsritt auf, um zu sehen, ob er auf ein paar versprengte Tiere stoßen würde. Im September grasten die Herden weiter im Norden, aber egal, sagte McRae, man hat nur dann eine Chance, wenn man sein Glück versucht, ansonsten hat man längst verloren.

Fünf Tage nachdem sie Dodge City verlassen hatten, erreichten sie Fort Lyon, auf der Route nach Santa Fe, der der

Zug bald folgen würde. Hinter Fort Lyon sah man im Westen die Umrisse der Sangre de Cristo Mountains, die ersten Gipfel vor den Rocky Mountains. In dem viereckigen Hof des Forts befanden sich bereits ein Dutzend Mannschaften.

Vimy machte Pete ein Zeichen, und sie gingen gemeinsam zu einer Baracke, vor der schon andere Waldläufer Schlange standen. Wenn sie wieder herauskamen, trugen sie Kisten auf den Schultern.

»Was ist das?«

»Munition.«

»Die Armee verkauft Munition an die Jäger?«

»Die heißen Waldläufer, nicht Jäger. Und die Armee verkauft keine Munition, sie schenkt sie uns.«

Wieder kamen welche aus der Hütte, mit sechshundert Kartuschen, ohne einen Dollar aus der Tasche gezogen oder Danke gesagt zu haben. Die Soldaten verteilten die Kisten schweigend.

Alte Mexikanerinnen aus Las Animas, einer wenige Meilen entfernt gelegenen Stadt, waren gekommen, um den Waldläufern ihre Waren zu verkaufen, und beim Eingang zum Fort hatte sich ein kleiner Markt gebildet. Pete lungerte zwischen den Decken herum, auf denen sie die Waren ausgebreitet hatten, Gemüse, Mehl, Maiswhisky, etwas Trockenfleisch von Ziege oder Schwein, ein paar Trockenfrüchte. Auch kunsthandwerkliche Produkte, bunte Ponchos, geflochtene Ledergurte, Küchenutensilien aus Holz und Terrakotta. Ralph, ein paar Dollar in der Hand, verhandelte mit den alten Frauen hart über den Kauf von ein paar Lebensmitteln.

Der Offizier, der das Camp leitete, hatte den Waldläufern gestattet, sich für die Nacht im Hof niederzulassen. Die Soldaten gesellten sich dazu, um mit ihnen zu trinken. Der

Kommandant drehte seine Runde im Lager und grüßte Bob, der ihn einlud, mit seinem Trupp anzustoßen. Ralph stand stramm, Vimy schüttelte dem Offizier die Hand, Pete ebenso. McRae reichte dem Militär ein Glas.

»Wie stehen die Dinge zurzeit?«

»Es gibt Zusammenstöße zwischen den Ute und den Cheyenne. Seit das Reservat verkleinert wurde, kommt es häufiger zu Auseinandersetzungen zwischen den Stämmen. Aber unsere Vereinbarungen mit den Ute gelten immer noch.«

McRae hob sein Glas.

»Auf die neue Saison. Darauf, dass wir Bisons zu sehen bekommen, keine Indianer!«

»Stoßen wir darauf an.«

»Dann brauchen Sie also keine Soldaten mehr nach Sand Creek zu schicken, die Ute machen schon die Arbeit für Sie.«

Der Trupp von McRae, andere Waldläufer und der Kommandant drehten sich zu Pete Ferguson um, der sein Glas hob.

»Lasst uns darauf anstoßen.«

Der Kommandant sah Pete fest in die Augen.

»Niemand hat diese Ereignisse vergessen, junger Mann.«

»Die Cheyenne auch nicht, nehme ich mal an.«

»Darf ich Sie daran erinnern, dass Oberst Chivington verurteilt wurde und die Armee verlassen hat?«

»Bevor man ihm eine Amnestie erteilte.«

McRae blieb vor Wut die Luft weg.

»Billy, entschuldige dich beim Kommandanten, sonst bist du auf der Stelle gefeuert.«

Der Offizier unterbrach ihn: »Lassen Sie nur, Mr. McRae. Wir wissen alle, dass dieses Fort einen traurigen Ruf hat. Oberst Chivington wurde Amnestie erteilt, wie sie nach dem

Krieg unterschiedslos allen Offizieren aus dem Norden und dem Süden erteilt wurde. Amnestien sind nötig, damit man das Land wiederaufbauen und die Kriegswunden behandeln kann. Aber das Massaker an den Familien der Cheyenne am Sand Creek wurde ihm nicht vergeben.«

Pete wollte darauf antworten, aber der Kommandant drehte sich zu den Waldläufern um, die um die Feuerstellen saßen, und hob sein Glas.

»Meine Herren? Auf eine gute Jagd!«

Das ganze Lager brachte einen Toast auf den Offizier aus. McRae suchte die Augen von Pete, aber der war verschwunden.

Am nächsten Morgen folgten die Waldläufertrupps, sobald sie sich mit Munition und Lebensmitteln eingedeckt hatten, verschiedenen Hinweisen, die McRae alle lachend in den Wind schlug, und zerstreuten sich in unterschiedliche Richtungen über die Plains. Vimy und Ralph, die am Vorabend dem Whisky und Mescal ordentlich zugesprochen hatten, trödelten beim Einspannen der Maultiere. Sie waren die Letzten in Fort Lyon. Pete half ihnen und fragte den Mestizen, ob die anderen Waldläufer ihnen nicht zuvorkommen würden. Vimy lächelte, und Ralph lachte kurz auf, womit er sagen wollte, dass Pete ein blutiger Anfänger war, der nichts begriff und besser daran täte, die Brotlade zu halten. McRae band ein Fass Mehl an die Bordwand des kleinen Karrens.

»Die Hälfte dieser Dummköpfe ist losgezogen, um sich zu verstecken, um zu sehen, in welche Richtung wir gehen. Wir lassen sie ein bisschen schmoren.«

Als sie sich auf den Weg machten und den Hof des Forts überquerten, sah der Kommandant ihnen mit einem Kaffee in der Hand beim Vorbeireiten zu. Er nickte Pete zu, der seinen

Gruß nicht erwiderte. McRae maulte: »So ein hundsverfluchter Maulesel, dieser Kerl.«

*

Schwarze Wolken rollten auf sie zu. Je mehr sich der Himmel verdunkelte, desto grüner wurde das Gras, das der Luft wilde Peitschenhiebe versetzte. McRae suchte den Horizont mit dem Zielfernrohr seines Gewehrs ab, das ihm als Ersatz für einen Feldstecher diente. Er hielt nach einer Erhebung Ausschau, hinter der sie sich verstecken konnten.

»Pest und Krätze! Da vorne ist ein Graben oder so was, mindestens zwei Karren sind schon drin. Treibt eure Maultiere zum Galopp an, wir haben nicht mehr viel Zeit, diese fünf oder sechs Meilen hinter uns zu bringen!«

Vimy und Ralph ließen ihre Peitschen knallen. McRae wandte sich um und suchte die Prärie hinter ihnen mit den Augen ab. Ein Trupp folgte ihnen seit Fort Lyon dicht auf den Fersen. Ohne zu wissen, ob die Kerle ihn gesehen hatten, fuchtelte Bob mit den Armen, um ihnen zu bedeuten, dass sie ihm folgen sollten. Er gab seinem Pferd die Sporen und galoppierte los, vorbei an den Karren.

»Ich werde nachsehen, wie die Lage ist! Reitet die Tiere zuschanden, wenn nötig!«

Vimy stieß höchst merkwürdige Laute aus, und die Maultiere galoppierten in voller Geschwindigkeit los. Der alte Mestize drehte sich zu Pete um, während der Karren die seltsamsten Geräusche von sich gab und die Lederaufhängung der Radachsen sie auf und nieder hüpfen ließ.

»Hast du eine Ahnung, warum die Militärs uns Munition schenken?«

»Damit ihr auf die Indianer schießen könnt?«

Vimy hatte das Gespann einen kleinen Abhang hinunter gesteuert, und die beiden Männer lehnten sich nach hinten, die Füße fest ins Holz gerammt, um nicht vornüberzukippen. Vimy griff wieder in die Zügel, er brüllte, um sich verständlich zu machen.

»Nicht ganz! Wenn wir alle Bisons getötet haben, werden die Indianer aus den Plains in die Reservate ziehen und dort die Hand ausstrecken, damit man ihnen etwas zu essen gibt. Mit der Gratismunition hilft Washington uns, unsere Arbeit zu machen!«

McRae ritt vor ihnen her und wies ihnen mit weit ausholenden Armbewegungen die Richtung. Über ihm wirbelten die Wolken im Kreis wie Wasser in einem Siphon. Sie umfuhren den Graben, bis sie zu dem ausgetrockneten Flussbett kamen, in dem die anderen Wagen standen. Die Waldläufer des Trupps, der sich schon in Sicherheit befand, hatten alle Zeit gehabt, die Wagen zu entladen und ihr Material in die Zeltplanen zu packen. Sie halfen den Neuankömmlingen, es ihnen gleichzutun. Ohne Planen überragten die Gestänge den Graben noch um einen Meter, denn sie waren nicht tief genug, um umfassenden Schutz zu bieten. Man band die Maultiere los.

Vimy deutete mit dem Finger zum Himmel und rief Pete zu: »Das ist keine Kleinigkeit!«

Die Spirale schien den ganzen Himmel in sich einzusaugen, die Wolken formten Kreise und liefen zu einem schwarzen Auge zusammen. McRae kletterte geschwind aus dem Graben, suchte mit dem Zielfernrohr den Süden ab und rannte wieder zurück.

»Das sind Ruskys Männer hinter uns! Sie haben haltgemacht, denn ihnen ist klar geworden, dass ihnen keine Zeit mehr bleibt!«

Pete drehte sich nach der Stelle um, auf die McRae deutete. Der Sand wurde aus dem Graben hinauf zu dem schwarzen Loch geweht, das zum Zentrum der Prärie geworden war. Die Wolken sahen jetzt aus wie der dicke Fuß eines knotigen, nach unten wachsenden Weinstocks. Der Boden kam ihm entgegen, eine Wolke aus Erde und Gras, die sich in die gleiche Richtung drehte wie der sich bildende Tornado. McRae stieß Pete unter den großen Karren.

»Verkriech dich unter eine Decke! Streck den Kopf erst wieder raus, wenn es vorbei ist! Er kommt!«

Maultiere galoppierten vorbei und verschwanden im Gang des Grabens. Knallende Zeltplanen, pfeifende Seile. Petes Decke blähte sich auf, wurde ihm aus der Hand gerissen und war fort, als habe ein Strom sie mit sich gerissen. Er legte schützend die Arme über den Kopf und presste sich auf den Boden. Der Sand drang ihm in Nase und Ohren, über sich hörte er das Holz des Karrens krachen. Die Räder wurden wiederholt angehoben und fielen wieder herunter, bis sie mit einem Mal vom Boden gerissen und der Karren auf die Seite geworfen wurde. Die Zeltplane, die das Material bedeckte, wollte davonfliegen, McRae und Vimy warfen sich darauf. Pete kroch zu ihnen hinüber. Der Wind beruhigte sich ein paar Sekunden, dann stürmte er mit gleicher Kraft weiter, blies die Luft zugleich von sich und saugte sie an. Sie hörten nur noch das Brüllen des Tornados, ein Raubvogelschrei, begleitet von Donnergrollen.

Dann flaute binnen einer Minute der Wind ab. Staub und ausgerissene Sträucher folgten weiter der grauen, gen Süden wandernden Säule, hinter der wie durch ein Wunder der Himmel wieder frei geworden war und zwischen den Wolken sein Blau durchscheinen ließ. Sie kletterten aus dem Graben und sahen den Tornado direkt auf den Trupp von Rusky zusteuern. In ein oder zwei Meilen Entfernung nahm er wieder ab, und so schnell, wie sich die Wolke aus Staub und Trümmern gebildet hatte, fiel sie in Gestalt einer Weinranke zu Boden, löste sich auf, stieg zurück in den Himmel und verschwand. Man sah Ruskys Planwagen nicht mehr auf der Prärie, nur noch einen krummen Streifen nackter Erde, eine zehn Meter breite, vom Tornado gezogene Schneise, die mitten im Gras abrupt endete.

McRae drehte sich um.

»Wo ist Ralph?«

Das Rad des Planwagens hatte ihm, als der Wagen wieder zu Boden fiel, den Schädel zertrümmert. Ralph war auf der Stelle tot gewesen.

Den restlichen Tag brachten sie mit der Suche nach den Mauleseln zu. Am Abend zelteten die drei Mannschaften gemeinsam und zogen Schadensbilanz.

Erdrichs Mannschaft, die als erste im Graben Schutz fand, hatte am wenigsten zu klagen. Der materielle Schaden war gering, nichts von Belang. Einziger bedeutender Verlust: Erdrichs Reitpferd war unauffindbar. Rusky, den anderen Jagdführer, hatte es schlimmer getroffen. Der Planwagen mit seiner Feldküche war umgefallen, und es hatte ihn mehrfach um die eigene Achse gedreht, die Räder und Radachsen waren gebrochen, ganz zu schweigen vom Material und den Lebensmitteln, die der Wind in alle Himmelsrichtungen zerstreut hatte. Der größte Schaden war, dass sich Rusky, der Anführer und Schütze seiner Mannschaft, den Arm gebrochen hatte, als seine Feldküche ihn überrollte. Vimy ließ ihn in einen Gürtel beißen und zog an seiner Hand, um die Fraktur des Unterarms, der zehn Zentimeter vor dem Ellbogen im rechten Winkel abstand, wieder zu richten.

McRae dagegen hatte ein Mitglied seiner Mannschaft verloren.

Es wurde ein Loch gegraben, und einer von Ruskys Tierausweidern zimmerte aus den Brettern des zerstörten Planwagens einen Sarg für Ralph zusammen. Man legte seine Sachen zu ihm in die Kiste. McRae musste in seinem Rechnungsbuch nachschauen, wie der Familienname lautete; man schrieb es eilig auf ein Brett, das in den Boden gerammt wurde. Er nahm wie die anderen den Hut ab und sprach ein paar Worte: »Wenn wir eines Tages deiner Familie begegnen, werden wir ihnen erzählen, was geschehen ist. Amen.«

Nach der Beerdigung versammelten sich die Jagdführer im Schatten einer Plane. Sie hatten alle Verluste erlitten, sie waren schon seit zehn Tagen den Bisons auf der Spur, und noch keiner hatte ein Fell erjagt. Sie beschlossen, dass sie diese Wintersaison zusammenarbeiten würden. Sieben Tierausweider, zwei Köche, ein dreizehnjähriger Junge, Erdrichs Neffe, der sich um die Maulesel kümmerte, fünf Planwagen und drei Schützen, die alle besser als die anderen wussten, wo die Büffel waren. Es brauchte eine Weile, bis sie zu einer Entscheidung kamen, welche Richtung sie nehmen sollten. Bob McRae trug den Sieg davon, indem er zuerst verkündete, Rusky verfolge ihn nun schon seit drei Tagen, folglich zähle dessen Meinung nicht. Anschließend sagte er zu Erdrich, einem Texaner mit ausgeprägt deutschem Akzent, die Herde im Süden sei immer noch auf der Suche nach Frischluft, und zwar so weit von Texas entfernt wie nur möglich, dieser Wüste, in der niemand in den Mund eines durstigen Mannes spucken würde. Zweitens würden nördlich des Platte River die Nächte jetzt kühler werden, und die Herden dürften allmählich gen Süden ziehen. Woraus folgte, dass die Büffel nur an einem Ort sein konnten: zwischen dem Platte in Arkansas und dem Brazos in Texas. Und die Mitte läge zwischen dem Smoky Hill River und dem Republican River. Zwei Tagesritte von hier befände sich noch dazu der Rose Creek River, der etwas weiter in den Smoky River münde, und in diesem Stück Paradies sei das Gras für die Bisons so fett, dass McRae selbst davon essen würde. Rusky erklärte, McRae sei ja verrückt, Erdrich sagte, McRae sei ja verrückt, doch dann stellten sie anerkennend fest, er habe wahrscheinlich recht.

Sie ließen das Grab von Ralph hinter sich, und während der zweitägigen Reise nach Rose Creek besprachen die drei Jagdführer, wie sie die Erlöse aufteilen würden. Rusky, der die Männer fürs Ausweiden lieferte, aber keine Schützen, machte geltend, er könne jederzeit auf sein Pferd steigen und den Spuren der Büffel folgen, er wäre gewissermaßen ihr Späher, und dadurch würden sie eine verdammte Menge Zeit sparen. Als Schützen wurden Erdrich, McRae und Vimy eingesetzt.

Pete lenkte jetzt anstelle von Ralph das Gespann vor dem Wagen mit der Feldküche.

An dem von McRae angekündigten Tag kamen sie am Rose Creek an. Der Fluss war nicht breiter als vier oder fünf Meter, wurde aber in seinem Lauf gen Norden immer weiter.

Nachdem nun der Tornado vorbei war und sie schon zwei Reisetage hinter sich hatten, wurde die Stimmung am Lagerfeuer wieder entspannter, nur Erdrichs Neffe starb fast vor Angst bei der Vorstellung, die Indianer könnten sie überfallen. Man redete ihm gut zu. Seit dem Massaker von Sand Creek im Jahre '64 und dem darauffolgenden Krieg gegen die Cheyenne hatte die Lage sich wieder beruhigt. Es gab nur noch ein paar versprengte Gruppen, die niemals ohne guten Grund einen Trupp aus zehn bewaffneten Männern angreifen würden.

Pete saß rauchend abseits und hörte sich die Erzählungen der Begegnungen mit Apachen und Komantschen im Süden und den Sioux, den Arapaho und den Blackfeet im Norden an. Ihren Stimmen konnte man unschwer anhören, wer sich seine Geschichten ausgedacht und wer wirklich Angst gehabt hatte. Vimy setzte sich neben ihn, Pete zeigte mit einer Kopfbewegung auf die Waldläufer, die sich brüsteten, Rothäute erlegt zu haben.

»Stört dich das nicht, mit Kerlen wie denen zusammenzuarbeiten?« Vimy stopfte mit den Fingerspitzen den Tabak in seine Pfeife.

»Wo kommst du her, Billy?«

»Oregon.«

»Woher hast du deine Bildung?«

»Welche Bildung?«

Vimy lächelte.

»Du kannst lesen, abends schreibst du Sachen in dein Heft, du denkst nach, du kannst gut reden, wenn's drauf ankommt.«

»Das war auf einer Ranch.«

»Nicht auf einer Schule?«

Pete schüttelte den Kopf.

»Auf einer Ranch, auf der ich ein paar Jahre verbracht habe.«

»Warum bist du fortgegangen von dort?«

»Du stellst zu viele Fragen, Vimy.«

Der Mestize erhob sich.

»Bob und ich, wir mögen dich, aber wir haben auch ein

Auge auf dich, und diese Kerle da, die du nicht leiden kannst, auf die können wir zählen, das wissen wir.«

Pete versuchte, sich den Ärger nicht anhören zu lassen: »Ich bin nicht hier, um Probleme zu machen.«

»Ich habe den Eindruck, wohin auch immer du gehst, sie folgen dir, Billy.«

4

Petes Mustang war die Lösung für das Problem von Erdrichs verschwundenem Pferd. Ein Tier, auf das sie alle schon seit einiger Zeit ein Auge geworfen hatten. Den Waldläufern waren amerikanische Pferde eigentlich lieber, aber dieser Mustang war etwas Besonderes, und sie brauchten ihn für Rusky, der die Plains nach Bisons absuchen sollte. Als McRae ihn darauf ansprach, war Pete gerade damit beschäftigt, sein Pferd mit Stroh abzureiben.

»Keiner außer mir reitet auf Reunion.«

»Wir brauchen ein gutes Pferd für den Fährtenleser, du verstehst, was das heißt?«

»Dass ich den Platz von Rusky einnehmen werde.«

»Was?«

»Ohne mich geht der Mustang nirgendwohin.«

»Mein Gott, Billy, du kannst Rusky nicht ersetzen, das ist seine Arbeit. Und was verstehst du schon vom Abfährten?«

»Mitten im Gras eine Bisonherde zu erkennen ist keine schwierige Sache.«

»Wenn es dir ums Geld geht, da finden wir eine Lösung. Wir zahlen dir den Mustang.«

»Hier geht's um alles oder nichts.«

»Verdammt, wenn du in vier Tagen immer noch keinen Büffel gefunden hast, dann überlässt du Rusky deinen Gaul oder du packst deine Sachen.«

Rusky hatte immer ein Bisonfell über der Schulter, tags wie nachts, sommers wie winters; er hatte einen schwarzen Bart, der sich mit dem Fell mischte, und eine kleine Melone, die ihm den Kopf zusammenhielt. McRae und Vimy waren keine sehr geschickten Geschäftsleute, aber die Bisonjagd war eher eine Lebensentscheidung als die Erfüllung des Traums vom großen Reichtum. Rusky sah jetzt seiner dritten Saison entgegen und wollte noch genug Geld machen, um sich ein großes Haus mit Dienern kaufen zu können. Er kam durchs Lager direkt auf Pete zu.

»Was soll der Quatsch, Webb?«

»Ich verleihe mein Pferd nicht, das ist alles.«

»Und du willst weiter für uns arbeiten?«

»Ich arbeite für McRae und für Vimy, nicht für dich.«

Alle auf dem Konvoi sahen zu ihnen hinüber.

»Das ist jetzt das Gleiche, wir sind eine Mannschaft und ich brauche deinen Klepper.«

Vimy schaltete sich ein: »Es ist sein gutes Recht, Rusky. Es bringt uns einen Haufen Scherereien, aber es ist sein gutes Recht.«

»Was ist denn jetzt in dich gefahren, Vimy? Du verteidigst diesen arroganten Drecskerl auch noch? Sein gutes Recht? Das möcht ich aber mal sehen!«

Mit dem heilen Arm schnappte sich Rusky Petes Sattel und wollte ihn schon auf den Rücken des Mustangs legen. Die Mündung eines .45er-Colts drang an sein Ohr. Pete zitterte nicht.

»In diesem Land werden Pferdediebe gehängt.«

Rusky dürfte mit einer Waffe an der Schläfe aufgewachsen sein, denn er war nicht nervöser als Pete, obwohl er sich auf der falschen Seite des Revolvers befand. Er ließ den Sattel fallen, Pete ließ die Waffe sinken.

»Ein Fährtenleser mehr oder weniger. Ihre Entscheidung.«

Am Abend kehrte McRae als Erster ins Lager zurück. Auf seinem zwölfstündigen Ritt war er keinem einzigen Bison begegnet. Er war einer Route östlich vom Rose Creek River gefolgt, Pete war in westlicher Richtung losgeschickt worden. Erdrich, der am Fluss entlanggeritten war, kehrte eine Stunde nach McRae zurück, sein Pferd war von Schaum bedeckt. McRae stand schon bereit, noch ehe der Texaner aus dem Sattel steigen konnte.

»Wie viele?«

»Fünfzig! In einer großen Flussschleife, zwei Stunden von hier. Heute Morgen waren sie noch nicht da, aber als ich sie auf dem Heimweg sah, ließen sie sich gerade für die Nacht nieder!«

Rusky trat vor Ungeduld von einem Fuß auf den anderen.

»Was machen wir? Brechen wir sofort auf?«

McRae strich sich übers Kinn.

»Wenn Erdrich sagt, dass sie sich niedergelassen haben, können wir bis morgen früh abwarten. Aber, mein Gott, die Ersten der Saison würde ich nicht gerne verpassen. Was meinst du, Vimy?«

»Wir brechen drei Stunden vor Morgengrauen auf und überraschen sie in der Früh. Dann können die Schützen in aller Ruhe Stellung beziehen. Wie ist es dort, Erdrich?«

»Sieht gut aus. Auf der anderen Seite des Flusses kommt nach dreihundert Metern ein kleiner Hügel, auf dem könnten wir uns im Windschatten postieren.

McRae drehte weiter seine Kreise.

»Fünfzig? Die werden wir in weniger als einer Stunde niedermähen, aber wir können es uns nicht leisten, sie zu verlieren. Wir machen es, wie Vimy gesagt hat. Die Planwagen lassen wir in einer Meile Entfernung haltmachen, und die Scharfschützen gehen in Stellung.«

Drei Waldläufermannschaften für eine Wintersaison, das bedeutete mindestens dreitausend Felle. Fünfzig Bisons in zehn Tagen, eine erbärmliche Ausbeute, aber mit etwas musste man ja den Anfang machen.

Pete war zur Stunde des Aufbruchs noch immer nicht zurück. Sie lösten ohne ihn das Lager auf und kamen im Morgengrauen an einer von Erdrich ausgezeichneten Markierung an, die Karren blieben dort. McRae, Erdrich und Vimy bestiegen ein Maultier und folgten weiter ihrem Weg, mit ihren Sharps-Karabinern und einer Tasche voller Patronen für jeden.

Als sie in der Nähe der Stelle ankamen, an der Erdrich die Büffel gesehen hatte, stiegen sie ab und gingen gebückt weiter, bewegten sich im Windschatten vorwärts, um schließlich platt auf dem Bauch zu landen. Die drei Fährtenleser näherten sich immer weiter den Büffeln und sahen einander an. McRae hielt Erdrich zurück und flüsterte: »Pest und Krätze! Wie weit ist es noch?«

Erdrich zögerte.

»Noch mindestens vierhundert Meter...«

Vimy und McRae tauschten einen Blick. Der Geruch, der zu ihnen drang, deutete auf weit mehr als fünfzig Büffel hin. Sie machten sich wieder daran, so schnell wie möglich vorwärtszukriechen.

Der Rose Creek River beschrieb einen weiträumigen, langen Bogen von einer halben Meile, bedeckt von einem Gras, das so grün war wie Minze und in einem trockenen Schlammstreifen endete, den der Fluss hinterlassen hatte. Die Büffel wälzten sich im Dreck, sie fraßen, sie schliefen, sie starrten Löcher in die Luft, und die fünfzig Bisons, die Erdrich am Vortag in diesem Paradies gesehen hatte, hatten sich vervierfacht. McRae gab ein Zeichen, sich rückwärts zurückzuziehen. Sie spürten nicht mehr die Kieselsteine und Sträucher, die ihnen den Bauch zerkratzten.

»Wir haben nicht genug Munition!«

Die letzten Meter rannten sie zu ihren Pferden zurück. Pete war dort bei den Tieren.

»Was machst du hier?«

»Ich hab auf euch gewartet.«

Sie preschten im Galopp bis zum Konvoi. Pete hatte sich verirrt, als er in der Nacht ins Lager zurückkehren wollte, und als er im Dunkeln eine Art Donnergrollen vernommen hatte, war er stehen geblieben.

»Ich habe nicht sofort verstanden, was das war!«, brüllte er vom galoppierenden Pferd. »Sie sind hundert Meter von mir entfernt vorbeigeprescht. Ich habe sie verfolgt, bis sie zum Stehen kamen, da hinten am Fluss!«

Fünf Minuten später kamen sie bei dem Konvoi an, sprangen zwischen den Planwagen aus dem Sattel und füllten ihre Taschen mit Kugeln. McRae nahm Pete zur Seite.

»Billy, kommst du klar mit deiner Winchester?«

»Nicht schlechter als jeder andere.«

»Hör mir gut zu. Diese Herde, das ist die Chance, von der wir fast schon nicht mehr zu träumen wagten, aber es ist nicht ganz einfach. Wenn du dich tapfer schlägst, kannst du als Einzelschütze dreißig oder vierzig abschießen, bevor sie munter werden: Diese Viecher sind dumm wie Brot. Worauf es ankommt, ist, dass du als Erstes die Leitkuh abschießt. Ohne sie bleiben die Bullen manchmal eine Stunde reglos stehen, ehe sie etwas bemerken. Aber mit drei Schützen werden wir einen Höllenlärm veranstalten, und die Büffel werden nicht lange still stehen bleiben. Dann wirst du zu deiner Yellowboy greifen und zu uns kommen. Du musst näher herangehen als wir, weil dein Karabinergewehr nicht ganz so viel ausrichten kann wie unsere Sharps und du kein Zielfernrohr hast. Du schießt nicht, solange die Büffel sich nicht bewegen, verstanden? Aber sobald sie anfangen, Wind zu bekommen, im Kreis zu laufen und nervös zu werden, dann schießt du so viele ab, wie du nur kannst, bis sie abhauen. Verstanden?«

Pete lud seine Winchester.

»Ihr zielt auf die Alten, ich schieße nicht, solange die Büffel ruhig stehen bleiben.«

»Junge, du hast nicht viel Zeit, um dir das alles zu merken: Du zielst auf den Hals. Wenn dir kein tödlicher Schuss gelingt, dann kommt der Büffel nicht weit, und wir können ihn wiederfinden. Nicht auf den Bauch, nicht auf die Beine, nicht auf den Kopf! Wenn du triffst, gehst du weiter zum nächsten, du hältst dich nie lange mit einem auf. Du nimmst dieses Holzbein, stützt deine Yellowboy darauf, schießt mit einem Knie auf dem Boden. Niemals im Liegen! Das gibt ein ungeheures Echo, und die Bisons werden schneller kirre. Ich glaube, ich habe nichts vergessen, und ich habe nicht die Zeit, es zu wiederholen.«

Sie stiegen wieder in den Sattel. Während Pete mit seinem Mustang lospreschte, brüllte McRae: »Oh, Billy! Noch etwas: Nicht auf die Kälber schießen, sie sind die Kugeln nicht wert, und die Mütter bekommen Panik.«

Die Bisons hatten sich nicht gerührt. Sie befanden sich immer noch im Schatten des Windes, der von Osten heranwehte. McRae, Vimy und Erdrich blieben auf ihrem Posten stehen, Pete kroch alleine weiter und brauchte gute zehn Minuten, bis er den seinen gefunden hatte, denn er musste sehr vorsichtig sein. Von dort, wo er sich befand, hörte er das Rauschen des Flusses und das Schnauben der Bisons, die sich auf der Erde wälzten und große Staubwolken aufwirbelten, wenn sie ihr Fell schüttelten. Mit gesenktem Kopf, breitem Nacken und dieser platten Schnauze, die sie immer ein wenig dumm wirken ließ, weidete eine beeindruckende Zahl von Büffeln das Gras ab. Pete hob die Hand, um den Schützen ein Zeichen zu geben, dass er Stellung bezogen hatte, und wartete einen Augenblick im sanften Geplätscher des Flusses und beim Schnauben der Herde.

Der Knall eines Sharps-Gewehrs hinter ihm ließ ihn hochschrecken. Die Herde rührte sich nicht. Nur ein Tier wankte, machte zwei kleine Schritte und fiel dann weich auf die Seite: die Leitkuh. Einige Bisons schnupperten an ihrem Leib und grasten weiter. Die drei Gewehre der Waldläufer feuerten los. Auf diese Distanz waren die Schüsse, dafür dass sie aus Gewehren eines solchen Kalibers stammten, relativ leise. Trotzdem hörte Pete deutlich die Kugeln über seinen Kopf pfeifen. Mehrere Minuten lang beobachtete er, wie die Bisons hochschreckten, als seien sie von einer Hornisse gestochen worden, ein paar Schritte weiterliefen und dann inmitten der anderen Tiere zusammenbrachen, ohne dass diese reagierten. Die Schützen richteten ihre Schüsse vornehmlich auf den dichtesten Teil der Herde, und Pete sah nicht mehr, wie viele von ihnen fielen. Plötzlich ging eine Panik durch die Reihen, die Bisons zerstreuten sich, die Schüsse verstummten, und zwei Minuten lang war es still. Die Büffel hatten den Kopf gehoben, beruhigten sich wieder. Ein paar Dutzend waren tot, aber die andern blieben einfach stehen. Als sie wieder zu grasen begannen, wurde weiter geschossen. Pete verstand jetzt, warum die Waldläufer immer sagten, sie würden Bisons ernten: Sie töteten sie so, wie man Früchte von einem Baum pflückt oder ein Feld mäht.

Das Gemetzel ging weiter, aber ohne Leitkuh traf keines der Tiere eine Entscheidung. Mehr als die Hälfte der Herde lag auf dem Boden. Blutgeruch stieg ihnen in die Nase, die Angst, das Unverständnis und die Dummheit nagelten sie an ihrem Platz fest. Eine Windböe fegte über Pete hinweg, und für ein paar Augenblicke drang das Knallen der Schüsse viel lauter zu ihm herüber. Die Tiere erzitterten wie die Blätter eines Baumes, alle zur gleichen Zeit, und wichen zurück, um sich vom Fluss zu entfernen. Aber dann blieben sie wieder stehen, weil auch die Schützen zu schießen aufgehört hatten. McRae und seine Männer wussten, was sie tun mussten. Ein paar Weibchen entfernten sich, änderten ihre Meinung, drehten wieder um: Sie liefen im Kreis. Die Männchen stampften mit den Hufen auf den Boden. Pete richtete sich wieder auf, ging mit einem Knie zu Boden und legte den Lauf seiner Winchester auf die Gabel des Zielstocks. Aber die Tiere fingen wieder zu äsen an. Pete wollte seinen Augen nicht trauen. Es war, als wären die Bisons taub und blind, als habe man ihnen etwas gesagt, das sie einfach nicht glauben wollten. McRae, Vimy und Erdrich fingen erneut zu schießen an, und wieder gingen die großen braunen Tierleiber zu Boden. Schließlich traf eine Kugel ein Kalb. Seine Mutter stieß ein Blöken aus, das meilenweit über die Ebene hallte. Eine Kuh, die diesen Alarmschrei hörte, begann, nach Osten zu rennen.

Pete zielte auf den Bison, der ihm am nächsten stand, und drückte ab. Er sah vor seinem Sucher eine kleine Staubwolke aus dem Widerrist des Tieres aufsteigen. Er spannte den Hebel der Winchester und nahm sich den nächsten vor. Hinter diesem konnte er im Sucher undeutlich das Wogen der fliehenden Herde sehen. Er machte weiter, verschoss die vierzehn Kugeln in seinem Magazin und spannte den Hebel, so schnell er konnte. Er lud nach und ließ dabei ein paar Patronen fallen, die klackernd über die Kiesel rollten. Das Metall seiner Waffe war glühend heiß, und es pfiff in seinen Ohren. Er leerte noch zwei Magazine. Die Bisons waren immer weiter weg, aber einige liefen in die Irre, drehten sich im Kreis und liefen wieder vor seiner Flinte vorbei. Ein letzter, vielleicht bereits verwundeter Nachzügler entfernte sich langsam. Pete zielte auf sein Hinterteil und feuerte sechs oder sieben Schüsse ab, bis das Tier zusammenbrach, dann stand er wieder auf.

Dreihundert Bisons lagen in der großen Ebene beim Flussarm. Die Kälber waren stehen geblieben und schnüffelten an den Kadavern ihrer Mütter.

Die drei Jagdführer brüllten und führten einen Freudentanz auf ihrem Jagdposten auf.

McRae lief zu Pete.

»Gute Arbeit, mein Sohn! Eine verflucht schöne Ernte! Du hast mehr als nur deinen Teil geleistet mit deiner Yellowboy!

Mach dir keine Gedanken wegen der Kälber, die werden sich hier nicht mehr wegbewegen. Wir können sie erlegen, wenn wir mit den Planwagen heruntergefahren kommen.«

Pete betrachtete die Ernte. Der Rose Creek River war rot von Blut, und in der Ferne verhallte das Ladegeräusch für die letzten Tiere der Herde.

5

Die Tierausweider näherten sich den Planwagen. Die Bisons, die schwarz und rund im Gras lagen, die Köpfe zwischen die Schultern gezogen, wirkten wie Felsen in einem ausgetrockneten See. McRae, Vimy und Erdrich gingen zwischen den Kadavern umher, um die verschreckten Kälber abzuschießen.

Man stellte die großen Dreifüße auf, band die Seile an die Wagen und die Hinterläufe der ersten Tiere. Die Peitschen knallten, und die Maultiere bewegten sich, zogen die Kadaver hoch, bis sie in der Luft baumelten. Zwei Männer pro Tier machten sich an die Arbeit, hinter den Hufen und entlang der Beine einen Schnitt zu setzen, um das Fell abzuziehen. Während sie an der Haut zogen, trennten sie allmählich das Fett ab, um das Fell abzulösen und am Körper entlang umzustülpen, dann der Schnitt in den Bauch, um die ganze Haut über den Kopf zu ziehen und rund um den Hals abzuschneiden. Tausende von Fliegen stürzten sich auf die Karkassen und die Männer, auf ihre Augen, Hände und Haare, auf die mit Fett und Blut verschmierten Lederschürzen. Letzte Operation: die Zungen herausschneiden, die zu fünfzig Cent das Stück verkauft wurden, ein einträgliches Zusatzgeschäft. Sie wurden in Pökelfässer geworfen, die an die Seitenwände der Planwagen gebunden waren, das Salz und das Wasser kamen aus dem Rose Creek River.

»Früher«, erklärte Vimy, »tötete man nur die Weibchen, weil ihr Fell weicher und die Nachfrage größer ist, jetzt nimmt man auch die Männchen.«

Zwei Ausweider brauchten eine Stunde, um einen Bison zu enthäuten. Am Ende des ersten Tages lagen etwa vierzig Felle zum Trocknen im Gras. Die Schützen hatten auch mit angepackt. Es würde eine Woche dauern, bis die ganze Beute zerlegt wäre; bräuchte man länger, wären die Felle schon zu verwest, um noch etwas einzubringen. Nicht alle Ausweider waren gleich gut, eine von drei Häuten wurde beim Abschälen beschädigt und war am Ende fast wertlos. Die Karkassen wurden nicht ausgenommen, und außer einigen guten Fleischstücken für den direkten Verzehr der Mannschaften blieb das Fleisch an Ort und Stelle liegen und verweste. Die Kühe wogen durchschnittlich fünfhundert Kilo, die Bullen siebenhundert, ein paar alte Stiere bis zu einer Tonne. Das Lager wurde in einiger Entfernung aufgeschlagen, damit sie dem Gestank und den Fliegen entkamen.

Am nächsten Morgen feuerte man ein paar Schüsse ab, um die Aasgeier zu vertreiben, die sich auf den Kadavern niedergelassen hatten; auch die Wölfe der Plains ergriffen die Flucht, Maul und Pfoten schwarz von Blut.

»Heute Abend werden wir die Kadaver mit Strychnin versetzen, morgen ziehen wir dann den Wölfen, die gefräßig waren, das Fell ab. Ein Wolfspelz geht für zwei Dollar weg.«

Der Tag war sonnig, und gegen Mittag stieg die Hitze auf dreißig Grad. Die Mücken stachen sie, verwechselten das Fleisch der Bisons mit dem der Männer. Der Gestank nach dem Gemetzel war unerträglich. Nach drei Tagen vermochten auch die Bäder im Rose Creek River nichts mehr, der Geruch klebte an ihnen fest.

»Wer glaubt, dass Indianer stinken, der war noch nie in unserer Gesellschaft! Eigentlich sind die Indianer sogar selbst der Meinung, dass wir nicht gut riechen.«

Nach vier Tagen war Pete so schnell wie die anderen. Auch musste er sich nicht länger übergeben.

Nach einer Woche war das Enthäuten fast abgeschlossen, die Haut auf den Kadavern begann ohnehin allmählich brüchig zu werden. In den Planwagen stapelten sich über zweihundert Felle. Vimy glaubte, sie könnten noch gut und gerne dreißig schaffen, einen Arbeitstag mehr, und den Rest, also etwa fünfzig Felle, müssten sie verloren geben. Alles war gut. Nur Ruskys Laune nicht. Er wälzte düstere Gedanken, die durch die Enttäuschung, dass er beim Niederschlachten nicht dabei gewesen war, nicht besser wurden. Er kam nur noch auf höchstens zehn Meter in die Nähe von Pete.

Etwa zwanzig Wolfspelze waren gesammelt worden, und Pete verhandelte mit McRae und Erdrich, denn er wollte vier davon behalten und auf seinen Lohn anrechnen lassen. Sein Boss überließ sie ihm gegen fünf Arbeitstage und schenkte ihm die schönsten noch dazu, als Entschädigung für seine Erntearbeit.

Pete, der innerhalb einer Woche Fährtenleser, Schütze und Ausweider geworden war, zog mit McRae und Erdrich los auf die Suche nach der nächsten Herde, während die anderen am Ufer des Rose Creek River zurückblieben, um die letzten verwertbaren Bisons zu bearbeiten und die Häute zu lagern.

Die drei Fährtenleser hatten eine Pferdereise von den Ausweidern entfernt ihr Lager aufgeschlagen und genossen endlich ein wenig frische Luft. Als sie am Abend ums Feuer saßen und eine Flasche Maiswhisky leerten, fragte Erdrich: »Na los denn, Billy, verrätst du uns jetzt, warum dein verfluchter Mustang so heißt, wie er heißt?«

Pete Ferguson verschanzte sich hinter einem hartnäckigen Schweigen, an das die Waldläufer sich schon gewöhnt hatten. Erdrich hakte nicht weiter nach und richtete sich in seinem Nachtlager ein. Wenige Augenblicke später schnarchte er schon ausgiebig. Pete reichte die Flasche an McRae weiter.

»Billy, als ich dich angeheuert habe, hast du mein Versprechen bekommen, dass man dich nicht mit Fragen belästigen wird. Aber es gibt da etwas, das ich trotzdem gerne wissen würde. Vielleicht gewöhne ich mich irgendwann daran, aber im Moment fällt es mir noch schwer, dich Billy Webb zu nennen, denn ich habe meine Zweifel, dass du wirklich so heißt. Ich habe mich nur gefragt, ob das nicht auf Dauer ermüdend ist, dass keiner weiß, wer du bist. Denn ich habe mir gesagt, am Ende ist man dadurch doch nur noch... mehr allein, oder?«

Pete nahm einen großen Schluck. McRae senkte den Kopf.

»Aber es geht mich nichts an, Billy. Du machst das ganz wie du willst.«

»Bevor ich Billy Webb hieß, hatte ich einen anderen Namen, fünf Jahre lang. Auch einen falschen. Den Namen des Mannes, der uns auf seiner Ranch versteckt hat, meinen Bruder und mich, als wir '64 desertiert sind. Wir waren die Penders-Brüder.«

McRae wartete ab, Billy sollte selbst entscheiden, ob er weiterreden wollte oder nicht.

»Wenn die Leute nicht wissen, wer du bist, was ändert es dann, wie sie dich nennen? Unbekannten sagt ein Name gar nichts, nur einem selbst sagt er etwas. Hier haben Sie Billy Webb kennengelernt. In Carson City war ich Pete Penders. Der Kerl, der mir diesen Namen geliehen hat, hatte ihn von einem Toten. In Wahrheit hieß er Arthur Bowman[1], aber sein falscher Name war ihm lieber. Er wollte sich auch nicht daran erinnern, wo er herkam.«

Bob McRae machte noch einmal Kaffee auf dem Feuer heiß.

»Warum bist du wieder weggegangen von dieser Ranch?«

»Ich musste.«

»Aber du wärst lieber geblieben?«

»Ich weiß nicht.«

McRae machte es sich bequem, indem er seinen Sattel als Rückenlehne nahm. Da Pete nichts mehr sagte, fuhr er selber fort: »Als ich in dieses Land kam, hatte man gerade erst den Missouri überquert. Oregon gehörte den Engländern, Texas und Kalifornien gehörten zu Mexiko, und die Plains waren ein großes Reservat, in das man die Indianer zurückgedrängt hatte, in eine Ecke, von der noch niemand etwas wissen wollte. Jetzt reicht das Land von einem Ozean zum anderen. Der Westen ist fast vollständig besetzt, die Straßen sind gezogen. Die Pioniere suchen nicht das Abenteuer, sie brechen nach Westen auf, weil sie glauben, dass ihnen etwas widerfahren wird. Dass sie Land finden oder Geld, irgendetwas, das

---

[1] Antonin Varenne: *Die sieben Leben des Arthur Bowman*, C. Bertelsmann, München, 2015

ihnen gehören wird. Ein Abenteurer will nichts von alledem. Gar nichts. Pioniere sind Staubfresser, sie suchen Sicherheiten und eine Frau, die ihnen abends die Stiefel auszieht. Und die wiederum, die Stiefelausrieherinnen, wollen Kinder haben, eine Kirche und eine Schule. Und dass es Bestand hat. Der Abenteurer, der Waldläufer, sieht die Dinge und weiß, dass sie keinen Bestand haben, dass er sterben würde mit dieser Nahrung, die ihm den Bauch nicht füllt. Mittlerweile hab ich ein gewisses Alter erreicht und kann nicht mehr sagen, wer recht hat. Ich fange jetzt nämlich auch an, von so einem Dreckshaus mit einem Vordach und einem Schaukelstuhl zu träumen. Aber ich bereue nichts. Nur eine Sache: dass ich nicht zu einer weiteren Reise aufbrach, als mir klar wurde, dass dieses Land ein Land wie alle anderen werden wird. Mein Gott, ich wusste es, als sie in Kalifornien auf Gold stießen und ich diese Kerle zu Zehntausenden nach Osten aufbrechen sah, um dort die Flüsse umzugraben und reich zu werden. Wahre Abenteuer lassen einen arm zurück, mit nichts als Erinnerungen und keiner Menschenseele, mit der man sie teilen könnte. Als Waldläufer stirbt man allein, stumm und blind. In den Bergen, ohne dass es jemand erfährt, den Kältetod oder ausgeweidet von einem Grizzly, man heiratet eine Indianerin, und kein Einziger von ihnen, außer ein paar ganz Gewitzten, legt jemals einen Dollar auf die Seite. Da wurde drauf gepfiffen, vor allem leben wollte man. Und später dann arbeitete man als Führer für Pioniere oder Gesellschaften. Das Abenteuer war zu Ende.«

Bob hielt einen Augenblick die Kiefer fest verschlossen, auf seinem Gesicht über den Flammen zeichneten die Runzeln eine Landkarte der Flüsse, mit zahllosen winzigen Zuflüssen, die zum Mund und zu den Augen führten.

»Ich weiß, warum du von dieser Ranch fortgegangen bist, Billy, aber man sieht mondhell und klar, dass du ein Loch im Bauch hast und dass du noch weit reiten wirst, bis es wieder gefüllt ist. Der Whisky ist oft das Erste, was man in sich hineinschüttet, um das Loch zu stopfen.«

McRae hatte einen bitteren Geschmack im Mund, er spuckte aus und schüttete den Rest Kaffee ins Feuer.

»Einer Sache entkommt man nicht, wenn man älter wird, selbst wenn man keine Kinder hat: dass man junge Kerle wie dich anschaut und hofft, sie werden es besser machen als wir. Mein Gott, Billy, wenn ich das, was ich weiß, in deinen Kopf und deine Beine stecken könnte, du könntest die Welt erobern. Aber einen alten Geist kann man nicht in einen jungen Körper fahren lassen. Sie fürchten einander zu sehr.«

Pete hatte ganz kleine Augen bekommen, so betrunken war er.

»Was ist das für eine Reise, die du nicht gemacht hast?«

»Die um den Äquator.«

»Den Äquator?«

»Die Linie, die du überschreitest, und dann bist du auf der anderen Seite der Erde, da, wo die Menschen auf dem Kopf gehen. Dort fließt das Wasser die Flüsse hinauf, und der Wind bläst von der Erde weg. Deine Füße berühren kaum den Boden, du musst Kieselsteine in deinen Rucksack packen, um nicht auszurutschen. Du musst Mexiko und eine Reihe anderer Länder durchqueren, bis du dort ankommst, auf der Seite von Kap Hoorn, das die Schiffe umrunden, wenn sie den Kontinent umschiffen und dann wieder hinauf nach San Francisco schippern. Kap Hoorn ist genau am Ende des Äquators, und deshalb gibt es dort die schlimmsten Stürme, weil der Ozean gleich dahinter über die Äqua-

torkante hinabfällt. Ein Wasserfall, hundertmal so groß wie die Niagarafälle.«
Pete prustete los.
»Die Erde ist rund. Du kannst egal wohin fahren und in die Luft springen, die Schwerkraft sorgt dafür, dass du wieder auf dem Boden landest. Der Äquator liegt nicht am Kap Hoorn, und wenn du ihn überquerst, ändert sich nichts.«
McRae lachte und rollte sich röchelnd auf die Seite, einen Arm unterm Kopf.
»Egal, das ist die Reise, die ich hätte machen sollen, als dieses Land verrückt wurde. Gute Nacht, Billy.«
»Ich heiße Pete.«
Bob McRae hob den Kopf.
»Versuch jetzt zu schlafen, Pete.«

Drei Tage lang erkundeten sie Hunderte von Quadratmeilen, saßen sechzehn Stunden im Sattel, vom Morgengrauen bis in die Nacht, und begegneten auf der Ebene, die wie eine windstille See den gesamten Horizont einnahm, nicht einer einzigen Herde. Nachdem ihnen am Rose Creek River ein solches Geschenk des Himmels beschert worden war, waren die Waldläufer jetzt wieder an einem Tiefpunkt angelangt.

Eines Abends kam es zwischen Rusky und Pete erneut zu einem Zwischenfall. Rusky hielt mit gebrochenem Arm den Blechnapf vor, und Erdrichs Neffe kippte ihm beim Austeilen, sei es aus Ungeschicklichkeit, sei es, weil der Napf Ruskys steifen Fingern entglitt, die ganze Ration auf die Beine. Der Verbrühte stieß einen Fluch aus und ohrfeigte den Jungen, dass er über den Boden rollte und halb in den Kartoffeln landete. Erdrich erstarrte, vielleicht wollte er etwas sagen, aber Pete war schneller und warf sich auf Rusky. Der Feldküchentisch brach unter ihrem Gewicht zusammen. Bis man sie trennen konnte, versetzten sie einander brutale Hiebe, und Rusky war trotz seiner Armverletzung schon drauf und dran, den Kampf zu gewinnen. Beide pissten Blut.

Vimy schickte Pete weg, sich das Gesicht waschen, und Erdrich erklärte, es sei womöglich an der Zeit, dass von beiden Mannschaften jeder wieder seinen eigenen Weg ginge. McRae hatte sich eingeschaltet. Damit wäre für Rusky die Saison vorbei, und für die anderen beiden Jagdführer würde alles schwieriger werden. Auch diesmal mussten sie eine Lösung finden.

»Du musst mir versprechen, dass die Dinge sich wieder setzen werden, Rusky. Wenn ihr nicht aufhört, Ärger zu machen, du und Webb, dann ist es aus mit unserer Jagdsaison.«

»Soll er doch den Anfang machen und sich entschuldigen kommen.«

»Er soll sich bei dir entschuldigen und das war's?«

»Freunde werden wir wohl nicht mehr, das kann ich garantieren. Er hält mich für einen Verräter. Aber ich warte das Ende der Saison ab, dann bekommt er die Lektion erteilt, die er verdient hat. Das kannst du ihm sagen, Bob, und dass er mir nicht auskommt.«

McRae ging zu Pete.

»Deine Nase ist gebrochen.«

»Ist nicht das erste Mal.«

»Ich muss sie dir trotzdem richten.«

Pete reckte das Kinn vor. McRae packte seine Nase mit Daumen und Zeigefinger, sodass er augenblicklich innehielt.

»Du musst dich bei Rusky entschuldigen, sonst trennen wir uns, und die Jagdsaison ist für alle drei Trupps erledigt.«

»Der kann mich mal kreuzweise.«

»Du tust, was ich dir sage.«
Mit einem heftigen Ruck brachte McRae die Knorpel zum Knacken, und Pete biss sich innen in die Wange. Bob klopfte ihm auf die Schulter.
»Es hat keinem Spaß gemacht mitanzusehen, wie Erdrichs Neffe sich eine Backpfeife einfing, aber das Ende der Welt war das auch wieder nicht.«
Pete hielt sich ein Nasenloch zu und schnäuzte sich so heftig, dass ein Klumpen Blut abging.
»Ein Kind schlägt man nicht. Man geht niemals auf die Schwächsten.«
McRae lachte.
»Darüber unterhalten wir uns noch einmal, wenn Rusky mit dir fertig ist!«

Immer eine Waffe in der Hand haben, töten, um zu leben, tagelang die Hände in Fleisch tauchen, die Überlebenden eines Bürgerkriegs sein, keine Familie und kein Heim haben – das alles machte aus den Bisonjägern schweigsame Männer, denen im Wind der Plains die Tränen die Wangen hinabliefen, heimgesucht von bösen Erinnerungen. Es machte sie zu Menschen, die im Kontakt mit ihresgleichen eher ängstlich als gefährlich waren. Zu Menschen, die mehr als genug gesehen hatten und die alle wussten, was sich an jenem Morgen anbahnte, als Pete durchs Lager ging, um Rusky aufzusuchen. Das würde böses Blut geben.
Der junge Mann musste sich schwer zusammenreißen, als er sagte, er entschuldige sich für den Streit gestern Abend und es werde nicht mehr vorkommen, das konnte man sehen. Pete hatte den Kopf etwas zu tief gesenkt, um es ehrlich zu meinen, und sagte gerade: »So, ich entschuldige mich, das wär's

dann«, als Rusky ein langes Ausbeinmesser unter seinem Fell hervorzog und sich auf ihn stürzte. Pete warf sich zu Boden, um dem Messer auszuweichen. Die Waffe mit beiden Händen über dem Kopf schwingend, nahm Rusky Anlauf, um den Mann auf den Boden zu nageln. Der .45er-Colt, den Pete aus dem Hemd gezogen hatte, riss ein großes Loch in das schwarze Fell, die Kugel drang in Ruskys breite Brust und kam nie wieder heraus.

Rusky hatte Webb mit der Hand auf dem Messer erwartet. Pete war mit dem Revolver gekommen, um sich zu entschuldigen, und wie sich zeigte, war das durchaus berechtigt gewesen.

*

Mein Bruder.

Zwei Brüder, das ist fast nichts, aber wenn man darüber nachdenkt, doch so viel. Unser Mythos. Die Bruderschaft ist stärker als das Schicksal, das die Welt ins Chaos stürzt, wenn sie einen Krieg gegen sich selbst zu führen beginnt, die Ordnung der Dinge zum Einsturz bringt. Zwei Brüder sind stärker als die Götter. In den Sternen gibt es Brüder, in den Büchern und in den Märchen. Zwei Brüder, die jeweils eine Armee anführen. Blutsbrüder. Waffenbrüder. Als bedeute diese Verbindung Gefahr, einen drohenden Riss. Zwei Brüder, die weder Vater noch Mutter haben.

Ich erinnere mich nicht an sie, Pete. Nur an das, was du mir erzählt hast. Ich weiß nicht, ob sie je existiert hat, diese ideale Mutter, die mich in ihre Arme nahm, aber du hast es so gut erzählt, dass ich gerne geglaubt habe, dass sie war, wie du es beschrieben hast.

Du hast nie begriffen, dass ich nur ihn kannte. Dass ich ihn

Papa nennen konnte, während du ihn immer nur den Alten genannt hast. Er war der Einzige. Als er gestorben war, als wir ihn im Garten begruben, ließest du mich nicht einmal ein paar Worte sagen. Statt meine Hände zu falten, was dich geärgert hätte, hielt ich meinen Hut in Händen und schuf auf diese Weise eine Verbindung. Ich erinnere mich, dass der Boden gefroren war, dass die Spitzhacke klirrte, als träfe sie auf Felsgestein, dass der Sarg beim Aufprall auf dem Boden ein Geräusch machte wie ein Ruderboot, das ans Ufer stößt. Ich erinnere mich auch daran, wie es klang, als du den Strick durchtrennt hast und der Leichnam auf dem Scheunenboden aufschlug wie eine Gliederpuppe. Seine Hand hielt noch die Leitersprosse umklammert. Ich weiß nicht, wie lange ich dort gewartet hatte, bis du kamst, ihn auf Knien betrachtet hatte, wie er da im Gebälk hing, und seine Finger sich noch an die Leiter klammerten, als hielten sie jemandes Hand. Vielleicht die von Mama? Er dachte immer an sie. Du weigerst dich, das zu glauben, ich weiß, aber er hielt dieses Stück Holz, als bereue er seine Tat. Oder als habe er sich an eine letzte Erinnerung klammern wollen, um sie mitzunehmen auf die Reise. Wegen seiner Hand habe ich mich nicht getraut, hinaufzusteigen, um ihn abzuhängen, habe ich gewartet, bis du kamst. Als ich dich in die Scheune kommen hörte, wischte ich mir die Tränen fort, du solltest sie nicht sehen.

Du hast mich immer beschützt, Pete, aber ich durfte nie Papas Sohn sein, nicht bei diesem Vater. Ich durfte immer nur dein Bruder sein.

Warum hast du mit allen, denen du in der Stadt begegnet bist, Streit gesucht? Warum hast du den alten Meeks provoziert, der seinen Sohn im Krieg verloren hatte, du, der

Deserteur? Sie sind dir alle ein Graus, Pete, all diese Väter, wegen unserem Vater. Du bist die Leiter hinaufgeklettert, hast seine verkrampften Finger vom Holz gelöst und den Strick durchgeschnitten. Er fiel mir vor die Füße. Wo er dich doch so oft gewarnt hat, du würdest am Galgen landen. Er hatte Angst vor dir, Pete, seit du mit dem Gewehr auf seinen Kopf gezielt hast. Er wusste, er war nicht mehr stark genug, und dass du der große Mann geworden warst, den Mama sich immer gewünscht hatte, damit du sie beschützt.
Die Winter, die wir beide auf der Farm verbrachten, waren hart gewesen, Winter, die sich anfühlten, als dauerten sie das halbe Jahr. Der Frühling und der Sommer gingen viel zu schnell vorbei, aber du warst fast froh, ihn los zu sein. Du hast mit mir bei den anderen Farmern ausgeholfen, hast angebaut und geerntet, was wir zum Überleben brauchten, und dann hast du die Parzellen eine nach der anderen verkauft. Du bist mein Vater geworden. Du wolltest seinen Platz einnehmen, wolltest ihn verschwinden lassen, so wie du Stück für Stück die Farm zu Geld gemacht hast. Als die Soldaten kamen, um uns in den Krieg mitzunehmen, war rund ums Haus nur noch der Obstgarten übrig, diese schief gewachsenen Bäume, die wie Gespenster über uns wachten. Wieder hast du mich beschützt. Die Flucht in die Sierra, der Schnee und die eisigen Winde. Ohne zu essen hast du mich auf deinem Rücken bis zu dieser Hütte und dieser Ranch getragen. Ich bin immer noch dort, und du bist gegangen. All diese Anstrengungen und dann so ein Ausgang.
Im Grunde bist du wie Papa, Pete. Du hast nie gewusst, wie du dich gegenüber jemandem verhalten sollst, der schwächer ist als du. Außer bei mir. Deinem Bruder.
Du hast es lieber mit Menschen zu tun, die stärker sind als

du oder die sich für stark halten, die schwach sind und sich weigern, es zu zeigen. Wie Papa, der an Mama dachte und uns lieber prügelte, als das zuzugeben.

Welches Kind beschützt du jetzt? Wirst du ohne mich werden wie der Alte? Denn er ist in dir, Pete, das weißt du. Der Alte ist in dir, wenn du trinkst, wenn du eine Frau ansiehst, wenn du reitest oder von einer Schusswaffe Gebrauch machst. Du hast Angst und du kannst es nicht zeigen, weil du nie das Recht hattest, ein Kind zu sein. Du fehlst mir, aber ich weiß, wer von uns beiden am meisten leidet.

Pass auf dich auf, ich hoffe, dass du genug zu essen hast, dass dir nicht kalt ist und du auf der Flucht ab und an jemanden findest, mit dem du reden kannst.

6

Ein kalter Wind fegte übers Lager, der Winter warf ein Auge auf den Herbst. Die Waldläufer, abergläubisch wie bigotte alte Weibsen, mochten das Gefühl auf der Haut nicht leiden und schlugen den Kragen hoch. Pete sattelte sein Pferd, der Mustang war nervös, die Ohren angelegt, denn man unterstellte ihm, das alles verursacht zu haben.

McRae wusste nicht recht, wie er es angehen sollte. Mit den anderen als Zuschauern fühlte er sich nicht wohl, als er tat, was er tun musste. Pete zog seine Handschuhe an, sie waren schön gearbeitet, zu schön, wie der Rest, die Jacke mit dem Marderkragen, seine Waffen und sein Mustang, all diese Dinge, mit denen er aussah wie der Sohn eines Reichen, der hier nicht hingehört. An Billy Webb erinnerten sie sich als an einen guten Schützen und einen Kerl, der dort nichts verloren hatte.

»Wir sind Seeleute hier. Was auf See geschieht, gelangt nicht ans Ufer, so läuft das bei uns, Notwehr hin oder her. Nur dass du nicht wirklich einer von uns bist, Pete, und ich kann dir nicht versichern, dass all diese Kerle den Mund halten werden. Auf den Namen Billy Webb wirst du verzichten müssen. Mit Vimy haben wir herausgefunden, wie wir dich bezahlen können. Du hast deinen Teil geleistet, auch das ist die Regel, also hast du ein Anrecht auf dein Geld. Als Rusky dem Neffen von Erdrich eine Ohrfeige versetzt hat, hätte ich ihm gleich eins draufgeben müssen. Dann wäre das alles nicht passiert.«

Pete steckte seinen Lohn ein. Bob McRae betrachtete das Deckenbündel mit den Wolfsfellen darin.

»In deinem Fall, Pete, rate ich dir, keinen der Wege zu nehmen, die irgendwohin führen. Geh besser in den Norden oder in den Süden.«

Pete bestieg den Sattel. McRae klopfte den Hals des Mustangs.

»Vielleicht werden wir Männer mit der Zeit gefühllos, aber ich glaube nicht, dass diese Sache dein Gewissen allzu sehr drücken sollte. Rusky hat schon zwei andere zur Strecke gebracht, und das hat ihm nicht den Schlaf geraubt. Und ich spreche hier nicht von Indianern. Im Süden begegnest du den wenigsten Menschen.«

Pete zog an den Zügeln und hielt den ungeduldigen Mustang zurück.

»Zum Äquator?«
McRae lächelte.
»Genau.«
»Dorthin, wo alles anders ist?«
»Solange man lebt, hat man ein Recht auf seine Träume. Selbst wenn sie nach einer Weile in Reue enden.«
»Ist das die Lektion des Weisen für den jungen Irrfahrer?«
»Wahrscheinlich die einzige, die du von Kerlen wie uns lernen kannst.«

Pete gab Reunion die Sporen. Bald war er außer Sicht. Er hätte sich zum Lager umdrehen können, hätte sehen können, wie die Planwagen sich entfernten, hätte sich einen Augenblick Zeit nehmen können, um sich zu fragen, woran er eigentlich geglaubt hatte.

In der ersten Nacht träumte er halb bei Bewusstsein von diesem schwarzen Staubwölkchen, das die Kugel von Ruskys Pelz aufsteigen ließ, ganz wie bei den Bisons, die sie geerntet hatten. Am Morgen nahm die Ebene seine Gedanken auf, ein gewaltiger Beichtstuhl ohne Priester und ohne Buße, eine ganz und gar wilde und heidnische Kirche. Pete wagte es nicht, sein Reuebekenntnis zu murmeln, aus Angst, ein Echo könnte es zu irgendjemandem weitertragen.

Im Schritttempo bewegte er sich in etwa gen Süden, indem er sich an der Sonne orientierte und über zähe Tage hinweg einen vor ihm fliehenden Horizont verfolgte. Manchmal hielt er kurz an, um diese ferne Linie zu betrachten und sich zu vergewissern, dass sie sich nicht bewegte und er sie erreichen konnte. Sobald Reunion sich in Gang setzte, ging die Flucht nach vorn weiter.

Er hatte keinen Alkohol mehr, und in dieser Ebene gab

es nichts, an das seine Wut sich hätte heften können. Nichts und niemanden, außer dem Mustang. Manchmal stieg Pete vom Pferd und entfernte sich ein paar Schritte, um zu verhindern, dass er am Ende noch das Tier prügelte oder es erschlug, um endlich allein zu sein. Auch aus Angst, Reunion könnte seine Monologe hören, und über ihn auch sein Bruder Oliver, Alexandra und Arthur Bowman, Aileen, die ganze Fitzpatrick-Ranch, Hunderte von Meilen entfernt. Er wollte sich hinsetzen und warten, bis der Horizont auf ihn zukäme, bis die Illusion zerreißen und die Ebene zu ihrer echten Größe, den vier Wänden einer Zelle, zusammenschnurren würde. Er versuchte, sich davon zu überzeugen, er sei dem gewachsen. Aber was gewachsen und wem?

Auf diesen Weideflächen, einem Garten Eden, fand der Mustang, was er brauchte. Pete dagegen musste töten, wenn er essen wollte. Als das Bisonfleisch aufgegessen war, begann er zu jagen. Einen Hasen, dessen Duft über den Flammen wie ein Echo seiner Gedanken war, ein Zeichen seiner Anwesenheit. Er befand sich auf indianischem Territorium.

Die Ebene hatte sich unmerklich gehoben. Ohne dass es sich angedeutet hätte, erreichte er, versteckt hinter der Fluchtlinie, einen etwa zehn Meilen langen Felsen, der ein endloses Netz aus Canyons eröffnete. Er wusste nicht einmal, in welchem Staat er sich befand, blieb einen Augenblick am Rande des Abgrunds stehen, bevor er sich sicher war, dass er nicht träumte.

Er ritt entlang des Felsens, bis er zu einer Schlucht kam, einem ausgetrockneten Nebenarm, der in einem zu bewältigenden Gefälle bis zum Haupt-Canyon hinunterführte, in dem ein graues Wasser floss. In die Steigbügel gestemmt, die Muskeln angespannt, überquerte er die Schattenlinie, die der

Felsen von gegenüber warf, und erreichte den Fluss. Er campierte, ohne etwas zu essen, ohne Feuer zu machen, und hörte dem Wasser beim Rauschen zu.

Im Morgengrauen ritt er flussabwärts weiter, mit hohlem Bauch und leerem Kopf, beobachtete, wie die Sonne in den Canyon zu strahlen begann und die Schichten aus Erde und Fels eine nach der anderen erleuchtete. Er griff in die Zügel.

An der Kreuzung einer engen Schlucht, ein paar Hundert Meter vor ihm, erblickte er eine Koppel mit mehreren Dutzend Pferden, ein an den Fels geschmiegtes Gebäude, erbaut aus Lehmziegeln in den Farben des Canyons, schemenhafte Gestalten. Er wollte gerade umkehren, als er über sich einen Stein rollten hörte, und hob den Kopf. Von einem Felsvorsprung zielte ein Späher mit der Flinte auf ihn. Pete ließ die Zügel schießen und riss die Hände in die Höhe. Die anderen Männer kamen zwischen den Felsen hervor auf ihn zu. Er konnte nicht genau sagen, ob sie Weiße oder Indianer waren. Lederkleidung, geflochtene Hutbänder, bunte Perlen, fransenverzierte Messerscheiden, sie waren dunkelhäutig, hatten dunkle Augen, waren schmutzig, bewegten sich langsam, hatten amerikanische Stiefel und Waffen, Stiefelsporne mit Spornrädern.

»¿Qué haces aquí?«

Mexikaner.

»Sprecht ihr Englisch?«

»¿Estás con el gobierno? ¿Ranger?«

»Ranger? Nein. Bison. Büffel.«

Die beiden Männer tauschten einen Blick, dann beäugten sie den Mustang, die aufs Pferd geschnürten Wolfsfelle, Petes Kleider; der Mann, der ihn ausgefragt hatte, ließ das Gewehr sinken.

»Business?«
»Nein, auf der Durchreise.«
Pete bedeutete ihm mit der Hand, dass er gen Süden ritt.
»Niemand außer uns kommt hierher, nur noch die Indianer und die Männer von der Regierung. Was machst du hier?«
Der hier sprach gut Englisch.
»Ich reite nach Mexiko.«
Das brachte den Mann zum Lächeln.
»Es gibt keine Bisons in Mexiko.«
»Und ihr, was macht ihr hier?«
Der Mexikaner mit dem langen Haar unter seinem Hut und der verschlagenen Miene übersetzte für seinen Komplizen ins Spanische, und der prustete los. Alle beide beäugten Pete neugierig.
»Wir sind hier zu Hause, Güero.«
Rund um die Pferdekoppel und das Backsteinhaus tauchten immer mehr Gestalten auf.
»Hast du etwas zum Tauschen?«
»Tauschen?«
»Business, Güero. Hier macht man Geschäfte.«
Die Mexikaner betrachteten den Mustang.
»Ich habe nichts zu verkaufen. Ich reite nach Mexiko.«
»Die Felle?«
Pete streckte die Beine in den Steigbügeln durch, um einen beginnenden Krampf abzuwenden, das Leder des Sattels quietschte, und Reunion schnaubte. Die beiden Männer hielten ihre Gewehre fester gepackt, deren Kolben geschwärzt waren vom Schmutz ihrer Hände.
»Das ist hier so Sitte, Güero, es ist ein Zeichen guten Willens, einen Tausch zu machen.«
»Was bietet ihr mir an, wenn ich die Felle tausche?«

Der mit den langen Haaren lächelte wieder.
»Alles, was du willst, Güero.«
Pete warf einen Blick auf den Späher über ihm. »Ich verstehe das Wort ‚Güero' nicht. Du musst mir sagen, ob das eine Beleidigung sein soll.«
Der Mexikaner zog die Brauen hoch und übersetzte wieder für seinen Kollegen. Sie brachen in Gelächter aus.
»Das ist nur dann eine Beleidigung, wenn du glaubst, dass es eine Schande ist, weiß zu sein. Bleichgesicht, Gringo, Yankee, Güero. Die von deiner Rasse eben.«
»Habt ihr Mehl? Kaffee?«
»Alles, was du willst, Güero. Und für deinen Mustang einen guten Preis.«
Pete versuchte, seinen Ton nicht zu ändern. Dass er sich Mühe gab, seine Angst du verbergen, war immerhin ein Zeichen von Charakter.
»Der Mustang steht nicht zum Verkauf.«

Die Truppe bestand aus etwa fünfzig Männern, Frauen und Kindern; es gab noch andere in der Felswand versteckte Häuser, hin und wieder eine einfache Backsteinmauer, durchbrochen von einer Tür, die den Eintritt zur Höhle versperrte. Das war kein Lager, sondern ein Dorf. Es gab Kleidung aus einfachem, weißem Baumwollstoff, aber auch schräge Mischungen aus Cowboy, Indianer und protzigem Pistolero. Nachdem Pete sich die Gesichter angesehen hatte, war er sich nicht mehr so sicher, dass es sich um Mexikaner handelte. Die Haut der meisten war viel dunkler als die des Mannes, der ihn angehalten hatte, die Frauen hatten die runden Gesichter von Indianerinnen. Im Eagle Saloon von Carson City hatten die Kerle, die von Mexiko erzählten, immer berichtet, dass es dort drei Rassen gibt: die echten Spanier, die Mestizen und die Indianer. Sie sagten, die Mestizen würden einen Schnurrbart tragen, damit sie wie Spanier aussähen, vor allem aber, damit man sie nicht mit den Indianern verwechselte. Denn den Indianern wuchsen keine Haare, dazu waren sie zu faul.

In dem Dorf im Canyon gab es fast so viele Bärte wie Männer, und es war Pete Ferguson, der sich mit seinen paar Härchen am Kinn bartlos fühlte. Man nahm sein Pferd, seine Eskorte führte ihn zu einer Backsteinhütte im Schatten eines roten Felsüberhangs. Dort saß ein Mann auf einem flachen Stein, er hatte die schwärzeste Haut von allen und einen noch schwärzeren Schnurrbart, einen Arm in der Binde, aus deren Stoff eine geschwollene Hand heraushing. Er schwitzte, obwohl er im Schatten saß, ein Bein gebeugt, das andere vor ihm ausgestreckt, und rauchte eine kleine Zigarre. Die vier Männer um ihn herum posierten wie für ein Foto in der Zeitung und hielten immer zu zweit zu beiden Seiten des Bandenchefs Wache. Sie waren müde, der verletzte Chef schien sich seine Rolle selbst nicht mehr zu glauben, schnipste seinen Zigarrenstummel mit den Fingern weit von sich und massierte sein steifes Bein.

»Du sagst, du bist Bisonjäger?«

Ein Wächter lachte und hielt sich die Nase zu. Petes Kleider stanken immer noch nach Aas.

»Ich war mit einem Jagdtrupp neben dem Platte River.«

»Die Wintersaison hat gerade erst begonnen. Was machst du hier?«

»Ich habe drei Jahreszeiten mit Bob McRae gearbeitet, jetzt gehe ich nach Mexiko.«

Der Chef dachte nach. Er schwitzte im Fieber, das Weiße

im Auge hatte sich gelb gefärbt, aber er rechnete noch schnell und richtig.

»Du hast Glück gehabt, dass du nicht den Komantschen von Quanah Parker begegnet bist. Sie würden einiges dafür geben, sich den Skalp des alten McRae an den Gürtel zu hängen. Was wirst du in Mexiko machen?«

»Reisen.«

Der Mann hustete.

»Güero, das ist die unglaublichste Geschichte, die ich seit Langem gehört habe. Reisen… Dann bist du also ein Forschungsreisender? Ein Konquistador?«

Er lachte und hustete wieder. Er war vielleicht vierzig Jahre alt, hatte die glatten Gesichtszüge eines Mestizen, vom Denken und Reden war seine Haut vor Anstrengung ganz blass.

»Vor nicht allzu langer Zeit hättest du nicht weiterreisen müssen, da war das hier noch Mexiko, also kann man sagen, du bist schon ein bisschen angekommen, Güero, und die Gesetze der Gastfreundschaft gelten bei uns noch immer. Du kannst bleiben, wenn du magst, tauschen, wenn du etwas brauchst. Du bekommst ein Bett und etwas zu essen, aber morgen brechen wir auf.«

Schon der Gedanke an diese Abreise schien ihm die Kräfte zu rauben. Pete spürte, wie sich seine Schultern unter der Jacke entspannten, seine Lungen sich endlich wieder füllten.

»Ich brauche Lebensmittel. Warum bleibt ihr noch hier, jetzt, wo das nicht mehr Mexiko ist?«

Der Chef hob den Kopf, die Neugierde des jungen Abenteurers amüsierte ihn. Er machte den vier Wächtern ein Zeichen, und die Männer trollten sich schlurfend davon, nachdem sie ihre Rolle erfüllt hatten. Der Chef trank Wasser aus einem Krug, reichte ihn Pete, der sich fragte, ob das Fieber wohl ansteckend war.

»Ihr seid Rebellen, nicht wahr? Ihr führt Krieg gegen die Regierung?«

»Rebellen? Du hast wirklich komische Ideen, Güero. Und für einen Mann, der drei Jahre mit McRae gearbeitet hat, machst du mir nicht den Eindruck, als wüsstest du über dieses Land gut Bescheid. Wir sind keine Rebellen, unsere Vorfahren sind weit vor den deinen hier angekommen, mit Priestern und Soldaten des großen katholischen Spaniens. Sie haben gelernt, hier zu leben und mit den Indianern Handel zu treiben. Wir sind Komantscheros. Das ist der Name, den man uns gegeben hat.«

Er richtete sich auf und deutete mit großspuriger Geste auf den Canyon und das halb leere Dorf, die Hütten mit den niedrigen Dächern, die mageren Jungen und die von tierischen und menschlichen Exkrementen gesäumten Wege.

»Ich bin Rafael, der Anführer dessen, was von uns noch geblieben ist.«

7

Eine alte Frau fegte für ihn den Staub aus einem verlassenen Haus, weitab von den anderen Gebäuden. Er befreite Reunion von seinen Lasten. Eine andere Frau, eine junge, kam und kauerte vor seiner Tür nieder. Sie breitete eine Decke aus, in der sie Säcke mit Kaffee, Mehl, schwarzen Bohnen und Linsen, ein Pfund Speck und eine Flasche Alkohol angeschleppt hatte. Sie reihte die Lebensmittel fein säuberlich auf und wartete mit gesenktem Kopf. Pete rollte vier Wolfsfelle neben den Nahrungsmitteln aus. Die Frau nahm das erste in die Hand, und er beobachtete ihr Gesicht, feine Züge und lange Wimpern. Sie griff ins Fell, drehte es um, besah sich das Leder, hielt es gegen das Licht, um seinen Zustand zu begutachten, rollte es zusammen, legte es neben sich, nahm dann das Mehl und schob es zu Pete hin. So ging sie alle Felle durch, und jedes Mal gab sie ihm eine bemessene Menge Nahrungsmittel. Als der Tausch zu Ende war, erhob sie sich, aber Pete machte ihr ein Zeichen, sie möge warten, und kam mit dem fünften Fell wieder aus der Hütte heraus, dem schönsten, dem, das McRae ihm geschenkt hatte. Er hatte ihm gesagt, es sei mindestens dreimal so viel wert wie die anderen. Die junge Frau blinzelte, murmelte etwas, das er nicht verstand, drehte sich um, wobei sie schwungvoll den Poncho über ihre Schultern warf, und entfernte sich, mit den Absätzen auf den Boden stampfend. Pete blieb reglos dort sitzen, drehte sich zu dem Mann mit den langen Haaren um, der Englisch sprach und ihn bewachen sollte. Er lag ein paar Meter entfernt auf einem Felsen und tat so, als würde er unter seinem Hut ein Schläfchen halten.

Die junge Frau kehrte zurück, diesmal bot sie ihm eine Flasche echten Bourbon an, eine Kiste mit Munition für seine Yellowboy und einen großen polierten Türkis. Pete rollte das Fell aus und setzte sich ihr gegenüber. Der Wächter auf dem Felsen hatte jetzt seinen Hut gelüftet und interessierte sich für den Handel. Auf diesem Fleckchen Erde, inmitten dieses abgeschiedenen Canyons, in dem es kaum Nachschub gab, waren die Handelswaren der jungen Frau mehr wert als das Fell. Pete wartete, dass sie ihm etwas hinschieben würde, aber sie rührte sich nicht. Schließlich wurde sie wütend und machte ihm verständlich, dass es an ihm sei, etwas auszuwählen. Den Bourbon, die Munition, den Türkis.

Er streckte die Hand nach dem Stein aus, schob ihn vor sich hin und sah die junge Frau an. Sie wartete, rührte das Fell nicht an. Pete schnappte sich die Flasche Bourbon aus Kentucky, zog sie zu sich heran und machte ihr ein Zeichen, dass es genug sei, dass er die Munition nicht nehmen würde. Mit einer Bewegung rollte die junge Frau ihre Decke zusammen, schnappte sich das Fell und stand auf, während die Enden ihres Ponchos bei ihrem Abgang auf dem Boden schleiften.

Sein Wächter stieg von seinem Felsen herunter.

»Güero, wie konntest du Elena nur so behandeln?«

Pete wollte wissen, wovon er redete.

»Der erste Tausch, das war gut, genau so wird es gemacht. Deine Pelze waren nicht so viel wert wie die Nahrungsmittel, aber das Wichtige war, dass sie einverstanden war. Warum hast du noch das andere Fell geholt, das wertvoller war? Du hast ihr nicht ausreichend Respekt entgegengebracht, und sie hatte keine andere Wahl mehr, sie ist nach Hause gegangen, um all diese Dinge zu holen, die mehr wert waren als das, was du angeboten hast. Um ihre Ehre reinzuwaschen und weiterhin würdig zu sein, vor dir zu erscheinen. Und du, Güero, du weigerst dich, alles zu nehmen! Du lässt die Munition liegen! Elena ist arm. Sie hat das wahrscheinlich alles von anderen geborgt, und das wäre die schlimmste Schande, jetzt die Kugeln wieder dem zurückgeben zu müssen, der sie ihr geliehen hat.«

Der Komantschero, eine Hand auf der Hüfte, die andere auf dem Gewehr, schüttelte den Kopf.

»Ich weiß nicht, wie Elena weiter hier leben soll.«
»Ich habe nichts getan, ich wollte die Felle eintauschen, sonst nichts. Ich wollte nicht respektlos sein.«
Der Wächter sah ihm in die Augen und brach in Gelächter aus.
»Ich hab dich auf den Arm genommen, Güero. Elena ist einfach nur die Koketteste hier im Dorf. Vor ihr brauchst du keine Angst zu haben, aber vor ihrem Mann, dem hat sie nämlich die Kugeln, die Flasche und den Türkis stibitzt!«
Er ließ Pete alleine und ging zu den anderen. Er konnte sich über ihn lustig machen, der Tausch war gemacht, hier endete die Überwachung.

Bevor er sich zu der Zusammenkunft am Abend aufmachte, ging Pete zum Fluss hinunter. Er rieb sich mit Sand ab, um sich von dem Aasgestank zu befreien, tauchte seine schmutzigen Kleider ins Wasser und schlug sie gegen die Steine, bevor er eine Hose und ein Wechselhemd anzog, die beide muffig rochen.

Die Komantscheros saßen um zwei große Feuer, Fleisch wurde gebraten, und Kochtöpfe wurden heiß gemacht. Alle schwiegen. Die Abreise am nächsten Tag stimmte sie alle traurig, nicht nur ihren Anführer. Rafael machte Pete ein Zeichen, er solle näher kommen, aber ein Mann trat ihm in den Weg.
»Hast du meinen Türkis?«
Pete wich einen Schritt zurück und trat auf den Fuß eines anderen Mannes, der saß und ihn daran hinderte, weiterzugehen. Elenas Ehemann brachte sein Gesicht ganz nah an das seine heran.
»Das ist nett, dass du mir die Kartuschen übrig gelassen hast.«

Rund ums Feuer wurde Gelächter laut, und schon fand sich Pete mit einer Flasche in der Hand wieder.

»Dios! Meine Frau ist so glücklich, dass ich jetzt wenigstens ein paar Tage lang meinen Frieden haben werde.«

Pete ging zu seiner Hütte zurück, kam mit der Flasche Bourbon wieder, die er in Richtung der Versammlung und des Ehemannes hob, und sorgte für eine weitere Lachsalve. Elena, die abseits bei den Frauen saß, verließ wütend den Kreis, ihre Wolfshaut über den Schultern. Pete stellte sich neben Rafael.

»Was ist denn mit dir passiert?«

»Die Regierungsmiliz hat uns vor einer Woche angegriffen. Ich habe eine Kugel abgekriegt und bin vom Pferd gefallen. Washington und Texas haben beschlossen, uns auszumerzen.«

»Ich dachte, ihr treibt nur Handel.«

»Und die Armeeoffiziere sind nicht die Letzten, die davon profitieren. Aber so ist nun mal die Politik, Güero. Die Politik. Während des Krieges haben wir Überfälle auf die Konföderation durchgeführt, um Pferde zu stehlen und sie an die Union weiterzuverkaufen. Washington hat keinen Anstoß daran genommen. Nach dem Krieg haben wir unsere Tauschgeschäfte mit den Indianern wieder aufgenommen, nur dass sie sich jetzt mit den Amerikanern im Krieg befinden. Jetzt dürften wir ihnen nichts mehr zu essen verkaufen, und Waffen und Kugeln schon gar nicht. Ohne uns könnten Quanah Parker und die Letzten seiner Bande nicht durchhalten. Wenn wir Mexiko verlassen haben, werden er und seine Männer den Tod finden, es sei denn, sie gehen auch ins Reservat von Fort Sill.«

»Die Armee verteilt Gratismunition an die Waldläufer, damit sie Bisons erlegen.«

»Politik, Güero.«

Pete ließ sich nach hinten fallen und stellte die Flasche Bourbon auf seinem Bauch ab.

»Ihr seid weder Mexikaner noch Amerikaner. Was werdet ihr auf der anderen Seite der Grenze finden?«

Rafael trank schnell. Wie bei den anderen Männern in der Runde war der Alkohol heute Abend Medizinersatz.

»Seit Texas und Kalifornien an euch gefallen sind, ist unser Schicksal besiegelt. Wir gehören jetzt zu denen, die von den Weißen hier nicht mehr erwünscht sind. Die mexikanischen Familien, hier und in Kalifornien, haben sich ihr Land stehlen lassen. Es wurden Gesetze erlassen, die uns zu Ausländern erklären, wie die Indianer oder die Chinesen, die euren Zug gebaut haben und die auf Schiffen wieder nach Hause geschippert wurden. In Mexiko können wir das Englisch vergessen, das man uns in euren Schulen aufgezwungen hat, und wir werden nur noch unsere Sprache sprechen.«

Pete schluckte den Alkohol so schnell wie die Komantscheros, auf der Suche nach Vergessen.

»Und du, Güero, was hast du auf der anderen Seite des Rio Grande verloren?«

Pete blickte um sich auf diese Männer, die von der Ankunft der Pioniere des Land Office vertrieben wurden, dachte wieder an die Bisonjäger, die den letzten Tieren der Prärie hinterherjagten, und beobachtete Rafael, den Anführer dieser Truppe, die dabei war, sich in Selbstmitleid aufzulösen. Sie ließen die Arme sinken. Sie gaben auf. Die Wärme des Alkohols in seinem Mund machte ihm Lust auszuspucken, trunken in Gelächter auszubrechen.

»Ich möchte wissen, ob ich dem gewachsen bin.«

Rafael drehte sich lächelnd um.

»Was gewachsen bist?«

Pete antwortete nicht.

»Willst du das Schicksal herausfordern, Güero?«

»Das Schicksal?«

»Den Beweis antreten, dass du stärker bist als du selbst?«

Die Männer in der Runde sprachen jetzt lauter, das Trinken machte sie munter, sie wurden wieder lebhaft, aber es war keine Freude dabei, die Scherze wurden gewagter. Pete verstand nicht, was sie sagten, aber er spürte, wie sie immer aggressiver wurden, als sie alle auf denselben Abgrund zuschlitterten.

»Man kann nicht stärker sein als man selbst. Nur stärker als die anderen.«

»Du suchst das Abenteuer. Das ist ein Zeichen der Verzweiflung, Güero, aber du bist mutig.«

»Mehr als ihr!«

Seine Stimme war über die Feuer hinweggeschallt, und wenn auch nicht alle sein Englisch verstanden hatten, war der Ton doch klar genug, um die Gespräche abzuwürgen. Die Komantscheros sahen ihn an, Rafael reagierte gelassen.

»Wir sind zu viele auf dieser Erde, als dass jeder sein Schicksal herausfordern könnte, also schließen wir uns zu Gruppen zusammen, um eine gemeinsame Bestimmung zu haben. Manche Männer sind stark genug, um ganze Völker ihrem Schicksal entgegenzuführen. Das ist eine andere, höhere Form von Schicksal. Es ist aber auch für die Freiheit des Volkes viel gefährlicher, solchen Männern zu folgen. Ich bin nicht ihr Anführer, weil ich ein Abenteurer bin, sondern weil ich die amerikanische Schulausbildung genossen habe. Ich weiß, dass uns kein Schicksal mehr beschieden ist, dass es nur noch darum geht zu überleben. Du, Güero, du willst handeln. Du verachtest diejenigen, die darauf warten, dass etwas passiert, diejenigen, die hoffen. So wie du uns heute Abend verachtest. Aber du kennst noch nicht die Verzweiflung. Weißt nicht, was es heißt zu kämpfen und zu wissen, dass es nichts ändern wird. Quanah Parker und seine Komantschen, die wissen das. Sie kämpfen mit deinesgleichen.« Rafael stand mithilfe seiner Krücke auf, gab Pete den Rat, sich auszuruhen und sie jetzt allein zu lassen.

Pete bahnte sich wankend einen Weg durch die feindseligen Männer, ging zu seinem kleinen Haus zurück und lehnte sich dort an die Backsteinmauer. Mit vom Alkohol benebeltem Blick sah er hinüber zu den Lichtern der Feuer am Ufer.

Als er erwachte, waren die Familien schon in Marschordnung aufgereiht und die Maulesel und die Packpferde bei der Arbeit. Die Lebensmittelreserven, die Wasserfässer und das persönliche Hab und Gut wurden auf dem Rücken der Pferde die Schlucht hinaufgebracht, die Tiere kehrten ohne Last wieder zurück und wurden neu bepackt.

Pete füllte seine Satteltaschen auf, sattelte Reunion und ritt dann hinter den letzten Komantscheros her. Oben auf der flachen, mit kurzem Gras bewachsenen Ebene, warteten ein Dutzend Wagen, die befüllt wurden, ehe der Trupp loslief, sich wie eine Ameisenkolonne, die aus einem aufgerissenen Ameisenhaufen ihre Eier in Sicherheit brachte, vom Canyon entfernte. Sie folgten dem Felsen Richtung Süden, die große Herde mit den Pferden bildete das Schlusslicht.

Rafael, der sich nicht im Sattel halten konnte, lag im Schutz einer Plane auf einer Planke. Pete trabte zu ihm hin. Der Anführer verzog bei jedem Schaukeln des Wagens das Gesicht.

»In zwei Wochen werden wir den Rio Grande überqueren. Du kannst mit uns reisen, die anderen sind einverstanden.«

Pete hatte seine Zweifel daran, aber aus einem für ihn unerfindlichen Grund hatte Rafael seinen Einfluss geltend gemacht und dafür gesorgt, dass er in den Konvoi aufgenommen wurde.

»Heute Abend treffen wir die Männer von Quanah Parker. Besser, du zeigst dich nicht so oft, Güero. Sonst könnte es schwierig werden.«

Wenn er sich Rafaels Hautfarbe ansah, zweifelte er, dass er die Grenze erreichen würde.

»Was geschieht, wenn wir unterwegs der Armee begegnen?«

»Bis dahin haben wir unsere Ware verkauft. Wir gehen wieder. Sie werden uns ziehen lassen.«

Rafael hatte nicht mehr die Kraft zum Sprechen, er ließ sich auf die Decken fallen, gestützt auf Militärkisten. Auf Waffen.

Bis zum Nachmittag folgten sie dem Canyon, dann bogen sie nach Osten ab und stiegen von der Hochebene wieder in die Plains hinab. Das Gras wurde immer gelber und der Boden steinig, die Wagen staubten immer mehr ein, der große Fluss durch den Canyon hatte sich in immer feinere Läufe aufgefächert, die in der trockenen Erde verschwanden. Die Berge waren wieder fern und der Horizont reglos. Zwei Reiter galoppierten davon, mitten im Nirgendwo hielt der Konvoi, und geschwind wurde das Lager aufgebaut, die Frauen fingen an, das Abendessen vorzubereiten, die einzige Mahlzeit des Tages. Die Vorräte dürften kaum reichen bis zur Grenze. Sie machten kein Feuer.

Als die beiden Späher wieder zurück waren, versammelten sie die Pferde und die Waffenkarren. Rafael teilte die Männer in zwei Gruppen auf, die eine musste dableiben, um das Lager zu beschützen, die andere, größere, brach zu dem Treffpunkt

auf. Der Anführer hievte sich unter Schmerzen in den Sattel. Pete ging zu ihm, um mit ihm zu sprechen.
»Wird alles gut gehen?«
»Wenn es keine Überraschungen gibt. Falls du im Lager bleibst, pass auf unsere Frauen und unsere Kinder auf, bis wir wieder zurück sind.«
Pete nickte.
»Das kann ich tun.«
Nachdem der Waffenkarren und die Gruppe Komantscheros in der Nacht verschwunden waren, blieb Pete mit einem halben Dutzend Männern zurück, die rund ums Lager Aufstellung genommen hatten, um etwa dreißig Personen jeden Alters zu bewachen. Er setzte sich auf die Bank eines Planwagens, die Yellowboy auf den Beinen. Ihm wurden Maisfladen und Bohnen gebracht, wie den anderen Wächtern auch. Die Frauen hatten alles wieder verstaut, und der Konvoi war bereit zum Weiterziehen, die Tiere hatten gefressen und getrunken, ihr Zaumzeug war angelegt. Der Mann, der Pete im Dorf bewacht hatte, kam näher und bot ihm Kautabak an.
»Ich rauche ihn lieber, aber Rafael hat gesagt: kein Feuer. Ich heiße Ignacio.«
Er reichte ihm die Hand.
»Pete.«
Pete schob sich ein Stück Tabak zwischen Wange und Zähne.
»Sie sind schon lange weg. Ist das immer so?«
Ignacio spuckte einen Strahl aus Spucke und Tabak ins Dunkel.
»Das dauert zu lang.«
»Was machen wir, wenn sie nicht wiederkommen?«
»Sie kommen wieder. Es sind zu viele, als dass die Komant-

schen sie angreifen würden. Aber das ist zu lang. Es gibt ein Problem mit den Verhandlungen. Morgen brechen wir auf, sie werden an anderer Stelle zu uns stoßen.«

Ignacio kehrte auf seinen Posten zurück. Pete kaute weiter bedächtig seinen Tabak, während die letzten Vertreter der Komantscheros irgendwo mit den letzten Komantschen der Plains des Südens über eine letzte Waffenlieferung verhandelten. Er dachte wieder an die Wolfsfelle, die die schöne Elena in Augenschein genommen hatte, und sagte sich, dass die Hülle, die die Komantscheros und die Komantschen umgab, gegen das Licht betrachtet, nicht mehr sehr widerstandsfähig sein dürfte. Man konnte bereits hindurchsehen. Die Bisons verschwanden. Die Indianer verschwanden. Die Komantscheros verschwanden. Felle und Skalps. Eine Nation von Ausweidern.

Im Morgengrauen machte der Konvoi sich ohne Rafael und den Rest der Männer wieder auf den Weg, mit Lebensmitteln für längstens drei Tage. Ignacio hatte ihm erzählt, dass Rafael Lebensmittel gegen Pferde und Waffen eintauschen sollte.

»Wenn uns die anderen in drei Tagen nicht eingeholt haben, müssen wir bis zum Fort gehen, um die Soldaten um Lebensmittelrationen zu bitten.«

8

Nachdem sie drei Tage ohne Nachricht von Rafaels Gruppe geblieben waren, übernahm Ignacio die Rolle des Anführers. Die fünf bewaffneten Männer, die Familien, in denen es jetzt keine Väter und keine Männer mehr gab, stellten sich alle unter seinen Schutz, damit er sie nach Mexiko brachte.

Am vierten Abend, nach einem Tag mit rationierten Lebensmitteln, versammelten die Männer sich wieder. Sie missachteten die Sicherheitsvorkehrungen und machten Feuer. Die Frauen, die Alten und der junge Weiße stellten sich in einem weiteren, größeren Kreis um sie auf.

Pete begann die ersten spanischen Wörter zu verstehen. Wenn er wusste, worum es in einem Gespräch ging, konnte er ihm grob folgen. Es gab keinen Zweifel, worüber die Leute debattierten. Wie war der Rio Grande zu erreichen? Fort Sumner. Más próximo. Das war am nächsten. Vier Tagesreisen von hier. Ignacio schüttelte den Kopf. Nicht nur, dass er sich keiner Militärbastion nähern wollte, die vier Tagesreisen stellten auch ein Problem für sich dar. Cazar, jagen. Agua, Wasser. Diese Wörter fielen immer wieder. Und Rafael, der Name ihres Anführers.

Aber Ignacio glaubte nicht mehr an seine Rückkehr. Zu viel Zeit war vergangen. Zu viele mögliche Probleme. Die Rangers. Die reguläre Armee. Probleme mit dem Trupp von Quanah Parker oder mit den Ute, die den Komantschen feindlich gesinnt waren. Auf Rafal warten, al otro lado, auf der anderen Seite, sagte Ignacio, den Rio Grande erreichen und nach Mexiko gelangen. Das war die Aufgabe, die der Häuptling ihm übertragen hatte, für den Fall, dass er nicht zurückkehrte. Ignacios letzter Satz wurde mit Schweigen aufgenommen: »Y no volvió.«

Pete vernahm eine Stimme hinter sich, ein Flüstern: »Und er ist nicht zurückgekehrt.«

Er drehte sich um. Elena, deren Mann mit Rafaels Truppe aufgebrochen war, hatte sich hinter ihn gesetzt und übersetzt. Sie wich zurück in den Halbschatten, sobald sie den Satz geflüstert hatte. Pete stand auf.

»Ich kann losreiten und Lebensmittel aus dem Fort holen.«

Sie drehten sich zu dem Bleichgesicht um, und die, die kein Englisch verstanden, zu Ignacio, der übersetzte. Ein Murmeln ging durch die Gruppe zusammengekauerter Gestalten.

»Ich bin weiß, die Militärs kennen mich nicht. Wenn ihr mir einen Wagen gebt, kann ich Lebensmittel holen gehen.«

Ignacio übersetzte wieder, alle sprachen auf einmal, Männer, Frauen, Alte. Als der Lärm sich wieder legte, stand die Hälfte der Truppe auf und ging zu den Planwagen. Ignacio kam auf ihn zu.

»Deine Idee ist gut, Güero, aber du wirst nicht nach Fort Sumner gehen. Vor dem Fort, am Pecum River, liegt die Chisum-Ranch. Da kannst du alles kaufen, was wir brauchen. Wir werden noch zwei Tage zusammen reisen, bis wir zu einem Fluss kommen, an dem wir warten können, und das jagen, was wir brauchen, um bis zu deiner Rückkehr durchzuhalten. Wir sammeln gerade das Geld ein, mit dem wir den Nachschubproviant bezahlen, dann wirst du mit einem von uns losziehen.«

»Vertraust du mir nicht?«

»Du kannst uns nicht daran hindern, beunruhigt zu sein,

Güero, aber es geht auch um deine Sicherheit. Nach mir und Elena kann Jorge am besten Englisch, er wird mit dir gehen. Du wirst dich einer Gruppe von Pionieren vom Missouri anschließen. Jorge kennt dort unten niemand, du wirst also sagen, er sei euer Führer und du bräuchtest Lebensmittel für die Familien, die nach Santa Fe unterwegs sind.«

Sie löschten das Feuer, die Männer nahmen mit ihren Gewehren Aufstellung, und Pete war noch nicht wieder eingeschlafen, als er mit der Wache an der Reihe war. Er blieb bis zum Morgengrauen auf einer Bank sitzen, die Augen brannten ihm vor Müdigkeit. Der zweite Tag ohne Essen begann. Ein paar Maisfladen, die letzten, wurden an die Schwächsten verteilt. Der Konvoi setzte sich wieder in Bewegung, und Pete meldete sich als Freiwilliger, um mit Jorge jagen zu gehen – dem Mann, der ihn zur Chisum-Ranch begleiten sollte – und mit einem dritten Komantschero, Esteban, einem mageren Alten, der als der beste Jäger der Gruppe galt.

Die drei Reiter ritten voraus Richtung Osten, auf einer Piste, deren Spuren fast vollständig verwischt waren. Eine Herde Bisons oder ein verirrter Bulle wären am aussichtsreichsten, aber Esteban hoffte vor allem darauf, auf ein paar Gabelböcke zu stoßen. Sollten sich keine Antilopen zeigen, dann war alles eine gute Beute, Präriehunde, Hasen oder Kaninchen.

Der alte Jäger besaß ein Armee-Fernrohr aus verbeultem Kupfer; auf dem ersten Hügel, den sie erklommen, stand er in den Steigbügeln, drehte sich im Sattel um sich selbst, schüttelte den Kopf, zögerte einen Augenblick, bevor er sich für eine Richtung entschied, aufs Geratewohl, wie es Pete erschien. Sie trabten eine Stunde lang vor sich hin, wandten sich dann für eine weitere Stunde nach Westen, trabten dann wieder gen Süden, ohne auch nur auf ein einziges Tier zu stoßen, während ihre Ankunft immer von den schrillen Schreien der Präriehunde angekündigt wurde. Sie entdeckten ein paar Kojoten, ungenießbare Aasfresser, die ihnen eine Weile folgten und dann von ihnen abließen, als ahnten sie, dass diese Jäger kein Jagdglück haben würden.

Jorge war die Anwesenheit des Weißen nicht genehm, zumal dieser die Expedition zur Chisum-Ranch vorgeschlagen hatte und er ihn jetzt noch dazu begleiten musste. Pete behielt ihn im Auge. Esteban deutete auf einen Punkt in der Ferne, eine Spirale von Geiern und Bussarden, ein paar Meilen nördlich. Sie gaben den Pferden die Sporen, und Reunion, der seit Tagen nicht mehr galoppiert war, lief voran, denn er teilte mit seinem Reiter den jähen Wunsch, allein zu sein.

Die Geier kreisten über einem runden Grasstück, das grüner war als die Umgebung. Höhlen von Präriehunden, deren Exkremente und Gänge die Erde fruchtbar machten. Pete stieg vom Pferd, spannte den Hebel seines Karabiners und bewegte sich geduckt vorwärts.

In einem kleinen Kreis niedergetrampelter Gräser lag eine Antilope auf der Seite, und ihr Atem ging wie ein Schmiedebalg. An ihrer Seite ein drei Tage altes Kälbchen, das sich kaum auf den Beinen halten konnte. Die Mutter lag im Sterben, und ihr Fleisch stank schon nach Aas, eines ihrer Augen war trüb und durchzogen von einer suppenden Wunde.

Jorge zog einen Dolch aus der Scheide, packte das Kälbchen und schnitt ihm die Kehle durch, hielt es an den Hinterbeinen hoch, damit es ausblutete, und noch im Stehen, ohne abzuwarten, öffnete er ihm den Bauch, um es auszuweiden. Die Mutter hatte den Kopf gehoben, Jorge ließ das Kleine fallen, um die Mutter zu töten, schnitt sie auf und untersuchte die von Parasiten befallenen Eingeweide des kranken Tieres. Er schnitt ein paar noch essbare Stücke ab, auf die sich die Fliegen stürzten, die wie aus dem Nichts kamen, genau wie die anderen Aasfresser der weiten Ebene, die eben noch so verlassen gewirkt hatte.

Esteban hatte Spuren verfolgt und sein Fernrohr herausgeholt, und als er die Fährte der Herde, die diese beiden zurückgelassen hatte, entdeckt hatte, kehrte er geschwind zurück. Sie packten die sechs oder sieben Kilo Fleisch, die nicht weit reichen würden, in die Satteltaschen und machten sich schnell auf und davon. Die Spuren waren deutlich, und sie trieben die Pferde bis zur Erschöpfung an, machten am Fuß eines niedrigen Hügels Halt, der nichts weiter war als ein Wärzchen auf der Haut der Prärie. Esteban scharrte eine Handvoll Kot zusammen und lächelte: Die Antilopen waren nah. Sie drehten sich alle drei gleichzeitig um. Ein Schuss, dann noch einer, drei oder vier Gewehre, die von der anderen Seite der Berge schossen. Esteban blieb bei den Pferden, Jorge und Pete rannten weiter und kletterten bis hinauf ins Gras.

Die etwa dreißigköpfige Herde floh in schnellen Sprüngen auf sie zu. Vier Soldaten in blauen Uniformen galoppierten schießend hinter ihr her. Ein Gabelbock überschlug sich im Staub. Die Antilopen witterten die Gegenwart der Männer auf dem Hügel, schlugen einen jähen Haken und machten sich nach Norden aus dem Staub. Die Soldaten blieben stehen, als sie sahen, dass die Tiere die Richtung wechselten. Sie suchten den Gipfel des Hügels ab. Jorge und Pete warfen sich lang auf den Bauch.

Jorge begann den Rückzug anzutreten, Pete blieb, wo er war. Der Komantschero packte den Absatz seines Stiefels und zog daran. Pete reagierte nicht, die Wange fest an den Kolben seiner Waffe gepresst. Jorge zog noch fester.

»Späher, Güero. Wie wir. Wenn du schießt, werden die anderen kommen.«

Die Militärs zögerten, denn sie wussten nicht, mit was oder mit wem sie es zu tun hatten. Sie standen schutzlos am Fuß dieses kleinen Hügels, von dem aus man auf sie zielen konnte wie beim Schießstand auf dem Jahrmarkt. Pete sah die Kadaver der drei Gabelantilopen im Gras liegen – man würde die Komantscheros zwei Tage damit ernähren können –, klemmte sein Auge vors Zielfernrohr und feuerte über den Köpfen der Soldaten zwei Schüsse ab. Ihre Pferde schreckten zusammen, ein erster Reiter griff in die Zügel und machte kehrt, während die anderen beiden herauszufinden versuchten, woher die Schüsse kamen. Pete feuerte die Yellowboy ab und zielte auf den Erdboden vor ihren Füßen. Nur nicht die Pferde verletzen, sie abhauen lassen.

Esteban kletterte den Hügel hinauf.

»¿Qué pasa, Jorge?«

Esteban sah die Staubwolke der vier flüchtenden Soldaten, die im Gras liegenden Antilopen, dann blickte er Jorge an, der den Kopf senkte. Pete lief zu seinem Mustang.

»Beeilt euch!«

Am Spätnachmittag erreichten sie wieder den Konvoi. Pete band die Antilope los, die er auf Reunions Kruppe geladen hatte, und lächelte den Frauen zu, die sich darauf stürzten, während sie sich bekreuzigten. Ignacio klopfte ihm auf den Rücken. Jorge explodierte: »¡Maldito Güero!«

Er brüllte Pete ins Gesicht, und je mehr er schrie, desto stiller wurden die Komantscheros, das Lächeln verschwand von den Gesichtern, und die Blicke wandten sich dem gleichgültigen jungen Weißen zu.

»Entweder das oder hungers sterben. Morgen gehe ich ganz alleine auf die Ranch, da brauche ich niemanden bei mir.«

Ignacio hielt Jorge zurück, der sich auf ihn stürzen wollte. Pete nahm den Zügel seines Pferdes und entfernte sich von den Planwagen.

*

»Güero, du musst deinen Mustang hierlassen. Die anderen wollen nicht, dass du mit ihm aufbrichst.«

»Der Mustang bleibt bei mir. Sollte ich ein Problem bekommen, habe ich nur mit ihm eine Chance davonzukommen. Ich nehme alle Gefahren auf mich, während ihr hier zurückbleibt.«

Ignacio schüttelte den Kopf.

»Uns fehlt es nicht an Mut. Elf Männer sind bereits mit Rafael losgezogen, vielleicht sind einige Frauen schon Witwen, und einige Kinder haben keinen Vater mehr. Wir können sie nicht hierlassen. Nach dem, was du gestern getan hast, werden die Soldaten nach uns suchen. Wir haben keine andere Wahl mehr.«

Pete wiederholte noch einmal, dass sein Mustang bei ihm bleiben werde.

Einige Komantscheros hatten sich um den Wagen versammelt. Pete schüttelte Ignacio nicht die Hand, antwortete nicht auf die wenigen Grüße und trieb die Ochsen an, den Spuren der Piste zu folgen. Morgen würde er auf dem Gebiet der Chisum-Ranch ankommen, Tausende Hektar groß, und wenn er keinen Cowboy und keine Herde antreffen würde, würde er noch einen Tag fahren, um das Herz des Anwesens zu erreichen. Dann wäre er ganz nah bei den Rocky Mountains, der Passage in den Westen.

Er drehte sich um, als er ein Geräusch im Rücken hörte. Es war Reunion, an der langen Leine hinter dem Planwagen, der sich bewegte. Er sah ein Paar Stiefeletten, die Haut eines Beines und den Stoff eines Kleides einen Kreisbogen beschreiben, wie eine Tänzerin im Saloon, die hintenüberfällt. Er hielt das Gespann an, Elena zog sich am Bügelgestänge hoch, lief mit klappernden Absätzen über das Brett und setzte sich schließlich neben ihn auf die Bank.

»Fahr los, bevor sie merken, dass ich weg bin.«
Pete rührte sich nicht.
»Was machst du da?«
»Das ist eine sehr dumme Frage, Güero. Fahr jetzt los. Vámonos!«
»Bist du gekommen, um mich zu überwachen?«
Elena lachte auf.
»Ich bin aus demselben Grund hier wie du.«
Pete lächelte.
»Und dein Mann?«
»Ich habe keine Kinder, Güero, ich bin keine Mamacita mit Stutenhintern. Mein Mann... ist ein... mugroso, er stinkt und ist arm, wie die anderen, und er ist mit Rafael gestorben. Ich kann es fast nicht glauben, dass sie so dumm waren, dir einen Planwagen und Geld zu geben. Sie sind da hinten und werden verhungern. Ich fahre mit dir weg, das ist alles.«

Pete sah sie an, pfiff, und die Ochsen liefen los.
»Du riechst auch nicht gut, Elena, du brauchst ein Bad.«
Sie zeigte keinerlei Regung.
»Selbst wenn du was zu essen gebracht hättest, wäre ich

nicht nach Mexiko gegangen, in dieses Land der Farmer, um mich dort abzurackern und Felder zu bestellen.«
»Aber hier wirst du eine Prinzessin sein, meinst du?«
Sie bäumte sich auf, reckte sich und warf sich in die Brust.
»Ja, Güero. Eine echte Frau.«
»Du bist eine Frau, Elena, daran ist nicht zu zweifeln.«
Sie lachte – ein Barmädchenlachen –, als wollte sie gleich ein Liedchen trällern.
»Und du bist ein echter Mann, stimmt's?«
»Da werden wir uns gut verstehen.«
Sie schwieg einen Moment, streckte die Beine aus, schüttelte ihre staubigen Kleider, band sich die Haare zum Knoten.
»Du bist nicht so dumm, wie ich dachte, Güero, für einen Moment habe ich wirklich geglaubt, du wolltest sie retten.«
Pete blickte geradeaus.
»Sie werden jagen gehen. Sie werden sich zu helfen wissen, oder?«
Elena brach in Gelächter aus.
»Sorg dafür, dass du heute Abend Wasser findest, damit wir uns waschen können.«

*

Der Fluss beschrieb vor ihnen eine grüne Linie, der sich der Wagen mit der gleichen Geschwindigkeit näherte, wie die Sonne am Horizont versank, ehe er in der malvenfarbenen Glut zum Stehen kam. Pete band die Ochsen und seinen Mustang los, ließ sie am Seil angebunden am Flussufer grasen. Die schmutzigen Kleider klebten ihnen an der Haut, Elena zog ihren Poncho aus, knöpfte ihren Rock auf, öffnete ihre Stiefeletten und zog ihre zerlöcherten Wollstrümpfe aus. Ihren Rock behielt sie an, sie hakte ihre Bluse auf und zog, während ihre Brüste von den Bewegungen geschüttelt wurden, Pete die Schuhe aus. Sie knöpfte ihm sein Hemd auf, und Pete packte den Colt, den er an der Hüfte getragen hatte, und legte ihn ins Gras. Sie zog ihm die Hose aus. Pete ließ sich ins kühle Wasser gleiten. Mit seinem zusammengewundenen Hemd begann Elena, die hinter ihm kniete, ihn abzureiben, presste ihren Bauch und ihre Brüste an seinen Rücken. Sie war nur eine schmutzige Mestizin, gab sich aber wie eine Hure aus Carson City. Pete ließ es geschehen, den Kopf nach hinten auf ihre Schulter gelegt. Elenas Hand wanderte bis zu seinem Geschlecht, sie ließ den Stoff fallen und streichelte es und packte es dann fest. Pete legte Elena die Hände auf den Hintern und massierte die Haut durch den nassen Unterrock hindurch. Als seine Bewegungen kräftiger wurden, hielt sie inne und presste ihre Lippen an sein Ohr.

»Güero, wir müssen erst weiterkommen, dann gibt es die Fortsetzung.«

Sie ließ von ihm ab und ging tiefer ins Wasser, kauerte sich mit dem Rücken zu ihm hinein, fuhr sich mit den Händen zwischen die Beine und wusch sich. Pete drehte sich auf den Bauch, streckte die Arme aus und ließ sich vom Fluss überströmen.

Sie machte ein Feuer und legte die Kleider zum Trocknen aus, zog ihren Unterrock aus, und bis sie sich in ihren Poncho hüllte, konnte Pete sie ganz nackt sehen, nass und dunkelhäutig. Er lächelte, als sie sich viel Zeit nahm, ein paar Sekunden zu viel, um sich zu bedecken. Es wurde Nacht, und aus einer Tasche, die sie mitgebracht hatte, holte sie eine Ration Antilopenfleisch. Ein dickes Stück, das sie vom Anteil einer Familie gestohlen hatte. Pete aß zum Abendessen von seinem eigenen Vorrat. Sie aßen jeder für sich auf seiner

Seite der kleinen Feuerstelle, dann legte sie sich zum Schlafen in den Planwagen.

»Buenas noches.«

Pete legte sich zwischen die Wagenräder. Er versuchte wach zu bleiben, aber die beiden schlaflosen Nächte forderten ihren Tribut.

9

Als er die Augen aufschlug, sah er Elena vor sich stehen, die Stirn gerunzelt. Sie musterte ihn und fragte sich wahrscheinlich, was sie hier machte mit diesem schnurrbartlosen Weißen mit dem langen Oberkörper und den viel zu kurzen Gliedmaßen, dessen Brust mit widerlichen kurzen schwarzen Löckchen bedeckt war. Dieser junge Weiße, der schlief wie ein Kind, während die Sonne bereits hoch stand, und der sich für stärker hielt als die Männer, mit denen sie aufgewachsen war.

»Aufstehen.«

Pete streckte sich und lächelte, als er sah, wie sie ihm den Rücken kehrte. Er wusch sich das Gesicht im Fluss und zog seine noch feuchten Kleider an, während sie die Ochsen einspannte.

Sie setzten sich auf die Bank und zogen weiter. Noch ganz benommen, die Augen vom Schlaf verklebt, sagte Pete, ohne sie anzusehen: »Bis wohin muss ich dich mitnehmen, um den Rest zu bekommen?«

»Bis diese Ebene außer Sicht ist.«

Pete pfiff.

»Dann werden wir ja reichlich Zeit haben, uns kennenzulernen.«

Zwei Stunden lang war es noch frisch, dann flaute gegen Mittag der Wind ab; die Sonne brannte auf die Prärie nieder und drückte auf die Landschaft und die verlangsamten Gedanken, denen sie beide nachhingen. Elena war ganz an den Rand der Bank gerutscht, um jede Berührung zu vermeiden, ließ ihren Poncho auf die Hüften gleiten und besprengte sich das Gesicht mit Wasser aus einer Trinkflasche.

»Sollen wir nach einem anderen Fluss suchen?«

Sie hörte ihm nicht zu, hatte sich aufgerichtet. Pete zog die Zügel an. Am Horizont sprenkelten dunkle Flecken die weichen Gelbtöne der Ebene. Er stellte sich hin und hob seinen Hut, die Hand zum Schutzschild geformt.

»Eine Herde.«

»Hab ich gesehen.«

»Wir sind auf dem Territorium der Chisum-Ranch.«

»Ich weiß.«

Pete prüfte nach, ob seine Winchester geladen war.

»Wenn wir Arbeitern von der Ranch oder Militärs begegnen, dann lässt du mich reden.«

Die Ochsen mussten noch eine Stunde unter der Sonne keuchen, ehe ihnen die ersten Kühe begegneten, Herford-Rinder mit braun-weißem Fell, mehrere Hundert versprengte Tiere, so weit das Auge reichte. Pete wartete, spähte in großem Radius nach links und rechts, und Elena wurde ungeduldig.

»Worauf wartest du?«

»Sei still.«

Sie hatte ein kleines verächtliches Lachen.

»Hast du Gewissensbisse? Du kannst sie nicht retten, Güero. Dazu ist es zu spät. Falls das überhaupt jemand kann, dann bestimmt nicht du. Fahr weiter.«

Sie versuchte, ihm die Zügel aus der Hand zu nehmen, und er ohrfeigte sie.

»Du bleibst hier und machst keine Geschichten. Sobald ich zwei Kühe gefangen habe, kannst du verschwinden und dir eine Arbeit im Bordell suchen.«

Er sprang vom Wagen, schnappte sich den Sattel von der Planke und legte Reunion das Geschirr an, rollte sein Lasso ein und ließ es vom Sattelknauf hängen. Er zog seine Jacke aus, wickelte den Colt hinein, legte das Messer ab, wartete noch einen Augenblick und suchte den Horizont ab, um sicherzustellen, dass kein Cowboy in der Nähe war. Elena rieb sich die Wange, sie sah die Kühe an und dann den Reiter.

»Was hast du vor?«

Auf der Fitzpatrick-Ranch war Pete öfters beim Einfangen wilder Mustangs dabei gewesen. Mit Kühen hatte er noch keine Erfahrung, aber diese Tiere waren viel langsamer als Pferde, und er würde nicht lange brauchen, bis er zwei oder drei eingefangen hätte. Im schlimmsten Fall konnte er sich an die entwöhnten Kälbchen halten. Er würde das Fleisch an die Komantscheros verteilen und sich wieder auf den Weg machen. Er könnte das Geld behalten, das sie ihm gegeben hatten, und behaupten, Elena sei damit abgehauen.

Er näherte sich im Schritttempo, dachte wieder an die Bisons und hoffte, dass die Kühe genauso dumm waren. Er ging so nah wie möglich an sie heran und suchte sich die erste aus, die er fangen wollte. Reunion war auf die Hetzjagd dressiert, er verstand, was vor sich ging, auch wenn Kühe neu für ihn waren. Pete stieß ihm die Absätze in die Flanken, und der Mustang preschte los. Die Kuh machte einen Satz in die Höhe, um Anlauf zu nehmen, und galoppierte los. Pete ließ seine Beute nicht aus den Augen, er schwang das Lasso über dem Kopf, warf es aus und glaubte schon, sie verfehlt zu haben, doch das Seil hatte beide Hörner erfasst und straffte sich. Er ließ es schlaff hängen, wickelte das Ende des Lassos um den Sattelknauf und ritt weiter neben der Kuh her. Als sie langsamer wurde, griff er in die Zügel und blieb stehen, riss damit den Hals der Kuh herum, die ein- oder zweimal bockte und dann stehen blieb. Pete lächelte. Die Kuh drehte sich im Kreis und zog am Seil. Reunion verlor das Gleichgewicht. Der Bauchgurt löste sich, der Sattel rutschte weg, und Pete geriet ins Straucheln. Noch ehe er zu Boden stürzte, hatte die Kuh auch schon das Sattelzeug abgerissen. Die Füße noch in den Steigbügeln, wurde er mitgerissen und über die Steine geschleift. Dann verschwand der Sattel zwischen seinen Beinen, die Kuh war damit auf und davon. Alle anderen Tiere waren weggelaufen.

Er rannte ohne Pferd und Sattel wieder zum Wagen zurück. Die rechte Seite seines Gesichts war aufgeschrammt, ein Ärmel seines Hemdes war abgerissen und hatte sich ums Handgelenk gewickelt, Elena lachte. Pete schnappte sich die Yellowboy von der Bank.

»Was hast du vor, Güero? Willst du die Kühe abschießen, damit uns die Cowboys auch ja meilenweit hören können? Du weißt nicht mehr, was du tust, du wirst uns eine Menge Probleme bescheren. Bring mich zur Ranch! Dort kannst du das Fleisch kaufen und mich lässt du da.«

Pete ballte die Faust, öffnete sie im letzten Augenblick, und statt Elena niederzuschlagen, ohrfeigte er sie ein zweites Mal. Sie rollte über den Boden. Pete ging auf den Mustang zu, hörte, wie eine Waffe entsichert wurde, dachte an seinen Colt, hatte noch die Zeit, sich umzudrehen und sich zu fragen, ob die auf dem Boden liegende Furie mit den Augen einer Indianerin und der Haut einer Mexikanerin abdrücken würde oder nicht. Die Antwort lag schon in der Frage. Der Schuss, die Erschütterung in seinem Bauch, seine Hände, die nach dem Schmerz zu greifen und diese ungeheuerliche Entladung an Gift zu verstehen versuchten, sein Kopf, den er nicht mehr schützen konnte und der hintenüberfiel und dabei gegen das Wagenrad prallte.

*

Da sie dachte, er werde davonkommen, hatte Elena den Anstand besessen, ihm vor ihrer Flucht sein Pferd dazulassen, dessen Zügel um sein Handgelenk geknotet waren. Er band das Pferd los und warf einen Blick unter sein Hemd, sah ein blutgetränktes Stück Stoff. Er beschloss, Elena zu vertrauen: Das war sein erstes Loch im Bauch, er kannte sich nicht aus damit, aber sie hatte die Lage so eingeschätzt, dass er durchkommen würde, und einen behelfsmäßigen Verband um die Wunde gewickelt. Seine Kleider waren noch da, die Jacke lag unter seinem Kopf, die Taschen waren leer. Das restliche Geld vom Land Office, der Lohn von McRae und Vimy, das Geld von den Komantscheros, der Planwagen und die Ochsen: gestohlen. Sein Colt, der Türkis: verschwunden. Ihm waren nur noch eine Handvoll Kugeln und das Winchester-Gewehr geblieben.

Sich aufzurichten war am Ende schwieriger als einfach liegen zu bleiben und Bilanz zu ziehen. Er rollte sich auf die andere Seite, die unverletzte. Wie ein Kleinkind, das gerade die ersten Bewegungen lernt, versuchte er, in den Vierfüßlerstand zu kommen. Er fiel mit dem Gesicht in den Sand. Das Blut begann wieder zu fließen, das Wasser aus der Feldflasche – eine letzte großzügige Geste – war warm. Der Schmerz breitete sich in den Bauchorganen aus, blockierte die Hüfte und lähmte das Becken. Pete wand sich grimassierend, um sich mit der Hand an den Rücken zu fassen. Elena hatte aus drei Metern Abstand auf ihn geschossen, die .45er-Kugel war glatt durch ihn hindurchgegangen. Das hieß, sie war auf ihrem Weg auf nichts Hartes gestoßen – Knochen, Wirbel – und hatte sich ihren Weg durchs weiche Fleisch gebahnt. Es gelang ihm, sich aufzusetzen, aber er hatte nicht die Kraft, sich aufrecht zu halten, und so klappte er einfach nach vorne, den Oberkörper auf die Schenkel, zog die Beine an und legte die Stirn auf die Knie. Er brauchte einen festeren Verband, um die Blutung zu stoppen. Allerdings schien dieser immerhin seinen Bauch von einem schmerzhaften Druck zu befreien, als wäre ein Abszess geplatzt, und die Vorstellung, dass sich das Blut im Innern staute, gefiel ihm ohnehin nicht.

Er blieb eine ganze Weile zusammengekauert sitzen, rührte sich erst wieder, als ein Schwindel ihn befürchten ließ, er könnte in Ohnmacht fallen. Er zog langsam das Hemd aus und knotete es so fest wie möglich um seinen Körper, mit stockendem Atem, bevor er in seine Jacke schlüpfte und sie bis zum Hals zuknöpfte, mit dem beruhigenden Gefühl, sich ein enges Korsett geschaffen zu haben.

Während er sich am Zügel des Mustangs festhielt, um sich aufzurichten, war es, als spürte er alle Schmerzen, alle Schläge, alle Brüche und alle Stürze seines Lebens auf einmal. Den Huf einer Kuh auf seinem Bein, den Planwagen, der auf ihn gefallen war, den Rückstoß vom Gewehr seines Vaters, als er das erste Mal geschossen und sich dabei den Arm ausgekugelt hatte, die Prügel des Alten. Er hängte sich in Reunions Zügel und richtete sich langsam auf. Dann stand er aufrecht, die Wange ins warme, fettige Fell gepresst, in dem der Geruch der bewältigten Strecke hing, die beruhigende Gegenwart des Pferdes, sein Duft, der Duft der Fitzpatrick-Ranch.

Pete schlang ihm den Arm um den Hals, den anderen um seinen Kopf und ließ sich fallen, zog mit all seinem Gewicht an dem Tier, bis es ein Bein beugte und auf die Knie ging. Pete rollte sich auf seinen Rücken, krallte sich in sein Fell.

»Los. Ganz langsam.«

Reunions jähe Bewegungen schüttelten seine Eingeweide durch, und Pete spuckte Galle, aber dann stand das Pferd, und er saß drauf.

Er ließ sein Tier im Schritttempo den Weg, auf dem sie gekommen waren, wieder zurücklaufen. So würde er zu dem Fluss zurückfinden, an dem Elena ihn gewaschen hatte. Er hatte nur noch Gedanken daran, wie das kühle Wasser ihm über die Wunde laufen würde. Bei jeder Schulterbewegung von Reunion musste er die Zähne zusammenbeißen, schließlich wurde der Schmerz eine Decke, in die er sich einrollte, eine einlullende Wärme. Er fand seinen Platz darin, schloss die Augen.

Ein heller Gesang in der Dunkelheit, der salzige Geschmack von Pferdeschweiß auf den Lippen, zu beiden Seiten des Pferdehalses die schlaff herabhängenden Arme, im Mund die Haare der Mähne. Er streichelte das Tier, um sich seiner selbst zu versichern, um etwas zu spüren, dann hob er den Kopf. Mond und Sterne. Ihr Licht über dem Rauschen des Flusses.

Der Mustang war treu dem Weg gefolgt und trank mit

gesenktem Kopf. Pete versuchte sich aufzurichten. Seine Haut klebte am Verband fest, der Verband klebte am Futter seiner Jacke fest, die Jacke am Fell seines Pferdes. Er verlor das Gleichgewicht, Arme und Beine waren von Krämpfen gelähmt, hervorgerufen durch die Anspannung, mit der er sich am Nacken des Tieres festgekrallt hatte – Reflex des schlafenden Reiters. Er schlug auf dem Boden auf, ohne dass sein Körper sich entkrampfte, die Uferböschung mit den Kieseln dämpfte den Sturz. Sein Kopf lag im Wasser, das ihm kalt durch den Kragen ins Hemd floss. Er trank, so viel er konnte, schleppte sich ans trockene Ufer und schlief wieder ein.

Der kleine verfrühte Aasfresser, die Fliege auf seinen Lippen, kitzelte ihn. Pete schlug die Augen auf. Die Fliegen und das Morgengrauen waren gemeinsam gekommen.

Die Wunde war blau marmoriert und rund um die Kruste von violetten Adern umgeben. Er durchnässte vorsichtig die Kruste, um sie aufzuweichen und sie bei jedem Mal ein Stück mehr abzulösen. Als die Wunde am Bauch sauber war, tat er dasselbe, so gut es eben ging, mit dem Rücken.

Laut einer Legende, die sie sich erzählten, wenn sie im Spiel einen erbarmungslosen Krieg gegen die Indianer führten, sagten die Jungen von Basin, wenn man sieben zufällig gepflückte Kräuter mischt, könne man sich überall ein natürliches Medikament herstellen, das die Wunden von vergifteten Pfeilen heilt. Pete kroch auf allen vieren zur Uferböschung, sammelte einen Strauß aus zehn verschiedenen Kräutern, denn er sagte sich, das könne auch nicht schaden, und zerkaute sie langsam zu einer grünen Paste. Die Pflanzen schmeckten unterschiedlich, aber bitter waren sie am Ende alle; nach dem Kauen der verwelkten Blumen mit den braunen Blütenblättern musste er sich übergeben. Aus einem etwas süßeren Gras bereitete er eine Mahlzeit zu, indem er erst den Saft schluckte und dann kleine Bissen davon hinunterzwang. Sein Magen verweigerte die Nahrung nicht, ein weiteres Indiz, dass die Kugel nicht allzu viel Unheil angerichtet haben dürfte.

Er wartete, bis das Hemd, das er mit Kieseln sauber geschrubbt hatte, getrocknet war, trug sein Kinderheilmittel auf die beiden Wunden auf, knotete den Stoff darum und füllte dann seine Feldflasche.

Nachdem Reunion auf die Knie gegangen war, zog er sich auf dessen Rücken hinauf. Er hatte einen Großteil des Tages mit Ausruhen und der langsamen, gewissenhaften und schmerzvollen Versorgung der Wunde zugebracht. Als er aufbrach, ging der Nachmittag gerade zu Ende. Vor vier Tagen hatte er die Komantscheros verlassen. Falls sie nicht gejagt hatten, dürften sie ihre Vorräte jetzt aufgebraucht haben und immer noch an derselben Stelle warten.

Ein Tag und eine Nacht, eine Reise durch das Traumland, voller Stürze und Erschütterungen. Der Mustang blieb stehen, und in den Farben des Sonnenaufgangs wirkte der Geruch von verbranntem Holz wie eine Halluzination, als habe Pete im Geiste die flammende Morgenröte mit dem Brandgeruch in eins gesetzt. Dann sah er die träge Rauchsäule wie reglos aus dem grünen Eck aufsteigen, in dem das Lager errichtet war.

Die Planwagen brannten aus, in sich zusammengesunkene Skelette auf Aschekreisen. Ein weiterer stand, nach einem vergeblichen Fluchtversuch, noch intakt, aber ohne die Ochsen, verlassen mitten in dem kleinen Fluss. Männer und Tiere waren verschwunden. Decken und Kleider, Körbe und zerbrochene Tontöpfe lagen verstreut im Gras. Die Hälfte der etwa zehn Planwagen fehlte.

Pete kam näher.

Unter den verstreuten Decken lagen Leichen.

Er rutschte von seinem Pferd herunter, ohne länger an den Schmerz zu denken, hob einen Wollzipfel an und sah in das graue Gesicht eines Alten, den er wiedererkannte, ohne sich an seinen Namen zu erinnern, die Augen geschlossen und die Lippen geschürzt. Vier Leichen, drei alte Männer und Jorge.

Spuren von Pferden und solche von Planwagen und Ochsen zeigten, dass sie nach Osten gezogen waren: Eine Truppe hatte die letzten Komantscheros mitgenommen. War es die Armee gewesen, eine Patrouille, die man nach dem Scharmützel mit den Waldläufern auf die Suche nach ihnen ausgeschickt hatte, oder doch nur eine Kolonne, die zufällig auf sie gestoßen war?

Pete hätte Gräber ausheben müssen, aber er konnte sich nicht auf den Beinen halten. Er ging fort zum Wasser, setzte sich ins Gras und betrachtete den Planwagen mit den halb im Wasser stehenden Rädern, ab und an lüpfte eine Brise die zerrissene Plane. Bei der Vorstellung, er könnte Kinder unter den Decken finden, hatte ihn panische Angst überfallen.

Er drehte sich um. Ein Mann sah ihn an, ein Gespenst, das neben seinem Pferd stand, in der einen Hand ein herabhängendes Gewehr. Esteban, der alte Jäger, hatte leere Augen, der Mund stand ihm offen, er sah aus, als frage er, warum man ihn vergessen habe. Pete hielt sich den Bauch und ging auf ihn zu.

»Was ist geschehen?«

Esteban betrachtete das Blut auf seiner Jacke, dann das Gesicht des Güero.

»Soldados.«

Er sprach kein Wort Englisch. Er wandte den Kopf nach Osten und hob sein Gewehr.

»Los llevaron a Fort Dodge. Los soldados. Había salido a cazar. Habían desaparecido cuando volví.«

Esteban war jagen gegangen, er hatte nichts gesehen, er war nicht da gewesen. Sie waren verschwunden. Der Alte sah auf Petes Bauch.

»¿Qué pasó?«

»Elena.«

Esteban blinzelte.

»¿La mataste?«

Nein, Pete hatte Elena nicht getötet. Er schüttelte den Kopf und zeigte mit der Hand nach Osten.

»Sie ist fort, mit dem Planwagen und den Ochsen.«

Esteban reagierte nicht, er blieb reglos stehen und sah den Weißen an.

»Wo gehst du jetzt hin, Esteban?«

Pete wiederholte die Frage erneut. Der Alte schien ihn nicht mehr zu verstehen.

»Mexiko?«

Esteban wiederholte das Wort: »Mexico.«

Dann ging er zum Fluss, lief mit den Stiefeln an den Füßen hinein und stieg in den verlassenen Planwagen. Er stieg mit zwei Feldflaschen wieder herunter, füllte sie im Strom, kam mit seinen vollgelaufenen Stiefeln, die ein quatschendes Geräusch von sich gaben, aus dem Wasser, bestieg den Sattel und wartete.

Pete ließ Reunion knien und zog sich auf seinen Rücken hinauf.

10

Im Gesicht des alten Esteban zirkulierte kein Blut mehr, es war grau geworden, die Haut hing in Fetzen von seinen Lippen und seiner Stirn, wie die Rinde eines toten Baumstamms. Wie verbranntes Holz, das die Form eines Holzscheits behalten hat und das ein Lufthauch in Asche verwandeln wird. Er aß nichts, seine Feldflaschen bot er Pete an, ohne auf dessen Fragen zu antworten, welche Richtung sie einschlagen sollten oder wie weit sie noch vom Rio Grande entfernt waren. Pete sagte ihm, er solle jagen gehen, egal was, Nagetiere, oder er solle Wurzeln zum Aussaugen ausgraben, denn sie würden sich nicht mehr lange im Sattel halten können. Esteban ritt stumm weiter. Pete schrie, aber der Schmerz in seinem Bauch erhob sich lauter als seine Stimme: »Geh jagen! Cazar…«

Esteban betrachtete das Blut auf der Jacke und dann Petes Gesicht, das bald so bleich sein würde wie sein eigenes.

»Maldito.«

Am Abend pflegte er ihn. Er wusch ohne jeden Kommentar das Präriekräuterpflaster ab, holte aus seiner festen Tasche ein Tütchen mit einem gelben Pulver, das er in seiner Handfläche mit Wasser verrieb und vorsichtig auf die beiden Wunden strich, dann ritt er mit seinem Pferd davon. Pete schlief ein, das Gewehr mit beiden Händen haltend, Reunions Zügel an seinen Knöchel gebunden. Als er im Morgengrauen die Augen öffnete, saß Esteban wartend im Sattel, und sie machten sich auf den Weg, als sie auf ihrer Linken die glühend heiße Sonne aufgehen sahen.

Seine Wunde schmerzte ihn nicht mehr so, aber mit dem Nahrungsmangel schwanden auch seine Kräfte, seine Zunge war geschwollen und rissig, der Wasservorrat aufgebraucht. Das Gespenst des Komantschero lief zwanzig Schritte vor ihm, ohne die Zügel seines Pferdes zu berühren, gebeugt vor Müdigkeit und staubbedeckt. Pete schielte nach der schemenhaften Gestalt wie nach der tanzenden Nadel eines Kompasses, schloss die Augen und öffnete sie wieder in ein strahlend weißes Licht. Plötzlich war Esteban nicht mehr da, Pete schaute hinter sich. Er hatte ihn in einem Augenblick der Unaufmerksamkeit überholt, der Alte war aus dem Sattel gefallen und sein Pferd willenlos neben ihm stehen geblieben. Pete machte kehrt, ließ sich neben dem Komantschero zu Boden gleiten, hob seinen Kopf an und legte ihn sich aufs Bein, schüttelte eine Feldflasche, aber es kam kein Tropfen mehr heraus.

»Wo ist der nächste Fluss? Die Grenze? Esteban, die Grenze? Agua?«

Esteban atmete aus, sein Atem roch nach Aas, er hatte sich beim Fallen auf die Lippe gebissen, und ein Blutfaden trocknete im Mundwinkel. Er hob die Hand zu Petes Gesicht, hielt vor der Berührung inne und deutete mit seinem knochigen Zeigefinger auf seine Stirn.

»Maldito.«

Pete ließ den Alten zurück ins Gras fallen und streckte sich auf dem Rücken aus, die Hände auf der Wunde. Er sah den blauen und leeren Himmel und hörte den Sterbenden murmeln: »Tu culpa, güero. Maldito. Elena putana. Maldita.«

Pete stieß ihn mit dem Stiefel an.

»Sei still!«

Dann rollte er sich auf die Seite, um sein Gesicht vor der

Sonne zu schützen. Im Gedanken an Rafael fragte er sich, ob es eines echten Schicksals würdig war, auf diese Weise in der Prärie zu sterben. Was für ein Leben hatte der alte Esteban gelebt, wie viele Kinder, wie viele Enkel? Wie oft hatte der Alte schon gedacht, er müsse sterben, bevor er dieses Alter erreicht hatte? Er kroch zu ihm hin, legte ihm die Hand auf die hohle Brust und schüttelte ihn, näherte sein Gesicht dem stinkenden Mund.

»Hast du Angst zu sterben, viejo?«

Er selbst hatte vor diesem Tag noch nie an seinen Tod gedacht, nicht einmal in der Sierra Nevada mit seinem Bruder, nachdem er aus der Kolonne von Wehrpflichtigen, die wie Gefangene in den Krieg geführt wurden, geflohen war. Diese irrsinnige Gipfelerstürmung, die Kälte, die ihnen auf endlosen Gebirgspässen die Füße und die Hände abfror. Der tiefe Schnee, von dem er jetzt nur träumen konnte, eine Handvoll, die er im Mund schmelzen lassen könnte. Selbst in den Felsspalten, in denen sie sich damals versteckten, hatte er nicht an ihren Tod geglaubt, obwohl ihr Atem so schwach war, dass er unter den beinharten Militärdecken keinen Dampf mehr hervorrief. Weil er wusste, dass ein letzter Gebirgspass kommen würde, dass sie auf der anderen Seite etwas erwartete. Und dort waren der See und die Ranch gewesen, zwischen die spitzen Berge gekauert. Pete erinnerte sich wieder an ihre Empfindungen bei diesem Ritt durch den Pulverschnee, der bis zu den Toren dieser Scheune führte, in die sie sich geflüchtet hatten, die Wärme der Pferde, zwischen deren Beine und unter deren Bauch sie sich gekauert hatten.

Pete sah zu Reunion, der stumpf darauf wartete, mit ihm zu sterben. Er hieb mit der Faust auf Estebans Brust.

»Ich will nicht verrecken! Das ist deine Schuld! Deine

Schuld, die von dir und deinen Bastarden! Deinem stinkenden Stamm.«

Der Alte hustete und röchelte, sah den jungen Weißen an, der ihn schlug, hob einen Arm, und Pete sah, wie er den mageren Zeigefinger nach oben reckte, zitternd, in seine Richtung, sah, wie Estebans Lippen sich bewegten. Er stieß den Alten mit aller ihm verbleibenden Kraft von sich, malträtierte diesen widerstandslosen Körper mit Fußtritten. Kein Wort mehr, nicht einen Tropfen Speichel mehr, den er spucken könnte; mumifiziert, alles, was von ihm bleiben würde, ein Skelett, verflucht von einem anderen.

*

»Wach auf.«
Über ihm erhob sich der Schatten dreier schwarzer Gestalten am Himmel. Die Gestalt, die gesprochen hatte, ging in die Hocke, und Pete erkannte Elenas Ehemann wieder. Er wollte sich aufrichten, sein Kopf fiel nach hinten, der Mann half ihm, sich aufzusetzen. Sein Hals fühlte sich an, als habe man eine Kugel aus Zeitungspapier hineingestopft, seine Wimpern waren verkrustet und zusammengepappt, er griff nach der Feldflasche, die man ihm hinhielt, aber sie glitt ihm aus der Hand. Der Mann führte sie an seine Lippen und schüttete ein paar Tropfen heraus, die auf seiner eingerissenen Zunge brannten. Der andere wiederholte seine Frage auf Englisch: »Was ist geschehen, Güero? Wo sind die anderen?«
Pete brachte hervor: »Esteban?«
Der Mann schüttelte den Kopf.
»Muerto.«
Pete streckte die Hand nach der Feldflasche aus, noch ein paar Tropfen, sein Mund und seine Kehle wurden weicher.

»Soldados. Die Armee. Fort Dodge. Gefangene.«
»Was hast du hier mit Esteban gemacht?«
Pete trank noch einmal.
»Jagen gegangen. Zu spät zurück.«
Jetzt umstanden ihn fünf Männer. Der Ehemann sah sich seine Jacke an.
»Warum bist du verletzt?«
Auf seine Krücke gestützt, tauchte Rafael auf.
»Déjalo, Felipe. Póngalo en el carro, no podemos quedarnos aquí.«

Er hatte das Gefühl, jeder von den vier Männern, die ihn hochhoben, trug ein Stück von ihm davon, als hätten sich seine Beine, seine Arme und sein Oberkörper getrennt und würden jetzt einzeln durch die Luft schweben. Sie legten ihn im Schatten der Plane auf das Holz eines Planwagens. Pete spürte die Anwesenheit anderer Menschen um sich herum. Augenpaare, schwarz und glänzend. Kinder. Etwa ein Dutzend, Schulter an Schulter, in diesen Karren gepfercht, in dem man Waffenkisten und Munition transportiert hatte. Er hörte die Zügel schnalzen und wie die Räder sich zu drehen begannen. Indianische Kinder, keine Mestizen wie die Komantscheros, kleine Wilde von vier oder fünf Jahren, Mädchen und Jungen, die ältesten durften zehn Jahre alt sein.

Sechs Stunden lang sprachen sie nicht ein Wort, die Kleinsten schliefen, aber als der Wagen hielt, waren sie alle wach. Zwei Männer halfen Pete beim Aussteigen und stützten ihn beim Laufen bis zum Ufer eines Baches. Rafaels Gruppe hatte keine Verluste zu beklagen, es waren immer noch dieselben zehn Männer. Pete fragte, was die Kinder hier zu suchen hätten, man antwortete ihm nicht.

Vier Wachtposten bezogen Aufstellung an den vier Kardinalspunkten rund um den Konvoi. Rafael hinkte auf den Weißen zu, den Arm immer noch in der Schlinge. Der Anführer der Komantscheros, den Pete am Rande des Todes wähnte, hielt immer noch durch.

»Erzähl, Güero.«

Pete schöpfte Wasser mit den Händen und rieb sich das Gesicht und den Hals. Er sagte, als ihnen allmählich die Lebensmittel auszugehen begannen, sei der Konvoi nach Westen abgebogen. Jorge habe am Ufer des Flusses warten und jagen wollen, bis Rafael und seine Truppe wiederkamen. Ignacio war nicht einverstanden gewesen.

»Er sagte, ihr wäret zu einem Treffen auf der anderen Seite des Rio Grande verabredet. Wieder andere sagten, es gäbe nur eine Lösung, sie müssten nach Fort Sumner gehen, sich ausliefern und um Nahrung bitten, um die Alten, die Frauen und die Kinder zu retten. Bis sie eine Entscheidung getroffen hätten, bin ich mit Esteban jagen gegangen.«

Pete sah zu dem Planwagen hinüber. Ein paar von Rafaels Männern hatten die Kinder absteigen lassen und banden jetzt Seile um ihre Taillen. Rafael interessierte sich nicht für die Indianer.

»Du sagst, unsere Leute seien nach Fort Dodge gebracht worden?«

Als er diese angebundenen Kinder sah, denen man Nahrungsmittelrationen brachte, war Pete zumute, als steckten Schreie in seiner Kehle, Flusskiesel, die ihn am Atmen hinderten.

»Was macht ihr mit ihnen?«

Der Anführer der Komantscheros warf ihnen einen verärgerten Blick zu.

»Sie sind der Grund, warum wir so viel Zeit verloren

haben. Quanah Parker hatte nicht genug Geld, um die Waffen zu bezahlen. Die Verhandlungen zogen sich hin, am Ende sagten uns die Komantschen, wir sollten drei Tage warten, gingen auf Expedition und brachten die Kinder mit, um die restliche Summe zu begleichen. In Mexiko könnten wir einen guten Preis für sie erzielen. Die Soldaten kamen aus Fort Dodge?«

Pete konzentrierte sich auf seine Lügen.

»Das hat Esteban gesagt, als er die Spuren gesehen hat… Wirst du sie verkaufen?«

»Was ist geschehen?«

»Es hat drei Tote gegeben. Drei Alte und Jorge.«

Rafael dachte nach und starrte dabei Pete an, der die Kinder betrachtete.

»Die Truppe aus Fort Dodge hatte keinen Grund, uns in dieser Region zu suchen. Ich verstehe das nicht.«

»Handelst du mit Kindern?«

»Wer hat auf dich geschossen?«

Sein Bauch spannte sich an, Pete wollte Rafael an die Gurgel springen, der Schmerz brachte ihn so zum Schwitzen, dass seine Brust klatschnass wurde.

»Esteban.«

»Der alte Esteban hat auf dich geschossen?«

»Er wollte sich auf die Suche nach den Soldaten und den Gefangenen machen, ich habe ihn davon abzubringen versucht, er verlor den Kopf, schnappte sich meine Pistole und schoss. Das geschah dort, wo ihr uns gefunden habt.«

Rafael hob den Blick über den Bach, traurig und resigniert, so wie damals, als Pete ihm im Canyon zum ersten Mal begegnet war. Er schien in diesem riesigen Raum, in dem der Platz dennoch so teuer war, nach akzeptablen Gründen für die Lügen des Weißen zu suchen.

»Ich werde jemanden nach Fort Dodge schicken, um herauszufinden, was aus unseren Familien geworden ist. Wir werden in weniger als einer Woche den Rio Grande überqueren, dort in Mexiko wirst du unter unserem Schutz stehen.« Rafael brauchte ihm nicht zu sagen, dass jede Flucht sinnlos war.

»Und die Familien der Kinder, wo sind die? Glaubst du, die suchen sie auch?«

Rafael stützte sich auf seine Krücke und ging davon. Pete schrie ihm noch hinterher: »Oder haben die Komantschen erst ihre Eltern getötet und sie dann gegen deine Gewehre eingetauscht?«

Zwei Komantscheros nahmen ihm sein Jagdmesser ab und stützten ihn beim Laufen, bis sie wieder beim Planwagen waren, wo sie ihn zu den Kindern warfen, die zwischen den Rädern schliefen.

Die Flüchtenden machten kein Feuer, der Himmel hatte sich gegen Abend zugezogen, und die Nacht war schwarz, kalt wie alle Nächte, die er nach brüllend heißen Tagen in den Plains verbracht hatte.

Die Kinder hatten sich mittlerweile an seine Gegenwart gewöhnt und begannen zu tuscheln. Die Feuchte des Bodens mischte sich mit ihrem Geruch, dem moschusartigen Geruch des Leders, das sie trugen, des Bisonsfetts, das ihre Haare glättete, dem starken Geruch ihres Schweißes, der für Fleischesser typisch ist, mit anderen Worten: Sie stanken wie Iltisse, die ihr Gift verspritzen. Wie ein Ausweider-Lager.

Pete lehnte gegen den Metallreifen eines Rades. In der Dunkelheit ahnte er den Blick der Kinder, die sich fragten, was ein Weißer dort in ihrer Mitte verloren hatte.

»Gute Nacht.«

Petes Stimme ließ sie zusammenschrecken. Er igelte sich über seiner Wunde ein und schloss die Augen, lauschte ihrem Atem.

*

Der Alte.

Am Ende brachte ich ganze Tage im Wohnzimmersessel zu und soff die Flaschen aus, die du mir brachtest, schüttete mich hemmungslos zu, um mich nicht mehr auf den Beinen halten zu müssen. Oliver sprach noch mit mir, du hattest seit zwei Jahren nicht mehr das Wort an mich gerichtet, bis du schließlich groß genug warst. Zwei Jahre, in denen ich zusehen konnte, wie dein Blick zu mir hinaufging, wie deine schwarzen Augen auf meiner Höhe ankamen und am Ende auf mich niederblickten. Da bin ich zusammengeschrumpft, saß zusammengekauert in einem Sessel, wartete auf die Flaschen und wich zurück, wenn du dich nähertest. Du hattest Wut, Zorn und Kraft gesammelt, hattest sie aus mir herausgesaugt.
Ich kann mich nicht mehr erinnern, warum ich ausgerechnet in dieser Nacht beschlossen hatte aufzustehen und nicht in irgendeiner anderen. Vielleicht hatte ich keinen Alkohol mehr, vielleicht bin ich zur Anrichte gegangen, um welchen zu suchen, und statt vor dem Möbel stehen zu bleiben, habe ich die Tür zu eurem Zimmer aufgedrückt. Ich weiß nicht, warum. Ich stand, das ist alles, bereit, ohne es zu wissen. Du schliefst in eine Decke gewickelt auf dem Boden, hast am Fuß von Olivers Bett Wache gehalten. Dort stand das Gewehr, das du mir abgenommen hattest, an die Wand gelehnt.

Ich bin still dort gestanden und habe euch betrachtet. Ich hoffte, du würdest aufwachen. Ich überlegte mir, ob ich dich schütteln sollte, um mit dir zu reden, aber du hättest mir nicht zugehört. Ich habe mein Gewehr wieder an mich genommen; es würde mir nichts nützen, aber hier haben alle Männer ein Gewehr, sonst sind sie keine Männer, die ihr Land und ihre Familie verteidigen. Ich bin barfuß durch den Schnee zur Scheune gelaufen, die Waffe in der einen Hand, eine Lampe in der anderen. Ich hätte nie gedacht, dass ich den Mut aufbringen würde, alleine diesen Weg zu gehen. In meinen Augen war ich mutig, Pete. Ich sagte mir, wenigstens das würde ich euch zurücklassen: den Mut, es getan zu haben. Für die meisten Menschen ist es Feigheit, aber für einen Vater wie mich, dachte ich, es sei die letzte Chance. Du würdest dich um Oliver kümmern. Das machtest du ja schon lange an meiner statt. Ich habe nicht gehört, wie du mir gefolgt bist. Hattest du dich schlafend gestellt? Wusstest du Bescheid? Wie lange hast du mir aus deinem Versteck in der Scheune zugesehen? Die Leiter aufstellen, in den Dachstuhl hinaufklettern, den Knoten binden, den Strick am Balken befestigen. Meine Füße waren blau vor Kälte und zitterten auf den Sprossen, meine klammen Finger hatten Mühe, den harten Hanf zu biegen. Ich zitterte von Kopf bis Fuß und ich weinte, weil niemand mich aufhalten konnte. Das war das Traurigste, Pete, der Gedanke, dass niemand mich davon abbringen wollte. Außer deinem kleinen Bruder, den du im Haus gelassen hattest. Den Kopf in diese Schlinge zu stecken war eine Pflicht, und ich war so traurig, dass ich meinen Wert nur so unter Beweis stellen konnte.

Bevor ich mich ins Leere gleiten ließ, bevor das Seil sich um meinen Hals straffzog, pumpte ich so viel Luft wie möglich in meine Brust, die vor lauter Angst zugeschnürt war. Es war stärker als ich. Warum hatte ich nicht ganz im Gegenteil meine Lungen geleert, um das Ersticken abzukürzen und den Tod zu beschleunigen? Wollte ich mir eine letzte Chance geben? Wollte ich jemandem die Zeit geben, mir zu Hilfe zu eilen?
In einem einzigen widersprüchlichen Lebens- und Todesimpuls, aus Angst und aus Mut, holte ich Luft und ließ die Leiter los. Diesen Atemzug, der mich ein paar Sekunden länger leben ließe, würde ich ihn bereuen? Würde ich allein bleiben in der Erwartung eines Zeugen?
Unten stand die Lampe, die ich dort hingestellt hatte – um was genau zu erhellen? –, und ich sah, wie du zu meinen Füßen näher kamst, sah dich im roten und violetten Farbwechselspiel meiner aus den Höhlen getretenen Augen.
Du bist nicht die Leiter hinaufgestiegen, um den Strick durchzuschneiden, Pete.
Du hast das nicht der Mühe wert erachtet.
Ich strampelte in der Luft. Ich hatte Angst.
Was hast du gedacht, mein Sohn, als du mich dort herumstrampeln sahst? Dass ich für den Tod eurer Mutter verantwortlich war, zu schön, zu sanft, zu liebenswert für mich? Dass ihr, dein Bruder und du, in der Angst aufgewachsen seid und dass das alles jetzt endlich vorbei wäre?
Ich habe die Hand nach dir ausgestreckt. Erinnerst du dich, Pete, als du klein warst und ich deine Hand hielt? Das ist so selten vorgekommen, aber ich erinnere mich daran.
Ich baumelte am Ende des Seils, und da fand meine Hand die Leiter. Ich ließ sie nicht mehr los.

Du hast nicht eine Träne vergossen, als du mir beim Sterben zugesehen hast, du hast dort gestanden und in deiner Faust die Hand deines Bruders und deiner Mutter gehalten. Meine andere Hand, die leblos herunterhing, fiel in die meines Vaters, deines Großvaters, der auch hart zuschlug, und die wiederum wurde von einem anderen Alten gehalten und die von wieder einem anderen, eine Ahnenreihe von Alten, die auf der anderen Seite des Ozeans geblieben sind.

Ich hielt deine Hand noch fest, als ich dich nicht mehr sah und das Blut in meiner Schläfe schon nicht mehr warm war, ich hielt die Erinnerung an meine Familie, die Leiter, diese aufsteigende Kraft, die mich in die Höhe trug, während die Schwerkraft meinen Körper zu Boden zog.

Hast du gesehen, wie meine Lippen sich bewegten? Ich wollte nicht, dass du die Leiter hinaufkletterst, nur dass du mich hörst. Als sich meine Augen schlossen, lag mein Blick auf dir. Ich habe dein Leben vergiftet. Du hast meinen Tod vergiftet.

Aber wir sind trotzdem nicht quitt.

Wie du siehst, folgst du immer noch dem Zwang, mich zum Sprechen zu bringen, mein Grab wieder zu öffnen und mit meinen Kieferknochen zu klappern.

Das Schweigen vergiftet die Worte, deren Platz es einnimmt. Wir müssen reden, ganz so, wie du eines Tages mit deinem Bruder wirst reden müssen. Glaubst du, er weiß es nicht? Man darf den Menschen nicht ihren Teil der Verantwortung nehmen. Was sollte sonst aus ihnen werden? Die Mütter werden nicht verurteilt, die Väter dagegen schon: Ihr Wert misst sich an dem ihrer Kinder. Ich werde nicht erfahren, was für ein Mann aus dir geworden ist, aber bist du sicher, dass du alles verstanden hast, Pete? Glaubst du, die Fitz-

patrick-Ranch hat einen anderen Mann aus dir gemacht? Weil diese Frau, Alexandra, dir lesen und schreiben beigebracht hat? Weil Bowman, der alte Soldat, dir gezeigt hat, wie du deine Wut auf Papier kritzeln kannst? Du bist selbst die Ursache für deine Flucht. Der Alte steckt in dir. Unter den Schlägen hast du gar keine andere Wahl gehabt, als ich zu werden, um dich zu schützen.

Hör nur, wie die kleinen Verlausten schlafen, das ist ein schlechter Schlaf, sie tragen den Strick der Angst um den Hals.

Ich kann dir nicht helfen, denn du und ich, wir können nur miteinander kämpfen, und doch bin ich es, den du rufst. Du wirst nicht ganz allein sämtliche Kinderdiebe, die Komantscheros und ihren Anführer aufknüpfen können.

Du hättest ihn weit verfolgt, diesen Rafael. Du hast dich einen Augenblick für ihn gehalten, mein Sohn, und du hast Unglück über seinen Stamm gebracht. Auf deinen Schultern lastet jetzt die Schuld des schlechten Vaters, den ich aus dir gemacht habe.

Heute Abend, in deiner Einsamkeit, Pete Ferguson, würdest du gerne wie die kleinen Indianer an Geister glauben.

11

Nachdem eine Ration Fleisch und Wasser ausgeteilt worden war, lösten sie das Lager auf. Einer von Rafaels Männern galoppierte mit den Satteltaschen voller Lebensmittel Richtung Osten und Fort Dodge. Nach Petes Schätzung müsste er in zwei Tagen dort ankommen. Vier weitere würde er brauchen, um mehr oder minder in dem Moment, in dem sie den Rio Grande erreichten, den kleinen Konvoi einzuholen. Bis dahin müsste er auf dem Pferd durchhalten. Rafael hatte einen mexikanischen Sattel auf den Rücken von Reunion gelegt, der Mustang ging im Schritttempo, wie er es auch bei seinem Besitzer gemacht hätte.

An eine Bordwand gelehnt, mit Decken im Rücken, saß Pete vor den dicht an dicht sitzenden Kindern. Ihre Stummheit und die platten Gesichter gaben ihnen etwas Stumpfsinniges, sie ließen sich ohne jede Reaktion durchrütteln. Er fragte sich, ob sie begriffen, wie ihnen geschah, ihm wurde klar, dass Überfälle, Kriege und Entführungen schon lange Teil ihres Lebens waren. Vielleicht hatten sie resigniert, aber seit dem gestrigen Abend hatte nicht ein Kind geweint, und vor einem Kind, das seine Tränen zurückhalten kann, muss man sich immer in Acht nehmen. Die Komantscheros behandelten die kleinen Utes wie echte Gefangene, weil sie wertvoll waren und weil sie wussten, dass sie gefährlich waren.

Der Weiße faszinierte die Kinder. Sie sahen ihm zu, wie er seinen Verband abnahm, seine Wunden auswusch, das weiße

Pulver nass machte und auf die Verletzungen strich. Als er fertig war, stellte er seine Feldflasche vor sich und schob sie mit dem Fuß zu ihnen hin. Das älteste der Mädchen öffnete sie und reichte sie den Kleinsten. Als der älteste Junge an der Reihe war, sah er beim Trinken weiter unverwandt den Weißen an.

»Sprichst du Englisch?«

Pete erhielt keine Antwort.

Gegen Mittag warf Felipe, ohne den Konvoi anzuhalten, Wasserschläuche in den Planwagen und in einem Jutesack graue Mehlfladen, die Pete nicht schlucken konnte, so ranzig waren sie. Die Ute stürzten sich darauf und ließen keinen Krümel übrig.

In der Nacht schlugen sie inmitten eines schulterhohen Gestrüpps ihr Lager auf, rollten die Wagenplane ein und montierten die Bogenstangen ab, damit sie nicht gesehen werden konnten. Kein Feuer, keine Wasserstelle. Die reguläre Armee, Ranger, Apachen oder Ute-Indianer: Rafael und seine Männer befanden sich auf feindlichem Territorium. Die Wachtposten blieben an jenem Abend ganz in der Nähe, die Pferde gesattelt und angebunden, die Gefangenen im Wagen, außer Pete, den man zu Rafael brachte.

»Wie geht es deiner Wunde?«

»Besser.«

»Du wirst wieder gesund werden.«

»Und dann?«

»Hast du mir zu dem, was geschehen ist, etwas zu sagen?«

Pete überhörte die Frage.

»Ich frage mich, ob einen Mann zu töten bedeutet, dass man ein Schicksal hat. Du sagst, wir sind zu zahlreich, als dass jeder ein Schicksal haben könnte. Aber Menschen, die einen anderen getötet haben, gibt es nicht so viele.«

Rafael sah Pete neugierig an.

»Hast du einen Mann getötet?«

»Ja.«

»Ich denke, das hängt davon ab, aus welchem Grund du ihn getötet hast.«

»Um mich zu verteidigen.«

»War dein Leben in Gefahr?«

Pete lachte.

»Ja.«

»Dann ist das noch kein Schicksal, Güero, dann ist das ein Unfall. Leben zu wollen ist etwas ganz Natürliches. Da braucht es andere Gründe, ehe ein Tod den Lauf eines Lebens ändert.«

Pete drehte den Kopf zu den Kindern. Rafael folgte seinem Blick.

»Sie verstehen nicht, was wir reden.«

»Sie verstehen alles.«

»Vielleicht.«

»Ich habe meinen Vater getötet.«

Rafael wich unwillkürlich zurück, musterte Pete, versuchte, ihn im Halbdunkel besser zu erkennen.

»Das ist ein Verbrechen, für das es keine Vergebung gibt.«

»Und Kinder verkaufen?«

»Sie werden gut behandelt. In den Indianerkriegen sind sie eine wichtige Beute und werden später von ihren neuen Herren respektiert. Die Indianer haben schon lange, bevor wir hierherkamen, Kinder und Frauen entführt.«

»Dann hat das hier also Tradition… Was macht ihr mit ihnen, wenn man euch nicht den Preis zahlen will, den ihr verlangt?«

»Du tätest besser daran, dir um deine eigene Zukunft Sorgen zu machen, du bist nicht so viel wert wie sie.«

Direkt gen Süden Richtung Grenze waren spitze und dunkle Berge vor ihnen aufgetaucht: Sie fuhren auf die Bergquellen der Wasserläufe zu, die sich auf der Wüstenplatte, aus der sie gekommen waren, in zartere und schmälere Läufe teilten.

Petes Wunde war vernarbt, aber es war noch schwierig für ihn, sich frei zu bewegen.

Die Komantscheros zogen ihn nicht mehr zurate. Der Reiter, der nach Fort Dodge geschickt worden war, würde in längstens drei Tagen wieder zurück sein.

Der Konvoi rumpelte jetzt durch das grüne Tal des Cienega Creek. Pete hatte am Vorabend die Männer über eine Stadt auf der anderen Seite reden hören: Presidio, die Grenzstadt. Die Vegetation wurde immer höher, sie fuhren durch den Schatten von Bäumen.

Pete wandte den Blick vom Tal ab. Der älteste Junge zog ihn am Ärmel. Als er Petes Aufmerksamkeit geweckt hatte, stieß er seinen Nachbarn mit dem Ellbogen an, der mit der Hand unter das Leder seiner Tunika fuhr und ihm ein zusammengerolltes Stück Stoff reichte. Der Junge warf einen Blick in den hinteren Teil des Wagens und faltete das Päckchen auseinander, das ein großes Zerwirkmesser enthielt. Das Kind legte es auf den Boden und schob es mit dem Fuß Pete hin, der es unter den Sohlen seiner Stiefel versteckte. Der Junge, zehn Jahre alt, sprach leise:

»Mañana, México.«

Die Ute-Indianer wussten genau wie er, dass sie keine Chance mehr hatten, sobald die Grenze erreicht war. Sie dachten, der Weiße, der Mann vom mächtigen Stamm der

Weißen, könnte ihnen helfen. Pete Ferguson, der sich kaum auf den Beinen halten konnte, ließ das umwickelte Messer in seinen Stiefel gleiten. Der Junge nickte, denn er glaubte naiv an seinen Plan: ein Verwundeter und zehn Kinder, die den Komantscheros entkommen wollten. Mit diesem Messer könnte Pete vielleicht davonkommen. Allein. Er nickte.
»Esta noche.«

Am Zusammenfluss mit einem anderen Strom öffnete der Cienega Creek sich auf ein breiteres Tal, an dem eine Piste mit Rad- und Hufspuren entlanglief. Der Konvoi bog nach Osten ab und entfernte sich von dieser allzu frequentierten Route. Die Komantscheros trieben ihre Tiere an, gewannen ein wenig an Höhe und machten im Schutz eines hellen Felsblocks halt, der mit purpurnen Linien durchädert war, ähnlich den Wolkenstreifen des Sonnenuntergangs. Die Gefangenen durften aus dem Wagen steigen und wurden gefesselt. Die Sonne verschwand hinter den Bergen, Dunkelheit floss wie Nebelschwaden ins Tal, und am Ende dieses schwarzen Flurs schillerten die Lichter der Stadt, auf deren Erscheinen alle ungeduldig gewartet hatten. Am folgenden Tag würden sie nach drei Stunden an der Grenze sein.

Hinter ihnen die Wüste und die Plains. Von Ost nach West der Rio Grande, indianische Banden und die Grenzpatrouillen der Armee. Auch für Pete war die Stadt der einzige Ausweg. Die Komantscheros würden sie meiden, denn man suchte sie dort, und sie hatten Lasten bei sich; sie würden eine unauffälligere Flusspassage nehmen. Sie hatten sich vor dem großen Felsen niedergelassen und beobachteten die Lichter der Stadt, schmiedeten ihren eigenen Plan.

Die Kinder warteten, eines ans andere gebunden, und Pete

war an ein Rad gefesselt, die Hände im Rücken. Der kleine Anführer war da, in der Dunkelheit, sein Atem ging kurz. Pete sah seine schwarzen Augen glänzen.

»Das Messer.«

Der Junge wand sich, schnappte sich das Messer aus dem Stiefel des Weißen und reichte es an einen besser positionierten Kameraden weiter. Pete spürte, wie die Klinge ungeschickt über seine Fesseln rieb. Die Stahlklinge glitt über seinen Unterarm, er spürte, wie seine Haut aufgeschlitzt wurde, ein kleiner kalter Windstoß, dann das warme fließende Blut. Der Strick gab nach. Er befreite die Ältesten der Ute, das Zerwirkmesser ging schnell von einem Kind zum nächsten, bis alle befreit waren. Pete drückte den Arm des Anführers.

»Wir können nicht gemeinsam fliehen. Verstehst du? Das ist unmöglich. Ihr haut jetzt so schnell wie möglich ab, bis zur Stadt.«

Er deutete auf die Lichter.

»Ciudad. ¿Entiendes? Ich kann nicht mit euch gehen. Geht in die Berge und versteckt euch. Wenn die Komantscheros weg sind, lauft ihr in die Stadt. Dort werdet ihr Hilfe finden.«

Das Kind nickte, rührte sich aber nicht, zog den weißen Gefangenen am Arm. Der Glanz in den Augen des Jungen erinnerte ihn an Oliver, wie er sich an ihn geklammert hatte, wenn der Vater näher kam. Pete wollte ihnen zubrüllen, sie sollten fliehen, rennen und verschwinden. Der kleine Anführer flüsterte: »Con nosotros.«

Pete packte ihn beim Nacken und presste die Stirn an die seine.

»Zusammen werden sie uns finden. Ich werde sie von euch fortlocken. Geht jetzt!«

Und er stieß ihn zurück. Der Junge fiel auf seinen Hintern, die anderen erstarrten.

»Das Messer.«

Der Junge gab ihm die Waffe und dann, aufgebracht gestikulierend und unter Gemurmel, setzten die Kleinen sich in Bewegung und ließen zusammengerollte Decken zurück. Pete spitzte die Ohren, verlor die Schatten der Komantscheros nicht aus den Augen. Er wartete eine Stunde, bis die Kinder weit genug weg waren, dann fing er zu klettern an. Den Messergriff zwischen den Zähnen, biss er kräftig die Kiefer aufeinander, wenn er mit der Wunde über die Kiesel schrappte. Der Schnitt am Handgelenk, der tiefer war, als er gedacht hatte, hinterließ eine Blutspur.

Die Pferde wachten auf, als sie spürten, wie diese seltsame, nach Mensch riechende Schlange herangekrochen kam. Pete schnitt die Leinen eine nach der anderen durch, hielt sich an Reunions Bein fest und richtete sich auf. Die Pferde warteten darauf, dass die Schlange ihnen sagte, was sie tun sollten. Er legte einen Sattel auf den großen Mustang, er war nervös, und seine Nervosität übertrug sich auf die Tiere. Der Schlangenmensch bereitete irgendetwas vor. Etwas von den Dingen, bei denen Pferde den Menschen halfen: Felder pflügen, Kanonen ziehen, Häuser anzünden, Kinder verfolgen und niedertrampeln. Die Tiere schnaubten, stampften mit den Hufen. Das kriechende und nach Blut riechende Etwas fluchte, als es sich auf den großen Mustang hievte, und in die anderen Menschen weiter unten kam Bewegung. Die Pferde entschlossen sich, mit dem zu fliehen, der zu schreien begann, Töne, die besagten, dass Eile und Gefahr bestand. In welche Richtung? Die des Mustangs, der in der Dunkelheit dem verletzten Mann seine Augen lieh, der bergab auf Tal und Fluss zuritt, dessen Kühle sie schon spüren konnten. Sie sahen das glänzende Wasser und die Piste, die Sträucher und die Felsen, während die Männer hinter ihnen in der schwarzen Nacht blindwütig um sich schossen; die Pferde erkannten die Stimmen derer, die sie ernährten oder sie schlugen, und flohen unter pfeifenden Kugeln weiter.

Der Mustang und der nach Angst riechende Reiter galoppierten vorneweg, sie hatten die Piste erreicht, es war ein zielloser Lauf, aber hatten die Reisen der Männer für die Pferde jemals einen Sinn gehabt? Drei Meilen lang rannten sie sich bis zu einer weiteren Flussbiegung die Lunge aus dem Leib, dann brachte der Schlangenmann den Mustang zum Stehen, beendete ihre Flucht und begann wieder herumzuschreien. Was wollte er diesmal? Er peitschte ihre Kruppen mit den Zügeln, brüllte Befehle, die besagten: *haut ab, flieht, zerstreut euch.*

Die Tiere drehten sich um sich selbst, Reunion bäumte sich auf, und Pete klammerte sich an den Knauf des mexikanischen Sattels. Die Pferde der Komantscheros verschwanden im Osten des kleinen Tals. Pete gab seinem Mustang die Sporen und folgte der Piste Richtung Grenzstadt. Bis die Komantscheros ihre Pferde wieder eingefangen hätten, wäre er längst am Rio Grande angekommen. Rafael und seine Männer würden zuallererst den Spuren der Kinder folgen. Sie waren wertvoller. Mit ein wenig Glück würden dann auch die kleinen Ute schon außer Reichweite sein.

12

Im Morgengrauen erreichten sie Presidio del Norte, es war schmutzig, den umherstreunenden Hunden überlassen, die einander jagten und in die Träume der Siedler hineinkläfften. Pete Ferguson und sein Mustang ritten durch die Stadt, die direkt zum Rio Grande führte, ein wildes Gewässer, das am Ende der einzigen Straße wie ein Zug vorbeirauschte. An der Uferböschung einer in Nebel gehüllten Flusswindung schliefen mexikanische Fährmänner direkt auf dem Plankenboden ihrer Fähre. Sie sprangen auf, als Reunions eiserne Hufe auf das Holz des Fährschiffes schlugen, schrien, als sie den Reiter und sein staubbedecktes Ross entdeckten. Nicht recht wissend, ob sie eine Vision hatten oder träumten, verließen sie, einer über den anderen stolpernd, die Fähre.

Pete wankte voran, das Kinn auf der Brust. Reunion verlagerte sein Gewicht von einem Bein aufs andere und brachte mit dieser Bewegung das Gleichgewicht des Reiters in Gefahr. Die Mexikaner wandten sich zu der menschenleeren Straße nach Presidio um und versuchten herauszufinden, welche Armee wohl dieses Gespenst verfolgen mochte. Der Mann starrte aufs andere Ufer. Die Fährmänner bekreuzigten sich und stellten sich ans Seil, um im Rhythmus daran zu ziehen. Die Strömungswirbel schüttelten das Tier und den Mann gehörig durch, der sich mit hängenden Armen auf den Hals des Pferdes fallen ließ.

Das Floß stieß ans mexikanische Ufer, die Seile wurden straff gezogen, und die Fährmänner warteten. Sie wollten kein Geld. Sie wollten nur, dass das Gespenst von Bord ging. Denn sie waren sich sicher, dass der Reiter ein Soldat der Guardia blanca war, der Gespensterarmee, die die Armen attackierte und die Indianer auffraß, ein Mörder der Guardia, der sich zu den Gringos verirrt hatte und jetzt auf dem Weg nach Hause war. Das Pferd machte einen Schritt nach vorn, die abgenutzten Hufe schlugen auf mexikanische Erde. Die Fährmänner machten sofort wieder kehrt und wuschen mit viel Wasser aus dem Rio den großen Blutfleck vom Boden der Fähre. Sie drehten sich zu den bleichen Gestalten von Pferd und Reiter um, die reglos an der großen geraden Straße nach Ojinaga standen, gegenüber der großen geraden Straße von Presidio del Norte, als warteten sie darauf, dass das Land bei ihrer Ankunft erwache.

Pete, der fast bewusstlos war, fragte sich, ob es mit seinem Schicksal als verfluchter Sohn vereinbar war, fast tot vor Hunger und Durst mit einem Loch im Bauch eine Grenze zu überqueren.

*

Er erwachte in einem aus Lehm erbauten Zimmer, auf einem Bett aus Brettern, eingewickelt in eine dicke, schweißgetränkte Wolldecke, die nach Ziege stank. Eine alte Frau tauchte die Hand in eine Kanne und besprengte den Boden, um den Staub der gestampften Erde zu binden. Durch Fensterläden und die Holzbretter der Tür drangen Lichtstrahlen in den Raum. In einer dunklen Ecke saß auf einem Schemel, den Ellbogen neben dem Hut auf einen Tisch gestützt, ein Weißer und betrachtete Pete. Der Mann wandte sich zu der Alten um, sagte etwas auf Spanisch, erhob sich und ließ ein Geldstück auf dem Tisch liegen. Die Alte verbeugte sich, als sie ihm die

Tür öffnete. Das Licht stach Pete schmerzhaft in die Augen. Er lüftete die Decke vor seinem Gesicht. Die Alte erfrischte ihm die Stirn mit einem Tuch, und er spürte ihre rauen Finger und die Wassertropfen, die ihm über die Schläfen liefen. Worte kamen zwischen ihren zahnlosen Kiefern hervor, in einer Sprache, die kein Spanisch war. Sie führte eine Schale mit einem lauwarmen und bitteren Pflanzensud zum Mund des Kranken. Der Geschmack erinnerte Pete an die Kräuter, die er in den Plains gekaut katte.

Es verging eine Woche bei der Alten, in einem brutalen Wechsel von Dunkelheit und Blendung. Er schlief, wachte schweißgebadet auf; wenn das Fieber stieg, versank er wieder im Schlaf wie in einem kochend heißen Bad. Er träumte von dem alten Meeks, wie er sich ihm in dem Gässchen hinter dem Eagle Saloon ans Bein geklammert hatte. Er träumte von den Beinen seines Vaters, die in der Luft strampelten wie die eines Tieres, das man beim Nacken gepackt hielt. Von Ruskys Gesicht, der mit einem Messer in der Hand auf ihn zurannte, vom alten Esteban mit den grauen Lippen, maldito. Dann wachte er auf und schnappte nach Luft, stieß die Decke zurück, bis sein Zittern ihn zwang, sich wieder zuzudecken.

Die Alte gab ihm zu trinken, wechselte die Verbände am Bauch, am Rücken und an dem von dem Ute-Jungen aufgeschlitzten Arm. Der Mann mit dem Hut setzte sich jeden Tag an seinen Tisch, stellte der alten Frau Fragen, ging wieder und ließ eine Münze liegen.

Das Fieber fiel, und mit ihm waren auch die Schmerzen vorüber. In Petes Muskeln kam allmählich wieder Leben, sein Nacken wurde wieder etwas weicher, und er begann, den Kopf vorgestreckt und die Knie angehoben, seinen Bauch zu trainieren. Nach ein paar Tagen konnte er sich am Bettrand aufsetzen, sich an der Lehmwand abstützen und aufstehen. Er verlor das Gleichgewicht und fiel nach hinten, fing wieder von vorne an, bis er auch ohne die Hilfe einer Wand stehen konnte, schaffte es bis zum Tisch und setzte sich auf den Schemel. Dort blieb er sitzen und wartete, dass die Alte wiederkäme. Sie gab keinerlei Kommentar ab, schob ihre Schulter unter Petes Arm hindurch, der sich an diesem alten mageren Körper festhielt, der kräftiger war als der seine. Die schwarze Wollkleidung der Alten roch ranzig, nach Urin und Fett. Pete hatte Hunger. Auf dem Bett liegend, führte er die Hand zum Mund.

»Hambre.«

Sie brachte ihm einen Teller mit einer schwarzen Brühe, in der Bohnen schwammen. Petes Hals brannte heftig, als er den ersten Löffel nahm. Am nächsten Tag ging er zum Tisch, machte kehrt, lief in die entgegengesetzte Richtung durchs Zimmer und ließ sich aufs Bett fallen. Als er genug Kräfte gesammelt hatte, fing er wieder von vorne an, öffnete den Fensterladen einen Spalt weit, schirmte die Augen ab und sah hinaus. Ein Hof, frei laufendes Federvieh, ein Brotofen aus braunen Backsteinen, auf einer Decke eine Pyramide aus Maiskolben und eine Steinmühle. Er entdeckte andere Häuser und andere gepflegte Gärten ohne Zaun, dunkle Frauengestalten in der weiß glühenden Sonne. Er hörte einen Fluss rauschen und sah etwas weiter weg, hinter dem von Häusern umstandenen Brachland, grüne Felder und darauf gebückte Gestalten bei der Arbeit. Als er von dem Licht Kopfschmerzen bekam, schloss er den Fensterflügel wieder.

Der Mann mit dem Hut kam gegen Ende des Tages und fand ihn am Tisch sitzend, wie er seinen Teller mit einem Tortillafladen auswischte.

»Ist das Essen gut?«

Der Mann sprach Englisch. Seine kurz geschorenen Schläfen waren grau, und er trug einen Anzug, den sauber zu halten in einer so staubigen Stadt wie dieser größte Anstrengungen erfordern dürfte. Unter seiner weißen Haut, die er offenbar vor der Sonne schützte wie die Kleidung vor dem Schmutz, stachen rotgeäderte Wangen hervor. Der Señor gab viel Geld dafür aus, in Ojinaga weiß zu bleiben. Pete stellte den Teller ab und nickte. Der Mann lächelte.

»Das freut mich sehr.«

»Wer sind Sie?«

Er ging mit ausgestreckter Hand auf ihn zu.

»Javier Mendes.«

Pete misstraute theatralischem Händeschütteln. Mendes hatte eine weiche Hand, aber er drückte fest zu, um ihn von seiner Aufrichtigkeit zu überzeugen, und legte die andere Hand auf die von Pete.

»Sie sehen schon wieder viel besser aus.«

»Was wollen Sie?«

Mendes wich einen Schritt zurück, breitete die Arme aus, die Handflächen offen, und ein kleiner Ärger huschte über sein Gesicht, den er aber sogleich wieder überspielte, als verzeihe er einem alten Freund seine brüske Art.

»Ihnen helfen.«

»Ich brauche Ihre Hilfe nicht. Ich werde Ihnen das Geld, das Sie der Alten gegeben haben, zurückzahlen.«

Mendes untersuchte das Bett und beschloss dann, sich nicht daraufzusetzen.

»Und wie wollen Sie das anstellen? Sie haben nicht einmal mehr ein Pferd, das Sie verkaufen könnten, und für diesen mexikanischen Sattel werden Sie nicht viel bekommen.

Ich glaube ganz im Gegenteil, dass Sie mich sehr wohl brauchen.«

»Wo ist mein Mustang?«

Mendes setzte eine traurige Miene auf.

»Ihr Pferd hat eine Kugel abbekommen. Es ist dort gestorben, wo wir Sie gefunden haben, bei der Anlegestelle. Es war ein herrliches Tier, ich verstehe Ihre Enttäuschung, aber das führt mich zurück zu der Hilfe, die ich Ihnen anbieten möchte. Sie müssen nämlich wissen, dass seit Ihrer Ankunft viel geschehen ist. Dramatische Dinge.«

Pete hörte Javier Mendes und seiner Sargverkäuferstimme nicht länger zu. Er war auf der Ranch mit seinem Bruder, in den östlichen Weiden, als er Reunion zum ersten Mal gesehen hatte, als zweijähriges Fohlen. Der Sohn von Trigger, der Stute von Alexandra Desmond, und von Walden, dem Mustang von Bowman.

»Du wirst ihn brauchen«, hatte Alexandra am Tag seiner Flucht gesagt, »Reunion wird immer den Weg zurück zur Ranch finden.«

Reunion, der ihn bis zum Rio Grande getragen hatte, bevor er zusammenbrach. Das Rauschen des Stroms hatte vom Tahoe-See bis nach Presidio del Norte ihre Spuren verwischt.

Es gab keine Route mehr.

Der Pete Ferguson von Carson City war tot, wurde vermisst gemeldet, von einem Fluss verschluckt, zusammen mit seinem Pferd. War allein auf der anderen Seite wieder aufgetaucht. Mendes sprach weiter, die Worte brachten Pete wieder in das kleine Zimmer in dem Lehmbau zurück.

»Was?«

»Auf der mexikanischen Seite.«

»Was haben Sie gesagt?«

»Dass am mexikanischen Ufer Leichen gefunden wurden. Die amerikanischen Behörden wollen nichts davon wissen. Mierda mexicana! Damit müssen wir selbst klarkommen.« Mendes hatte die Nase zusammengekniffen und schien gleich ausspucken zu wollen.

»Aber was sollen wir da machen, hm? Wir sind es ja nicht, die gegen die Komantscheros Krieg führen. Die Amerikaner machen uns verantwortlich, aber es ist ihre Schuld.«

Pete wurde schummrig vor Augen.

»Was ist passiert?«

Mendes breitete die Arme aus und gab ihm so viele Antworten, wie er Fragen aufwarf.

»Die Gefangenen waren offenbar geflohen, und die Komantscheros hatten sie verfolgt. Wie es scheint, wollten die Kinder den Fluss überqueren. Es sind schon oft Menschen darin ertrunken, der Rio Grande scheint an dieser Stelle ruhig zu sein, aber er ist tiefer, als es aussieht, und die Strömungen sind stark. Wir haben sieben Leichen aus dem Wasser gezogen, und falls es noch mehr gibt, wurden sie abgetrieben. Am gleichen Tag sind die Komantscheros in Ojinaga eingetroffen. Entschuldigen Sie, dass ich mich eingemischt habe, aber ich habe dafür gesorgt, dass Ihre Anwesenheit in der Stadt geheim blieb. Das Stillschweigen hat mich ein bisschen was gekostet, aber sagen Sie mir, habe ich recht daran getan oder nicht?«

»Sie sind hier?«

Javier Mendes nahm seinen Hut vom Tisch und lächelte zufrieden.

»Ich hatte Ihnen doch gesagt, dass Sie meine Hilfe brauchen werden.«

»Was haben Sie mit den Kindern gemacht?«

»Die Leichen, die wir gefunden haben, haben wir auf dem Friedhof begraben.«

Pete ging zum Bett und zog seine Stiefel an.

»Was machen Sie?«, fragte Mendes.

»Ich gehe zum Friedhof.«

»Ich halte das für keine gute Idee.«

Wie ein Lepra-Kranker, der von einer Nonne geleitet wird, ließ Pete sich mit der Decke auf dem Kopf am Arm der Alten entlang der Gärten und Wege zum Ortsausgang führen. Sie kamen an Feldern vorbei, die mit dem Wasser versorgt wurden, das man von einem Fluss aus dem Süden abzweigte. Ojinaga war am Knie des Rio Grande und einem aus dem Inneren Mexikos kommenden Zustrom gegründet worden. Die Stadt war zwar traurig und staubig, aber das Land ringsum ein fruchtbares Paradies. Der Friedhof war von Bäumen umstanden, Eukalyptus und Feigen, die den Gräbern Schatten spendeten. Holzkreuze, in Stein gehauene Kreuze, kleine Mausoleen, gebaut im Stil von Glockentürmen oder weiß angestrichenen Miniaturpalästen, und hinten im Friedhof, an einer kleinen Trockensteinmauer, die als Umfriedung diente, das frisch ausgehobene Massengrab. Die Alte blieb stehen, Pete ließ ihren Arm los.

»Gehen Sie jetzt.«

Er scheuchte sie mit einem Wedeln der Hand davon. Sie ging wieder und ließ den Gringo auf Knien zurück, mit der Decke auf dem Kopf.

Pete kehrte bei Einbruch der Nacht in die Stadt zurück, wieder vom Fieber gepackt. Javier Mendes wartete bei der Alten auf ihn.

»Wie viele sind es?«

»Von wem sprechen Sie?«

»Von den Komantscheros. Ist ein Verwundeter mit Namen Rafael unter ihnen?«

»Rafael ist hier, ja. Mit acht seiner Männer.« Der Mexikaner sah zerknirscht drein und suchte nach Worten. »Rafael ... ist ein Händler, der, sagen wir mal, viel Einfluss auf dieser Seite des Flusses hat.«

»Ein Konkurrent?«

Mendes applaudierte mit seinen weichen Händen, als habe er endlich die Lösung für ein uraltes Problem gefunden.

»Das ist genau das richtige Wort!«

Er setzte sich an den Tisch, stützte das Kinn in die Hand und tat so, als denke er nach, voller Sorge.

»Der Tod dieser indianischen Kinder scheint Ihnen ja sehr nah zu gehen. Ich verstehe Sie, das ist ja auch irgendwie tragisch. Kein Zweifel, dass Rafael und seine Truppe, falls sie sie nicht selbst umgebracht haben, schuld an ihrem Tod im Wasser sind.«

»Hören Sie doch auf mit diesem Zirkus!«

Der Form halber gab Javier Mendes sich kurz entrüstet.

»Wie bitte?«

»Sie haben mich nicht von der Straße aufgesammelt, weil Sie eine so gute Seele haben, sondern weil Sie ein Aasgeier sind und Beute gerochen haben. Ihnen war von Anfang an klar, dass ich auch auf der Flucht vor den Komantscheros bin. Was bieten Sie mir dafür, dass ich Sie von Ihrem Konkurrenten befreie?«

Mendes hörte auf, den barmherzigen Samariter zu spielen, und lächelte in freudiger Erwartung künftiger Verhandlungen.

»Sollte die Begegnung mit diesen Männern unerfreulich für

Sie gewesen sein, so geht mich das nichts an. Warum sollte ich Ihnen etwas vorschlagen, mit dem ich mich zum Komplizen Ihrer Rache machen würde?«

»Ich brauche weder einen Komplizen noch einen Auftraggeber, nur eine Waffe und die Chance, mich im Anschluss aus der Affäre zu ziehen. Damit bekämen Sie das, was Sie wollen, fast umsonst.«

Javier Mendes nahm seinen Hut ab, betrachtete ihn eine Weile von innen, als wollte er einen letzten Punkt klären, der auf einer Liste darin geschrieben stand.

»Ein Pferd für Ihren mexikanischen Sattel, neue Kleider, dreißig amerikanische Dollar, und als Geste guten Einvernehmens biete ich Ihnen eine Überfahrt auf der Fähre, damit Sie wieder nach Hause kommen.«

»Ein Pferd, Kleider, einen Revolver, Geld. Die Fähre brauche ich nicht, ich reise weiter nach Süden.«

Javier Mendes erhob sich.

»Sind Sie sicher, dass Sie dieser Aufgabe gewachsen sind? Falls es Ihnen nicht gelingt oder Sie geschnappt werden, kann ich dann auf Ihr Schweigen zählen?«

Pete grinste spöttisch.

»Die Polizei in diesem Kaff dürfte Sie hoch zu schätzen wissen, ich denke nicht, dass Sie von dieser Seite etwas zu befürchten hätten.«

Mendes reichte ihm die Hand und beschloss den Handel mit einem einfachen Lächeln.

»Wusste ich doch, dass ich nicht umsonst in Ihre Gesundheit investiert habe. Wenn Rafael erst einmal tot ist, dann werden Sie die Mittel haben, um bis ans Ende von Mexiko zu reisen, falls Ihnen danach ist.«

Pete ging nicht darauf ein.

»Wo sind sie?«

Mendes steckte die Daumen in die Taschen seiner Jacke.

»Sie sind erst zwei Wochen in Mexiko und haben schon gefährliche Feinde. Sie sollten auf Ihre Manieren achten. Sie sind im Hotel.«

»Bringen Sie alles morgen Nachmittag vorbei.«

Die Alte brachte die Kleider, in die ein Patronengurt und eine Remington Double Action eingewickelt waren. Die Kleider waren nicht neuer als die Waffe. Unterwäsche, eine Cowboyhose aus Baumwolle, ein beiges Flanellhemd und eine zu kleine Jacke. Pete bat die Alte, sie möge seine Lederjacke reinigen und flicken. Der Hut aus grünem Filz war rund und breit. So ausstaffiert sah er aus wie ein mexikanischer Bauer, der einen Wettgewinn eingeheimst hat.

Er baute den Revolver auseinander und reinigte jedes einzelne Teil. Eine Waffe aus dem Bürgerkrieg, sechs Kugeln in der Trommel, zwölf weitere im Patronengurt. Er baute sie wieder zusammen, legte sie auf den Tisch und wartete.

Mendes kam zurück, als die Kirchen von Ojinaga gerade die Indianer, Mestizen und Spanier zur Vesper riefen. Das Pferd, ein Pony mit spanischem Sattel, war grau.

»Ein Galizier. Er wird Sie überall hinbringen. Keine zehn Jahre alt und auf Zuruf dressiert. Englisch wird Ihnen hier natürlich nichts nutzen.«

Mendes war stolz auf seinen Einkauf. Das Pferd schien gesund, aber ein bisschen schwer zu sein. Pete ging einmal um es herum, betastete die Muskeln, sah ihm ins Maul und untersuchte die Hufeisen.

»Klären Sie mich auf.«

»Rafael und seine Männer bewohnen den zweiten Stock

des Hotels Rio Azul. Er wohnt in Zimmer 21. Dahinter gibt es einen Durchgang.«

*

An den Fassaden leuchteten die Lampions und Lampen, durch die Flügeltüren rollte das Gelächter bis auf die Straße, auf der die Kinder Fangen spielten und die Männer nachahmten, indem sie männliche Posen einnahmen. Durch die Stadt Ojinaga, dieses Refugium für den von beiden Seiten des Rio Grande kommenden menschlichen Abschaum, hallte der Klang von Musikinstrumenten und das Falsett eines Mannes, der sich mit dem Enthusiasmus einer müden Nutte der hiesigen Folklore hingab. Höchst ungleiche Paare kamen Arm in Arm aus den Cantinas, Händler und Grenzschmuggler standen trinkend auf den Balkonen; vor ihrer kleinen Kaserne grüßten die Polizisten der Dorfwache die Passanten; die Bordelle waren halb leer, die Freudenmädchen in den Fenstern sahen verbraucht aus. Sie waren nicht mit dem Herzen dabei, der Abend würde nicht lang werden.

Pete band das graue Pferd hinter dem Hotel an, zwischen den Tieren der anderen Kunden. Mit der Decke überm Kopf wollte er sich auf den Stufen eines geschlossenen Ladens niederlassen, vor den beiden Stockwerken und den Laubengängen des Rio Azul. In der Hand hielt er einen Steingutteller, den er sich von der Alten ausgeliehen hatte. In den zwei Stunden, die er damit zubrachte, die Whiskyflasche zu leeren, warf niemand auch nur eine Münze in sein Bettelschälchen.

Nach dem Gottesdienst ließen sich die Komantscheros an einem Tisch im hinteren Teil des Hotelrestaurants nieder. Elenas Ehemann und die anderen, eine schweigende, durch das Glas der Fensterfront verformte Gruppe, nicht aber Rafael. Sie schlangen ihre Mahlzeit herunter, dann leerte sich das Etablissement, genau wie die anderen in der Straße. Ein Bediensteter stieg mit einem Teller hinauf in den ersten Stock. Pete sah ihn im beleuchteten Fenster des ersten Stocks auftauchen, dann im zweiten.

Schlurfenden Schrittes überquerte er mit der Decke über dem Kopf die Straße, ging hinter das Hotel und fand neben dem Stall die Tür, die Mendes ihm beschrieben hatte. Er trat ein, folgte einem Gang, in den ein wenig Licht vom Restaurantsaal drang, blieb neben einer offenen Tür stehen und warf einen Blick in die Küche, in der eine Frau und ein Mädchen den Abwasch machten. Pete wartete, bis das Mädchen ihm den Rücken zukehrte, dann ging er weiter. Er hatte den erleuchteten Teil des Gangs erreicht, die Treppe befand sich zu seiner Rechten. Er senkte den Kopf, und für den Bruchteil einer Sekunde huschte seine Silhouette durch das Licht, bevor er nach oben ging. Zwei Stufen auf einmal nehmend, stieg er die Treppe hinauf bis zu dem Stockwerk mit den an der Wand befestigten Kerzenleuchtern auf dem Gang. In den Zimmern war es still. Er ging weiter bis zum zweiten Stock und fand das Zimmer Nr. 21, lief bis zu dem Schiebefenster im Flur, dann blies er die Kerzen neben sich aus, bevor er das Fenster öffnete und über die Brüstung stieg. Unten die erhellte Straße, auf dem Gehsteig gegenüber die Polizisten der Dorfwache, die eine Flasche geöffnet hatten. Er schlich an der Brüstung im Schatten des Dachs entlang bis zu Rafaels Fenster.

Der Anführer der Komantscheros lag unter seinen Decken, sein Essen stand auf dem Nachttisch, er hatte nichts zu sich genommen. Er war bleich und glänzte vor Fieber.

Als er ein Geräusch auf dem Gang hörte, kauerte Pete sich

nieder. Jemand klopfte an die Zimmertür, und er erkannte Felipes Stimme: »¿Jefe? ¿Necesitas algo?«

Rafael strengte sich an, laut zu antworten: »Me descanso. Mañana, Felipe.«

»Mañana, Jefe.«

Felipe entfernte sich wieder. Pete blieb reglos stehen, wartete, bis die anderen Lichter ausgegangen waren, die Polizisten ihre Flaschen ausgetrunken hatten und in die Kaserne zurückgekehrt waren. Ojinaga legte sich zur Ruhe, und das Licht der Kerzen im Zimmer wurde schwächer. Als seine Beine ihn schmerzten und die Krämpfe in seinem Bauch nicht länger erträglich waren, streckte Pete sich, griff zur Remington und richtete sich auf. Rafael hatte seine Lage nicht verändert, hatte sich nur etwas zusammengekauert. Er schlief mit offenem Mund. Pete schob das Fenster hoch und stieg mit einem Bein ins Zimmer, verlagerte langsam sein Gewicht auf den Fuß am Boden, zog dann den zweiten Stiefel nach und lauschte auf das Knarzen. Ohne das Bett aus den Augen zu lassen, zog er hinter sich den Vorhang vor, durchquerte den Raum und nahm im Rücken von Rafael Aufstellung. Er schnappte sich ein Kopfkissen und hob es vor den Lauf seiner Waffe. Der Komantschero drehte sich langsam um.

»Ich wusste nicht, ob ich dich wiedersehen würde, Güero.«

Seine Lippen waren trocken und weiß, er blickte ihm direkt in die Augen. Pete zeigte keine Regung.

»Die Kinder sind ertrunken, als sie versuchten, dir zu entkommen.«

»Ohne dich hätten sie neue Familien gefunden, und wir wären wieder bei den unseren.«

Er ließ sich nach hinten fallen.

»Beeil dich, sonst bringt die Krankheit dich noch um dein kleines Schicksal, Güero.«

Pete ließ ihn nicht aus den Augen, er drückte ihm das Kopfkissen aufs Gesicht, stieß den Revolver in die Federn, packte den Lauf noch fester, um seinem Zittern Einhalt zu gebieten. Rafael schrie mit erstickter Stimme: »Worauf wartest du, Vatermörder? Parricida maldito!«

Pete bekam taube Ohren von dem Schuss, und der Rückstoß der Waffe, die er in seiner viel zu schwachen Hand hielt, schleuderte den Arm zur Decke. Die Kerze war ausgeblasen, ein Geruch nach verbranntem Geflügel und Schießpulver stieg ihm in die Nase, von dem weißen Kissen stoben Flocken ins Halbdunkel auf. Er ließ die Remington los, rannte gegen die Fensterbalustrade und brach auf dem Balkon zusammen. Er hievte sich über die Balustrade und ließ los, schlug auf dem Boden auf und rollte über die Straße. Im Hotel wurde geschrien. Das graue Pferd erwartete ihn.

Über dem Friedhof spielten die silbrigen Blätter des Eukalyptus mit dem Widerschein des Mondes. Javier Mendes wartete dort mit einem Mann an seiner Seite, im nächtlichen Schatten der Bäume stand ein von Eseln gezogener Planwagen. Der mexikanische Auftraggeber stürzte auf ihn zu.

»Ist es vorbei?«

Pete drehte sich wieder Richtung Stadt und nickte.

»Ich habe die Remington verloren. Haben Sie eine Waffe? Ich muss sofort aufbrechen.«

In dem darauffolgenden Schweigen ließ er die Lichter der Stadt wieder aus dem Blick und suchte im Dunkeln nach dem hellen Anzug von Mendes.

»Was ist?«

»Ich fürchte, nach Süden zu fliehen wird nicht genügen.«

»Was?«

»Ich habe Ihnen ja gesagt, dass Rafael diesseits der Grenze ein bedeutender Mann ist. Ich habe vielleicht untertrieben.«

»Was reden Sie da? Geben Sie mir das Geld!«

»Sie werden nicht weit kommen. Rafael hat bis nach Chihuahua Geschäftsbeziehungen mit den örtlichen Bauern und Militärs unterhalten.«

»Geben Sie mir das Geld!«

»Gehen Sie mit diesem Mann hier, er arbeitet für mich. Sie haben keine Wahl.«

Mendes zog zwei Briefe aus seiner Tasche, drückte sie Pete in die Hand und pfiff. Hinter dem Friedhofsmäuerchen richtete sich eine kleine Gestalt auf, sprang über die Steine und kam zu ihnen. Ein Junge, der Pete gerade mal bis zur Schulter ging. Mendes stieß ihn vor sich her, das Kind steckte den Fuß in den Steigbügel des Galiziers und galoppierte davon.

»Rafaels Männer werden einige Zeit damit verlieren, ihn zu verfolgen. Steigen Sie mit meinem Untergebenen in diesen Planwagen. Morgen, bei Tageslicht, lesen Sie den Brief, der an Sie adressiert ist. Der zweite ist ein Empfehlungsschreiben für einen meiner Partner. Es wäre schade, auf die Dienste eines jungen Mannes mit Ihren Fähigkeiten verzichten zu müssen.«

Mendes hatte seine Lektion gelernt und reichte ihm nicht die Hand. Sein Untergebener hatte bereits hinter den Mauleseln Platz genommen und rief ängstlich: »¡Venga! ¡Venga!«

»Eines Tages, Mendes, wird jemand einen anderen von der Straße aufgelesenen Tölpel anheuern, der dich holen kommt. Für noch weniger Geld.«

»¡Venga!«

Pete sprang hinten auf den Planwagen auf.

13

Pete Ferguson setzte sich in den Sand der Uferböschung, einen Sand, der mit einem lehmigen Matsch durchsetzt war, in dem Schilfrohrsprossen stur ihre grünen Spitzen nach oben reckten und versuchten, in der brackigen Trichtermündung Fuß zu fassen. Bei Ebbe glitzerten auf der sandigen Landzunge lauter Wasserkessel, in denen die gefangenen Fische die Rückkehr des Meeres erwarteten. Die Krokodile krochen aus ihren Verstecken in den hohen Wasserpflanzen, um sich ihre Mahlzeit zu holen. Sie ließen sich in die fischreichen Pfützen gleiten, während in dem noch gefluteten Flussbett des Pánuco die Köpfe der Otter nervös auftauchten und wieder verschwanden. Solange die Reptilien sich den Bauch vollschlugen, waren sie in Sicherheit. In silbrigen Fontänen ließen Schläge mit dem Schwanz und dem Maul die Fische im Schlamm hochspringen. Die Krokodile verschluckten sie in einem Rutsch und kehrten in ihr Schwimmbecken zurück, bis alle Nahrung aufgebraucht war.

Pete drehte sich um, als er Zweige knacken hörte. Ein vier oder fünf Meter langes Männchen kam aus dem Schilf, die Haut mit getrocknetem Schlamm bedeckt, und bewegte sich auf seine Artgenossen zu. Kleinere Tiere machten sich bei seiner Ankunft davon und überließen ihm ihren Vorratsschrank. Das Männchen war zehn Meter von Pete entfernt vorbeigelitten, ohne ihn auch nur anzusehen. Wenn die Krokodile Fische als Futter zur Verfügung hatten, dann griffen sie keine größere Beute an; das erzählten sich die Bewohner von Tampico, die nicht herkamen, um den Monstern beim Essen zuzusehen, sondern nur hin und wieder mit ihren Gewehren loszogen, um ihnen einen Kopfschuss zu verpassen und ihr Leder zu verkaufen. Das Schiff würde am nächsten Morgen in See stechen. Pete war ein letztes Mal gekommen, um die Krokodile zu sehen. Der Tag ging zur Neige, und die flachen Wasserbecken würden bald geleert sein. Er stand auf, und die Reptilien, die gerade mit dem Verdauen begonnen hatten, verfolgten ihn mit ihren kleinen kräftigen Augen, während die Spitzen ihrer Schuppen in der Sonne glänzten. Pete warf die Tequilaflasche in den Schlamm. Das Meer kehrte zurück, und die Otter waren verschwunden. Er folgte dem Pfad, der an der Lagune vorbei in die Stadt führte.

*

Der Gehilfe von Javier Mendes hatte ihn nach Monclova im Staat Coahuila gebracht, in seinem Planwagen unter indianischen Decken, stinkenden Lederkoffern, Knochen- und Perlenschmuck und traditionellen Gewändern versteckt, die von Indianern, die am Verhungern waren, gegen Nahrungsmittelrationen oder Alkohol eingetauscht worden waren; eine recht unschuldige Warenladung für einen Händler vom Schlage eines Mendes. Pete hatte den Verdacht, dass sich unter diesen Stapeln von Plunder noch andere Dinge versteckten. Mendes' Gehilfe – der sich als Benito Juan Alfonso Guerera vorgestellt hatte – hatte ihm ein Karabinergewehr gegeben, das Pete während der sechstägigen Reise nach Monclova nicht mehr aus der Hand gegeben hatte. Benito zählte wahrscheinlich darauf, dass sein Mitfahrer die Ladung bewachte, aber Pete hatte weiter ein Auge auf den Mexikaner gehabt. Er gab sich zwar als dummer Maultiertreiber aus, aber vielleicht hatte er ja Order erhalten, sich des Gringos zu entledigen. Pete hatte für Geld gemordet. Mendes hatte unter Umständen beschlossen, sich während der Flucht dieses störenden Zeugen wieder zu entledigen. Aber Benito war genau das, was er schien: ein einfacher Kerl, der ohne allzu viel wissen zu wollen auf versteckten Wegen den Transport von indianischen Kunsthandwerksobjekten und einem Amerikaner abwickelte.

Pete hatte den Brief gelesen, in dessen Umschlag sich auch die versprochenen dreißig Dollar befanden. Javier Mendes hatte im Hafen von Tampico einen Waffenhändler als Geschäftspartner, der mit Zentralamerika Handel trieb und immer auf der Suche nach »zähen Männern« war. Bei dem Wort hatte er das Gesicht verzogen, denn er hatte seit Ojinaga das Gefühl, dass er sich Rafaels Fieberanfälle eingefangen hatte. Er hatte Gliederschmerzen, fühlte sich schwach und zittrig, wieder genauso geschwächt wie vor dem Mord.

Der zweite Brief war für den Waffenhändler bestimmt, dessen Name darauf stand: *Aznar*.

Eine Woche lang hatte er hinten im Planwagen auf den Decken gelegen, seine Verletzungen waren schließlich geheilt, aber er litt immer noch an Schlaflosigkeit. Er hatte seinen spanischen Wortschatz vergrößert, und obwohl er bislang nur Englisch sprach, konnte er sich diese neue Sprache schnell merken. Er achtete auf seine Aussprache und seinen Akzent, indem er lernte wie ein Kind und zunächst alles nachplapperte, ohne zu versuchen, es zu verstehen. Den anderen imitieren, sich ihm angleichen: alles Überlebensstrategien, die er im Kontakt mit dem Alten gelernt hatte. Je mehr Wörter er lernte, desto stärker fühlte er sich in Sicherheit.

In Monclova hatte Benito ihm eine Ledertasche geschenkt,

die er dem Vorratslager im Planwagen entwendet hatte, ihm dann gesagt, er solle das Karabinergewehr behalten, und ihm vor einer Postkutschenstation die Hand geschüttelt.

Für einen amerikanischen Dollar war Pete, mit seinem mexikanischen Hut auf dem Kopf, in eine zehnspännige Pferdekutsche Richtung Saltillo gestiegen. Die Reise nach Tampico sollte auf der Piste von San Luis Potosí zwölf Tage dauern. In Matehuala hatte er die Kompagnie und die Richtung gewechselt, jetzt war er auf dem Weg nach Ciudad Victoria, der letzten großen Etappe vor der Küste.

Pete hatte tausend Meilen durch Mexiko zurückgelegt, das er durch die Fenster der Postkutschen an sich vorüberziehen sah; ein trockenes, mit Kakteen bestandenes, von kahlen Bergen umgebenes Land. Sie befänden sich gerade in der Trockenzeit, hatte man ihm gesagt, aber er hatte Zweifel, dass jemals Regen auf dieses Land gefallen war. Die Pisten folgten den Ebenen der Berge, schnitten die in der Sonne kochenden Dörfer der Poststation in zwei Teile, als würden die amerikanischen Wüsten auf dieser Seite der Grenze ewig weitergehen.

Und dann wurde, je weiter die Piste sich dem Meer näherte, die Landschaft immer sanfter. Felder, Flüsse und grüne Berge, ein bewässerter Boden. Die Kleidung änderte sich, ebenso die Gesichter und die Bauwerke, und Pete begriff, dass die Wüsten, die er durchquert hatte, nur einen kleinen Teil dieses Landes ausmachten, von dem er nicht wusste, wie groß es war, und dass der Rest der Welt sich viel weiter erstreckte, als er sich das vorgestellt hatte. Man hatte ihm gesagt, dass es von Tampico aus noch Wochen dauern würde, bis er die Südgrenze des Landes erreichte, dass die meisten Mexikaner selbst keine Ahnung hätten, was sich dort befand – riesige Berge und tropische Wälder, diese immergrünen Landstriche, in denen Indianer lebten, denen noch niemand begegnet war, Nachkommen der Mayas. Das Land war so unermesslich groß, dass es für seine eigenen Bewohner ein Geheimnis war.

Er war Anfang November nach Tampico gelangt. Eine Stadt mittlerer Größe mit mildem Klima, einer feuchten und salzhaltigen Luft, mit schmiedeeisernen Balkonen und Steinhäusern, dem Hafen am Río Pánuco, eine Meile vor der Mündung gelegen. Pete hatte in einer verlausten Herberge übernachtet, da er sich dachte, das sei der rechte Platz für einen Mann auf der Flucht. Die Inhaber schämten sich und ergingen sich in Entschuldigungen, dass sie einen Kunden seines gesellschaftlichen Rangs, einen Weißen, auf diese Weise empfangen mussten. Am nächsten Morgen hatte er sich ein Pferd gemietet, um bis zum Ozean zu reiten. Er hatte den Tag am Strand verbracht, hatte am Meer gesessen, das er noch nie zuvor gesehen hatte. Als ihm schwindlig wurde, hatte Pete sich in den Schatten der Bäume gesetzt, die den Strand säumten. Die unermessliche Größe der Welt machte seine Flucht zu etwas Endlosem, und es gab nicht genug zu erlernende Worte, um das ausdrücken zu können.

Er war wieder in die Stadt zurückgekehrt, im Hafen hatte man ihm den Kai gezeigt, an dem das Boot von Kapitän Aznar vertäut lag.

Ein Zweimaster-Segelschiff von etwa dreißig Metern Länge. Der Bootskapitän stellte sich vor. Der Geschäftspartner von Javier Mendes schien nicht viel älter als Pete, war offenbar der Sohn eines reichen Vaters, der mit dem Geld seiner Familie den Händler mimte; wie alle Geschäftsleute in diesem Land sprach er Englisch. Aznar hatte den Brief gelesen.

»Sie haben den falschen Aznar erwischt. Mein Vater ist

schon gestorben und ich habe noch nie etwas von einem Javier Mendes gehört.«

Pete hatte gleich wieder kehrtgemacht.

»Warten Sie.«

Aznars Sohn war ihm hinterhergelaufen.

»Ich arbeite nicht mit den alten Geschäftspartnern meines Vaters zusammen. Alles, was mir von ihm geblieben ist, ist dieses Schiff. Ich transportiere Waren und ab und zu ein paar Passagiere. Möchten Sie an Bord kommen?«

Pete sah zum Schiff hinüber.

»Ja.«

»Wir legen in einer Woche nach Puerto Barrios in Guatemala ab. Wir machen jeweils einen Zwischenstopp in Veracruz und in Cancún.«

»Nach Guatemala?«

»Die Reise nach Puerto Barrios dauert eine Woche, achtzehn Dollar mit Vollpension und eigener Kabine.«

Aznar hielt inne und beobachtete Pete.

»In diesem Brief schreibt dieser Señor Mendes, Sie könnten uns nützlich sein, Sie hätten ihm einen Dienst erwiesen, und man könne Ihnen vertrauen. Was sind Sie von Beruf?«

»Ich kann Pferde dressieren und Bisons töten.«

Aznar lächelte und reichte ihm die Hand.

»Nennen Sie mich Segundo. Kommen Sie morgen wieder, dann zeige ich Ihnen das Boot. Sind Sie schon einmal auf einem Schiff gefahren?«

Pete betrachtete noch einmal beeindruckt das Boot und beschloss, dass es sinnlos wäre zu lügen.

Am Abend in der Herberge fing er zu trinken an. Dann ging es in anderen Etablissements der Stadt weiter, in immer kleineren und immer schummrigeren Cantinas. Sobald er einen amerikanischen Dollar auf den Tisch legte, hatte er das Wohlwollen der Besitzer und die Neugier der Schluckspechte auf seiner Seite, zahnlose Kerle, die kein Englisch sprachen und denen Pete die Geschichte von den drei Männern erzählte, die er getötet hatte. Den ersten in einer Scheune, indem er nichts anderes tat, als ihn anzusehen, den zweiten aus Angst und um in den gewaltigen Plains sein Leben zu retten, den dritten in einem Hotelzimmer, um die Spuren seiner Fehler zu verwischen – drei Männer, die ihm an der Leber fraßen, die an seinen Eingeweiden nagten, in die er nun den Alkohol schüttete. Die Mexikaner hörten ihm zu, schlugen mit der Faust auf den Tisch, schüttelten sich vor Lachen und schenkten sich nach.

Seine zweite Nacht in Tampico hatte er auf der Straße zugebracht. Er hatte auf der Erde geschlafen, ein paar Schritte von der letzten Taverne entfernt, in der er ein paar Männer angehauen hatte, die nicht auf seine Fragen antworteten.

Am frühen Morgen war er zum Hafen gelaufen und hatte am Kai bei der *Santo Cristo* angeheuert. Aznar machte keine Bemerkungen über seinen Zustand und lud ihn zum Kaffeetrinken an Bord.

Der junge Kapitän hatte ihm das Schiff gezeigt, und Pete hatte große Augen gemacht. Ein Segelschoner. Ein paar Wörter hatte er sich zu merken versucht. Marssegel, Focksegel, Bramsegel, Want, Bugspriet. Ein amerikanisches Schiff, gebaut nach den französischen Plänen für ein Fischereischiff. Die *Santo Cristo* hatte am Krieg von 1848 gegen Mexiko teilgenommen, war dann entwaffnet und von der amerikanischen Armee weiterverkauft worden. Segundo Aznars Vater hatte dem Sohn seine Schulden und seinen Ruf hinterlassen, geblieben war ihm nur dieser Segelschoner.

Das Schiff roch nach lackiertem Holz, nach Hanfseilen,

nach Segeltuch. Aznar hatte ihm den Frachtraum gezeigt und die Ware, die gerade verladen wurde, Druckermaschinen in Einzelteilen, Kisten voller Druckerschwärze und Papier. Eine Lieferung nach Guatemala, ein Gelegenheitshandel mit Mexiko, das nötige Arbeitsgerät für die Einrichtung einer neuen Zeitung. Beim Zwischenstopp in Veracruz sollte noch ein weiterer Passagier zusteigen, der Gründer der zukünftigen Zeitung und, wie Aznar betont hatte, ein bekannter guatemaltekischer Dichter.

Pete hatte sich im Hafen herumgetrieben und auf dem Weg zurück in die Stadt, als er der Flussuferböschung folgte, zum ersten Mal eine Rieseneidechse mit aufgerichteten Rückenstacheln gesehen, drei Meter lang. Er war zurückgeschreckt und hatte es für eine Halluzination gehalten. Ihm wurde erklärt, es handle sich um Krokodile wie die, die in Afrika bei den wilden Negern lebten, von denen Arthur Bowman einmal erzählt hatte.

Den Rest der Woche hatte er damit zugebracht, tagsüber diese monströsen Tiere zu beobachten, und in ihrer Gesellschaft ein wenig Ruhe gefunden, während er zusah, wie sie fraßen und sich genießerisch im Schlamm aalten. Nachts sprach er in den Cantinas dem Alkohol zu, und wenn er betrunken war, geriet er mit Mexikanern aneinander, die ebenso betrunken waren wie er. Eines Abends hatte er eine alterslose Nutte in seine Herberge mitgenommen und mit der Nase in ihrer säuerlich riechenden Achselhöhle geschlafen. Jeden Tag ging er Segundo Aznar besuchen, der ihn weiter empfing, ohne Fragen zu stellen.

Das Laden der Fracht war bald beendet, und man wartete auf die letzten Teile der großen Rotationsmaschine.

An dem Tag, als sie segelfertig waren, ging er ein letztes

Mal die großen Reptilien ansehen und wartete, Tequila trinkend, bis sie die Kessel von ihren Fischen befreit hatten. Der Geruch nach Eukalyptus, nach der umgegrabenen Erde des Friedhofs von Ojinaga und den rot gefärbten Federn, die in der Luft schwebten, hing ihm immer noch in der Nase.

*

Das Wasser war so durchsichtig, dass Pete in den tiefsten Tiefen den Schatten des fahrenden Segelschoners sehen konnte. Ein Wasser, das nicht mehr Widerstand bot als die Luft und den Eindruck vermittelte, man träume gerade von einem schwindelerregenden Flug, aus dem man nur mit dem Sturz erwachen konnte. Das Schiff entfernte sich von der Küste, und das Meer wurde dunkel und aufgewühlt, sein Bauch zog sich zusammen, sein Kopf wurde schwer, die Augen schmerzten ihm bei jeder Bewegung, und seine Zunge war trocken.

»Bleiben Sie auf der Brücke, in der Mitte bewegt sich das Boot etwas weniger. Heften Sie den Blick fest auf den Horizont, morgen ist alles vorbei«, riet ihm Aznar.

Pete stand gegen die Wand des Steuerhauses gelehnt, atmete durch die Nase und hielt den Mund, durch den der ganze Alkohol, den er in Tampico getrunken hatte, wieder hinauswollte, geschlossen.

Auf der *Santo Cristo* bestand die Schiffsmannschaft aus sieben Mann, hinzu kam der Kapitän. Ein weiterer Passagier, von dem Aznar ihm nichts erzählt hatte, war in der Nacht vor dem Ablegen an Bord gekommen. Der Mann hatte sich in seiner Kabine verschanzt. Nach der Aufregung der Abfahrt räumten die Matrosen auf und machten sauber, wieder andere waren in den Frachtraum oder in die Küche hinuntergegangen, trugen mit dem Pinsel Lack auf oder flickten die

Segel und inspizierten die Schlepptaue, die sie über die Reling geworfen hatten. Sie waren zurückhaltend, beugten sich gehorsam und ohne sich zu sträuben Aznars Befehlen, der weitaus jünger war als die meisten von ihnen. Pete gewöhnte sich schließlich an die Bewegung des Schiffes, und der Druck auf seinem Bauch fühlte sich zusehends leichter an. Sie würden voraussichtlich nachts in Veracruz ankommen, ein kurzer Zwischenstopp, hatte Aznar gesagt, gerade lang genug, um den neuen Passagier an Bord kommen zu lassen. Der andere Mann, der sich bereits an Bord befand, tauchte am Nachmittag auf, ein gut gekleideter Herr mittleren Alters, der Pfeife rauchte und Pete mit einer leichten Verbeugung begrüßte. Er schien sich auf dem Schiff wohlzufühlen. Aznar ging zu ihm hin, und die beiden unterhielten sich eine Weile.

Man brachte Pete das Abendessen auf die Kabine. Er aß ein bisschen, fand schließlich ein wenig Schlaf, um ein paar Stunden später wieder aufzuwachen, als es an Bord unruhig wurde. Durch das Bullauge konnte er die Lichter von Veracruz erkennen und stürzte ans Fenster, um bei dem Manöver zuzuschauen. Die *Santo Cristo* fuhr an den gewaltigen Mauern einer Festungsanlage vorbei, einer schwarzen Mauer, die jäh aus dem Wasser aufragte. Nachdem er die immense Größe dieses Landes entdeckt hatte, war die Zitadelle von Veracruz ein weiterer Schock. Er musste an die aus Ziegelsteinen und Holz erbauten Forts der amerikanischen Armee denken, dann an die kleinen niedrigen Häuser von Carson City und dessen hinterwäldlerische Einwohner, deren Universum an den Grenzen des County endete, an Arthur Bowman, der einst um die Erde gereist war und der die Leute von Carson City mied wie die Pest, jene Leute, die nichts gesehen hatten und behaupteten, was sie vor Augen hatten, sei das Einzige auf der Welt, das der Mühe wert sei. Die Festungsanlagen von Veracruz, diese Steine, die älter waren als das Land, hätten den Stammgästen des Eagle Saloon eine Heidenangst eingejagt.

Der Schoner fuhr in die Reede und legte am verlassenen Kai an. Milchige Laternen zeichneten im Kokon des Seenebels in punktierten Linien die Umrisse langer Lagerhallen nach. Keine Schaulustigen um diese Stunde, nur zwei Männer in Uniform, Hafenbeamte, mit denen Aznar sich im schwachen Widerschein einer Sturmlampe eine Weile unterhielt. Pete sah, wie er ihnen unauffällig ein paar Geldscheine in die Hand drückte, dann seine Lampe hob und mehrfach hin und her schwenkte. Auf dem Pflaster des Kais hörte man Hufe klappern und Räder rollen, eine Kalesche kam vor der *Santo Cristo* zum Stehen. Ein Mann im langen Überzieher – der Dichter aus Guatemala – schüttelte Aznar die Hand, und zwei Matrosen halfen ihm, das Fallreep hinaufzuklettern. Sobald er an Bord war, wurden die Leinen losgemacht. Das Schiff fuhr wieder an den gewaltigen Mauern entlang, und Pete blieb bis zum Morgengrauen an Deck, reinigte sich im Seewind von den letzten Alkoholresten, die ihm noch das Blut erhitzten.

Zur Frühstückszeit ging er hinunter in die Messe, der größten Kabine an Bord. Rund um einen roten Holztisch war Platz für acht Personen, aber es saßen dort nur Kapitän Aznar, der Passagier mit der Pfeife und der zweite Passagier, der so klammheimlich in Veracruz an Bord gegangen war. Die drei Männer sahen Pete hereinkommen und begrüßten ihn. Er machte die Runde am Tisch. Der erste Passagier stellte sich mit den Worten vor: »Hocherfreut, Ihre Bekanntschaft zu machen, Señor Ferguson. Alberto Guzmán.«

Dann der Dichter, der mindestens zehn Jahre älter war als Guzmán, mit einem offenen Lächeln: »Eduardo Manterola.«

Aznar, Guzmán und Manterola hatten alle drei eine weiße Haut und die Manieren von Weißen, sie sprachen Englisch und vielleicht auch noch andere Sprachen. Als der Matrose, der für ihre Bedienung sorgte, die Messe verließ, machte sich am Tisch Schweigen breit. Die drei Männer aßen schnell, als wollten sie diese wiederkehrende Notwendigkeit so schnell wie möglich hinter sich bringen. Der Dichter wischte sich den Schnurrbart und warf seine Serviette auf den Tisch.
»Sie sind also auf Reisen, Herr Ferguson. Kennen Sie Paris?«
»Paris?«
»Frankreich.«
Alexandra Desmond kam von dort. Sie hatte manchmal davon gesprochen, ohne große Nostalgie, wie Bowman von Asien oder England.
»Nein.«
»Aber vielleicht haben Sie von den Ereignissen gehört, die sich im vergangenen Frühjahr dort zugetragen haben?«
Pete stellte seine Kaffeetasse ab, deren viel zu dünner Henkel ihm durch die Finger glitt. Die Frage war nicht im Tonfall eines Gesprächs zwischen zwei Reisenden, die sich kennenlernen, gestellt worden. Er sah zu Kapitän Aznar hinüber, der den Blick senkte. Der Dichter, Manterola, begann seine Brille zu putzen, und der Mann mit der Pfeife, Guzmán, sprach an seiner statt weiter: »Der Aufstand des Pariser Volkes, die vorübergehende Einrichtung der Kommune und deren erbarmungslose Niederschlagung, Señor Ferguson.«
Aznar schaltete sich mit einem Lächeln ein und sorgte für eine etwas entspanntere Stimmung.
»Ich denke nicht, dass Señor Ferguson in der letzten Zeit Gelegenheit hatte, Zeitung zu lesen. Nicht wahr?«
Guzmán ließ die Frage nicht lange unbeantwortet.

»Im Unterschied zu Kapitän Aznar kenne ich Javier Mendes. Ich frage mich, welchen Dienst Sie diesem Halunken wohl erwiesen haben, Señor Ferguson.«

Aznar hatte den beiden anderen von dem Brief erzählt; Pete ließ seinen aufmerksamen Blick vom einen zum anderen gleiten.

»Was werden Sie in Guatemala machen?«

Der Dichter setzte wieder seine Brille auf, ohne die er offenbar nicht bis zum anderen Ende des Tisches blicken konnte.

»Etwas bewegen.«

Darauf Guzmán: »Sind Sie ein Mann der Tat, Señor Ferguson?«

Aznar sperrte die Tür zur Messe mit dem Schlüssel zu.

Der Dichter: »Oder ein Mann mit Prinzipien?«

Pete lächelte. »Lässt sich beides nicht vereinbaren?«

»Das eine oder das andere würde uns reichen.«

Pete schob seinen Stuhl zurück. Als er einen Blick durch das Bullauge warf, sah er den hohen Seegang draußen und spürte wieder die Bewegungen der *Santo Cristo*, auf die er gar nicht mehr geachtet hatte.

»Wozu würde Ihnen ein Mann der Tat nützen? Oder einer mit Prinzipien?«

Die drei Männer hatten das Für und Wider bereits abgewogen, diese Unterredung war nur die letzte Etappe vor ihrer Entscheidung. Es war der Dichter, der das Wort erhob: »Während unsere Kameraden von der Kommune in Paris kämpften, fand in Guatemala die liberale Revolution statt.«

Er hielt inne, ein verächtliches Lächeln auf den Lippen. »Die Herrschaft von Carrera, diesem ungebildeten Kutscher, und seinem Nachfolger, Sandoval, ist nun zu Ende. Granados, dieser *Philosoph der Aufklärung*, wurde gewählt.«

Die drei Männer lächelten gemeinsam.

»Der liberale Granados… Das Volk hat seinen Reden und seinen Reformversprechen Glauben geschenkt. Aber es haben immer noch die gleichen Männer wie unter der Tyrannei von Carrera die Zügel in der Hand. Granados ist eine Marionette im Dienst von Interessen, welche die liberale Revolution weder bremsen noch ändern konnte. Diese Tyrannei ist umso gefährlicher, als sie die Farben des Volkes trägt.«

Die Augen des Dichters strahlten, Guzmán suchte nach kräftigeren Worten, und Aznar schien über das alles lachen zu wollen. Pete drehte sich eine Zigarette, strich ein Streichholz an dem exotischen Holz an und nahm einen Zug. Seine Hand zitterte leicht, und er legte sie auf den Tisch, damit man es nicht sah.

»Der Mann der Tat lässt sich bezahlen. Wozu brauchen Sie mich?«

Guzmán sah Aznar an, dann Manterola, der nickte.

»Wir haben Vermögen, Señor Ferguson.«

TEIL ZWEI

I

Guatemala, April 1872

Die *Santo Cristo* legte ein weiteres Mal nachts in Guatemala an. Puerto Barrios, der einzige Hafen an der winzigen Ostküste des Landes, lag eingeklemmt zwischen Britisch-Honduras – der viktorianischen Enklave im großen Mexiko – und Honduras; die beiden Grenzen lagen jeweils zwanzig Meilen vom Hafen entfernt, dem einzigen Zugang der Guatemalteken zum Karibischen Meer. Segundo Aznar verhandelte mit den Zöllnern über die diskrete Verschiffung seiner Passagiere und Handelswaren. Schnell wurden Karren herangefahren, und etwa zwanzig Lastenträger machten sich sogleich an die Arbeit und luden die Einzelteile der Druckereimaschine aus.

Pete stieg in Begleitung von Manterola und Guzmán in eine Postkutsche. Das Pferdegespann trug sie noch vor dem Morgengrauen aus dem Hafen der Stadt, galoppierte über eine Piste aus schwarzer Erde, die sich ins Landesinnere bohrte.

Der Sonnenaufgang war monochrom und flach, eine orangefarbene Linie über den Bergen, und es war augenblicklich zum Ersticken heiß.

Da waren sie nun, die Wälder, von denen Pete in Mexiko gehört hatte, diese von riesigen Bäumen bewachsenen Berge, die graue und blaue Nebelschwaden in die Täler ausatmeten. Brücken aus Rundhölzern führten über weiß schäumende Sturzbäche, die voller Treibholz in wirbelnden Adern die Berge hinunterschossen. Am Fuß der Berge kreuzten Indios auf Eseln oder Maultieren ihre Route entlang der Piste, aber nirgends sah man bebaute Felder, als sei dieses Land zu nichts nutze oder nicht zu bearbeiten, so dicht war der Wald, bevölkert von Parasitenpflanzen, die in Trauben und an Lianen von den Bäumen hingen. Wälder und Berge folgten in Wellen aufeinander, je nachdem, mit welcher Geschwindigkeit ihr Gespann über die Gebirgspässe fuhr. Ihr Wagen gehörte keiner Transportgesellschaft an. Die Fahrer nahmen keine anderen Reisenden mit, sie wechselten zweimal die Pferde aus, kauften Lebensmittel an den Relaisstationen und brachten sie ihren Passagieren.

Pete konnte nicht einmal vom Wagen steigen, um nebenherzulaufen, nur in der Nacht durfte er ein paar Schritte an der Relaisstation entlanggehen, und jedes Mal lauschte er, mit den Füßen am Rande des Weges vor dem Wald stehend, dem unglaublichen Konzert der Insekten und Frösche, das die Stimmen der Menschen übertönte.

Ihr Ziel war die Stadt Antigua, eine Stunde westlich der

Landeshauptstadt Ciudad de Guatemala gelegen, die sie geflissentlich vermieden. Nach sechs Reisetagen kamen sie dort an.

Antigua lag in großer Höhe, von Vulkanen umgeben, die Luft dort war frischer und erquickender als auf der Piste. In den letzten beiden Tagen der Reise ging es immer nur hinauf und wieder hinauf.

Beim Eingang zur Stadt verließ Guzmán den Wagen und schüttelte dem alten Dichter die Hand. Sie verabredeten sich für eine Woche später, wenn die Ladung der *Santo Cristo* Antigua ebenfalls erreicht haben würde. Manterola und Pete wurden vor einem kleinen zweistöckigen Haus in der Avenida Norte abgesetzt, vor einer gelben Fassade mit weißen aufgemalten Verzierungen, in dieser großen Straße mit dem blank gewetzten und lückenhaften Pflaster. Eine Frau, kaum jünger als der Dichter, öffnete die schmiedeeiserne Tür. Sie begrüßte Manterola und nannte ihn Maestro, nach monatelanger Abwesenheit war ihre Freude über seine Rückkehr groß. Manterola stellte ihr Pete vor: »Das ist Señor Ferguson, mein neuer Sekretär. Señor Ferguson, das ist Faustina, ohne die dieses Haus und ich selbst längst Ruinen wären.«

Die alte Bedienstete begrüßte den jungen Amerikaner, ohne ihre Feindseligkeit und ihren Ärger darüber zu verhehlen, dass die Rückkehr des Meisters durch seine Gegenwart gestört wurde.

*

Die Finger um ein kleines Glas Rum gelegt, betrachtete der Dichter die Plaza de Armas, die Menge der Händler, Bettler und Spaziergänger, die am Vorhof der Kirche und den Arkaden des Rathauspalastes vorüberdefilierten. Manterola trank wenig, der Rum, auf den er sich manchmal mit der Ungeduld eines Kindes stürzte, machte ihn düster und unruhig. Wie die meisten seiner Landsmänner wurde er vom Trinken schwermütig. Aber wenn Aznar nicht da war, zog Pete seine Gesellschaft der von Guzmán vor. Manterolas helle Augen hinter der Brille suchten den Platz ab und wurden immer schmaler dabei.

»Wer noch nie erlebt hat, wie eine Menge sich gegen einen der ihren wendet, der kennt die Menschen nicht.«

Wenn er betrunken war, dichtete er bittere Strophen. Im letzten Stadium seiner Traurigkeit wandelte sich seine Besorgnis in Ekel vor seinen Mitmenschen. Er wartete auf Pete Fergusons Reaktion, der in seinem neuen Anzug dasaß und den vorbeilaufenden Frauen zusah.

»Vor ein paar Jahren«, fuhr der Dichter fort, »hat auf genau diesem Platz eine Meute von Armen ein etwa fünfzehn Jahre altes Indiomädchen, dem man einen Diebstahl zur Last legte, zusammen mit ihrem Ehemann, einem Maultiertreiber aus der Avenida Insurgentes, gesteinigt und verbrannt. Die Palastwächter sind nicht eingeschritten. Sie schützte ihr Gesicht vor den Steinen, an der Haut ihrer Arme traten die Knochen hervor. Sie wehrte sich wie eine Furie unter den entflammten Strohballen. Ihre Haare...«

Ein Mann blieb vor ihrem Tisch stehen, eine Hand am Hut.
»Buenos días, Maestro.«

Manterola achtete nicht auf den Störenfried, der weiterging und es nicht wagte zu insistieren. Pete bestellte noch zwei Rum. Er mochte es sehr, wenn der Dichter seine Verachtung ausspuckte.

»Wir schlagen uns für dieses Dreckspack. Für diese Ignoranten, weil es unsere Pflicht ist, etwas Besseres aus ihnen zu machen.«

Pete lächelte, und Manterola drehte sich wieder mit zusammengekniffenen Lippen dem großen Platz zu.

»Als die Menge dieses Mädchen verbrannte, wurde Guatemala gerade von Carrera regiert. Kann man wirklich glauben, dass die Meute unbescholtener Bürger unter der Herrschaft von Männern wie Granados keine Frauen mehr steinigen wird? Ein Anführer ändert seine Untertanen nicht. Manchmal habe ich noch die Hoffnung, dass die Untertanen sich ändern werden, sobald sie keine Anführer mehr haben und frei sind. Aber die Revolution nährt sich auch von dieser Gewalt. Sie träumt vom neuen Menschen und nutzt zugleich seine alten Schwächen aus. Nicht Carrera hat die Strohballen angezündet, sondern die zukünftigen Helden unserer Revolution. Manche verstecken sich, um diesem Schauspiel nicht länger beiwohnen zu müssen, in der Hoffnung, ihr Gewissen werde sie in Ruhe lassen, wie dieser Mann, von dem Sie mir erzählt haben, dieser Bowman, der sich von der Welt zurückgezogen hat. Es gibt Zyniker wie Sie, Señor Ferguson, die aus jeder Situation Profit schlagen. Und dann gibt es die echten Nihilisten, die bei den Aufführungen des großen Shakespeare-Theaters lachen und in den ersten Reihen sitzen, um die Bühnendekoration anzuzünden. Aber das Leid ist echt, Señor Ferguson, es wird zugefügt und erduldet. Das ist unsere Pflicht als Dichter und Revolutionär, koste es, was es wolle, vom Leid und vom Widerstand zu singen.«

Rumtropfen liefen Manterola aus dem Mundwinkel. Pete trank sein Glas aus.

»Sie haben zu viel getrunken, Maestro.«

»Es ist leicht, über Politiker, die von der Macht korrumpiert sind, ein Urteil zu fällen, Wissen dagegen macht die Menschen anmaßend und feige. Das wollten Sie doch sagen, nicht wahr, Señor Ferguson?«

Manterola erhob sich und nahm dabei seinen Stock zu Hilfe. Pete knöpfte sich die Jacke wieder zu und bezahlte die Getränke.

»Ich bin mir nicht sicher, ob Guzmán Sie gerne so reden hören würde.«

Der Maestro lachte müde.

»Guzmán gestattet sich keinen Zweifel, er ist ein Henker des Terrors.«

Sie verließen die Plaza de Armas über eine Querstraße. Andere Bürger grüßten Manterola, und es war Pete, der unter seinem Hut hervorlächelte und ihren Gruß mit einem Nicken erwiderte. Der alte Dichter ignorierte sie, und man nahm es für das exzentrische Verhalten eines Genies, dabei musste er an sich halten, ihnen nicht ins Gesicht zu spucken. Eduardo Manterola war der offizielle Dichter der liberalen Revolution; von der Macht beweihräuchert, schmiedete er romantische Verse über den Fortschritt und den Frieden zwischen den Völkern. Er wurde publiziert und kommentiert. Er schrieb unter anderen Namen auch für die illegalen Zeitungen Lateinamerikas, revolutionäre Brandschriften, die die Erde und die Menschen priesen, die Macht und deren Ungerechtigkeiten geißelten und die Liberalen genauso wenig schonten wie die autoritären Kaziken, die Europa blind ergeben waren. Die Zweifel an der menschlichen Natur, die der Maestro hegte, hatten vielleicht ihre Ursachen in seinem eigenen Betrug. Nicht immer gab der Dichter vor, sein mondänes Leben zu schätzen, das – wie man in Antigua munkelte – in der Vergangenheit mit jungen Frauen, jungen Männern und Geld einhergegangen war. Wenn er getrunken hatte, hasste Manterola die katzbuckelnde Schar seiner Bewunderer, ganz wie er sich selbst dafür hasste, dass er ihnen erlegen war.

Sie drangen in immer weiter vom Zentrum entfernt gelegene Gässchen vor, bis sie zu einem Wohnhaus kamen, um das Wachtposten Aufstellung bezogen hatten, bis zu einer Tür und einer Treppe, die in einen großen Gewölbekeller führte, in dem die Rotationsmaschinen und die Pressen die Glasballons mit schwarzer Tinte auf den Regalen zum Zittern brachten. Guzmán saß mit fleckigen Fingern unter den Lampen und redigierte einen Abzug der nächsten Ausgabe von *Grito del Pueblo*, Schrei des Volkes.

Der Dichter ließ sich auf eine Bank fallen, die Hände über seinen Stock gelegt, und betrachtete den energiegeladenen kleinen Mann mit der Brille, der erloschenen Pfeife im Mundwinkel, wie er sich Notizen machte und mit dröhnender Stimme von der einen Ecke des Kellers Befehle gab, eine Presse einstellte, sich über die Schulter eines Aktivisten beugte, der gerade an einer Seite schrieb, und zum Lesen wieder ins Licht zurückkehrte. Er verließ die Druckerei nur für ein paar Stunden, wenn es Nacht wurde – ein geschäftiger Maulwurf, der unaufhörlich Reden schwang, während Manterola draußen herumstolzierte und in seiner Rolle als öffentlicher Dichter schweigend auf den Terrassen herumsaß.

Der Herr des Hauses machte ihnen ein Zeichen, und sie traten alle drei durch die Tür des kleinen Versammlungssaals. Geschützt vor dem Geratter der Maschinen, setzten sie sich um einen runden Tisch. Guzmán trank Rotwein in großen Gläsern, um seinen Durst zu löschen, und zog seine Flasche aus einem Kübel mit gekühltem Wasser.

»Aznar wird bald wieder mit ihr zurück sein. Ist alles bereit für den Empfang im Palast?«

Manterola nickte.

»Wir haben unsere Einladungen erhalten, und Señor Ferguson hat sich um die Transaktion mit der jungen Bedienung gekümmert.«

Sie sprachen Spanisch, Guzmán wandte sich zu Pete um und wiederholte alles noch einmal auf Englisch. Er wollte nicht zugeben, dass der Amerikaner seine Sprache mittlerweile fließend beherrsche.

»Das Geld, das wir ausgeben, um Sie zu unterhalten, wird sich endlich auszahlen.«

Pete schenkte sich ein Glas Wein ein und hob es lächelnd. Guzmán wiederholte es noch einmal auf Spanisch, denn für die *Sache* war die Sprache der Yankees ein Ärgernis.

»Die Sonderausgabe von *Grito del Pueblo* ist in Kürze fertig und kann überall in der Stadt verteilt werden. Eine Auflage von fünfhundert Stück, die die Straßen überfluten wird.«

Der Drucker wirkte wie in Eichenholz geschnitzt; der Dichter, der eher nach Magengeschwüren und eingebildeten Krankheiten aussah, wackelte mit dem Kopf.

»Die Polizei von Granados ist uns auf den Fersen.«

Guzmán wischte diese schlechten Vorzeichen mit einer Handbewegung vom Tisch.

»In zwei Tagen können sie unsere Druckerpresse gerne noch einmal zerstören, dann wird schon nichts mehr sein wie zuvor. Ist alles für deinen Aufbruch vorbereitet?«

Manterola nickte.

»Am Tag des Empfangs werde ich im Palast ausrichten lassen, dass ich mich nicht gut fühle. Mein Sekretär wird alleine als mein Stellvertreter hingehen.«

Für die nächste und wahrscheinlich letzte Ausgabe der illegalen Zeitung hatte der Maestro einen Artikel mit seinem echten Namen gezeichnet.

»Ich werde nicht sterben, ohne dass diese Schweine die Wahrheit erfahren«, hatte er eines Abends zu Pete gesagt, die Hand um ein Glas mit altem Rum gekrallt. »Sie sollen wissen, wer ich war!«

Dieser Artikel war sein Testament. Er hegte die Befürchtung, die Polizei von Granados könnte die Verschwörung vor ihrer Durchführung aufdecken und ihn ins Gefängnis werfen, bevor sein Name unter dem Text erschienen wäre, und das Volk, das seinen Dichter so liebte, würde Eduardo Manterola am Tage seiner Hinrichtung nicht beweinen.

An Bord der *Santo Cristo,* nach dem Auslaufen mit Kurs auf Guatemala, hatten Manterola, Guzmán und Aznar Pete Ferguson alles über ihr Land und ihren Kampf erzählt. Über die Konquistadoren, die Könige, die Konservativen und die Liberalen, die Unabhängigkeit von Zentralamerika, die falschen brudermörderischen Kämpfe zwischen Politikern und Industriellen, die Kriege, für die die Völker und die Indios den Preis zahlen mussten, wie in Yucatán, die Latifundien, die Evangelisierung, die Gefängnisse, die Wirtschaft, die in den Händen von Europa und den Vereinigten Staaten lag, den sozialen Kampf. Sie hatten ihn mit Theorien und Namen vollgestopft, Bakunin, Proudhon, Reclus, Owen oder Fourier. Namen, die Pete bereits auf der Fitzpatrick-Ranch aus dem Mund von Alexandra Desmond vernommen hatte. Damals hatte er sich die Revolutionäre als eine Art Freibeuter vorgestellt, Abenteurer, die zu Pferde in die Schlacht zogen, gefolgt von einer ganzen Armee eines kampfwütigen Mobs; er hatte Kellerratten kennengelernt, die sich auf den Rücken klopften, wenn sie diese hochtönenden Texte lasen, rastlose Intellektuelle, die in der Illegalität erstickten. Was für ein Schritt vom Schatten ins Licht wäre die Revolution für diese Männer im Untergrund?

Pete war die Sache, für die sie kämpften, vollkommen gleichgültig, er hatte seinen Preis ausgehandelt: Tausend amerikanische Dollars wurden ihm dafür geboten, dass er mit einer Waffe in den Palacio del Ayuntamiento, den Palast der Stadtverwaltung, ging, sie an eine Frau weitergab und die Aufmerksamkeit auf sich lenkte. Diese Frau sollte mit dem Kapitän der *Santo Cristo* ankommen.

»Wichtig ist nur, dass Sie ihr den Revolver geben. Aznar und Manterola werden Sie an unserem Treffpunkt erwarten und Sie dann wie vereinbart nach Puerto Barrios bringen.«

Die beiden Verschwörer hatten noch Dinge zu besprechen, Pete verließ allein den Keller und das Haus, war wieder ein freier Mann, ein Bürger, der aufs Geratewohl durch die Straßen von Antigua schlenderte.

Es wurde Nacht. Er hatte auf der Avenida Norte schon sein kleines Ritual entwickelt. Er trank ein paar Gläser unter dem Bogen der Santa Catalina, sah zu, wie die Sonnenstrahlen sich am Gipfel des Agua-Vulkans verfingen, dessen grauer Rauch sich im Abendrot rosa gefärbt hatte. Wenn der Wind aus südlicher Richtung über den großen Vulkansee wehte, legte sich eine Ascheschicht über die Stadt; die Bewohner schlossen Türen und Fensterläden, die Händler machten ihre Läden dicht. Von dem Elend und der Gewalt, von denen Guzmán und Manterola gesprochen hatten, war in Antigua nichts zu sehen, die einzige Gefahr schien von diesem Vulkan auszugehen, der böse Überraschungen bereithielt. Die Stadt war bereits zweimal bei einem Vulkanausbruch verwüstet worden. Die Regierung hatte daraufhin weiter im Osten die neue Ciudad de Guatemala errichten lassen, um vor seinen Ausbrüchen geschützt zu sein. Antigua wurde damals zu einem altmodischen Doppelgänger der Hauptstadt, Heimstatt der ältesten Familien, alter Bankensitz, in dem der neue Handel den jüngst erworbenen Reichtum anlegte. Hier wollte Präsident Granados die Künste feiern, im alten Palast, in der alten Stadt, in der Vergangenheit.

Man grüßte Señor Ferguson auf der Terrasse, auf der er sich niedergelassen hatte. Nach seiner Ankunft hatte er an den öffentlichen Lesungen des Maestro teilgenommen, an den großen Mahlzeiten, den kleinen Zwischenmahlzeiten in schattigen Hinterhöfen, in denen Brunnen plätscherten, und überall hatte man ihn vorgestellt: als Sekretär des Maestro, Absolvent einer amerikanischen Universität und Kenner der spanischen Literatur, der gekommen war, um den Maestro bei seiner Arbeit und seinen Recherchen zu unterstützen. Die Neugierde der Honoratioren von Antigua für diesen Gelehrten, der noch dazu Amerikaner war, gab Anlass zu endlosen Toasts, in denen Nordamerika und Zentralamerika vereint wurden, im Namen des friedlichen Einvernehmens aller Dichter, der aufgehobenen Grenzen und der Kultur. Man befragte ihn zu seinem Land und zu den Büchern, die er las, bis dieser schweigsame, kräftige Mann im Anzug, der dem Trinken zugeneigt war, zu einem immer skandalöseren Gesprächsthema wurde. Der Ruf des Dichters – dem man nachsagte, mit Bürgerlichen oder Straßenjungen Umgang zu haben, die er zuvor von seiner alten Dienerin vom Schmutz befreien ließ – heizte die Gerüchte über seinen amerikanischen Sekretär an, der vielleicht eher ein *amigo especial* war als ein Angestellter.

Pete trank, und ganz wie der betrunkene Manterola ignorierte auch er die Blicke und die Grüße. Er ging spät schlafen, wachte früh auf und ging zu dem Treffen.

Die Cantina zum Gallo Blanco war ein sicherer Ort; kein Keller, aber eines dieser mit Handelswaren vollgestopften Hinterzimmer, in denen Manterola, Guzmán, Aznar und deren Verbündete sich gerne trafen. Pete amüsierte sich über dieses Spiel, diese heimlichen Treffen und Geheimzeichen, wie bei Spionen. Wie konnten solche Kerle denn gefährlich werden, mit ihren großspurigen Ideen und ihrer illegalen Zeitung, von der sie ein paar Dutzend Exemplare druckten? Wer wollte sich die Mühe machen, sie zu überwachen?

Aznar war zurückgekehrt. Jetzt war er hier, müde von der Reise, die er umgeben von Gewürzdüften und Federviehgestank in Begleitung zweier Mestizen verbracht hatte. Pete schüttelte dem jungen Kapitän die Hand, dann wandte er sich der zierlichen kleinen Frau an seiner Seite zu, die eine Decke über dem Kopf trug und Wasser aus einem Krug trank. Er sah nur ihren Hals und ihren Kehlkopf, der beim Schlucken auf und nieder ging, dunkel und kupferfarben. Eine Indiofrau.

2

Die Indiofrau sprach nicht, sie saß auf einer Truhe in einer Ecke des Schuppens, während die Männer leise miteinander sprachen; den Kopf zurückgeworfen, konzentriert, schien sie dem Gespräch keine Aufmerksamkeit zu schenken und leerte den Krug. Einer der Männer aus der Begleitung Aznars brachte ihr einen zweiten, den sie mit derselben Geschwindigkeit austrank. Dieses winzige Wesen hatte einen unendlichen Durst, und Pete hatte auch Lust auf Wasser. War das die Mörderin, die Guzmán und Manterola gedungen hatten? Große, reglose Augen, ein Mondgesicht, das aussah, als habe man versucht, es in ein Rechteck zu pressen, ihr armseliger Besitz in eine schmutzige Decke eingerollt. Pete bezweifelte, dass sie etwas von dem verstand, was die Revolutionäre sagten, und vor allem, dass sie überhaupt etwas vom Anarchismus und den Theorien der Weißen begriff.

Das Treffen ging zu Ende, und die Männer trennten sich, verschwanden im Hinterhof oder gingen durch den Saal der Herberge hinaus. Die zwei Mestizen, die mit Aznar gekommen waren, gingen mit der Indianerin fort. Pete zog Segundo auf die Seite. »Ich muss mit dir reden.«

Sie setzten sich an einen Tisch im Restaurant, und der Wirt, ein Freund der Sache, brachte ihnen zu essen und zu trinken. Der Abend war schon weit fortgeschritten; die Kerzen an den anderen Tischen bereits ausgeblasen, die letzten Gäste verließen das Lokal.

»Was soll das werden?«

Der Tonfall dieser Frage drückte keine Wiedersehensfreude aus.

»Was soll was werden?«

»Habt ihr für diese Arbeit eine Schwachsinnige angeheuert?«

»Sprich nicht so laut.«

Pete schob seinen Teller beiseite, um sich ein Glas Rum einzuschenken.

»Kommt gar nicht infrage, dass ich in den Palast gehe, um ihr einen Revolver zuzustecken, sie wird euch alle ins Gefängnis bringen, und mich dazu. Ihr könnt Guzmán sagen, er kann den Druck seiner Zeitung einstellen, das wird in einem Massaker enden.«

Aznar lächelte, rollte einen Tortillafladen um eine grüne Chili und biss hinein. Pete wartete ab, bis er zu Ende gekaut und alles hinuntergeschluckt hatte.

»Warum lächelst du?«

»Maria ist keine ungebildete Indiofrau. Sie gehört schon lange zu uns und sie hat das halbe Land zu Fuß durchquert, um hierherzukommen. Wenn du ihr die Pistole gibst, wird sie Erfolg haben. Du kannst nicht verstehen, warum sie sich aufopfert.«

Pete sah ihn verächtlich an.

»Wenn sie verroht genug ist, um bei eurem Coup mitzuspielen, so ist das ihr Problem. Aber über mich darfst du dir auch keine Illusionen machen, Kapitän. Weder du noch Guzmán noch Manterola. Euer Geschwafel über das Elend des Volkes könnt ihr euch für andere aufheben. Diese Frau und ich haben gewiss mehr gemeinsam als wir beide. Ich will nur eines wissen: Kann ich auf sie zählen?«

Aznar lächelte.

»Dein Spanisch ist gut geworden, Gringo, und du wirst dem Mann, den wir einstellen wollten, immer ähnlicher.«

Es lag ein Hauch von Enttäuschung in seiner Stimme, er hob langsam sein Glas auf Augenhöhe, eher eine Geste des Abschieds als des Anstoßens.

»Auf Maria kannst du zählen. Sie ist eine echte Kämpferin.«

»Wo wirst du sie verstecken?«

»In der Druckerei bei Guzmán.«

Pete dachte nach.

»Die Bedienung, der ich das Geld gegeben hatte, hat im Palast gearbeitet und war eine Indiofrau. Habt ihr sie deshalb ausgewählt?«

»Maria soll ihren Platz einnehmen.«

»Und diese Bedienstete, was wird sie erzählen, wenn die Männer von Granados sie schnappen?«

Aznar schüttelte den Kopf.

»Du verstehst das noch nicht so ganz, Pete. Mit der Geldsumme, die du ihr gegeben hast, ist sie wieder auf ihr Land zurückgekehrt, sie wird ihre Familie jahrelang damit ernähren können. Niemand wird sie dort finden, wo sie jetzt ist.«

Pete pfiff durch die Zähne.

»Mit zweihundert Dollar?«

»Der Lohn, den wir dir zahlen, ist in diesem Land ein Vermögen.«

Pete ließ sich nicht beeindrucken.

»Die Risiken, die ich auf mich nehme, lassen sich nicht in örtlicher Währung bemessen. Deiner Maria wirst du erst einmal ein gründliches Bad verpassen müssen, wenn du willst, dass man sie für eine Palastangestellte hält.«

Aznar tat so, als sei ihm die Geschmacklosigkeit dieser Bemerkung nicht aufgefallen. Die beiden Männer leerten die Flasche und bestellten auf Kosten des Gringos eine nächste. Pete kehrte betrunken in seine Wohnung auf der Avenida Norte zurück und konnte nicht einschlafen. Er dachte an Aznar, fragte sich, ob er wirklich glaubte, was er sagte, nämlich dass Maria selbst beschlossen habe, sich zu opfern, und dass es nicht die Sache war, die verlangte, dass Maria sich opferte. Der Kapitän hatte erwidert, das mache keinen Unterschied, Pete könne das nicht verstehen.

Auf dem Balkon seines Zimmers setzte er sich mit offenem Hemd mit dem Rücken zur Balustrade und drehte sich eine Zigarette. Die Stadt war bereits in Feststimmung, die Straßenverkäufer, die aus den Bergen oder der Hauptstadt gekommen waren, schliefen auf den Gehsteigen, unter ihren Verkaufstischen oder ihren Karren mit kunsthandwerklichem Kleinkram. Über den Straßen hingen Girlanden, der laute Knall von Böllern hallte zwischen den Häusern, es liefen Kinder vorbei, die von zu Hause ausgebüxt waren und denen die Eltern hinterherrannten, die Frauen schwenkten zum Klang der Gitarren und Tamburins ihre langen Kleider und hielten sich für Spanierinnen. Pete Ferguson, der einzige Weiße, der noch wach auf seinem Balkon stand, schloss die Augen und lauschte den Schreien und Gesängen, dem gemeinen Volk von Antigua, das sich vor der Ankunft des Präsidenten und seines Hofstaates eine eigene Nacht gönnte. Er stand auf, zog seine Jacke an und verließ das Haus des Dichters.

Die in Stein gehauenen Treppenstufen waren feucht und rutschig; die Wendeltreppe verstärkte den Schwindel vom Alkohol, und die Druckmaschine, die nachts abgeschaltet war, leitete ihn nicht mit ihrem Lärm. Eine Hand und eine

Schulter an der Wand, ging Pete bis zur Tür und hielt inne, um Atem zu schöpfen, machte die fünf Klopfzeichen und wartete. Einer der Mestizen, die mit Aznar gekommen waren, öffnete ihm, die Haut von einer alten Krankheit wie pockennarbig. Von der Hitze, dem Geruch nach Tinte, Schmieröl und Zellulose wurde ihm übel. Die Exemplare von *Grito del Pueblo* lagen aufgestapelt rund um den Setztisch, die Rotationspressen und Druckerpressen ruhten im Halbdunkel. Am Ende des Kellers stand der andere Mestize Wache vor der Tür zum Versammlungssaal. Auf einem Bett, das man unmittelbar auf den Bodenplatten errichtet hatte, lag Guzmán, komplett angezogen, und las, und die runden Brillengläser ließen ihn nur umso mehr wie einen Maulwurf aussehen.

»Was machen Sie hier?«

Der blatternarbige Mestize ging zu seinem Kollegen, Pete folgte ihm mit dem Blick, als er das hintere Zimmer betrat und hinter sich die Tür schloss.

»Ich möchte sie sprechen.«

Guzmán stand auf und trat Pete in den Weg.

»Kommt nicht infrage. Gehen Sie wieder nach Hause. Sie sind betrunken.«

Guzmán, der Maulwurf, konnte sich ein Lächeln nicht verkneifen.

»Maria möchte nichts mit Ihnen zu tun haben.«

»Mit mir?«

»Mit den Weißen.«

Pete beobachtete sein Gegenüber, dessen Teint so blass war wie ein Kellerchampignon, der kein Gramm indianisches Blut in sich hatte, ein reiner Nachfahre der Spanier. Seit er sich als die Stimme des Volkes aufspielte, schien er sich selbst für einen Mestizen zu halten. War Manterola ein inzestuöser

Vater seines Volkes, so hielt sich der intellektuelle Guzmán für dessen tugendhaften Patriarchen.

»Lass mich vorbei, sonst wirst du dir einen anderen suchen müssen, der morgen für dich in den Palast geht.«

Guzmán rührte sich nicht sogleich, die Brust gebläht, doch dann gab er auf.

»Nicht länger als eine Minute.«

Er nickte dem Mestizen zu, der die Tür bewachte.

Die Indiofrau saß am Tisch, die Decke noch immer über den Schultern, es war einer dieser bunten Stoffe aus den Bergen, dem der Staub der Reise ein wenig die Strahlkraft genommen hatte. Der blatternarbige Mestize ging hinaus, Pete schloss die Tür hinter ihm und schob den Riegel vor. Er hörte Guzmán auf der anderen Seite protestieren und mit der Faust gegen die Tür hämmern.

Sie sah ihn mit ihren schwarzen Augen an, die an den Seiten in die Länge gezogen waren wie bei einer Chinesin, aber viel runder, sodass man das Weiß um die Pupillen sehen konnte, wenn sie etwas anstarrte, so wie sie es gerade mit Pete tat. Ihr langes Haar war zu einem Zopf geflochten, ihre Nase war zart, die gerade Verlängerung ihrer Stirn, die Nasenflügel waren breit. Ihr Mund hatte keine Lippen, aber die Linie, die er bildete, war weich. In ihr erstarrtes Gesicht konnte jeden Augenblick Bewegung kommen. Sie war noch kleiner, als er es in Erinnerung hatte, eine Jugendliche mit der Figur einer Frau. Mit ihrer Haltung, den auf dem Tisch gefalteten Händen, wirkte sie wie ein kleines Mädchen, das einen geduldigen Erwachsenen mimt.

Das Attentat, die Wächter auf der anderen Seite der Tür, diese in ihren eigenen Gedanken gefangene und wie ein Schatz bewachte Kindfrau: ein Jungfrauenopfer. Als hätten

Manterola, Aznar und Guzmán ein Symbol der Reinheit aus dem Urwald geholt, das sie schlachten würden, ein Opfer für die Sache, vollbracht von einem analphabetischen Stamm. Ein Mädchen, das sich wahrscheinlich im Besitz übernatürlicher Kräfte wähnte, genau wie die Indianer der Plains, die sich durch ihre Amulette vor den Kugeln der amerikanischen Kavallerie geschützt glaubten.

Pete sagte zu ihr auf Spanisch, ohne zu wissen, ob sie diese Sprache verstand: »Ich werde morgen mit dir im Palast sein.«

»Man hat mir von dir erzählt. Du bist der Gringo, der auf Segundos Boot aus Mexiko gekommen ist.«

Sie hatte auf Englisch geantwortet, hatte Aznar bei seinem Vornamen genannt. Pete fühlte sich lächerlich in seinem zerknitterten und nach Alkohol stinkenden Anzug eines Bürgers. Er hatte Angst, und die Indianerin sah das sehr wohl.

»Ich wollte sichergehen, dass alles klar ist, dass du mir keine Probleme machen wirst.«

Marias Nasenflügel weiteten sich, und sie presste so fest den Mund zusammen, dass Pete dachte, sie werde gleich ausspucken.

»Nicht nötig, mercenario.«

Sie war nicht hässlich, nur konnte Pete sie nicht ganz einordnen. Hatte diese kleine Frau irgendwo einen Mann und Kinder?

»Du hast mich gesehen. Du wirst mich morgen wiedererkennen. Du kannst gehen.«

Ihrer hellen Stimme lag ein stützender dunkler Ton zugrunde, das tiefere und raue Vibrieren einer trockenen Kehle. Das war nicht nur der leichte Ärger gegenüber einem Weißen, das war echte Wut. Pete wankte. Ihm wurde schwindlig, als er wieder seinen Vater vor sich sah, auf der Schwelle zu ihrem

Haus, am Tag des Todes von Billy Webb. Er sah sich selbst am Tisch neben Oliver sitzen, mit starrem Blick, bereit, sich mit ihm anzulegen. Dann betrachtete er diese kleine Frau mit den schwarzen Augen und der wilden Miene, die auch bereit war, sich mit ihm anzulegen. Sie wich zurück, als er sich einen Stuhl heranzog und sich vor sie setzte.

»Sie werden dich niederschießen.«

Sobald der kurze Moment der Überraschung vorüber war, hatte sie sich sogleich wieder im Griff. Sie runzelte die Brauen. Pete roch sie jetzt, sie duftete nach frischer Butter und Moschus – es erinnerte ihn an neugeborene Kätzchen, die ekelhaft laue Wärme nach dem Wurf, das nasse Fell in seiner Schmiere. Er sah ihre Hautstruktur am Hals, wie menschliche Seide. Er fragte sich, wie sie wohl über seinen Geruch dachte, welche Erinnerungen der Geruch dieses Weißen bei dieser Indiofrau weckte, wenn sie ihn beschreiben müsste.

»Das Volk wird sich erheben.«

»Dich wird das Volk nicht retten.«

»Das ist nicht dein Kampf. Bring mir die Waffe, dann kannst du fliehen.«

Pete sprach leiser, versuchte verzweifelt, sich verständlich zu machen.

»Guzmán und die anderen benutzen dich.«

Ihr Gesichtsausdruck änderte sich nicht.

»Wir benutzen sie. Es ist unsere Sache, nicht ihre. Du weißt nichts, mercenario.«

Er wusste nicht mehr, was er sagen sollte.

»Und ... deine Familie?«

Sie stand auf, um ihm die Tür zu öffnen, die beiden Mestizen waren sofort zur Stelle. Mit eingezogenem Kopf ging er an ihnen vorbei, er hatte Lust, sich im Sägemehl auf den Planken eines Saloons zu wälzen, Schläge auszuteilen und Schläge einzustecken. Die Mestizen waren auch dazu bereit.

Er verließ die illegale Druckerei. Als er bei sich ankam, wurde es gerade Tag, das Fest war vorüber und die Avenida Norte menschenleer. Vom Balkon aus sah er zu, wie die Sonne über der Stadt und über dem großen Vulkan Agua aufging.

*

Meine Mutter.

Mein Erstgeborener. Wahn der Mütter, nicht mehr vollständig zu sein, Einzelwesen auf die Welt zu bringen. Fleisch von meinem Fleisch, was von mir bleibt, zusammengeflickte Mythen, erfunden für deinen Bruder.
Du bist das tränenlose Kind am Rand meines Grabes, das sich hineinwerfen wollte.
Ich hätte dich zurückgestoßen, weißt du.
Du dachtest: Bei wem hat sie uns bloß allein zurückgelassen?
Ein Ehemann und zwei einsame Brüder, die sich Gesellschaft leisten.
Jetzt kannst du, als ein Teil von mir, nichts weiter tun, als uns beide sprechen zu lassen, den Mann und die Frau, die dich gemacht haben.

Es war früh am Morgen, als du in das Zimmer kamst, du warst als Erster auf den Beinen an jenem Tag.
Ich wartete darauf, dass jemand kam, dieses Licht, das man erwartet. Mir blieben noch ein paar Minuten, um mit allem abzuschließen. Und du warst es, der kam, mein Erster, mein Letzter.

Du wolltest, dass ich lebe und dass ich sterbe, bevor er käme, dass wir zwei beide ganz alleine sind und dass Oliver nebenan nicht aufwacht, dein Bruder, der zwei Jahre alt war und um den du dich kümmern würdest, das hattest du mir geschworen.
Du hast nie wieder gewollt, dass dein kleiner Bruder aufwacht.
Du hast ihm erzählt, was vorher war, die Erinnerung an mich, um ihn einzuschläfern, und was danach kommen würde, die Träume von Kalifornien, damit er die Augen geschlossen hält.
Wie weh mir deine Tränen taten. Ich nahm dich fest in meine Arme und ging.
Du hast gespürt, wie meine Hände dich losließen.
Welche Leere. Was für ein Sturz.
Schnell, erzähl mir von dieser Frau, die sich auf der Ranch um euch gekümmert hat, diese Alexandra. Glaubst du, wir hätten Freundinnen sein können? Sie, die liest, und ich, die Farmerin, die Bäuerin?
Ist sie so schön wie deine Erinnerungen an mich?
Du liebtest diese Frau, du, mein Erster, der jetzt groß ist? War ich oder war sie der Grund, dass du von dort weggegangen bist? Dass du andere Frauen hast leiden lassen? Dass du dich geschlagen hast? Wegen ihr, die sich um deinen kleinen Bruder und dich gekümmert hat, ohne zu sehen, wie stark du warst?
Ich würde so gerne diesen anderen Mann kennenlernen, der euch aufgenommen hat, aufrecht und charakterfest, ganz anders als euer Vater. Glaubst du, ich hätte mit dieser neuen Familie befreundet sein können?
Die Ranch ist so schön.

Glaubst du, wenn ich euch genug geliebt hätte – mehr geliebt –, dann wäre ich nicht gestorben? Dass man nicht stirbt, wenn man liebt?
Diese Fragen haben keinen Sinn, solange du selbst noch nicht geliebt hast, mein Sohn, du, der du getötet hast in dieser Welt, in der man stirbt.
Was willst du deiner Mutter heute Abend sagen?
Du bist fern, immer ferner, und du weißt nicht mehr, ob ich wirklich so schön war.
Ob ich euch so sehr geliebt habe.
Ob ich vielleicht deine Erfindung bin.
Du hast etwas zu sagen, mein Erstgeborener?
Du hast es gefunden?
Was?
Ein anderes geopfertes Kind?
Einen rechteckigen Mond?

Es ist Tag geworden. Ich stelle mich dir in einem fernen Land vor, in einer herrlichen, in Vulkangestein gehauenen Stadt.
Es ist ein schöner Tag, und du bist allein, du wirst hinausgehen und durch gepflasterte Straßen laufen. Du bist immer noch auf der Flucht und du hast immer noch niemanden gefunden, mit dem du reden kannst, in dieser Welt, in der man stirbt.

3

Das Gewehr quer über der Brust, hielt eine Reihe von Soldaten die Schaulustigen von den erleuchteten Arkaden des Palastes fern. Die Menge reckte den Hals, und die Militärs gingen, als sich der Präsidentenkonvoi näherte, mit geblähter Brust in Habachtstellung.

Miguel García Granados war ein schmalgliedriger Mann, ein Hidalgo mit einem liebenswerten Lächeln und der hohen Stirn eines Lehrers. Er war der Freund kubanischer und südamerikanischer Dichter, die der alte Manterola nicht leiden konnte, war Erbe einer Offiziersfamilie, die ihn dazu genötigt hatte, sich neben dem Studium der Literatur auch in der Kriegskunst zu bilden. Als kundiger Stratege hatte er im Vorjahr die Wahl gegen Sandoval gewonnen. Als liberaler, moderater und gewählter Präsident konnte er aus seinem Wagen steigen, ohne befürchten zu müssen, dass man ihn auspfiff oder dass von der Plaza de Armas Schüsse kämen.

Auf den Stufen des Palacio del Ayuntamiento, zwischen zwei Reihen von livrierten Dienstboten, wandte Granados sich um, winkte dem Volk einen Gruß zu, und die Gattin an seinem Arm lächelte ebenfalls. Die neidische Menge jubelte diesem schönen Paar zu, das ihnen selbst so wenig glich. Die Phantasmen der Menge beschäftigten sich nicht mit lästigen moralischen Fragen: Ganz gleich, ob gewählter Präsident oder blutrünstiger Diktator, das Publikum wollte auf dieser Treppe und an diesem Platz sein. Man applaudierte und wollte mehr davon. Nach dem Präsidenten wurden die

Provinzgouverneure, die Repräsentanten der großen Familien und die einflussreichen Großgrundbesitzer mit Ovationen bedacht. Waren sie nicht alle Verbündete des guten Miguel García Granados, wenn auch nur reumütige?

Doch um davon träumen zu können, den Palast zu betreten, müsste die Menge von sich selbst glauben, sie wäre weiß.

Das war der ganze Widerspruch der letzten Jahre. Guatemala hatte sehr wohl einen Präsidenten mit Indioblut gehabt, nur war Rafael Carrera ein ungebildeter Schweinehirt und ein gefährlicher Verrückter gewesen, der seine letzten Tage eingesperrt in einer Kirche verbracht hatte; umgeben von bewaffneten Männern hatte er dort gesoffen wie ein Loch, in einem mit Medaillen gespickten Anzug ausländische Abgesandte empfangen und Hinrichtungen befohlen. Dagegen waren Granados und sein Freund, General Barrios, nicht verrückt. Sie konfiszierten die Besitztümer der Bischöfe – denen die halbe Ciudad de Guatemala und ein Großteil von Guatemala gehörte –, um sie an kompetentere Investoren zu verteilen, Freunde von hier oder anderswo. Nachdem man diese Belgier hatte durchziehen sehen, kamen die Deutschen. Und zwar immer mehr Deutsche, denen die Liberalen Ländereien gaben, viele Ländereien, damit sie versuchten, dort Kaffee anzubauen, und das mit größerem Erfolg als die Abgesandten von Leopold I. Um diese neuen liberalen Plantagen mit Arbeitskräften zu versorgen und zugleich einer nationalen Plage, der Landstreicherei, ein Ende zu bereiten, hatte die neue Regierung ein Gesetz erlassen: Ley de vagancia hieß es. Jeder Indio, der eine Straße entlanglief – also jeder Vagabund –, wurde von der Polizei oder der Armee aufgegriffen und zum Arbeiten auf die Haciendas geschickt.

Es war zum Haareraufen. Einerseits trauerte man Carreras

indianischem Blut nach, zugleich war man beruhigt, dass ein vernünftiger Mensch das Schicksal des Landes in die Hand genommen hatte.

Es gab eine Ovation nach der anderen, schließlich waren alle geladenen Gäste im Palacio eingetroffen, und die Tore hatten sich geschlossen; der letzte Gast war unbemerkt gekommen, alleine und zu Fuß, dieser junge Amerikaner, Ferguson, Sekretär von Maestro Manterola, den eine böse Grippe am Kommen gehindert hatte. Man würde die liebenswerte Gesellschaft des Dichters und seine geistreiche Konversation vermissen. Die Dichter waren die Freunde des Präsidenten, das wusste jeder. Wenn man sagte, dass ein Mann, der gut zu Tieren ist, kein schlechter Mensch sein kann, konnte dann ein Präsident, der ein Freund der Dichter ist, ein schlechter Regent sein? Der Amerikaner trug einen hellen Anzug, er hatte die Stufen mit dem Gang eines Cowboys erklommen und seine Einladung vorgezeigt.

Ein Orchester, etwa zwanzig Musiker, spielte eine angenehme Musik, einen langsamen und getragenen Rhythmus, eine komplizierte Melodie, auf Instrumenten, die Pete Ferguson noch nie gesehen hatte; eine Musik voller kleiner Phrasen, Schnörkel und Verzierungen, die an Vögel an einem Frühlingsmorgen denken ließen, wenn der ganze Wald am Zwitschern ist, wenn die Pferde ruhig sind und die Nacht gut war. Pete blieb beim Eingang zum großen Empfangssaal stehen, beeindruckt von dieser Musik, die die Kronleuchter, den Schmuck der Frauen und das Lächeln der Männer nur umso stärker strahlen ließ. Bedienstete, die Tabletts mit Champagnergläsern trugen, bahnten sich ihren Weg durch die Menge. Da er es nicht wagte, einen anzuhalten, steuerte er das Büfett an und nahm sich diskret ein Glas. Er mochte dieses klare und prickelnde Getränk nicht, das er bei Manterola zum ersten Mal gekostet hatte; er leerte noch ein zweites Glas, um den Geschmack des ersten zu vertreiben. Die Musik endete, alle Köpfe wandten sich dem kleinen Podium zu – der Bürgermeister der Stadt ergriff das Wort. Pete sah sich um, suchte in der Menge nach einer kleinen schwarzen Gestalt.

Der Bürgermeister begrüßte seine Gäste, bedankte sich bei ihnen und den anwesenden Künstlern, dann entfernte er sich mit einer kleinen Verbeugung, um dem Gouverneur das Wort zu erteilen, der sich bei dem Bürgermeister für diesen herrlichen Empfang in diesem herrlichen Palast im Herzen dieser herrlichen Stadt bedankte. Antigua, diese Perle der Architektur der hispanischen Kultur, erbaut von den Ahnen dieses außergewöhnlichen Publikums, in diesem südamerikanischen Land, das der Patriotismus, die Arbeit und die Kunst in ein Schmuckstück der Zivilisation verwandelt hatten. Ein mittlerweile unabhängiges Land, das aber weder vergessen habe, was es seiner Herkunft schulde, noch die Pflicht, der sich alle seither verschrieben hatten – hier wandte sich der Gouverneur an die zweihundert Menschen vor ihm –, die Zukunft Guatemalas noch weiterzutragen. Hiermit seien die Pforten geöffnet, um demjenigen das Wort zu überlassen, unter dessen Licht die Nation weltweit politische, wirtschaftliche und künstlerische Maßstäbe setzen würde. Der Mann, der den Wechsel und den Wohlstand bringen werde, Präsident Miguel García Granados. Unter Applaus zog Granados ein Blatt Papier aus seiner Tasche und faltete es auseinander.

Pete entdeckte sie hinter dem Büfett, wo sie ein Essenstablett trug. Der Gedanke an den Grund ihrer Anwesenheit sorgte dafür, dass er augenblicklich stocknüchtern wurde. Er fuhr nervös mit der Hand unter die Jacke, spürte den Revolver im Gürtel seiner Hose stecken.

Er war wahrscheinlich der Einzige, dem Maria auffiel, die Haare streng nach hinten gekämmt und zum Dutt gebunden, in ihrer schwarzen Arbeitskleidung wie alle anderen Bediensteten. Der Blick der Indianerin streifte Pete, ohne auch nur die geringste Emotion zu zeigen. Er nahm sich ein Champagnerglas und leerte noch drei weitere, bis Granados seine Rede beendet hatte. Der Präsident forderte jeden auf, sich zu amüsieren und vor allem – darauf legte er in aller Demut Wert – mit all den an diesem Abend anwesenden Künstlern, den Malern, Dichtern und Bildhauern, zu sprechen, ohne die die Schönheit von Guatemala nicht vollständig wäre.

»Hört lieber auf sie statt auf uns traurige Staatsmänner, deren undankbare Arbeit sich nicht mit dem schöpferischen Genie dieser Männer messen kann.«

Der Beifallssturm und das Gelächter ließen Pete hochschrecken. Ein älteres Paar, bei dessen Anblick er sich vage daran erinnerte, ihnen schon einmal begegnet zu sein, kam auf ihn zu und erkundigte sich nach dem Befinden von Maestro Manterola. Pete antwortete ihnen auf Englisch, versuchte es dann noch einmal auf Spanisch, verhaspelte sich und ließ das überraschte Paar einfach stehen.

Das Orchester hatte wieder eingesetzt, diesmal war die Musik mitreißender. Der Präsident und seine Gattin eröffneten den Ball, und Pete sah ihnen zu, Granados würdig und schlank, eine Hand auf dem Rücken seiner Frau, die Arme gestreckt, ihrer beider Hände ineinander verschränkt, so tanzten sie in großen Kreisen über die Marmorplatten. Andere Paare begannen sich zu drehen, Offiziere in Galauniform, die dafür sorgten, dass die Kleider der Damen ins Schwingen gerieten. Von der Musik und dem Champagner schwirrte ihm der Kopf, Pete suchte die kleine Indianerin hinter den Tänzern. Die Kellner brachten Getränke und Essen. Granados hatte die Tanzfläche verlassen, und es hatte sich eine kleine Gruppe um ihn gebildet, Männer mit Fliege und im schwarzen Anzug. Maria war verschwunden, und Pete lächelte. Die Indiofrau hatte sich aus dem Staub gemacht: Sie hatte verstanden, dass Guzmáns Plan ein Wahnsinn war, dass der Tanz der Reichen sich nicht von einer Handvoll Idealisten aufhalten ließe, dass der Ball weitergehen würde. Sie war geflohen, und Pete Ferguson, Sekretär des alten Maestro, kam die Lust an, inmitten dieser selbsttrunkenen Menge mit ihren Tanzschritten und ihren Orchesterwirbeln laut loszulachen. Als ein Mann mit glänzendem Schnurrbart lustlos zu dem Amerikaner hinüberschlenderte und sich bei ihm nach dem Dichter erkundigte, machte Pete eine groteske Verbeugung vor ihm und spürte, wie der Revolver unter seinem Hemd ihm dabei in die Seite stach. Er erklärte lauthals, den Maestro hätten Darmprobleme niedergestreckt, während er gerade an einem Gedicht über die liberale Revolution gearbeitet habe. Der Mann machte auf den Hacken kehrt. Petes laute Stimme hatte die Blicke auf sich gezogen, er wiederholte seine Verbeugung vor den neugierigen Gästen, klammerte sich ans Büfett und forderte ein Glas Whisky. Die Frauen, das Kinn hochgereckt und die Nase gerümpft, schüttelten den Kopf: Es war kaum verwunderlich, dass Manterola, dieser Dichter mit den anrüchigen Sitten, einen Yankee mit dem Benehmen eines Bauern in seinen Dienst genommen hatte.

Das Orchester ließ rhythmische Stücke folgen, die Tänzer bewegten sich in einer Reihe vor den Tänzerinnen, sie kreuzten sich, hakten sich beieinander unter, drehten sich, wechselten den Partner und bildeten Reihen, grüßten sich und fingen wieder von vorne an. Guzmán dürfte in seinem Keller schon auf glühenden Kohlen sitzen und die Exemplare von *Grito del Pueblo* zählen. Aznar und Manterola saßen am Ausgang der Stadt in einer Kalesche und warteten auf Neuigkeiten von Pete. Aber ihre Mitstreiterin, die unfehlbare Indianerin, war ausgebüxt, das Fest im Palast auf seinem Höhepunkt. Kein Attentat. Keine Revolution. Und sein Geld löste sich in Luft auf. Pete hob sein Glas in Richtung der Tänzer, die, ohne es zu wissen, vor der parlamentarischen Demokratie gerettet worden waren.

»Quiere beber otra cosa, señor secretario?«

Pete fuhr herum, als er die Worte hörte, die sie als Signal vereinbart hatten.

Sie war unbemerkt hinter ihn geschlichen, eine weiße Serviette über den Arm gelegt, ein Tablett in der Hand.

»Was machst du hier?«

Sie zuckte nicht mit der Wimper.

»Quiere beber otra c...«

»Hau ab.«

Sie blickte zu ihm auf, die Augenbrauen hatten sich zusammengezogen, sie zischte durch die geschlossenen Zähne: »Gib mir die Waffe.«

»Geh weg hier.«

Er hatte laut gesprochen, die Köpfe drehten sich zu ihnen um. Maria blinzelte, versuchte sich zu beherrschen. Sie flüsterte:

»Gib mir die Waffe.«

»Hau ab.«

Pete riss ihr das Tablett aus den Händen und warf es aufs Büfett. Die Gläser zerbrachen, Teller zersprangen auf den Fliesen zu Porzellanklingen. Die von Splittern übersäten Gäste stoben auseinander, die Tänzer waren erstarrt. Rund um Präsident Granados kam Leben in die Versammlung von Geschäftsleuten, der Bürgermeister von Antigua machte einem Untergebenen ein Zeichen, woraufhin dieser die Menge auseinandertrieb. Maria bückte sich nieder, um die Splitter aufzulesen. Der Untergebene des Bürgermeisters sah erst sie an, dann den betrunkenen Amerikaner.

»Gibt es ein Problem, Señor? Belästigt Sie diese junge Person?«

»Was?«

»Gibt es ein Problem mit dieser Indiofrau, Señor?«

Die beiden anderen Kellner stürzten herbei, um Ordnung zu schaffen.

»Diese Indiofrau?«

Pete packte Maria beim Arm und zwang sie, sich aufzurichten. Er brüllte dem Angestellten ins Gesicht: »Diese Indiofrau hier?«

Der Untergebene des Bürgermeisters wich zurück, die Offiziere kamen näher. Pete zog Maria mit sich zu den Tänzern, drückte sie an sich, eine Hand in ihrem Rücken, drehte sich zu dem Büfett und den verdutzten Gästen um.

»Kein Problem mit der Indiofrau!«

Er fing an sich zu drehen, sie mit sich auf die Tanzfläche zu ziehen. Maria, wie versteinert, ließ sich führen, ihr perlte der Schweiß auf der lehmfarbenen Stirn, die Beine trugen sie nicht mehr, er packte sie fester und drehte sich schneller, wankte, stieß die Gäste an, bis um sie herum ein freier Platz entstanden war. Sie sahen zu, wie der Amerikaner in seinem hellen Anzug, ein Cowboy in Sonntagskleidung, dafür sorgte, dass die Füße der Indiofrau sich vom Boden erhoben. Der

Revolver rieb an ihren aneinandergepressten Bäuchen, Maria wurde schwindlig, ihr Kopf fiel bei jeder neuen Drehung nach hinten. Pete tanzte in die eine Richtung und dann in die andere, ließ die Hacken seiner Stiefel auf dem Boden knallen, wie die Bauern aus Basin, wenn sie sich auf den Planken um ein Banjo versammelt hatten. Das Orchester war verstummt. Pete prallte gegen eine Mauer aus Schultern. Drei junge Offiziere packten ihn. Er klammerte sich an Maria, die in dem Gedränge fortgerissen wurde, man zerrte sie ihm aus den Armen, stieß ihn nach draußen, und die großen Pforten schlossen sich hinter ihm.

Am Fuß der Stufen, auf der Plaza de Armas, tanzten auch die Menschen aus Antigua. Maria war nicht mehr da. Pete überquerte die Straße und verschwand zwischen den Bauern, auf der Suche nach einem Ort, an dem er weitertrinken konnte.

Sturzbetrunken verirrte er sich auf dem Weg zur Avenida Norte, lehnte sich an eine Wand, um Atem zu schöpfen, hörte Schritte hinter sich, war aber zu langsam, um sich umzudrehen. Er bekam einen Hieb auf die Schläfe und übergab sich, während er das Bewusstsein verlor.

4

Pete war, als höre er noch das Orchester des Palastes spielen, einen Walzer, verzerrt durch ein quälendes Echo. Er wollte sich die Hand an die Stirn legen, um dieses Kreiseln anzuhalten, aber er konnte den Arm nicht heben. Er lag in einem Zimmer mit geschlossenen Fensterläden, Fuß- und Handgelenke waren an ein Bett gefesselt. Er testete die Widerstandskraft seiner Fesseln, die zu stark waren, als dass er sich hätte befreien können. Bei dem Geruch von Erbrochenem, Tabak und Alkohol, der in seinem Anzug hing, drehte sich ihm der Magen um. Sonnenstrahlen drangen wie Nadelstiche durch die Lamellen der Fensterläden und fingen die in der Luft schwebenden Staubteilchen ein. Er sagte sich, dass seine Ankunft in Guatemala letztlich nicht anders verlaufen war als die in Mexiko. Er war dreckig und stank, hatte eine Beule am Kopf statt einer Kugel im Bauch. In der Kunst der Grenzüberquerung machte er nur wenige Fortschritte.

Die Tür ging auf, und der Mestize mit der blatternarbigen Haut trat ein. Wie im Keller der Druckerei nahm er beim Eingang ins Zimmer Aufstellung.

»Wo ist Maria?«, fragte Pete.

Der Blatternarbige blickte gerade vor sich.

»Guzmán? Manterola? Wurden sie verhaftet?«

Der Mestize sagte nichts, ein schweigender Wächter der so geschwätzigen Sache der Weißen. Pete hörte den Boden auf dem Gang knarzen. Jemand war vor der Schwelle stehen geblieben und wartete, bevor er eintrat. Die Musik ging weiter in seinem Kopf herum, er spürte den Körper der Indiofrau an seinen Leib gepresst und ihren angststarren Blick, wie der von Oliver damals, wenn der Alte die Hand hob. Die Tür öffnete sich, und sie ging durch den Raum bis zum geschlossenen Fenster. Pete richtete sich auf, sah aber nur ihren Rücken, stellte sich vor, sie stünde mit dem Gesicht zur Wand, ihr Nacken trotze einem Erschießungskommando.

»Guzmán ist auf der Flucht, Manterola auch. Sein Testament wird nicht veröffentlicht werden, die Exemplare der Zeitung wurden vernichtet, sämtliche Maschinen zerstört. Aznar ist verschwunden, er muss versuchen, Puerto Barrios und sein Schiff zu erreichen. Die Polizei ist ihm auf den Fersen.«

Sie machte eine Bewegung mit der Schulter, die er nicht zu deuten vermochte, ein stummes Hohngelächter oder ein schmerzhafter Einfall.

»Ich habe auf deine Gier gesetzt, mercenario. Du hast uns ziemlich enttäuscht.«

Sie öffnete die Fensterläden ein klein wenig und beugte sich vor, um hinauszuschauen, ihr schwarzes Haar im Sonnenlicht. Kinderstimmen kamen mit einem lauen Lüftchen zu ihnen hineingeweht.

»Du hast uns gegenüber noch eine Schuld zu begleichen.«

»Was bin ich euch schuldig?«

»Einen Kampf.«

Er lächelte.

»Und was kann ich dabei gewinnen?«

»Dein Leben. Es wird ein echter Kampf sein.«

Sie ging aus dem Zimmer, der Mestize zog ein Messer aus dem Gürtel und zerschnitt die Fesseln um seine Knöchel. Als er den Strick durchschnitt, der seine Handgelenke band, flüsterte der Mann: »Gracias para Maria, Señor Ferguson.«

Dann ging er hinaus, ohne die Tür zu verriegeln. Pete massierte seine Hände und Füße und ging, um Gleichgewicht ringend, zum Fenster. Lehmhäuser, Straßen aus gestampfter Erde, Dächer mit zerbrochenen Ziegeln, etwas tiefer gelegen das alte Antigua, friedlich, dahinter der rauchende Vulkan. Er war in einem Vorort der Stadt, am Berghang.

Er schlief fast den ganzen Tag bis in den Abend hinein. Der andere Mestize kehrte bei Einbruch der Dunkelheit zurück, warf ein Kleiderbündel aufs Bett, stellte eine Kerze sowie Petes Reisetasche auf den Boden.

»Man hat deine Sachen bei Manterola gefunden. Du solltest kein persönliches Tagebuch führen; wenn die Polizei von Granados das gefunden hätte, hätte das die Lage noch verschlimmert.«

»Wer hat mein Tagebuch gelesen?«

»Zieh dich jetzt um.«

Der Mestize blieb dort stehen, während Pete seinen Anzug ablegte, und sah ihm zu, wie er die Kleider anzog, die er ihm gebracht hatte. Sandalen, eine Baumwollhose mit einem Gürtel aus geflochtener Wolle, ein Hemd aus der gleichen Baumwolle und einen Poncho aus roter Wolle, eine schwarze Mütze, das Ganze bereits getragen und nach dem sauren Schweiß eines anderen Mannes riechend. Pete ließ den schmutzigen Anzug, den er als Sekretär des Maestro getragen hatte, auf dem Holzfußboden liegen. Als er angezogen war, nickte der Mestize, eine Art angewiderte Zustimmung, als er sah, dass der Gringo sich in einen Bauern seines Landes verwandelt hatte. Anschließend trug er eine Emailschüssel, ein Stück Seife, ein Rasiermesser und einen Spiegel herein.

Mit seinen kurzen Beinen, breiten Schultern und braunen Haaren konnte man den glatt rasierten Pete im schwachen

Licht der Lampe für einen Indio halten. Vorausgesetzt, er zog sich die Mütze ins Gesicht und ahmte ihren Gang nach, den gekrümmten Rücken. Er sah seine Sachen durch, behielt nur ein wenig Wechselkleidung und sein Tagebuch, das er in die Stofftasche packte.

Die Straße, die zur Stadt hinunterführte, lag um diese Zeit verlassen da, vielleicht versteckten sich die Nachbarn. Die Stille beeindruckte Pete, als wäre sie nur für ihre kleine Gruppe bestimmt, für Maria, die beiden Mestizen und ihn. Sie schlichen sich aus dem Haus, verließen das Viertel und die Vorstadt. Pete hatte Mühe, ihr Tempo zu halten, seine Beine waren schwer, und sein Atem war kurz. Sie erreichten den Wald, der den Berghang bedeckte und in dem die Luft frischer war. Drei Stunden lang folgte er der kleinen Gestalt von Maria, ein Mestize ging voran, der andere hinterdrein, bis der Weg den grauen Berghang und die schwarze Weite des Vulkansees Amatitlán erreichte. Sie versteckten sich und warteten, dass ein Licht, von den Wellen gespiegelt, zweimal kurz aufschien und wieder erlosch. Einer der Mestizen antwortete mit dem gleichen Zeichen, kurz darauf legte ein Boot an, und sie stiegen ein. Zwei Männer steuerten es und tauchten geräuschlos die Ruder ins Wasser.

Es dämmerte gerade, als sie das gegenüberliegende Ufer erreichten und an Land gingen, ohne dass ein Wort mit den Fährmännern gewechselt worden wäre. Unter dem Schutz der Bäume und ausgeruht, gingen sie schnellen Schrittes weiter bis zu einer von der Sonne ausgebleichten Piste. Dort mussten sie wieder warten; ihre Feldflaschen waren leer, und die Hitze am Fuß des Agua-Vulkans war drückend.

Ein erster von Maultieren gezogener Karren machte halt.

Maria und ein Mestize kletterten hinein. Pete blieb mit dem Blatternarbigen zurück.

»Una hora más, Señor.«

»Ich heiße Pete.«

Der Mestize nickte.

»Gustavio.«

Pete vermochte nicht zu sagen, wie alt er war. Sein faltenloses Gesicht wirkte jung, die Spuren, die die Krankheit hinterlassen hatte, machten ihn alt. Er war für dieses Land eher groß und stark.

»Wo gehen wir hin?«

Gustavio entfernte sich, warf einen Blick auf die Piste, kehrte zurück und setzte sich.

»Jutiapa.«

»Jutiapa?«

»Im Süden.«

»Was machen wir da?«

Der Mestize lächelte und schüttelte den Kopf, es beschämte ihn, dass er nicht antworten konnte, weil er seinen Befehlen treu bleiben wollte.

»Schon gut, ich werde es noch früh genug erfahren.«

Gustavio senkte den Kopf.

»Das ist ihr Zuhause, Señor Pete. Wie gehen zurück in Marias Heimat.«

Ein Karren, der vor zwei Ochsen gebunden war und von einem alten Indio gelenkt wurde, nahm sie mit. Auf der Ladefläche standen Kisten mit Kartoffeln und Mehlsäcke, in einem Bündel gab es Maisbrot und eine Feldflasche mit Wasser. Pete sah, wie der Vulkan sich mit seiner schwarzen Rauchwolke entfernte, legte sich auf die Jutesäcke und ließ sich von den Bewegungen des Karrens schaukeln.

»Wo hast du Englisch gelernt, Gustavio?«
»Bei Maria. Aber ich spreche nicht gut.«
»Wenn du willst, spreche ich Spanisch mit dir.«
»Nein, nein! Ich spreche gerne Englisch.«
»Hat wirklich sie dir das beigebracht?«
»Lesen und schreiben auch, Señor Pete.«
Pete nahm seine Mütze ab, deren grobe Wolle ihn kratzte.
»Sie müssen den Hut auflassen, Señor.«
Pete blickte sich um, betrachtete die leere Piste, die Berge und den Wald.
»Hier ist niemand, der uns sehen könnte.«
Gustavio übersetzte das für den Alten, der sich umdrehte und Pete ins Gesicht lachte, mit zahnlosem Mund. Gustavio zog die Beine an die Brust und deckte sie mit seinem Poncho zu.
»Die Berge sind voller Menschen, man weiß schon kilometerweit, dass ein Karren mit drei Männern auf der Piste unterwegs ist.«
Pete betrachtete ungläubig die grünen Abhänge, an denen kein Dach und kein Rauch verriet, dass es hier Menschen gab. Gustavios Miene verfinsterte sich.
»Na ja, ganz so stimmt es nicht. Der Alte lacht zwar, aber es gibt immer weniger Indios.«
Pete versuchte, sich eine Zahl vorzustellen. Sich vorzustellen, was das heißen mochte, dass diese Berge voll von Indios *gewesen waren* und dass es jetzt *weniger* gab. *Immer weniger.*
»In meinem Land führt die Regierung auch einen Krieg gegen die Indianer. Die Armee steckt sie in Gruppen in Reservate. Gibt es hier Reservate?«
Der Mestize, der ihn nicht verstand und an seinem Englisch zu zweifeln begann, antwortete auf Spanisch: »Ich weiß

nicht, wovon Sie reden, Señor Pete. Es gibt in Guatemala keine Reservate für die Indios. Was sie umgebracht hat, zur Zeit der Conquista, das waren die Krankheiten und die Sklaverei. Hunderttausende, Señor Pete. Jetzt gibt es keine Sklaverei mehr, dafür sterben die Indios auf den Haciendas. Sie sterben, weil sie nicht mehr auf ihre eigene Art leben können. Die Mestizen haben kaum ein besseres Schicksal. Wir haben uns den Städten genähert, und viele von uns behandeln die Indios wie Hunde, um in der Gunst der Weißen zu stehen. Die Mestizen bilden ganze Einheiten in der Armee und haben kleine Geschäfte, einige werden reich und versuchen, Weiße zu heiraten, damit ihre Kinder hellhäutiger werden. Es gibt keinen Krieg gegen die Indios von Guatemala, Señor. Sie sind die Ärmsten der Armen und haben keine Rechte, das ist alles. Und das ist es auch, was sie umbringt.«

Der Alte auf seinem Sitz stimmte nickend zu.

»Warum haben sie nicht gekämpft?«

»Anfangs gab es ein paar Schlachten. Die Xincas, das ist der Stamm von Maria, waren Krieger und haben versucht zu kämpfen. Aber die Spanier hatten Pferde und die härtesten Schwerter der Welt. Vor allem aber hatten die Indios nicht begriffen, dass die Konquistadoren alles haben wollten. Als ihnen das schließlich klar wurde, war es schon zu spät, sie waren dezimiert und entwurzelt. Heute haben die Weißen Feuerwaffen und bezahlte Soldatenbataillone, mit denen sie Krieg führen. Einen Mann dafür zu bezahlen, dass er als Krieger kämpft, ist für einen Indio ebenso absurd wie all die tausend Hektar großen Kaffeeplantagen, die niemanden ernähren. Nachdem Pedro de Alvarado, der erste Spanier, der hierherkam, eine Schlacht gegen die Xincas gewonnen hatte, hat er sie zu seinen Soldaten gemacht, um El Salvador zu erobern. Man erzählt sich, die Xincas hätten vor Scham ihre Waffen fallen lassen und sich von den Feinden Alvarados töten lassen. Entschuldigen Sie, Señor Pete. Ich weiß... ich weiß, dass Sie für Geld auf Señor Guzmáns Seite waren. Aber Maria sagt, so sei das nun mal, wir müssten euch für unsere Zwecke benutzen und daraus lernen. Dass es unserem Kampf dient, Soldaten anzuheuern, die wissen, wie man kämpft.«

»Ich bin kein Soldat. Ich bin aus meinem Land geflohen, weil ich nicht in den Krieg ziehen wollte.«

Der Alte brach in Gelächter aus. Gustavio schluckte.

»Was sagen Sie?«

Pete antwortete auf Englisch.

»Dass ich nicht hierhergekommen bin, um mit euch zu kämpfen. Manterola und Guzmán haben mich angeheuert, weil ich weiß bin und weil ich in den Palacio gelangen und Maria die Waffe geben konnte. Sonst nichts. Ich weiß nicht, was sie dir erzählt hat, aber du irrst dich, was mich angeht.«

Pete streckte sich aus und zog sich wieder den Poncho über den Kopf, um sich vor der Sonne zu schützen, er schlief, als Gustavio ihn schüttelte. Sie waren an einer Kreuzung angekommen, der Mestize sprang aus dem Karren, und Pete folgte ihm. Der Alte fuhr ohne jede Abschiedsgeste weiter die Hauptstraße entlang.

Sie folgten der anderen Piste, die kleiner und holpriger war, voller mit Wasser gefüllter Schlaglöcher. Die Vegetation tropfte noch vom letzten Regenguss. Nach einer Stunde Marsch begann es wieder zu regnen, sie liefen zwischen den Bäumen neben dem Pfad, um nicht durch den Schlamm stapfen zu müssen.

Als die Sonne unterging, regnete es immer noch, und Pete schlotterte vor Kälte. Der Mestize bog auf einen Pfad ab. Pete sah nicht mehr, wo er seine Füße hinsetzte, stolperte über Wurzeln, verstauchte sich die Knöchel in den Erdlöchern. Immer wieder teilte sich der Weg, aber Gustavio geriet bei keiner einzigen Gabelung ins Zögern. Schließlich ein Licht, ein Feuer und zwei Gestalten unter einem Baum, der seine Äste wie Arme über die Feuerstelle streckte. Maria flocht über den Flammen ihre nassen Haare zu einem langen Zopf. Gustavio umarmte feierlich den zweiten Mestizen und kauerte sich dann nieder, um seine Hände am Feuer zu wärmen.

Seit ihrer vorigen Unterhaltung auf dem Karren hatte er nicht mehr das Wort an den Amerikaner gerichtet. Pete wrang seinen Poncho aus, zog ihn, nass wie er war, wieder an und setzte sich mit dem Rücken gegen einen Baumstamm.

»Habt ihr etwas zu essen?«

Der Mestize, dessen Namen er nicht kannte, brachte ihm die ewigen Maisfladen und machte wieder kehrt. Gustavio stand auf und folgte ihm, dann folgte Maria, und er blieb alleine beim Feuer sitzen. Nach einer Stunde waren sie noch nicht zurück, Pete hatte seinen kleinen Vorrat vorbereitetes Holz verbrannt, und es war nur noch die Glut übrig, auf die zischend der Regen fiel. Er rollte sich eng in seinem Poncho zusammen, so nah wie nur möglich an der Wärme. Zwischen den Geräuschen der Insekten, dem Knacken des Waldes und dem Rauschen des Regens kam es ihm so vor, als hörte er, je nachdem, wie der Wind ging, hin und wieder ein Stöhnen.

5

Er erwachte mit dem Gefühl, in schlechter Gesellschaft schlechten Alkohol getrunken zu haben, ein Erwachen wie aus einem stummen Besäufnis, mit Worten, die im Hals stecken geblieben waren.

Er blieb in den Poncho eingewickelt liegen, die Hände zwischen den Oberschenkeln, und hörte das Quatschen der nassen Erde unter den Füßen des Mestizen und der Indiofrau. Gustavio rüttelte ihn an der Schulter.

»Vámonos, mercenario.«

Er reagierte nicht, und der Mestize schüttelte ihn wieder.

»Ándale.«

Maria und der andere warteten. Pete richtete sich auf, mit starrem Rücken und steifen Gelenken. Gustavio hob die Stimme: »Wir müssen jetzt gehen.«

»Du gibst mir keine Befehle.«

Maria ging mit scharfem Tonfall dazwischen.

»Ya basta.«

Sie folgten zwölf Stunden lang, mit kurzen Haltepausen, dem zerklüfteten Weg, der am Abend nur noch ein Maultierpfad war. Sie liefen über Bergpässe, tauchten wieder in die Täler ab und kreuzten den Weg von stummen Indios, die bei ihrem Anblick nicht den Kopf hoben. Woher kamen sie und wohin gingen sie? Sie liefen schweigend auf der Suche nach etwas, das vor ihnen floh. Als hätten Carrera, Granados und alle Machthaber, die ihnen vorangegangen waren, Guatemala die Zunge abgeschnitten, und seine Bewohner würden nun mit dem Kinn auf der Brust sämtliche Waldwege ablaufen, um sie wiederzufinden. Maria, die Mestizen und diese Gespenster teilten ein Geheimnis, von dem Pete auf tausenderlei Art und aus ebenso vielen Gründen ausgeschlossen war.

Auf der Strecke hoben sie, abseits vom Weg, unter einem Baum, der genauso aussah wie der in der Nacht zuvor, verwelkte Äste an, unter denen sich Lebensmittel versteckten. Seit ihrer Abreise aus Antigua sorgte eine unsichtbare Armee für Marias Eskorte und ihr Überleben. Es hatte aufgehört zu regnen, die Luft war wärmer, sie breiteten ihre Ponchos zum Trocknen aus. Das Leder von Petes Sandalen hatte ihm die Haut abgescheuert. Maria wandte sich an den anderen Mestizen, und so erfuhr Pete schließlich seinen Namen: »Santos, hierba para sus pies.«

Der Mann kehrte mit einer Handvoll dicker Blätter zurück, die er zwischen zwei Steinen übereinanderlegte und einen dicken Saft aus ihnen herausquetschte. Er legte einen mit dem Saft bestrichenen Stein vor den Yankee und bedeutete ihm, er solle die Mischung auf seine Wunden streichen. Die Paste nahm schnell den brennenden Schmerz, und beim Trocknen bildete sie einen elastischen, durchsichtigen Film, wie eine zweite Haut.

An diesem Abend brachen Maria und Gustavio allein auf, um abseits zu schlafen, und Santos blieb bei dem Amerikaner. Sie hatten noch kein Wort miteinander gesprochen. Pete, der auf einem Bett aus Ästen und Zweigen lag, hörte irgendwo Gustavio stöhnen. Santos bereitete das Feuer, auch er spitzte die Ohren und drehte den Kopf zu der Stelle, wo sein Kompagnon in langsamem Rhythmus stöhnte, während er mit der Indianerin schlief. Sein wenig verhaltener Orgasmus war kurz, zwei kleine raue Schreie, und wurde verschluckt vom

Lärm des Waldes, der Insekten, der Frösche und dem Summen der Fliegen.

*

»Heute Abend kommen wir in Cuilapa an.«

Die beiden Mestizen sprachen nicht mehr mit Pete, es war Maria, die sich nach dem Aufwachen an ihn wandte.

»Dort werden wir erfahren, was in Antigua geschehen ist.«

Sie sah ihn nicht an, kaute einen Maisfladen zwischen zwei Sätzen.

»Wir werden die Nacht in der Stadt verbringen.«

Santos und Gustavio löschten das Feuer und verwischten die Spuren ihrer Anwesenheit.

»Morgen reisen wir in zwei Gruppen nach Jutiapa. Zu Pferd.«

Sie stand auf und wischte sich den Mund ab.

»Santos und Gustavio werden zusammen aufbrechen. Du kommst mit mir.«

Santos zeigte mit dem Finger auf den Fluss, grau und aufgewühlt.

»Los Esclavos.«

Das war der seltsame Name des Flusses, den sie im Morgengrauen über eine Brücke aus ungleichen Bögen überquerten, eine Konstruktion aus leicht verwitterten Steinen, die nach Cuilapa führte. Hatte er diese Stadt schon einmal gesehen, oder ähnelte sie nur der Vorstellung, die er sich von ihr gemacht hatte? Die Stadt war eine verkleinerte und ärmlichere Version von Antigua; sie musste einmal prächtig gewesen und dann aus mysteriösen – und beunruhigenden – Gründen dem Verfall überlassen worden sein: Trockenheit,

Aufgabe der Handelsrouten, Krieg, Epidemien? Zwischen den Pflastersteinen der Straßen wuchs Gras, Pete musste an die verlassenen Minenstädte denken, diese Gespensternester, in denen er auf der Flucht durch sein Land mehr als einmal geschlafen hatte.

Die Mestizen waren auf eine ungewohnte Art aufgeregt, und er begriff, dass es daran lag, dass sie nach Hause kamen. Seit dem Morgen und der Ankündigung der letzten Etappe vor Jutiapa hatte Marias Stimmung sich getrübt. Er versuchte sich vorzustellen, er würde nach Carson City oder Basin zurückkehren, und ohne dass er es hätte kommen sehen, fühlte es sich an, als zerrisse es ihm die Brust.

An einer Straßenecke rannte ein Junge vor ihnen weg, und sie folgten ihm bis zu einem dreistöckigen Haus mit verfallener Fassade; eine Frau auf der Türschwelle machte ihnen ein Zeichen, und sie gingen hinein.

Die Hausherrin schloss Gustavio in ihre Arme, streckte Santos die Hand hin und dann dem Gringo in seiner Indiokleidung, sie stellte sich kurz vor – Amalia, Gustavios Frau –, ehe sie Maria an sich drückte.

Sie setzte die Gruppe um einen Tisch mit Kerze und brachte etwas zu essen. Die Bohnensuppe wurde schnell hinuntergeschlungen, und Maria machte Pete ein Zeichen, ihr zu folgen. Sie betraten ein Zimmer im ersten Stock, in dem Amalia auf sie wartete, einen Kerzenleuchter in der Hand. Die beiden Frauen sprachen eine Sprache, die er nicht kannte, er konnte nur die Namen Manterola und Guzmán heraushören. Amalia stellte den Kerzenleuchter auf den Holzfußboden und verrückte mithilfe der Indiofrau einen Schrank, der den Blick auf einen in die Backsteinwand gehauenen Durchgang freigab. Maria und Pete schlüpften hinein und standen in einem lichtlosen Raum; hinter ihnen hörte man die Füße des Schrankes über den Boden schrappen, und das Loch in der Wand schloss sich wieder. Pete wartete reglos, hörte neben sich den Atem von Maria. Eine Tür öffnete sich, und eine neue Kerze erhellte eine mit verstaubten Möbeln vollgestellte Abstellkammer. Eine andere Frau geleitete sie in den angrenzenden Raum, hob einen Vorhang an, und sie gingen durch einen weiteren Mauerdurchbruch auf ein Terrassendach. Maria stellte Holzplanken auf, um den Durchgang zu verbergen. Eine Leiter am Ende der Terrasse führte zu einem anderen Flachdach, auf dem eine Leine mit Wäsche hing, dann wieder zu einer Leiter, über die man auf ein nächstes Dach kam, auf dem Maria innehielt und von einer Wäscheleine zwei Decken herunternahm. Eine davon warf sie Pete vor die Füße, dann setzte sie sich gegen ein die Terrasse umschließendes Mäuerchen; er setzte sich an die Wand gegenüber. Hunde kläfften, und Katzen fauchten, die schwarze Linie der Berge zeichnete sich auf dem helleren Himmel ab. Sie sah ihn an, ihre runden Augen im Dämmerlicht starr und weit aufgerissen.

»Manterola wurde verhaftet, Aznar ist auf der Flucht, und von Guzmán haben wir keine Neuigkeiten.«

Sie sprach mit einer vor Wut tonlosen Stimme, es widerstrebte ihr, ihn anzusprechen.

»Die Regierung sucht nach dem Gringo, der an der Verschwörung teilgenommen hat, dem jungen Amerikaner, der sich für den Sekretär des Dichters ausgegeben hat. Du hast keine Wahl mehr, mercenario, Manterola hat geredet.«

Sie legte sich auf den Boden und zog sich die Decke über den Kopf.

»Was wird mit ihm geschehen?«

Sie antwortete durch die Wolldecke hindurch: »Falls er

die Verhöre überlebt hat, wird man ihn erschießen. Vielleicht wird Granados ihn auch begnadigen, weil er Dichter ist. Wie dem auch sei, er dürfte sich in einem lausigen Zustand befinden.«

Ihre erstickte Stimme unterstrich noch die Fühllosigkeit ihrer Antwort. Pete erinnerte sich an den alten Manterola, wie er sich an seinem Glas Rum festklammerte und über das ungebildete Volk schimpfte, für das er von seinem Schriftstellerschreibtisch aus kämpfte.

»Das scheint dich nicht sehr zu bekümmern.«

»Unser Leben ist unsere einzige Waffe. Wenn du nicht bereit bist, es zu riskieren, dann bist du entwaffnet. Das ist unsere letzte Freiheit.«

»Ganz wie für Gustavio und Santos die Hure zu spielen.«

Er ärgerte sich über sich selbst, nicht wegen der Worte an sich, sondern wegen der Emotionen, die sie in ihrer Unbedachtheit verrieten und die sie aufgriff, indem sie ihm so langsam wie nur möglich erwiderte: »Una putana, sí. Wie die jungen Frauen in den Bordellen von Antigua, die du besucht hast. Aber ich verkaufe nicht meinen Körper, ich schenke ihn her, und zwar nur an Kombattanten. Du hast Guatemala gefickt, indem du ein Geldstück auf den Tisch gelegt hast, und bist nicht imstande gewesen zu tun, wofür man dich bezahlt hat.«

»Was hätte das geändert, wenn Granados getötet worden wäre?«, fragte Pete im desillusionierten Tonfall des Maestro.

Er hielt ihr Schweigen für einen Sieg und wollte sie noch mehr verletzen.

»Was dich wirklich stört, ist, dass ich dir das Leben gerettet habe, dass ich dir deine Revolution für einen Tanz gestohlen habe.«

Sie stieß die Decke von sich und richtete sich auf.

»Du hast es mit der Angst zu tun bekommen und deine Haut gerettet, mehr nicht! Manterola wird völlig sinnlos sterben, und das ist deine Schuld.«

Er kostete es aus, überließ sie ihrer Wut, bis er sich eine Zigarette gedreht hatte.

»Ich habe auf einer Ranch gelebt, auf der gab es eine Frau wie dich. Sie las Bücher und sprach die ganze Zeit von der Revolution und vom Sozialismus. Eines Tages sagte sie zu mir, wenn ich einmal in einer Stadt nicht wüsste wohin, dann sollte ich einen Schriftsteller suchen und an seine Tür klopfen. Ich denke, Manterola hätte mir seine Tür geöffnet, wenn ich bei ihm angeklopft hätte. Von dir und deinen Kämpfern würde ich das nicht behaupten.«

Maria tat so, als hörte sie nicht hin.

»Ich habe einmal getanzt mit dieser Frau. Auf der Ranch wurde ein Fest gefeiert, es gab nur einen Alten, der Geige spielte, nicht wie dieses große Orchester im Palacio...«

»Hör auf mit deinen Geschichten!«, fiel sie ihm ins Wort.

Sie ging über die Terrasse und setzte sich von ihm weg an eine Stelle, an der er sie nicht sehen konnte.

Pete rauchte seine Zigarette zu Ende und zog sein Tagebuch aus der Segeltuchtasche. Manchmal brauchte es den Bleistift und die Langsamkeit der Finger, damit die Worte kamen. Manchmal fand er es leichter, sie sich vorzustellen, ohne die aufs Papier gebrachten Buchstaben überprüfen zu müssen. Er schlug einfach nur das Heft auf der letzten Seite auf und hob den Blick zum Mond.

*

Mein Bruder.

Ich habe dir nie einen Spitznamen gegeben und du mir auch nicht. In Basin waren wir nur die Ferguson-Brüder, ohne Unterscheidung, die Nachkommenschaft von Hubert Ferguson, seine Sprösslinge, das, was man in der Stadt von ihm sah. Kleiner Bruder, so hast du mich immer genannt und nie anders.
Hier ist es Winter, es ist viel Schnee gefallen, und so langsam fehlt es an Futter. Oder aber der Winter ist mild, und die Fohlen sind gesund. Ich weiß nicht mehr. Ich verwechsle das vielleicht mit dem Jahr, in dem du fortgegangen bist. Meine Erinnerung beginnt mir Streiche zu spielen, die Zeit, in der du bei uns warst, ist immer weiter weg. Es ist wie eine Trauer, Pete, und der Augenblick naht, an dem ich ohne dich leben werde. Ein Mittel finden werde, um nicht mehr alleine zu sein. Ich habe immer geglaubt, ich müsse größer werden, um meinen großen Bruder einzuholen. Bald werde ich das Alter haben, das du hattest, als du gingst. Denn wie die Toten alterst auch du nicht mehr. Mama ist nie gealtert. Papa auch nicht. Jetzt sehe ich zu, wie Alexandra und Arthur immer gebrechlicher werden und wie Aileen größer wird. So schnell, Pete, wenn du sie nur sehen könntest.
Ich gehe öfter in die Stadt als früher, die Mädchen interessieren sich für mich. Ich bin ein Teilhaber der Fitzpatrick-Ranch.
All diese Dinge, bei denen ich mich anfangs nicht getraut habe, sie ohne dich zu machen.
Es ist spät, großer Bruder, und mir fallen die Augen zu. Ist es Sommer oder Winter da, wo du bist? Wie weit muss man

voneinander entfernt sein, dass man nicht mehr denselben Himmel sieht?
Entschuldige, ich habe nur wenige Worte heute Abend, die Sterne schüchtern mich ein, und ich bin mir nicht mehr so sicher, ob ich mit jemandem spreche.

*

Im Morgengrauen kam ein Mann sie auf der Terrasse suchen. Sie folgten ihm von Dach zu Dach, von Haus zu Treppe zu Gässchen, still in einer stillen Stadt, bis sie zu einem Stall kamen. Zwei müde Pferde, gesattelt mit zwei alten Sätteln, schnaubten in den Heustaub, Tiere, deren Schlaf so schlecht war wie ihr Charakter. Maria wollte dem Mann Geldstücke geben, aber dieser weigerte sich, sie zu nehmen, schloss seine Hände und wünschte ihr viel Glück.

Sie überquerten wieder die Brücke über den Rio los Esclavos. Dunstschwaden hingen über dem Flussbett und wurden beim Hindurchfließen von den Brückenpfeilern zerschnitten. Es war Maria, die als Erstes das Wort an ihn richtete: »Was hast du in Tampico gemacht, wann bist du Aznar begegnet?«

Vielleicht war es die Einsamkeit des Weges, die schlimme Nacht auf dem Dach, die Müdigkeit, aber in ihrer Frage lag ein Friedensangebot, das Pete erleichtert annahm.

»Ich habe ein Boot gesucht.«
»Ein Boot?«
»Ich musste weg.«
»Warst du auf der Flucht?«
»Ich habe in Mexiko einen Mann getötet.«

Er unterbrach sich. Maria hatte sich auf die Steigbügel gestellt und betrachtete den Weg hinter ihnen. Sie zog an ihren Zügeln, dass es ihrem Pferd das Maul verriss.

»In Deckung!«

Die niedrigen Zweige schlugen ihnen ins Gesicht, die Pferde ritten nur widerwillig durchs hohe Gras. Sie sprangen vom Sattel und trieben die Tiere hinunter in den Graben eines Baches. Zwischen den Baumstämmen sahen sie ein Dutzend eng an ihre Pferde gepresste Soldaten in grün-weißen Uniformen, das Gewehr auf dem Rücken, im flachgestreckten Galopp vorüberreiten. Die Erde vibrierte, und die unter den Hufen aufspritzenden Erdklumpen flogen bis zu ihnen herüber. Maria hielt einen Revolver auf Höhe ihres Gesichts, einen alten Colt Root, der in ihren Händen überdimensioniert wirkte. Sie warteten, bis wieder Stille herrschte.

»Sind die hinter uns her? Glaubst du immer noch, dass das alles nur ein Spiel ist? Wenn sie uns finden, wird deine weiße Haut nicht genügen, um dich zu retten.«

Sie steckte den Colt unter ihren Poncho, und Pete sah ihre tropfnassen Beine. Sie zog mit einer Grimasse an einem Blutegel, der sich gerade in die Haut ihrer Wade verbissen hatte. Pete rollte die Hosenbeine hoch, zwei schwarze Viecher krochen seinen Schenkel entlang. Er zerquetschte sie mit den Fingern, und sie stiegen wieder in den Sattel.

»Gustavio und Santos?«

»Sie sind in der Nacht vor uns aufgebrochen. Wenn alles gut geht, kommen sie vor den Soldaten in Jutiapa an.«

Sie deutete mit dem Kopf in die Richtung, in die die Soldaten verschwunden waren.

»Die da arbeiten nur für die Regierung. Aber da hinten sind die Männer von Ortiz, er bezahlt sie gut, und sie machen alles, worum er sie bittet. Vor denen muss man sich verstecken.«

»Ortiz?«

»Gouverneur Santiago Ribeiro Ortiz.«

Der Name ließ Maria verstummen, zwei Stunden lang sprachen sie nichts mehr miteinander, hielten misstrauisch Abstand.

»In Amerika habe ich mit Bisonjägern gearbeitet. Der älteste von ihnen war ein guter Kerl, er erzählte mir von einer Reise, die er selbst gerne gemacht hätte. Als ich in Tampico ankam, machte ich mich auf die Suche nach einem Schiff, mit dem ich diese Reise machen könnte.«

»Welche Reise?«

»Bis zum Äquator.«

»Was gibt es da?«

»Das ist der Mittelpunkt der Erde.«

»Ich kenne den Äquator.«

Er lächelte.

»Der alte Jäger behauptete, dort wäre alles umgedreht. Die Pyramiden würden auf der Spitze stehen, das Wasser zum Himmel fließen, die Vögel würden laufen, und man müsse seine Taschen mit Kieselsteinen füllen, um die Füße auf der Erde zu behalten. Er sagte, am Äquator drehe sich die Erde andersherum, die Träume seien wahr und die Wahrheiten so unverwüstlich, dass man sie als Klumpen in den Sandminen finden kann. Die Luft sei dort so leicht, dass sie dem Blick keinen Widerstand bietet und man meilenweit sehen kann. Sobald man den Äquator überquert hat, muss man nicht mehr arbeiten, denn dank der umgekehrten Schwerkraft gibt es auch keine Anstrengung mehr. Es gibt keine Gewalt. Jede gewaltsame Regung erschöpft die Menschen, die sie empfinden, so sehr, dass sie sich nicht mehr bewegen können. Die Gefühle nehmen Gestalt an, sobald man ihren Namen ausspricht, und die Zeit verstreicht langsamer, damit man die Muße hat, diese Namen auszusprechen.«

»Das denkst du dir aus. Das hat der alte Jäger nicht gesagt.«

Maria warf einen Blick auf die Stofftasche, die an der Hüfte des Amerikaners baumelte.

»Sind das die Sachen, die du in dein Heft schreibst?«

»Nein.«

»Was dann?«

»Briefe von Menschen, die es nicht mehr gibt.«

»Von Toten?«

Pete zog die Zügel an, beide Pferde kamen gleichzeitig zum Stehen. Der Nachmittag ging dem Ende entgegen, und die Schatten wurden lang, sodass er nicht recht erkennen konnte, was er da gerade vor sich sah. Sie stiegen ab, Maria zückte ihren Revolver.

Mitten auf dem Weg war ein Maulesel erschlagen worden, man hatte ihn einfach liegen lassen, und jetzt verweste er dort. Pete kniete nieder, um in den Spuren zu lesen, die auf dem Boden zurückgelassen worden waren, den von Pferdehufen und in den tiefen Abdrücken der Stiefelabsätze: Es waren die Militärs gewesen, deren Spuren sie den halben Tag gefolgt waren. Die Pistole in Marias Hand zitterte, sie biss sich auf die Lippen.

»Das ist Gustavios Maulesel.«

6

Als Erstes begegneten sie einer Frau, die ein Baby auf ihrem Rücken trug, aber Maria stellte ihr keine Fragen. Dann einem Jungen, der ein junges Schwein an der Leine führte. Ihn fragte Maria auch nichts. Dann einem Bauern, der einen Ochsen führte, neben ihm ein Mädchen von vier oder fünf Jahren. Maria grüßte sie nur, ohne sie etwas zu fragen. Schließlich einem Indio, einem Mann, der sich auf einen Stock stützte; der eine Fuß war entsetzlich geschwollen, und die Riemen seiner Sandalen schnitten ihm ins Fleisch. Maria und er sprachen ein paar Worte in Xinca, ihrer Sprache, die schon bald eine tote Sprache sein würde. Dann drückte sie ihm eine Münze in die Hand und ging mit dem Gringo weiter. Auf einem Hügel, im Sonnenuntergang, zeichneten die Schatten von in gerader Linie gepflanzten Bäumen die ersten geometrischen Formen, die Pete seit Langem gesehen hatte, Anzeichen menschlicher Aktivität. Nach einer letzten Kurve endete der Wald; die Berge liefen auf eine bebaute Ebene hinab, auf der vier Pfade sternförmig auf eine Stadt zuliefen. Maria verließ den Pfad, um dem Weg zu folgen, der an der Plantage entlangführte, an Bäumen mit dünnem Stamm und großen dunklen Blättern, beladen mit großen gelben Früchten, die aussahen wie geriffelte Granaten.

»Die Ländereien von Gouverneur Ortiz. Seine Kakaoplantagen.«

Der Weg wurde zum Pfad, die beiden Pferde, die am Ende ihrer Kräfte waren, schleppten sich mühselig den Berg hinauf. Vor einigen moosbedeckten Granitfelsen blieb sie stehen.

»Wie werden die Nacht hier verbringen. Du kannst Feuer machen.«

Die Flammen zogen den Harzgeruch aus dem Holz. Pete hatte versucht, sie zum Reden zu bringen, herauszufinden, was der Indio auf dem Weg zu ihr gesagt hatte, aber Maria hatte nicht mehr den Mund aufgemacht. Er wollte sich gerade hinlegen und versuchen, etwas Schlaf zu finden, als sie mit dem Finger auf den Lippen aufstand und ihren Colt zückte. Sie wich zurück, um den Lichtschein des Feuers zu verlassen. Pete schob die brennenden Zweige beiseite und riss die Glutstücke auseinander, die wie Schlangen im feuchten Gras zischten. Maria war nicht mehr da, war wie eine Katze im Wald verschwunden. Er rollte zu den Bäumen hinüber, kroch in die Dornenranken und erstarrte, als er eine Stimme hörte: »Maria?«

Es war ein Flüstern, in fünf oder sechs Metern Entfernung.
»Maria?«
»Paul?«
Pete schrak zusammen. Maria hatte direkt hinter ihm gesprochen.
»Sind Sie das, Paul?«
Der Mann sprach lauter: »Ich suche dich überall! Zeig dich, Maria!«

Sie sprang über Pete hinweg und stürzte vor. Er richtete sich auf und sah, wie die Indiofrau sich der Gestalt des Mannes näherte, der sie mitten in den noch glühend heißen Glutsternen in die Arme nahm. Er hielt Marias Gesicht in beiden Händen und küsste sie auf die Stirn.
»Du lebst.«
Der Mann sprach Spanisch mit einem englischen Akzent.
»Ich habe gehört, was in Antigua geschehen ist, ich hatte keine Nachricht mehr von dir.«

Er hielt Maria von sich weg und hob, auf der Suche nach dem Lichtschein des Mondes, ihr Gesicht in den Himmel.

»Heute ist eine Nachricht gekommen, in der es hieß, man habe Gustavio und Santos in die Casa negra gesperrt und du hättest mit dem Amerikaner den gleichen Weg genommen wie sie.«

Er küsste die Indiofrau auf den Mund und drückte sie an seine Brust.

»Du darfst hier nicht bleiben. Ortiz wird seine Hunde auf dich ansetzen.«

»Er weiß nicht, dass ich zurück bin.«

»Maria... la Casa negra. Sie werden reden. Das weißt du genau.«

Pete sah von dem Mann nur den kantigen Umriss seines Gesichts und sonst Schatten, das helle Haar und seine lange, schlanke Gestalt. Er sammelte die Sachen ein, die um die Feuerstelle verteilt waren.

»Ich geh die Pferde holen.«

Der Mann hatte sein Pferd ein paar hundert Meter weiter unten auf dem Weg stehen lassen. Die Tiere von Maria und Pete hatten keine Zeit gehabt, neue Kräfte zu sammeln, sie schnauften schwer während dieser nicht enden wollenden Steigung. Zwei Stunden lang, mit vor Müdigkeit halb geschlossenen Augen, im eisernen Bemühen, nicht zusammenzubrechen, versuchten sie den Berg zu bezwingen.

Schließlich hob der Mann die Hand, und Pete vernahm aus einem Baum über ihnen einen Pfiff. Noch zweimal machte der Mann den oben in den Ästen hockenden Spähern ein Zeichen, und Pete sah den Schein einiger Feuerstellen in einer Talbeuge zwischen zwei schroffen Bergen, die in einer noch in das Ende der Nacht getauchten nebligen Perspektive vorbeizogen. Wandlose Hütten, Frauen, Männer und Kinder, die gerade erwachten und die drei Reiter vorüberziehen sahen. Von zwei Frauen gestützt, ließ sich eine Greisin zu Maria führen, die sich aus dem Sattel gleiten ließ. Die Alte ging die letzten Schritte alleine und öffnete die Arme.

Der hochgewachsene weiße Mann, der Maria geküsst hatte, sprang ebenfalls aus dem Sattel. Sogleich kümmerte man sich um sein Pferd. Pete sah ihn jetzt im grauen Licht des Morgens. Seine große magere Gestalt, die in den schwarzen Kleidern kaum zu erkennen war, sein Haar, das er für blond gehalten hatte, das aber weiß war, das dicke Holzkreuz, das von seinem Hals hing, der in dem Kragen eines Priestergewands steckte. Wenn er sich gerade hielt, lief er wie jemand, der einen schweren Sturz erlitten hat, Wirbelsäule und Hals waren wie zusammengelötet, das Becken kippte bei jedem Schritt. Er war nicht so alt, wie seine vorzeitig weiß gewordenen Haare vermuten ließen, aber er bewegte sich nur mit Mühe. Zwei Indiofrauen halfen ihm, sich auf einem großen, aus einem Stamm gehauenen Sitz niederzulassen.

Die steinalte Frau und Maria hielten einander immer noch im Arm, sprachen Stirn an Stirn miteinander. Ringsum hatte der ganze Stamm Aufstellung genommen. Sie waren etwa fünfzig, trugen Kleidung, die nach der hiesigen Indiomode gewebt war, lange bunte Kleider, Mützen oder runde Hüte mit flacher Krempe, weite Hosen in verblichenen Farben, die Stoffe geflickt, die Füße nackt. Maria wurde in eine der Hütten geschleift, und man brachte ihr zu essen, der Kreis der Dorfbewohner schloss sich immer enger um sie. Der Priester machte Pete ein Zeichen, Pete, der gerne wieder seine alten Kleider getragen hätte, seine Lederjacke und seine Waffe, seine festen Stiefel, um damit im Schlamm des Dorfes herumzuwaten – falls man das ein Dorf nennen konnte. Die Männer sahen ihn abweisend an, die Frauen spuckten aus, wenn er vorüberging, legten die Hand auf den Mund und flüsterten auf Xinca miteinander. Der Priester lud ihn ein, sich auf eine Matte zu setzen, aber Pete blieb stehen. Die Nahrungsreste wurden auf dem Feuer verbrannt, es stank an dem Ort, ein Geruch nach verdorbenem Fleisch und feuchtem Aas.

»Sie hatten nicht mehr daran geglaubt, sie wiederzusehen.«

Dem Priester fielen langsam die Augenlider zu, als würden unsichtbare Hände sie nach unten drücken. Pete dachte wieder an Rafael, an die Hoffnung, von der man sich befreien musste, wenn man leben wollte, ohne die Arme sinken zu lassen: Der Anblick dieses Haufens verlauster Menschen, die sich um Maria scharten, gab dem Komantschero recht.

»Wer sind Sie?«

»Ich heiße Paul Hagert.«

»Hat man Ihnen noch keine Kirche gebaut?«

»Ich bin kein Missionar. Ich lebe bei den Xincas.«

»Sind Sie nicht hier, um sie zum wahren Glauben zu bekehren?«

»Sie sind es vielmehr, die mich zum wahren Glauben bekehrt haben, Señor...«

Pete sah auf Hagerts Brust.

»Sie tragen noch immer ein Kreuz.«

Paul Hagert drehte es zwischen den Fingern. Das Holz hatte schon Patina angenommen, war schwarz vor Dreck.

»Ich fühle mich ihm nicht mehr verbunden, aus den gleichen Gründen.«

Maria empfing, mit der Greisin an ihrer Seite, Besuch von

allen Bewohnern und unterhielt sich mit jedem Einzelnen von ihnen; sie legten Nahrung und Geschenke zu ihren Füßen.

»Was machen die da?«

»Sie ehren sie und feiern ihre Rückkehr.«

»Will sie für diese Leute eine Revolution anzetteln?«

»Das scheint Ihnen zu missfallen. Sind Sie kein Kampfgefährte von Maria?«

Pete drehte sich zu dem Priester um.

»Was ich wissen möchte, ist, ob es hier irgendwo etwas zu trinken gibt.«

»Nur Pulque, das ist alles, was ich Ihnen anbieten kann.«

»Was ist das?«

»Fermentierter Agavensaft. Sie nennen es Honigwasser.«

Paul Hagert wandte sich an eine der beiden Frauen, die sich um ihre Hütte kümmerte, die einzige Hütte, die so etwas wie Mauern hatte. Pete fragte sich, ob der Geistliche Mauern hatte hochziehen lassen, um sich in aller Ruhe an seinen Indiofrauen gütlich zu tun. Die Frau brachte eine Flasche mit einer trüben Flüssigkeit und reinigte mit den Fingern zwei Gläser von bedenklicher Sauberkeit.

»Das ist kaum stärker als Wein. Maria hat destillierten Alkohol aus dem Dorf verbannt.«

Das Getränk war entsetzlich gezuckert und sirupartig, aber Pete genügte es. Er hatte die Absicht, sich nicht mehr von hier fortzubewegen und sich so weit wie möglich von den Indios fernzuhalten.

Die Sonne, die über dem Tal aufgegangen war, hatte mittlerweile den Nebel aufgelöst. Die Xincas hatten Maria mit der steinalten Frau allein gelassen, die in einem Kochtopf, der auf dem Feuer stand, einen Kräutersud zubereitete, indem sie mehrere Handvoll Blätter hineinwarf. Dann zog sie Maria in den Lichtstrahlen, die den Rauch durchdrangen, nackt aus und warf ihr eine Decke über die Schultern. Pete wandte die Augen ab.

»Wie sind Sie hierhergekommen?«

»Wie alle Weißen, auf einem Handelsschiff. Denn das stand für mich für die Zivilisation.«

Die Flasche stand auf einem von getrocknetem Blut geschwärzten Holzblock, eine weiße Daunenfeder klebte noch an Petes Glas.

»Ich bin mit einem Schiff gekommen, auf dem eine Druckerei befördert wurde.«

Hagert lächelte. Seine schlechten Zähne zeigten, dass er Gefallen an dem hiesigen Zuckergesöff gefunden hatte.

»Verhängnisvolle Verwechslung, auch das. Mein Schiff gehörte der Gesellschaft Jesu. Ich war Jesuitenpriester.«

Pete sah hinüber zu der Heilerin. Sie wedelte mit einem angezündeten Zweig über Marias Kopf.

»Was macht sie da?«

»Sie wäscht sie mit Salbei von der Reise rein.«

Die Heilerin ging auf ihren krummen Beinen durch den Raum, der ihre Hütte von der des Priesters trennte. Sie schwenkte einen glühenden Zweig, stellte sich vor den jungen Amerikaner und wedelte ihm Rauch zu, während die Worte nur so aus ihr heraussprudelten. Pete versuchte durch Herumfuchteln den Geruch von verbranntem Salbei zu vertreiben.

»Was will sie von mir?«

Hagert schickte sie wieder in ihre Hütte, wo sie weiter vor sich hin brabbelte.

»Sie sagt, die Vision hätte nicht bis hierher gelangen dürfen, dass Sie nicht den Weg der Xincas hätten kreuzen dürfen und dass Sie kein Prinz sind.«

»Und was soll das heißen?«
»Schwer, das mit Sicherheit zu sagen… Wollen Sie mir nicht doch noch Ihren Namen verraten?«
»Pete Ferguson. Sie hat von einer Vision gesprochen?«
»Die Alte hat immer öfter welche. Je seniler sie wird, desto mehr schreiben die Xincas ihr hellseherische Fähigkeiten zu.«
»Und was war das für eine Vision?«
»Sie sprach von einem Prinzen, den Maria erwartete und mit dem sie tanzen würde.«
Pete verschluckte sich fast an dem Honigwasser.
»Tanzen?«
»Das hat die Alte gesagt. Eine Vorhersage, die schon vor Urzeiten gemacht wurde.«
Pete musste wieder an das Entsetzen denken, mit dem Maria ihn angesehen hatte, als er sie auf der Tanzfläche des Palacio de Ayuntamiento in den Armen hielt. In Cuilapa, auf der Terrasse, war sie wütend geworden, als er wieder von dem Ball gesprochen hatte. Er wurde von Hagert gestört, der eigene Gedankengänge weiterspann: »Das war das Jahr gewesen, in dem wir hier ankamen. Nach einem Marsch aus dem Norden des Landes. Ein Dutzend Indios waren auf der Reise gestorben, und ich selbst hatte Fieber bekommen. Der frühere Besitzer dieser Ländereien, ein alter Belgier mit Namen Van Dorp, hatte Gouverneur Ortiz aufgesucht, der nicht lange zögerte, mit seinen Soldaten anzurücken, um uns von hier zu vertreiben.«
Pete blinzelte. Der Alkohol breitete sich langsam in seinem Körper aus und bewirkte dieses vertraute Gefühl einer leichten Benommenheit, als seine Stimme in seinem Schädel zu dröhnen begann. Er fühlte sich sowohl leichter – bereit zu sprechen – als auch schwerer. Er lag bleischwer auf der Matte.

»Ortiz?«
»Der Gouverneur ergriff die günstige Gelegenheit beim Schopf, den alten Belgier zu vertreiben und sich zugleich seiner Ländereien zu bemächtigen. Er wurde einer der größten Großgrundbesitzer im Süden des Landes und braucht keine Wahlen mehr, um auf seinem Posten zu bleiben. Die Xincas dagegen sind mit Maria in die Berge geflüchtet.«
»Stammt die Vision, diese Geschichte mit dem Tanz, noch aus dieser Zeit?«
»Warum interessieren Sie sich so sehr für diesen Aberglauben, Señor Ferguson?«
»Ich bin nur neugierig.«
Hagert lächelte kurz, richtete sich auf, und eine der Frauen stürzte herbei, um ihm zu helfen.
»Sie werden mich entschuldigen, aber der Ritt heute Nacht hat mich zu sehr erschöpft, um dieses Gespräch fortführen zu können. Falls Sie morgen früh immer noch neugierig sind und mehr über die Xincas erfahren wollen, werde ich Sie zu einem Wunder hier ganz in der Nähe mitnehmen.«
Pete hob sein Glas zum Zeichen der Zustimmung. Hagert sagte etwas zu seiner Indiofrau. Nachdem sie den Priester in dessen Hütte begleitet hatte, kam sie mit einer weiteren Flasche Pulque wieder, die sie auf den Holzklotz stellte, die Augen gesenkt vor diesem Weißen, der einer Vision der alten Heilerin entstiegen war.
Maria war verschwunden, und die Sonne stand hoch, aus der feuchten Erde stieg die Hitze auf. In dieser kleinen schlammigen Straße gab es nur noch Kinder und Federvieh. Pete lehnte sich an den Holzsitz des Priesters, entledigte sich seines stinkenden Ponchos und trank die Pulqueflasche leer, um sich von der Reise zu reinigen. Er öffnete die zweite Flasche und

stellte sich vor, er wäre ein Freibeuter, der wie ein König bei den Xincas lebt, auf dem Thron eines alten Priesters. Wurde seine Ankunft etwa nicht von einer Vision angekündigt?

Er trank das Honigwasser leer und schlief den Rest des Nachmittags seinen Rausch aus, mit vor Zucker klebrigem Mund und einem schweren Bauch. Eine von Hagerts Frauen brachte ihm zu essen und sagte ihm dann auf Spanisch, er solle ihr in eine andere Hütte neben der des Priesters folgen. Es war ein Bett für ihn bereitet, und er bat um eine weitere Flasche. Als sie ihm eine brachte, dankte Pete es ihr, indem er ihr auf den Hintern klatschte und in Gelächter ausbrach.

Er schlief, trunken vor Pulque und Müdigkeit, als die Xincas am Ende des Tages von den Feldern kamen und sich um Maria versammelten, um gemeinsam zu Abend zu essen.

7

Neben seinem Bett stand in einer Tasse ein Wurzelsud, der vom Kaffee nur die Farbe hatte. Er gurgelte damit und spuckte die bittere Flüssigkeit zwischen seine nackten Füße.

Der alte Priester saß auf seinem Demutsthron und warf den Dorfbewohnern weise Blicke zu. Die Indios grüßten ihn respektvoll und distanziert. Hagert hatte hier seinen Platz gefunden, aber er war immer noch nicht einer von ihnen. Oder vielleicht waren diese Wilden auch weniger dumm, als sie aussahen, und misstrauten dem Weißen auch noch nach Jahren. Vor Pete senkten sie die Augen und taten so, als sei er gar nicht da.

Hagert trank in langen Schlucken seinen Wurzelsud, wahrscheinlich, um sich dafür zu bestrafen, dass er so oft dem Pulque zusprach.

»Haben Sie gut geschlafen?«

»Ich hatte es nötig.«

Bisher hatte Pete in dem Dorf noch keine einzige Waffe gesehen. Um die Wahrheit zu sagen, es herrschte hier eine Ruhe, wie er sie schon lange nicht mehr erfahren hatte.

»Lassen Sie uns noch etwas essen, bevor wir aufbrechen.«

»Wohin denn?«

»Das habe ich Ihnen gestern schon gesagt, an einen Ort, den ich Ihnen gerne zeigen würde.«

Hagert lächelte, entzückt von der Überraschung, die er für Pete bestimmt hatte.

»Wo ist Maria?«

»Lassen Sie uns essen.«

Der Gaul, auf dem er seit Cuilapa geritten war, schien ihn wiederzuerkennen und biss ihn in den Ärmel, eine Geste, die Pete nicht zu deuten wusste.

»Zu Pferd sind wir in einer Stunde dort, da können wir uns ein bisschen besser kennenlernen.«

»Das ist nicht zwingend nötig.«

»Dann hören Sie einfach nur zu.«

Hagert verzog vor Schmerz das Gesicht, als er mit steifen Knien und steifem Rücken in den Sattel stieg.

»Ich glaube, es ist allerhöchste Zeit, dass Sie mehr über dieses Land und diesen Kontinent erfahren, Señor Ferguson. Ich habe genug von den offenbarten Wahrheiten, sehen Sie, fürs

Leben sind die zwar hilfreich, aber nicht fürs Verstehen. Wissen ist ein komplizierterer, aber subtilerer Ratgeber. Haben Sie auch nur die geringste Ahnung, wovon ich spreche?«

»Mein Vater war ein Anhänger der über Fausthiebe offenbarten Wahrheit, falls es das ist, worauf Sie anspielen.«

Hagert lächelte breit und zeigte seine grauen Backenzähne.

»Haben Sie keine Angst, ich werde Sie nicht ›Mein Sohn‹ nennen. Und meine Gnade, die Sie wahrscheinlich nicht interessiert, hat jetzt nicht mehr Bedeutung, als sie es damals hatte. Sie garantiert nicht mehr den Himmel, nur mein Vertrauen, das ich jetzt den Männern entgegenbringe, die ich von den Schurken zu unterscheiden gelernt habe.«

Pete folgte Hagerts Pferd auf einem abschüssigen Weg, duckte den Kopf unter den Zweigen hinweg, die sich in seine Mütze hakten. Er drehte sich um und sah die Hütten des Dorfes bereits unter ihnen liegen, zwischen den Bäumen versteckt.

»Nehmen Sie den Indios nicht die Beichte ab?«

Hagert brach in Gelächter aus, und seine Lungen schienen alten Staub auszuhusten.

»Sie haben mich auf dem Rücken getragen, haben mich gepflegt und ernährt. Glauben Sie, es wäre barmherzig gewesen, sie, sobald ich wieder auf den Beinen war, in die Knie zu zwingen, damit sie Sünden beichten, die sie gar nicht begangen hatten?«

»Aber Sie haben Ihr Kreuz nicht abgelegt.«

»Sie haben es mir selbst geschenkt, als ich das Kreuz verlor, das ich bei meiner Ankunft trug. Sie befürchteten, ich würde mich allein fühlen und meine Götter könnten mir fehlen.«

Am Ende des Tals, nach Überquerung eines Passes, öffnete sich eine Waldebene, die von spitzen Bergen umgeben war, ein vier oder fünf Meilen großes Dreieck, in dem riesige Bäume wuchsen. Einige etliche Meter hohe Bäume waren mit roten und gelben Blüten übersät, die sich deutlich vom Grün des Laubes abhoben. Pete entdeckte über dem Kronendach das rechteckige Gipfelplateau einer Stufenpyramide, die grauen Steine und höchsten Stufen einer von der Vegetation überwucherten Steintreppe. Große Raubvögel flogen in langsamen Kreisen um den gehauenen Steinblock. Vogelgezwitscher und Insektengezirpe stiegen aus dem Wald auf, der von diesem riesigen verlassenen Monument bewacht wurde.

Pete stieg vom Pferd und lief ein paar Schritte. Die ganze Ebene wirkte wie aufgehängt an diesen Bergen, die ihn umgaben.

»Ist das ... der Äquator?«

Hagert hatte zu ihm aufgeschlossen.

»Davon sind wir noch weit entfernt, Señor Ferguson, aber dieser Ort ist in jeder Hinsicht magisch, da haben Sie recht. Folgen Sie mir, hier müssen wir zu Fuß weitergehen.«

Sie folgten einem Pfad, der sich zwischen den kolossalen Stämmen hindurchschlängelte, gehalten von großen Wurzeln, die wie wogende Vorhänge drapiert waren, und hoch genug, um Menschen mitsamt ihren Pferden darin zu verbergen. Die Sonnenstrahlen erreichten nicht den Boden, wurden zwanzig Meter über ihren Köpfen von den Blättern gefiltert, der Boden war ein Teppich aus gesprossten Keimen, die im Schatten der selbst von Lianen überwucherten Riesen ihr Glück versuchten; Fliegen summten, handtellergroße Spinnen flüchteten in ihre Nester, es war kühl, fast schon kalt in dieser fruchtbaren Feuchtigkeit. Pete folgte Hagert auf Schritt und Tritt. Die Vegetation wurde immer dichter, und man konnte den Weg nicht mehr gut erkennen. Ohne langsamer zu gehen, streckte der Jesuit den Arm aus und deutete mit dem Finger auf einen seltsamen Grabhügel. Pete erkannte behauene Steine unter dem Pflanzengewirr. Jetzt, da er darauf achtete, entdeckte er andere Kuppeln wie diese und begriff, dass die ganze Ebene ein Ruinenfeld war, eine ehemalige Stadt, von den knotigen Armen der Wurzeln umschlungen und unter ihnen begraben. Er versuchte sich die Straßen zwischen den Grabhügeln vorzustellen, die eher Avenuen glichen, zwanzig oder dreißig Meter breit. Sie gingen mitten auf der bedeutendsten, die direkt auf die Pyramide zulief. Wer? Wann? Warum? Ihm schossen immer mehr Fragen durch den Kopf, als Hagert ihm ein Handzeichen gab, er solle stehen bleiben. Der Priester zog ihn am Arm, und sie kauerten sich ins wuchernde Grün.

Auf dem Weg lief eine Prozession von Xincas. Die Greisin, angetan mit Knochen- und Glasschmuck, an der Spitze, auf einem Stuhl, der von zwei Männern getragen wurde. Hinter ihr, in einem langen Kleid, behängt mit Halsketten und Armbändern, stand Maria; Gesicht und Haare waren mit grüner Farbe bedeckt, die Augen und die Lippen rot umrandet, sie konnte sich kaum aufrecht halten und wurde von Frauen gestützt. Darauf folgten fast ein Dutzend Dorfbewohner, alle mit Federschmuck und geschminkt. Keiner sah sie. Maria wirkte betrunken, ihr Kopf fiel von einer Schulter zur anderen, als würde er von ihren großen Goldohrringen zu Boden gezogen.

Hagert erhob sich langsam, einen Finger auf den Lippen, und sie warteten ab, bis die Xincas vorübergezogen waren, bevor sie wieder auf den Weg zurückkehrten.

»Was war das?«

»Eine alte Zeremonie. Sie findet in den zehn Jahren, die ich jetzt bei ihnen lebe, erst zum zweiten Mal statt. Es ist eine Opferzeremonie.«

Hagert, der alte ehemalige Priester, hob einen Finger zum Himmel.

»Haben Sie nicht die Geier bemerkt?«

Sie kamen am Fuß der großen Pyramide an, direkt vor den ein Meter hohen und zwei Meter breiten, moosbewachsenen Blöcken aus gehauenem Stein, die auf den Meter genau aufgereiht standen. Drei Seiten des Monuments bildeten einen vertikalen Sockel, nur die Vorderseite, wo sich die Treppenstufen befanden, wies eine erschreckende Neigung auf. Die Treppe war eigentlich eine Leiter mit Stufen von einem halben Meter Abstand, die man auf allen vieren erklimmen musste. Hagert setzte sich auf die erste Stufe.

»Hier muss ich Sie verlassen, Señor Ferguson. Ich kann nicht auf den Gipfel steigen, ich würde nicht wieder herunterkommen. Das ist lustig, sich das bildlich vorzustellen, finden Sie nicht? Ein Priester, der sich weigert, in den Himmel aufzufahren, aus Angst, er käme nicht mehr zurück. Ich werde hier auf Sie warten.«

Pete machte sich ans Werk, die riesigen Stufen emporzuklettern, etwas ängstlicher als nötig überprüfte er jede Stelle, auf die er seine Sandalen und Hände setzte, und folgte der Wuchsrichtung der Wurzeln, die zum Gipfel liefen, als seien sie die Venen der Pyramide.

Kurz vor dem Ende drehte er sich um. Auf dieser Höhe hatte er das Gefühl, an einer schroff abfallenden Wand zu hängen, unten sah er Hagert stehen. Als ihn der Schwindel packte, presste er sich flach an einen Stein, ließ die Finger in eine Spalte gleiten und betrachtete die Äste um sich herum. Die Nähe der Vegetation ließ sein Unbehagen vergehen. Er atmete einen Moment, lockerte langsam den Griff und kletterte weiter. Als er über die Kronenschicht hinausgelangt war, traf ihn das Sonnenlicht ins Gesicht, und er blinzelte, beendete schweißgebadet seinen Aufstieg und legte sich auf die kleine Plattform, Steinplatten von wenigen Quadratmetern, an deren Rand eine blinde Mauer stand, in die eine Bank hineingeschlagen war. Zu beiden Seiten gab es zwei Zuschauerreihen. Die Geier kreisten über ihm. Er schleppte sich zur Bank und ließ sich mit dem Rücken zur Mauer darauf nieder.

Am Rand der steinernen Platten, gleich vor der Treppe, die in den Abgrund führte, lag ein runder, mit Blut befleckter Stein, der ihn an einen Mahlstein erinnerte. In diesem Augenblick sah er den Kadaver mit dem geöffneten Bauch und den rundum verteilten Eingeweiden. Das Opfer, von dem der Priester gesprochen hatte, eine arme Ziege, hatte auf dem Gipfel dieses gewaltigen Baus stattgefunden.

Er kroch auf den Opfertisch zu. Eine mit Blut gefüllte Schale war neben den Gedärmen stehen gelassen worden, die man zu einer abscheulichen Landschaft ausgebreitet hatte. Der Gestank der Gedärme war ekelhaft, die Augen des Tiers waren geschlossen, die beiden Lider von Fliegen attackiert. Pete entfernte sich von dem Kadaver und blieb eine Weile in der Sonne sitzen, verzögerte damit die Mahlzeit der Geier, die immer tiefer kreisten, angezogen von den sterblichen Überresten. Er kletterte auf die letzte Reihe der Zuschauersitze in der Ecke der Mauer, an die er sich lehnte, um das große Dreieck des Tals zu betrachten.

Es war eine vergangene und tote Welt, die außer den Xincas aus dem Dorf vielleicht seit Jahrhunderten niemand mehr besucht hatte. Älter als Veracruz, älter als die Konquistadoren, hundertmal älter als Carson City, so groß wie die Stadt Antigua, in der Tausende von Indios gelebt hatten. Dass die Spanier ein verlaustes Pack wie Maria und ihren Stamm besiegten, das konnte er verstehen, aber dass sie so bedeutende Städte erobern konnten, das überstieg sein Vorstellungsvermögen. Pete dachte an New York und Chicago, diese Metropolen, von denen Alexandra Desmond und Arthur Bowman gesprochen hatten, diese Städte, die zu groß waren, als dass überhaupt ein Feind davon träumen könnte, sie einzunehmen, und versuchte sie mit dieser versunkenen Welt zu vergleichen.

Er näherte sich der Treppe, betrachtete ein letztes Mal das Tal und die Berge ringsum, die blühenden Bäume, die er fast berühren konnte, wenn er die Hand austreckte, dann kniete er nieder und begann rückwärts wieder hinunterzuklettern.

Stufe um Stufe stieg er zurück in den Schatten der Äste, kehrte in die modrige und kühle Luft des Waldes zurück, zu der lärmenden Fauna und der parasitären Sturheit der Pflanzen. Sein Atem ging bei jeder Bewegung, die ihn der Erde näher brachte. Hagert ermutigte ihn: »Sie haben es fast geschafft, Señor Ferguson!«

Der Priester war immer noch bleich, das Ausruhen hatte sein Befinden nicht gebessert.

»Ich nenne diesen Ort das Tal der Eitelkeiten. Die Xincas sind immer noch überzeugt, dass diese Pyramide große Macht besitzt, ein Altar zwischen Himmel und Erde, auf dem sie den Göttern ihre Gaben darbringen können. Sie haben keine Priester mehr, die ihre Religion wirklich kennen, die Alte verliert ihr Gedächtnis und improvisiert bloß die meiste Zeit. Sie setzt Maria in Szene, um die Leute zu beeindrucken, aber das hat alles keinen Sinn mehr. Der Nutzen dieser Rituale liegt alleine darin, dass sie die Gemeinschaft zusammenschweißen, das gibt ihnen ein bisschen Sicherheit. Sie sind nur noch eine Handvoll und kommen hier an diesen Ort, an dem ein Imperium ausradiert wurde, und glauben, wenn sie einer Ziege die Kehle durchschneiden, wird sie das retten.«

»Wer hat diese Stadt zerstört?«

»Die Zeit. Als die Spanier kamen, war das Tal schon verlassen und verfallen. Die Xincas lebten in kleinen Gemeinschaften in der Region und sprachen eine Sprache, die nicht die der großen Mayas war. Man hielt sie für die letzten Vertreter dieser Zivilisation, aber im Grunde weiß niemand etwas darüber. Vielleicht waren sie in diesem Imperium nur eine Kriegerkaste, die zusammen mit ihrer Religion auch die Kunst der Kriegsführung vergaß. Maria ist das Einzige, woran sie noch glauben, das keine verzerrte Erinnerung ist, die Tochter eines Häuptlings, der zur Legende wurde, ihre letzte Verbindung zur Vergangenheit.«

Hagert machte ein geheimnisvolles Gesicht, wie er es immer tat, wenn er von Maria sprach.

»Die Indios dieses Kontinents brachten dem Sonnengott ihre Opfergaben dar, damit er nicht erlischt, und lebten in der Angst vor dem Ende der Welt. Ihre Götter waren *Verbündete*, mit denen sie zu verhandeln gelernt hatten, um ihre Furcht zu mindern. Die Opfer waren ein schnelles Mittel, Konflikte mit den Göttern zu lösen. Schulden wurden innerhalb einer Jahreszeit beglichen, länger bestanden sie nie. Als die Spanier erklärten, es gäbe nur einen allmächtigen Gott, dachten sie, es wäre von Vorteil, ihr empfindliches Götterpantheon gegen ihn einzutauschen. Die Gunst eines einzigen Gottes zu kaufen wäre viel einfacher und effizienter. Sie erkannten zu spät, dass der Gott der Weißen, weltentrückt und taub, nicht verhandelte. Dass die Schulden, die sie bei ihm angehäuft hatten, ewig währten, und dass kein Opfer sein Urteil abmildern konnte. Die Weißen machten diese abergläubischen Stämme zu ihren Sklaven – was endgültig bewies, dass ihr Gott der Stärkere war. Die Indios fürchteten, dass ihre Welt sehr wohl ein Ende habe, aber ihr Sonnengott war nicht dafür verantwortlich, sondern der Gott der Menschen mit dem Kreuz. Vor dem Anblick dieser Ruinen frage ich mich, welche Imperien wir in Europa und in Amerika errichtet haben. Glauben Sie, dass ihre Chancen zu überleben größer sind als bei diesem hier, oder sind unsere Zukunftspläne vielleicht nichts als eitel?«

Pete hatte seine Feldflasche mit Wasser geleert, ohne seinen Durst stillen zu können, sein trockener Mund hielt die Worte zurück.

»Ich habe nie etwas so Großes und so Unbegreifliches gesehen.«

Hagert streckte seinen kaputten Leib und erhob sich für den Marsch, indem er sich am Arm des Amerikaners festhielt.

»Ich habe lange gebraucht, um zu verstehen, was ich oben von der Pyramide aus gesehen hatte. Sie werden auch Zeit brauchen, Señor Ferguson, aber Sie sind jünger als ich. Vielleicht wird es Ihnen schneller gelingen.«

Der Jesuit setzte sich für den Rückweg in Marsch, und Pete blieb einen Augenblick am Fuß der Treppen sitzen, blickte durch die Lücke in den Baumwipfeln zu dem Gipfel hinauf und hatte das Gefühl, noch nicht wieder vollständig herabgestiegen zu sein.

Die Xincas hatten Feuer angezündet, die Männer, klein und muskulös, liefen mit nacktem Oberkörper herum und waren mit einer kriegerischen Choreografie befasst. Sie schwenkten ihre Bogen und Lanzen und umkreisten dabei einen Indio, der mit Stadtkleidung ausstaffiert war, falschen Tressen aus Knochen an den Schultern und bunten Stoffstücken auf der Brust, die Medaillen imitieren sollten. Auf dem Kopf trug er einen lächerlichen Fransenhut, an den ein Hirschgeweih genäht war. Er trug eine bemalte Terrakottamaske, ein Lächeln mit Hundezähnen unter einem schwarzen Schnurrbart. Gouverneur Ortiz. Eine Indiofrau, bewaffnet mit einem aus einem Ast geschnitzten Karabinergewehr, tanzte vor dem Karnevalsgouverneur, das Gesicht grün und rot bemalt. Tamburine schlugen den Takt, und die Xincas sangen. Hagert, der auf seinem Heidenthron saß, zeigte mit dem Finger auf einen Tänzer.

»Schau dir das an.«

Pete schreckte hoch.

»Was?«

Der Pulque, das Getrommel und die Gesänge stiegen ihm zu Kopf. Er blinzelte, und im Licht der Flammen sah er einen Xinca, der gebückt wie ein Affe tanzte, mit krummen Beinen und Armen, die bis zum Boden hingen, als Soldat verkleidet, bewaffnet mit einer Holzpistole und das Gesicht weiß geschminkt. Der Karnevals-Pete-Ferguson tanzte ebenfalls um den falschen Gouverneur herum.

»Was machen die da?«

Der Jesuit betrachtete einen Moment sein Glas mit Alkohol.

»Die Zeremonie, der Sie heute beiwohnen, ist ein Kriegsritual. Die Xincas führen es durch, wenn sie einen der ihren ausschicken, um eine gefährliche Mission zu erfüllen.«

Bei den letzten Worten versagte Hagerts Stimme.

»Was für eine Mission?«

»Gouverneur Ortiz ist ein politischer Feind der Liberalen und Präsident Granados. Er trifft Vereinbarungen mit den Konservativen von El Salvador und setzt sich hohnlachend über die Befehle hinweg, die aus Ciudad de Guatemala kommen, aber angesichts einer drohenden Revolte und nach der aufgedeckten Verschwörung in Antigua wollte Ortiz, genau wie Granados, den Aufstand niederschlagen. Seine Männer werden uns schon bald hier finden.«

Pete sah den Indios beim Tanzen zu.

»Und ... das heißt was? Wollen sie den Gouverneur töten?«

Der Priester ließ seinen Kopf nach vorn fallen und antwortete nicht. Pete brach in Gelächter aus.

»Mit Granados hat es nicht geklappt, also machen sie mit Ortiz weiter?«

»Sie glauben immer noch, wenn sie den Anführer ihrer Feinde töten, wird der Krieg ein Ende nehmen. Sie wissen nicht, dass die Prinzen von damals durch Politiker ersetzt wurden, Señor Ferguson.«

»Aber sie weiß es doch!«

Maria war an ihrem Platz, sie saß unter dem Dach der Hexe mit der Kriegsbemalung, die sie wie eine Fliege umschwirrte. Pete begriff plötzlich und drehte sich zu Hagert um.

»Soll sie etwa geschickt werden?«

Der Priester weinte.

»Werden Sie das zulassen?«

Der Jesuit hob den Kopf.

»Ich kann sie weder dazu bringen, ihre Meinung zu ändern, noch sie schützen. Das müssen Sie schon selbst tun, Señor Ferguson.«

Pete sprang auf die Füße.

»Was reden Sie denn da?«

Hagert klammerte sich an ihn.

»Sie wird nicht von ihrem Vorhaben ablassen. Gustavio

und Santos werden in zwei Tagen gehängt, sie wird morgen losziehen«, sagte er stöhnend. »Die Xincas werden sich etwas weiter weg in den Bergen verstecken, aber Maria will nicht mehr fliehen. Ich kann sie nicht davon abhalten. Sie müssen mit ihr gehen, Señor Ferguson.«

Pete drehte sich zu der Hütte der Zauberin um. Maria sah ihn an. Sie hielt seinem Blick stand, bis er ihn abwandte und zu den Tänzern hinübersah, dann zu Hagert, der zusammengesunken in seinem Sitz saß, zum Dorf, dem Tal dahinter, das im Dunkeln lag, und zu der Hochebene mit der Pyramide. Die Xinca-Krieger liefen weiter gestikulierend um den Gouverneur herum, die grüne Kriegerin und der amerikanische Affe tanzten miteinander, ganz wie die Alte es prophezeit hatte.

Pete suchte in der Hütte nach seiner gewebten Tasche und raffte seine Siebensachen zusammen, schlich sich hinter den Hütten durch die Dunkelheit zu den Pferden. Der Gaul schlief im Stehen, niemand bewachte die Tiere, niemand beaufsichtigte ihn, er war ein Flüchtender unter Flüchtenden. Alle flohen, nur sie nicht. Pete sattelte das Pferd, lauschte den Trommeln, setzte sich unter dem sternenübersäten Himmel auf den Boden.

*

Arthur Bowman.

Ich kenne den Krieg, ich weiß, dass sich die Menschen, sobald sie eine Waffe in der Hand halten, nicht mehr voneinander unterscheiden lassen. Man gibt ihnen ein Gewehr, und schon sind sie keine Farmer mehr, keine Familienväter, keine Kunsthandwerker und Ingenieure, nur noch Soldaten der großen Lüge: Es gibt keine Grenzen, der Krieg reißt sie alle nieder. Statt uns zu schützen, sperren sie uns ein in unseren Krieg gegen uns selbst. Hier, innerhalb der Grenzen der Fitzpatrick-Ranch, denn ich bin hier, und der Krieg ist mit mir hierhergekommen. Sergeant Arthur Bowman von der Britischen Ostindien-Kompanie. Der Krieg war bei deinem Vater. In der verschneiten Sierra, als ihr der Armee entkommen musstet. Bei deinen Schlägereien in Carson City und im Bett von Lylia. In den geballten Fäusten des alten Meeks. Bei den Komantscheros und den Bisonjägern, all diesen Veteranen, die jetzt überflüssig geworden sind, denn es gilt, Schienen zu verlegen, Städte zu bauen, zu erobern und zu wachsen, die fünftausend Soldaten zu vergessen, die in den fünf Jahren auf den Rücken und den Bauch gefallen sind.

Du bist so weit geflohen, wie du nur konntest, es gibt keinen Ort mehr, an den du gehen könntest, und der Krieg ist immer schon da.

Deine kleine Indiofrau würde auch gerne dem Ganzen entfliehen, aber ihre einzige Waffe ist das Opfer.

Ich würde gerne ganze Armeen von Kriegerinnen, wie sie eine ist, befehligen, aber auf keinen Fall gegen sie kämpfen müssen.

Am Vorabend einer Schlacht schreibt man Briefe. Beschwört eine Vergangenheit, die plötzlich in allen Einzelheiten erstrahlt. Klammert sich an jede Kleinigkeit der Gegenwart, die einem wie Wasser durch die Finger rinnt, die Augen schmerzlich weit aufgerissen, die Nasenflügel gebläht. Und das Erste, was man spürt, ist die Angst der anderen Soldaten.

Was für eine widerwärtige und unwiderstehliche Verbundenheit, wenn man weiß, dass man nicht alleine sterben wird.

*Und dann rechnet man es durch, stellt Schätzungen an:
Einer von zweien? Einer von dreien? Man schaut seine
Freunde an. Man schämt sich und weint, damit es nur ja
nicht geschieht: er, nicht ich. Sie alle, nicht ich. Am Vorabend einer Schlacht sind die Gründe, die für unser Leben
sprechen, überzeugender als die der anderen.
Aber sie, Pete, sie bittet niemanden darum, sie zu begleiten.
Deine Indiofrau wird alleine kämpfen, während du damit
beschäftigt bist, deine Armee zu zählen: ich, ich und ich.
Du verstehst nicht, dass du sie retten musst, Pete, weil ihr
im selben Schützengraben liegt. Wenn du sie ansiehst,
welche Berechnung wagst du dann am Vorabend der
Schlacht anzustellen?
Du glaubst, dass alle Männer aus demselben Holz geschnitzt
sind wie dein Alter, dem Holz der Männer, vor deren
Dummheit man sich in Acht nehmen und deren Bosheit man
bekämpfen muss. Aber es gibt auch Menschen, bei denen
man sich dafür entscheiden kann, an ihrer Seite Platz zu
nehmen. Es gibt einen Platz neben dieser Frau.
Es wäre gut, wenn jeder Tag der Vorabend einer Schlacht
wäre, Pete, dann könnte man berechnen, wer leben wird,
sich ausrechnen, wie man die größte Anzahl retten könnte
und ihr Schicksal teilen.
Deine Einsamkeit lässt sich nicht mehr lindern, du näherst
dich dem Ziel.*

8

Die leeren Hütten waren nicht wirklich anders als die vollen, aber es gab nichts mitzunehmen. Die Flüchtenden verschwanden in Richtung des Tals der Eitelkeiten, die Männer nahmen ihre Werkzeuge mit, um anderswo wieder neue Gemüsegärten anzulegen, die Frauen trugen ihre Bündel auf dem Kopf, die Kinder im Schlepptau, die alte Heilerin wurde auf einer Liege getragen. Zurück blieben Hagert und seine Dienerinnen, der Amerikaner, die beiden beladenen Pferde und Maria, die bereits im Sattel saß.

Der Jesuit befingerte sein Kreuz.

»Überzeugen Sie sie davon, dass sie von ihrem Vorhaben ablässt, Señor Ferguson, ich flehe Sie an.«

Pete kehrte ihm den Rücken, sprach mit sich selbst, laut genug, dass die Indiofrau ihn hören konnte: »Ich habe nicht die Absicht, in diesem verfluchten Land zu sterben.«

Hagert sah sie davongehen. Maria, mit gerunzelter Stirn, machte keine Geste des Abschieds, also hob Pete die Hand; etwas musste man ja machen.

Sie ging voran, führte die Gruppe auf verlassenen Wegen und vorbei an aufgegebenen Plantagen ins Tal und nach Jutiapa, der Stadt von Gouverneur Ortiz.

Eine Indiofrau, die entschlossen war, einen korrumpierten Großgrundbesitzer zu ermorden, der selbst ein Mörder war: Dieses Vorhaben war ganz und gar nach Petes Geschmack. Aber ohne Waffen, auf zwei rheumatischen, steifbeinigen

Gäulen, ohne ein respektables Paar Stiefel an den Füßen, in denen man sich hätte bestatten lassen können, konnte er dem Heroismus, diesem Übel der Nationen, überhaupt nichts abgewinnen.

»Was willst du tun, wenn du erst in der Stadt bist?«

»Una arma, una bala.«

Die Hinrichtung durch den Strang war auf den nächsten Tag im Morgengrauen angesetzt. Es würden die Hälfte von Ortiz' Soldaten und die halbe Stadt dort sein. Maria war das gleichgültig, solange auch der Gouverneur dort war.

»Und für Gustavio und Santos?«

Sie antwortete nicht mehr auf seine Fragen, bis sie die letzten mit Kapokbäumen bewachsenen Hügel über der Stadt erreicht hatten. Sie beobachtete die Ebene. Auf den Pisten, die auf die Stadt zuliefen, wirbelten die Reiter und Postkutschen Staubwolken auf. In Guatemala erfreuten sich Hinrichtungen durch den Strang ebenso großer Beliebtheit wie in Nevada.

»Wenn du willst, kannst du gehen, mercenario. Ich habe mich geirrt, du bist zu nichts nutze.«

Maria sammelte Holz und baute aus drei Steinen eine behelfsmäßige Feuerstelle. Pete hätte ihr am liebsten eine Ohrfeige versetzt, er konzentrierte sich auf den Stamm des Kapokbaumes, an dessen Fuß sie ihr Lager aufschlug. Der Stamm war glatt und mit Dornenranken bewachsen, die Kletterrosen ähnelten, aber daumendick waren. Der Baum war bis an die Zähne bewaffnet, ganz und gar auf Abwehr ausgerichtet. Nagetiere und Vögel ließen sich von diesen Dornen nicht abschrecken. Luchse und Pumas dürften problemlos hinaufklettern können. Die Insekten sahen auch kein Hindernis darin. Der Mensch holte sich so viel Kapokwolle, wie er nur wollte, und wenn er Holz brauchte, fällte er sie ebenso leicht wie die anderen Bäume. Der Baum war bewaffnet für einen Krieg, der schon lange vorbei war. Maria dagegen zog ohne Waffe in den Kampf. Und sie hatte recht: Der Gringo war ebenso nutzlos wie dieser dornenbewehrte Baum.

Pete wählte ein Stück Wurzel, das nicht von Dornen übersät war, lehnte den Rücken dagegen, zog die Mütze aus, warf sie weit von sich und fluchte: »Verdammter Mist aber auch!«

Die Indiofrau mit ihrer hohen Stirn, ihrem strengen Lehrerinnenmund und ihren Wangenknochen, die so hoch waren wie ihre Augen, musterte ihn von Kopf bis Fuß, als habe der Kapokbaum selbst gesprochen.

»Was machst du hier? Hagert ist nicht mehr da, du brauchst uns nichts mehr vorzumachen.«

»Euch etwas vormachen?«

»So tun, als ob du bleiben würdest. Als ob du etwas tun wolltest. Geh. Lass mich allein.«

Pete lachte schallend.

»Hör du auch auf, uns etwas vorzumachen, Maria. Du weißt genau, dass es nichts ändern wird, wenn du Ortiz tötest.«

Pete merkte, dass er sie zum ersten Mal bei ihrem Vornamen angesprochen hatte, und ihm kam wieder die Erinnerung an die Blutegel an ihren Beinen in den Sinn. Er war plötzlich eifersüchtig auf die dunklen Körper von Gustavio und Santos, die gehängt werden würden.

Sie hatte es auch gehört, und das war alles, was von Petes Antwort hängen blieb, der Klang ihres Vornamens aus seinem Mund. Maria richtete sich auf, ihre Lippen zitterten. Mein Gott, was hatte ein Gefühl es schwer, seinen Weg auf dieses Gesicht zu finden. Sie warf den Kopf nach hinten und sah in den Kapokbaum, um ihre Tränen daran zu hindern, die Wangen hinunterzulaufen, und ihren Augen zu ermöglichen, sie wieder aufzunehmen. Aber diese hier waren zu dick.

»Wir müssen einfach etwas für Gustavio und Santos tun.«

Pete senkte den Kopf.

»Du kannst sie nicht retten.«

Er biss sich in die Wange, bis sie blutete.

»Wir werden nach Jutiapa gehen. Sie werden sehen, dass du da bist. So wie du den anderen gezeigt hast, dass du nicht fliehen wirst. Manchmal kann man nicht mehr tun, als da sein und zuschauen. Auch das ist Mut. Manchmal…«

Maria ging fort, um zu weinen. Pete legte Feuerholz nach und wartete, sie kehrte nicht zurück, und er schlief ein paar Stunden in den Armen der Wurzeln. Als sie ihn weckte, war der Himmel noch schwarz.

»Aufstehen, Gringo.«

Er machte Feuer, und sie zwangen sich, etwas zu essen, stopften sich Nahrung in ihre zugeschnürten Mägen. Im Licht der Flammen sah Maria müde aus, und Pete hatte eine flüchtige Vorstellung von der alten Frau, die sie einmal sein würde, man sah es in ihrem Gesicht, das durch die Müdigkeit und Niedergeschlagenheit wie vorzeitig gealtert wirkte. Als sie die Mahlzeit beendet hatten, erstickten sie die Glut, schwangen sich wieder in den Sattel und verließen die Hügel.

Vielleicht dienten die Wurzeln der Kapokbäume nur dazu, zu verhindern, dass die Männer hinaufklettern konnten. Man musste eine Leiter holen, um jemanden an diesem Baum aufknüpfen zu können.

*

Die Armen gehen zu Fuß, daher ließen sie die Pferde beim Ortseingang im Stall einer Cantina stehen. Die Armen gehen mit bedecktem Kopf, um die beste aller Welten nicht mit ihrer Hässlichkeit zu beleidigen; sie bedeckten sich mit ihren Ponchos. Die Armen von Guatemala sind nicht weiß; Pete bemühte sich, sein Gesicht zu verbergen. Die Reichen ertragen keine Menschen, die weniger besitzen, aber mehr zu sagen haben, also liefen sie schweigend bis zu dem großen Platz von Jutiapa, der zu Ehren von Gouverneur Santiago Ribeiro Ortiz in seinem Namen getauft worden war, um zu sehen, wie zwei der ihren dort aufgeknüpft wurden.

Als sie den Galgen und die geknoteten Stricke entdeckten, wurde Maria schwindelig, und sie klammerte sich an Petes Arm.

Sie mussten etwas näher herangehen, damit Gustavio und Santos sie sehen konnten. Sie bahnten sich einen Weg durch die Menge und blieben vor dem Soldatenkordon stehen, der das Podest des Doppelgalgens umstand. Der Henker stand schon oben, das Gesicht unbedeckt, ein Beamter im schwarzen Anzug mit Zylinder. Vor der großen Pforte des Regierungspalastes, im Schatten des Gebäudes, war eine vierreihige Zuschauertribüne errichtet worden, auf der sich die Honoratioren niederließen. Die Sonne über den Dächern begann den Platz und das Publikum zu bescheinen. Der Himmel war wolkenleer. Sollte dieser beginnende Morgen der Stimmung von Jutiapa entsprechen, so war dieser Morgen schneidend scharf.

Ortiz kam aus seinem Palast, fett, groß und schwarz gekleidet, mit einem Hut auf dem Kopf, kurzen und schnellen Schrittes, eskortiert von zehn Soldaten. Er nahm auf der Tribüne den für ihn reservierten Platz ein. Etwas Applaus von den Honoratioren, Oberkörper, die sich verneigten, wenn er vorüberging, aber die Menge begrüßte seine Ankunft nicht. Er hatte kaum die Hand zum allgemeinen Gruß gehoben, als die Köpfe sich auch schon nach der großen Pforte des Palastes umwandten. Das Fußgetrappel ließ eine Staubwolke vom Platz aufsteigen.

Die Casa negra, hatte Hagert gesagt, war nicht das Staatsgefängnis. Es war ein Seitenanbau des Palastes, das Privatgefängnis von Ortiz, in dem sein getreuer Helfershelfer, der Sekretär genannt, diejenigen verhörte, von denen der Gouverneur Auskünfte erhalten oder an denen er sich rächen wollte. Aus diesen feuchten Kellern kamen nur die Gefangenen wieder heraus, deren Hinrichtung von öffentlichem Interesse war. Die meisten tauchten nie wieder auf.

Gustavio und Santos wurden unter strammer Eskorte durch das Tor gebracht, das Gesicht von Schlägen geschwollen, gestützt von Soldaten, außerstande, auch nur einen Schritt alleine zu gehen. Ortiz' Honoratioren nahmen die Hüte ab, und die Menge tat es ihnen gleich. Maria öffnete den Mund, um nicht zu schreien, trat einen Schritt vor, und der Soldat vor ihr, der nervös war, versperrte ihr den Weg.

»Bleib an deinem Platz stehen!«

Das Geraune schwoll an, je weiter sich die Verurteilten durch den Durchgang, den die Militärs geöffnet hatten, dem Galgen näherten. Der Henker, ein kleiner, rundlicher Mann, legte seinen neuen Hut zu seinen Füßen nieder, als die beiden Männer oben auf den Stufen ankamen. Die Soldaten packten sie noch ein wenig fester, in Vorwegnahme eines vergeblichen Fluchtversuchs oder um gewappnet zu sein, sie zu stützen, falls die Beine ihnen den Dienst verweigern sollten.

Gustavio und Santos hatten Durst. Das war alles, woran

Pete denken konnte. Dass die beiden Mestizen verdursten könnten. Sie machten den Mund auf und zu, wie ein Fisch auf dem Trockenen. Pete wollte schon brüllen, man solle ihnen etwas zu trinken bringen. Das durch die Sonne erhitzte Holz des Galgens war trocken, der Stoff der Kleider rau, der Staub legte sich auf die Haut und verstopfte die Poren, die Fasern der Stricke, die man ihnen um den Hals legen würde, waren aufgeraut wie ein Kaktus, der Adamsapfel der Verurteilten ging an ihrem Hals auf und nieder, ihnen brannten die Augen. Sie wagten es nicht, einander anzusehen. Sie blickten in die Menge, die schäumte vor Wut, vor Traurigkeit, vom langen Warten. Auch Pete wurde von einem Schwindel gepackt, und sein Mund füllte sich in Sekundenschnelle mit Spucke, einer so erstickenden Menge, dass er ausspucken musste. Mit offenem Mund stand er da und sabberte wie ein Hund, als er seinen Vater wieder vor sich sah, den Hals vom Strick zerquetscht, das Gesicht blau gefärbt, und seine Lippen, die sich bewegten. Hubert Ferguson, der seinen Sohn um etwas zu trinken bat.

Der Richter, der den Prozess geleitet hatte, erhob sich von der Zuschauertribüne, inmitten dieses bislang unglaublich stillen Platzes, und seine Stimme ließ Maria zusammenschrecken. Er zählte, ein Papier in der Hand, die Liste der Verbrechen auf, derer die beiden Männer für schuldig befunden wurden: Komplott gegen den Staat und den demokratisch gewählten Präsidenten der Republik, Miguel García Granados, kriminelle Vereinigung mit ausländischen Agenten, Hochverrat und Landstreicherei. Das Urteil lautete Tod durch Erhängen. Der absurde Vorwurf der Landstreicherei, die Erinnerung an dieses üble Gesetz, entfachte eine noch stumme Wut im Volk.

Gustavio und Santos schwanden die Kräfte, sie zitterten immer stärker. Santos ließ als Erster den Kopf sinken und begegnete Marias Augen, die den Poncho auf ihre Schultern hatte fallen lassen, um ihr Gesicht zu zeigen. Santos sprach stumm den Namen der kleinen Indiofrau aus. Gustavio sah sie jetzt auch, die beiden Mestizen hatten Tränen in den Augen. Endlich Wasser. Salziges. Gustavio fiel auf die Knie, und die Soldaten hoben ihn wieder auf. Pete packte Maria, die sich nach vorn warf. Er fluchte durch die Zähne.

»Was hast du vor?«

Er wollte ihr wieder den Kopf bedecken, aber sie stieß ihn von sich. Der Schrei der Frau ließ die Menge und sogar den Henker erstarren: »Gustavio!«

Die Köpfe wandten sich zu dem Tor des Regierungspalastes. Durch die Schneise, welche die Soldaten geöffnet hatten, kam Ortiz' Sekretär und zog an einem Arm Amalia hinter sich her.

Auf dem Podium stand blinzelnd Gustavio und sah zusammen mit der ganzen Stadt seine Frau an, die schrie. Amalia brüllte seinen Namen, rammte ihre Absätze in den Staub, und der Sekretär zwang sie weiterzugehen. Gustavio schrie jetzt auch.

»Lasst sie los! Sie hat nichts getan! Lasst sie!«

Amalia geriet auf den Stufen ins Stolpern, der Sekretär zog sie hinter sich her, bis sie oben waren, legte seine Hand auf Amalias Nacken und drehte ihren Kopf der Menge zu. Die Stimme des Mannes ließ alle erzittern, die schon einmal mit ihm zu tun gehabt hatten oder seinen Ruf kannten: »Die beiden Angeklagten haben sich geweigert, die Namen ihrer Komplizen zu verraten. Aus diesem Grund hat der Gouverneur Santiago Ribeiro Ortiz ihnen keine Gnade gewährt!

Aber euer Gouverneur hat beschlossen, diese Frau zu begnadigen. Diese Ehefrau und Mutter. Unter der Bedingung, dass sie spricht!«

Der Sekretär wandte sich an Amalia und schrie ihr ins Ohr, damit alle es hören konnten: »Nenn mir die Namen ihrer Komplizen!«

Gustavio, am Ende seiner Kräfte, flehte seine Frau an: »Amalia, bitte, tu das nicht! ¡No digas nada!«

Pete warf Maria den Poncho über die Haare und zog sie nach hinten. Aber Amalia war bereits Gustavios Blick gefolgt, sie hob den Arm in ihre Richtung. Der Sekretär folgte ihrer Geste. Gustavio brüllte: »¡Amalia, no!«

Santos reagierte im gleichen Augenblick wie er. Der Henker hatte noch nicht ihre Füße gefesselt. Sie schlugen um sich, bis sie ihre Wächter zurückgedrängt hatten, warfen sich mit dem Kopf voran auf den Sekretär und stießen ihn vom Podest. Die Garden erstürmten den Galgen und brachten die Verurteilten in ihre Gewalt. Der Sekretär schrie: »Sie sind hier! Sie fliehen!«

Die Menge, die gekommen war, um zwei der ihren hängen zu sehen, beantwortete sein Gebrüll mit dem gewaltigen Ruf: »Lasst sie leben! Tod dem Gouverneur! Freiheit für Jutiapa!«

Pete hatte seinen Arm um Maria gelegt und zog sie fort, so schnell er konnte. Sie schwammen gegen den Strom der Männer und Frauen, die zum Galgen drängten. Sie drehte sich um und warf einen Blick zurück. Die überstürzte Eile, der Henker, die Soldaten, die Gustavio und Santos über die Falltür hielten. Amalia zerkratzte den Wärtern das Gesicht. Der Henker legte den Hebel um, die Soldaten sprangen zurück, um nicht mit den Verurteilten hinunterzufallen. Die Menge stürmte den Galgen, und die Honoratioren auf den Zuschauerrängen flohen ... Maria brüllte wie ein Tier. Pete warf sich mit einem letzten Aufbäumen vor, und es gelang ihnen, aus der Menge auszubrechen. Die Soldaten, die ihnen gefolgt waren, hatte man festgehalten oder erschlagen.

Sie liefen durch eine Gasse, kamen an einer kleinen Kreuzung vorbei, an der ein Springbrunnen plätscherte. Maria hatte ihren Poncho verloren, ihr Kleid war zerrissen, eine Schulter und eine Brust nackt. Sie wankte hinter Pete her, wünschte sich inständig, an diesem Brunnen anzuhalten, um ihren unerträglichen Durst zu stillen. Schüsse hallten zwischen den Mauern der Straße. Dort war der Stall, die Gäule waren gesattelt. Der Amerikaner hielt seine Zügel in der einen Hand und Marias Leine in der anderen. Sie ritten im Galopp aus der Stadt. Der grüne Berg, mit seinen Quellen und seinen Flüssen. Fliehen und trinken.

9

Der Aufstand in Jutiapa hatte die Truppe der Verfolger aufgehalten, aber auf dem Platz dürfte sich der Staub längst wieder gesetzt haben, und sie waren ihnen bestimmt schon wieder auf den Fersen. Wenn sie jetzt zu den Xincas gingen, würden sie Ortiz auf die Fährte des Stammes ansetzen. Blieb noch der Norden übrig, Antigua und die Gespenster der Organisation. Petes Pferd starb als Erstes, sein Herz war den steilen Berghängen nicht gewachsen. Das von Maria trug sie noch ein paar Meilen weiter, dann rang es mit dem Tode, als sie gerade den Wald erreicht hatten. Der Gringo packte sich die Indiofrau auf den Rücken, hielt sich an den Wurzeln fest, um die Steilhänge zu überqueren, in der Wildnis, fernab von allen Wegen. Marias kleiner Körper, der leblos auf seinen Schultern lag, ihre schlaffen Beine, die gegen die seinen schlugen, die Luft in seiner Lunge, die schwer war wie Sand. Er kletterte, fiel hin, stand wieder auf, schleppte sie auf dem Rücken bis zum Abend, bis er zusammenbrach, Wange an Erde, Maria mit hängenden Armen über ihn gestreckt wie eine Decke, deren Gewicht ihm den Atem abdrückte. Seine Kleidung hing in Fetzen, er hatte keine Sandalen mehr an den Füßen und keinerlei Vorstellung, in welcher Gegend sie sich befanden. Marias Kopf, ihre Schläfe, in der er das Blut pulsieren spürte, drückte ihn im Nacken, eine schwarze Strähne war ihm über Augen und Nase gefallen. Pete atmete ihren Geruch ein, und ihre Atemzüge glichen sich einander an. Er nahm die Hände der kleinen Frau und legte sie an seine Seite. Maria, bewusstlos oder unfähig, sich zu wehren, hielt den Amerikaner in ihren Armen, und die Nacht rollte über sie hinweg.

Als er wieder die Augen aufschlug, war sie nicht mehr da. Die Spinnweben waren mit Tau überperlt, der sich in winzigen Pfützen im Innern des toten Laubes gesammelt hatte, diesem Reservoir für Insekten. Seine Hände und sein Gesicht waren von den Stichen geschwollen. Pete hatte die ganze Nacht geschlafen, ohne einen Muskel zu bewegen, er hatte nicht gespürt, wie die Indiofrau sich von ihm gelöst hatte. Er leckte die Tropfen von den Blättern, streckte sich und lief dann Richtung Gipfel, in der Hoffnung, eine freie Stelle zu finden, von der aus er seine Position bestimmen könnte. Es gab viele Felsen, scharf gezackte Vulkanfelsen voller kleiner

Luftlöcher, die er hinaufklettern musste, wobei er sich die Hände aufschrammte. In ihren rauen Ecken wuchsen Kakteen, nisteten Vögel, und Eidechsen suchten darin nach Nestern, die sie plündern konnten. Er brauchte eine halbe Stunde, bis er den Felsvorsprung fand; Maria saß dort und blickte in die Ebene, bis nach Jutiapa. Auf ihrer Flucht waren sie nur etwa zehn Meilen weit gekommen, an die steilste Flanke des Berges. Die Stadt von Gouverneur Ortiz stand nicht in Flammen, kein schwarzer Rauch kündete von Kämpfen oder Revolten. Die Soldaten hatten die Wut im Keim erstickt. Was war aus Amalia geworden? Maria starrte den weißen Fleck der Häuser an, als könnte sie noch den Galgen auf dem Platz stehen sehen. Pete hatte sich neben sie gesetzt. Ihr Atem ging langsam und keuchend.

»Wir sind 1860 aus den Plantagen im Norden zurückgekehrt. Nicht um unser Land wieder in Besitz zu nehmen, nur um uns dort niederzulassen und die Felder zu bestellen. Der alte Van Dorp war kein schlechter Mann, aber er bekam es mit der Angst zu tun und ging in die Stadt, um den Gouverneur zu warnen, der seine Soldaten zusammenzog. Sie töteten fünf der Unseren und brachten Pater Hagert in die Casa. Wochen später kam er wieder frei, mit weißem Haar und kaputtem Rücken. Mich haben vier von Ortiz' Männern an einen abgelegenen Ort geschleppt, unter eine vertrocknete Kaffeepflanze, ich war vierzehn Jahre alt. An jenem Tag habe ich sehr viel gelernt. Was Begierde ist und wie man sie befriedigt. Was Besitz ist. Was Selbstverleugnung. In diesen Büschen ist es mir gelungen, meinen Körper zu verlassen. Nicht mich haben die Soldaten geschändet, sondern sich selbst. Sie haben sich erregt, indem sie sich gegenseitig dabei zusahen, wie sie mich vergewaltigten, indem sie brüllten, ich sei so hässlich, dass sie mir einen Dienst erwiesen, wenn sie mich entjungferten. Ich erinnere mich nicht mehr wirklich an sie, aber an Ortiz, wie er auf seinem Pferd saß und zusah. Was ihn erregte, war, dass seine Männer ihm gehorchten. Als er fand, es wäre an der Zeit, sagte er, es sei jetzt genug. Sie haben mich dort zurückgelassen, ich musste mir die Kleidungsstücke selbst zusammensuchen, um mich zu bedecken, sie dachten, sie hätten mir eine Lektion erteilt, die ich nicht wieder vergessen würde. Mit ihrem Geschlecht wollten sie mir für alle Zeiten den Mund stopfen. Später habe ich begriffen, dass nichts Schlechtes daran ist, seinen Körper hinzugeben, wenn man es selbst will, und ich habe andere Sprachen gelernt, um mit allen Bewohnern dieses Landes sprechen zu können.«

Sie machte eine Pause, noch auf die ferne Stadt starrend, und ließ Pete Zeit, selbst etwas zu sagen, aber er blieb stumm.

»Es stimmt zwar, dass sich Ortiz schon lange nicht mehr an mich erinnert, aber er weiß, dass es auf diesem Berg Indios gibt, die er gejagt hat und die trotzdem nicht verschwunden sind. Ich bin kein Gleichnis für die Indiofrau, die vergewaltigt und ihrer Ländereien beraubt wurde, wie alle Bewohner dieses Landes. Mein Stamm, oder was davon übrig blieb, ist auch nicht das schlechte Gewissen von Gouverneur Ortiz. Wir sind nur der Vorwand, den er braucht, um eine Armee um sich zu versammeln und sich weiter in Erregung versetzen zu lassen.«

»Das Recht, im eigenen Haus zu tun und zu lassen, was ihm gefällt.«

Maria lächelte.

»Weißt du, warum die Verurteilten ihrem Henker ins Gesicht spucken? Nicht um ihn zu beschimpfen, sondern um ihm zu beweisen, dass sie keine Angst haben. Wer mit der

Schlinge um den Hals dafür noch genug Spucke im Mund hat, der ist ein Held.«

Sie stand auf. »Ich habe abgeschlossen mit diesem Ort, Gringo. Und du, was wirst du tun?«

Pete betrachtete seine nackten Füße. »Das Land verlassen, bevor ich noch am Galgen ende. Aznar suchen, falls er noch in Guatemala ist. Und ein Paar Stiefel.«

»Ich helfe dir, Aznar zu finden.«

Pete sah Marias Haut unter dem zerrissenen Stoff ihres Kleides. Sie bemerkte seinen Blick. Er wurde rot. Die Indiofrau schüttelte den Kopf.

»Du kannst versuchen mich zu nehmen, Gringo, aber es wird dir nicht gelingen. Um Auge in Auge mit einer Frau wie mir zu schlafen, braucht es einen Mut, den du nicht hast, ganz wie dazu, am Galgen genug Spucke zu finden.«

Pete blieb stehen und betrachtete die Stadt, in die Maria gegangen war, um sich anzusehen, wie ihre beiden Liebhaber gehängt wurden, und ihm schoss das abstoßende Bild eines Gehenkten in den Kopf, der eine Erektion bekam. Er spürte ein Unwohlsein, wollte sich auf keinen Fall daran erinnern, ob das Geschlecht seines Vaters steif wurde, während er starb und Pete ihm in die Augen sah.

*

Der Weg nach Cuilapa war der einzige, der wieder nach Antigua zurückführte, aber er war ihnen verboten. Sie folgten ihm abseits der Piste durch die Büsche und pflückten sich, was sie zum Essen brauchten, an Wasser mangelte es nicht. In den Hütten einiger abgeschieden lebender Bauern wurden sie gastfreundlich empfangen, aber es gab dort kaum mehr zu essen als das, was sie auf ihrem Marsch fanden. In der Nacht legte Pete Drahtschlingen aus. Nagetiere und Eidechsen, ein wenig Fleisch, und schon hatten sie genug Kräfte gesammelt, um am nächsten Tag weiterziehen zu können. Sie kamen an Cuilapa und an der Brücke über den Rio los Esclavos vorbei, diesen stets nebligen und kalten Fluss, in einer sternenlosen Nacht.

Die Rückkehr in die alte Hauptstadt führte die Zeit, die Pete bisher nur vor sich hergetrieben hatte, wieder an ihren Anfang zurück und raubte ihr den Wert. Seit er die Ranch verlassen hatte, hatte er kein einziges Mal kehrtgemacht. Seine Reise fiel in sich zusammen, war eine Rückwärtsbewegung, der unbestreitbare Beweis, dass Fliehen eine Unmöglichkeit war. Er war in die Zeit der Indiofrau eingetreten, die Zeit der ewigen Wiederkehr, die Zeit eines Kampfes, der nur hier, jetzt und immer geführt werden konnte. Als sie an jenem Abend ihren Marsch beendeten, setzte Pete sich zu ihr.

»Was wirst du in Antigua machen?«

»Machst du dir Sorgen um mich, Gringo?«

»Du hast gesagt, du seist fertig mit diesem Ort. Wohin gehst du?«

»Und du?«

»Willst du dich nur um die Antwort drücken oder interessiert es dich wirklich, wo ich hingehe?«

Maria legte sich auf den Boden und drehte ihm den Rücken zu.

»Wenn du wieder fort bist, werde ich das Leben einer Indiofrau führen. Was sollte ich denn sonst tun?«

Vor ihnen lag der rauchende Vulkan Agua. Zwei Tage lang hatte der Rauch ihnen die Richtung gewiesen, in der Antigua lag, und am Abend gelangten sie zu dem großen See Amatitlán. Sie tranken, bis ihr Durst gestillt war, dann machten sie wieder kehrt, um im Schutz der Vegetation zu schlafen. Als sie am Morgen, in der Sonne, auf der lichtdurchfluteten Steppe standen, sahen sie einander erstaunt an. Außerhalb des Waldes waren sie schwarz vor Dreck und stanken, die Farben ihrer Kleider waren nicht mehr zu erkennen, ihre Haare waren verfilzt, Petes Bart war ein Nest für Ungeziefer. Er entfernte sich, und Maria zog sich aus, um sich ins Wasser gleiten zu lassen und ihre Kleider zu waschen. Sobald er außer Sicht war, machte er es ebenso.

Sie standen in ihrer noch feuchten Kleidung aus Wolle vor dem Glitzern des Sees und warteten, bis der richtige Moment gekommen wäre, sich wieder auf den Weg zu machen. Ein Atemholen vor dem Weiterreisen, und bald die Stadt, in der sie sich verstecken müssten.

»Wirst du dir den Äquator ansehen, Gringo?«

Pete betrachtete sie. Er sah nicht mehr, wie klein sie war, die Proportionen der Welt hatten sich geändert und passten sich jetzt denen ihres Körpers an.

»Wie alt bist du, Maria?«

Ihr Gesicht verschloss sich. In einem Land, in dem die erste Heldentat seiner Bewohner darin bestand, die Kindheit zu überleben, fragte man die Leute nicht nach ihrem Alter. Wenn man hier älter als dreißig war, hatte man sein Leben hinter sich.

»Ich bin 1847 geboren.«

»Glaubst du, du wirst noch lange leben?«

»Das weiß man nie.«

»Ich denke, man weiß, ob einem noch Zeit bleibt oder nicht. Zeit, etwas anderes zu machen, die Lust weiterzu-

machen, echte Zeit. Manche Leute sagen sich, sie hätten gehabt, was sie haben konnten, dass dieses Leben ihnen genügt, diese Leute sind schon ein bisschen gestorben. Wenn ich Aznar nicht finde, dann finde ich eben ein anderes Schiff.«
Sie lachte kurz auf.
»Ich werde überall eine Indiofrau sein, ganz gleich, wo ich hingehe, Gringo. Auch am Äquator.«
»Aber von hier aus kannst du ihn nicht sehen.«
Maria erhob sich.
»Wir müssen los.«
»Es ist niemand mehr in Antigua. Wo willst du hin?«
»Zur Cantina zum Gallo Blanco, dorthin, wo …«
Pete dachte: *Dorthin, wo ich dich zum ersten Mal gesehen habe.*
»Ich erinnere mich an diesen Ort. Aber es ist nichts mehr in Antigua. Das weißt du.«

Im Dunkeln suchten sie nach den Durchgangswegen, die am wenigsten frequentiert waren. Sie sprach von Spionen, sagte, die Stadt sei voll davon, die eine Hälfte des Volkes arbeite am Verderben der anderen. Pete dachte sich, dass die Welt sich nicht um sie scherte.

Im Gallo Blanco sorgte ihre Ankunft bei der Gattin des Wirts für Panik. Ihr Mann sei verhaftet worden, sie wisse nicht, was aus Aznar geworden sei, aber Guzmán verstecke sich noch in Antigua. Man müsste mit der Haushälterin von Manterola sprechen, sie wisse vielleicht mehr. Sie flehte sie an, doch bitte zu gehen, bevor man sie entdecke.

Pete fand den Weg zur Avenida Norte und drückte das schmiedeeiserne Tor auf. Sie gingen durch den Innenhof und klopften an der Tür des Dichters an. Faustina öffnete und wollte schon schreien, aber Pete schubste sie ins Haus und schloss die Tür hinter ihnen.

»Wir werden die Nacht hier verbringen, und du wirst uns etwas zu essen bringen, bis wir Guzmán gefunden haben.«

Pete öffnete das Büfett, in dem Faustina den Alkohol aufbewahrte, und ließ den Korken einer Cognacflasche ploppen.

Die alte Bedienstete war über die Anwesenheit der Indiofrau unter dem Dach des Dichters weitaus entsetzter als über die Rückkehr des amerikanischen Rüpels.

Sie aßen ohne Kerzen am Tisch des großen Salons zu Abend. Seit der Festnahme des Maestros, erklärte Faustina Pete, war die Lage schwierig. Nur der gute Ruf des Dichters hielt den Bürgermeister noch davon ab, sie hinauszuwerfen, aber nach dem Prozess wäre ihr Schicksal schnell entschieden. Pete fragte sie nach Manterolas Befinden. Faustina kämpfte mit den Tränen.

»Ich weiß nicht, ob er lange genug leben wird, um noch vor Gericht zu erscheinen, Señor Ferguson. Sie lassen es nicht zu, dass ich ihm etwas zu essen bringe, er ist so schwach …«

Maria wischte sich mit der Rückseite der Hand den Mund ab.

»Wissen Sie, wo Guzmán und Aznar sind?«

Faustina hörte die Frage, drehte sich zu Pete um und antwortete.

»Ich habe keinerlei Neuigkeiten von Señor Aznar, aber Señor Guzmán ist gekommen und hat mir eine Nachricht gebracht, die ich ins Gefängnis bringen sollte. Es gibt auch einen Ort, an dem ich bestimmte Nachrichten des Maestros für ihn hinterlegen kann.«

Die alte Frau räumte das Abendessen ab, es machte sie

glücklich, dass sie jemanden bedienen konnte, und sei es nur den Amerikaner.

»Ich habe Wasser heiß gemacht und ein Bad vorbereitet, Señor Ferguson. Es gab noch Kleider von Ihnen. Ihr Zimmer ist bereit.«

Dann ließ sie sich dazu herab, auch die Indiofrau eines Blickes zu würdigen. »Die Abstellkammer habe ich auch hergerichtet.«

Als sie aus dem Zimmer gegangen war, beugte Maria sich zu ihm vor. »Sie wird uns verraten, um den Dichter zu retten, wir müssen weg von hier.«

»Heute Nacht wird sie nichts tun, wir brechen auf, sobald wir wissen, wie wir Guzmán kontaktieren können.«

»Frag sie gleich und lass uns gehen.«

»Ich werde mich waschen und dann schlafen legen. Du kannst das Zimmer haben, ich gehe in die Abstellkammer.«

Er nahm die Flasche Cognac mit in den ersten Stock. Vom Bad aus gelangte man ins Zimmer des Maestros. Faustina hatte einen Kerzenleuchter auf ein Spiegelbüfett gestellt, neben ein Handtuch und einen sorgfältig zusammengelegten Anzug. Pete warf seine Indiokleider auf den Boden, stieg ins warme Bad und stellte die Flasche auf den Kachelboden.

Er erwachte, weil ihn fröstelte, das Wasser war kalt, die Kerzen fast heruntergebrannt. Er trocknete sich ab und betrat das Zimmer von Manterola. In der Schublade des Schreibtischs lag immer noch die Pistole, der kleine zweiläufige Deringer mit den eingravierten Schnörkeln und dem Schildpattbeschlag. Er stellte den Kerzenleuchter auf die Schreibunterlage und legte die Waffe daneben, nahm ein Blatt Papier, tunkte eine Feder in das Tintenglas.

Nachdem er den Brief geschrieben hatte, ging er zurück ins

Erdgeschoss. Beim Schein der Kerzen betrachtete er Maria, die vollständig angezogen auf einer wollenen Matratze, die man in der Abstellkammer für sie ausgerollt hatte, eingeschlafen war.

Er ging wieder in sein altes Zimmer hinauf und legte sich hin, die Arme hinter dem Kopf verschränkt, um auf das Morgengrauen zu warten.

10

»Wo hinterlegst du die Nachrichten für Guzmán?«

»Auf der Plaza de Independencia gibt es eine um den Springbrunnen laufende Bank und einen Spalt zwischen zwei Steinen.«

»Wann kommt er sie holen?«

»Jeden zweiten Tag. Heute wird er kommen.«

»Du wirst für mich einkaufen gehen und dann auch gleich diese Nachricht hinterlegen.«

Pete gab ihr ein zusammengefaltetes Stück Papier. Faustina hatte sich ein schwarzes Tuch um den Kopf gebunden. Maria beobachtete sie vom Wohnzimmer aus. Pete legte der Haushälterin eine Hand auf die Schulter.

»Der Maestro wird nicht wollen, dass sein Leben gegen unseres getauscht wird. Mach keine Dummheiten, sonst wirst du für den Rest deiner Tage seinen Zorn auf dich ziehen.«

Die Alte errötete vor Scham, als habe der Amerikaner ihre

Gedanken gelesen, und machte eine Verbeugung, bevor sie verschwand.

Im Anzug und barfuß setzte er sich ins Wohnzimmer. Maria machte eine Runde durchs Haus, blieb dabei immer im Schatten der Türen. Pete schenkte sich ein Glas Aperitif-Wein ein.

»Sie wird wiederkommen.«

»Du vertraust aber auch wirklich nur den Weißen, Gringo. Du hast nie daran gedacht, dass die Indios dir helfen könnten, du hast nur an Aznar und Guzmán gedacht. Die Alte ist zu allem bereit, wenn sie dann wieder die Sklavin des Dichters sein darf.«

»Deine Indios haben kein Schiff.«

»Ich gehe.«

Pete lächelte.

»Granados interessiert sich mehr für Guzmán als für dich, und trotzdem hat Faustina ihn nicht verraten. Sie wird nichts tun. Du solltest dich beruhigen und ein Bad nehmen. Du riechst nicht gut.«

Sie sah ihn einen Moment verächtlich an, wischte ihre feuchten Handflächen an ihrem schmutzigen Rock ab und zögerte; sie rümpfte die Nase, als sie ihren Kopf zur Brust senkte. Sie verschwand in der Küche, Pete hörte, wie die Ofentür geöffnet und Holzscheite aufs Feuer geworfen wurden. Sie machte Wasser heiß. Er drehte den Sessel um, damit er das Eingangstor bewachen konnte. Er legte den kleinen Deringer neben die Flasche auf den Beistelltisch, diese Waffe eines Gentlemans, die nicht lauter war als ein Champagnerkorken.

Als Faustina zurückkam, stellte sie ein Paar neue Stiefel auf den Tisch im Esszimmer, außerdem ein in Papier eingewickeltes Paket.

»Die Nachricht habe ich auch weitergegeben, Señor Ferguson.«

»Sobald wir eine Antwort von Guzmán haben, brechen wir auf. Musst du den Maestro heute besuchen gehen?«

Faustina antwortete, sie gehe jeden Nachmittag ins Gefängnis.

»Kannst du ihm einen Brief überreichen?«

»Es steht immer jemand Wache, aber ich kann ihm Papiere weiterleiten, manchmal können wir auch sprechen, ohne dass jemand mithört.«

»Gut. Ich werde dir auch eine Nachricht für ihn mitgeben. Und das Paket bringst du Maria.«

Die Haushälterin wollte sich empören, Pete lächelte ein vom Wein versüßtes Lächeln.

»Sie ist noch in der Badewanne, ich kann nicht hinein. Leg es ihr einfach hin.«

Faustina hatte ein Kleid für Hausangestellte ausgesucht, ein einfarbiges graues Baumwollkleid und geschlossene Lederschuhe mit flachen Absätzen. Maria platzte fast vor Wut, bis ihr klar wurde, dass die alte Dienstbotin, aus Verachtung oder aus Klugheit, die richtige Wahl getroffen hatte. Eine Indiofrau in einem zu schönen Kleid war entweder eine Hure oder eine Besonderheit, die viel zu sehr die Aufmerksamkeit auf sich lenkte. Neben dem Gringo war diese Dienstbotenkleidung die einzig denkbare Alternative. Ihre vom Laufen und von den Sandalen geschwollenen Füße hätten sich nur schwer an das Leder von Schuhen gewöhnt. Wie sie sich in dem grauen Kleid im Spiegel betrachtete, sah sie wieder Bilder vom Waisenhaus vor sich. Die Xinca-Kinder in Uniform und sauber gekämmt, ein gerade geschnittener Pony, wie sie im Refektorium strammstanden, die Hände vorgestreckt für die Hygienekontrolle. Wieder stieg ihr die Wut in die Kehle.

Als sie das Wohnzimmer betrat, war der Amerikaner betrunken, aber er sah gut aus in seinem hellen Anzug, obwohl er immer noch barfuß war oder vielleicht auch gerade deshalb. Ein Paar neue Stiefel stand auf dem Tisch. Maria tat so, als würde sie seiner Kleidung keinerlei Beachtung schenken, verärgert, dass sie keinen bemerkenswerteren Auftritt gehabt hatte.

»Hat sie Guzmán die Nachricht zukommen lassen?«

»Wir werden heute Abend eine Antwort bekommen.«

Bevor er eine Bemerkung über ihre Kleider machen konnte, ging sie zu dem Beistelltisch, leerte Petes Glas in einem Zug und ging hinaus in den Innenhof. Durchs Fenster sah er an der Art, wie sie die Schuhe auszog, dass sie Schmerzen hatte. Die Indiofrau stand in der Sonne, runzelte ihre großen schwarzen Brauen – und weinte. Sie kehrte ins Wohnzimmer zurück und schenkte sich noch ein Glas ein.

Von der Küche wehten Essensgerüche herüber. Faustina bereitete die Mahlzeit zu, die sie dem Maestro bringen würde. Sie würde bald zum Gefängnis von Antigua aufbrechen, die Nachricht an den Dichter in den Falten eines sauberen Hemdes versteckt.

Maria trank Glas um Glas, wortlos, bis sie in einem Sessel einschlief. Pete sah zu, wie sie sich betrank. Auch er hätte sich am liebsten betrunken, bis er nicht mehr denken konnte, aber er hielt weiter Wache, indem er langsam Likör trank, Marias Waden betrachtete, den Saum ihres Dienstbotenkleides auf ihrer Haut, die kantigen Füße mit den verhornten Fersen.

*

Lieber Maestro,

sollte Faustina Ihnen diesen Brief übergeben haben, so wäre es der erste seit zwei Jahren, den ich an jemanden schreibe, der ihn auch lesen wird.
Ich bin mit Maria, der Indiofrau, bei Ihnen und wollte Ihnen von dieser anderen Frau erzählen, die mir einmal gesagt hat, sollte ich je in einer Stadt nicht wissen wohin, dann sollte ich versuchen, einen Schriftsteller zu finden. Sie sind der erste Schriftsteller, der mir je begegnet ist, und ich habe mich mit Ihnen in ein politisches Abenteuer gestürzt. Ich denke, das ist genau das, was diese Frau mir verständlich machen wollte, dass Literatur und Politik zusammengehören. Ich hoffe, Sie werden in Freiheit sterben, sodass Sie noch schreiben können, oder in allen Ehren vor einem Erschießungskommando aus Soldaten, die von Ihrer Feder beeindruckt sind, und nicht in dieser Zelle, in der Faustina Ihnen Besuche abstattet. Sie haben ein Recht darauf, wie ein Schriftsteller zu sterben, auch wenn ich keine Ahnung habe, wie der Tod eines solchen Menschen sein sollte, auf alle Fälle etwas Edles und Spirituelles.
Ich werde aus diesem Land, das Sie mir vorgestellt haben, fliehen. Ich nehme an, Sie haben nichts dagegen, wenn ich mit einem Ihrer Gedichtbände aufbreche, die ich mir aus Ihrer Bibliothek entliehen habe, und mit Ihrem Deringer. Ich werde ein anderes Schiff finden und hoffe, einem weiteren Schriftsteller und einem neuen Abenteuer zu begegnen.
Maria weiß nicht, wo sie hingehen wird. Eigentlich weiß sie gar nicht recht, wo sie sich überhaupt befindet. Auch sie hat mir dieses Land nähergebracht. Vielleicht wäre es für sie

ebenso gut, übers Meer zu fahren, aber um diese Frau dazu zu bringen, ihre Meinung zu ändern, braucht es einen Mann wie Sie, der geschickt mit Worten umgehen kann, und nicht so einen Yankee wie mich. Aber sehen Sie, Maestro Manterola, es gibt jetzt ein neues Problem. Ich weiß nicht, ob ich Guatemala ohne sie verlassen kann. Genau diese Geschichte soll Faustina Ihnen bringen, Maestro Manterola, sonst nichts. Die Geschichte eines Abenteurers ohne Ziel und Bestimmung und einer Indiofrau ohne Land. Ich hoffe, sie gefällt Ihnen und wärmt Sie ein wenig in Ihrer Zelle und macht Ihnen Lust, die Fortsetzung zu schreiben.

Trotz der Umstände, des Lebens im Untergrund und der Lügen sind wir doch Freunde gewesen. Dies wird mir als Erinnerung an Sie bleiben, ganz wie die Dichtung, die ich mitnehmen werde. Das ist nicht die Botschaft eines Verräters, der Sie um Verzeihung bittet, Maestro. Ich wollte Sie nicht ins Unglück stürzen, ich wollte nur Maria retten. Vielleicht werden wir uns schon bald wiedersehen, in der Zelle oder vor dem Erschießungskommando. Jetzt muss sie selbst eine Entscheidung treffen. Guatemala oder das Meer. Lassen wir die Frauen über ihr Schicksal entscheiden. Nicht wahr, Maestro, das ist ein Ende, das eines Schriftstellers würdig ist?

Hasta luego,
Ihr treuer Sekretär

*

Faustina kam am späten Nachmittag zurück und verschwand in ihren Gemächern, die Augen rot von den Tränen, die sie auf dem Nachhauseweg vergossen hatte. Bei der Rückkehr der Haushälterin war Maria aufgewacht, die Lider über ihren runden Augen waren zugeschwollen, und sie wusch sich in der Küche das Gesicht.

»Ich bin es nicht gewohnt zu trinken.«

»Das ist mir aufgefallen.«

»Besser so als andersherum, etwa nicht?«

Pete machte eine Chilischote von einem Bund ab, der an einem Balken hing. Er hackte sie zusammen mit einer Zwiebel klein und stellte eine Pfanne auf den Herd. Darin schlug er ein halbes Dutzend Eier auf, überstäubte sie mit Cayennepfeffer und quirlte alles gut durch. Er stellte Teller auf den kleinen Küchentisch und verteilte die Mahlzeit darauf. Das Brot zum Schieben zu Hilfe nehmend, aßen sie mit dem Löffel, den Kopf über die Teller gebeugt. Es brannten ihnen die Augen, und der Chili war so scharf, dass ihnen der Schweiß von der Stirn perlte.

»Ein gutes Mittel nach zu viel Alkohol.«

Pete wischte lächelnd den Teller aus.

»Das einzige Gericht, das ich zubereiten kann.«

Maria lachte und wischte sich die Hände an ihrem grauen Kleid ab.

Faustina kam um zehn vom Springbrunnen zurück. Sie brachte eine Nachricht von Guzmán, die Pete durchlas und dann an Maria weiterreichte.

»Wir brechen auf.«

Die Haushälterin trottete in die Küche, kam mit einer Tasche voller Proviant zurück und reichte sie dem Amerikaner. Maria schaltete sich mit der sarkastischen Bemerkung ein: »Ich werde das tragen. Ich bin hier die Dienerin.«

Faustina kramte in ihrer Schürzentasche und zog drei sorgfältig gefaltete Geldscheine hervor.

»Das schickt euch der Maestro.«

Die Haushälterin senkte den Blick.

»Er hat mir aufgetragen, Ihnen auszurichten, dass Sie das Buch mitnehmen können.«

»Was hat er sonst noch gesagt?«

»Ich soll Ihnen vom Maestro ausrichten, Señor Ferguson, Sie seien als Wortschmied begabt genug, um… um zu entscheiden, wohin die weitere Reise für Sie beide gehen soll.«

Pete steckte das Geld ein.

»Ich bin mir sicher, dass Granados den Maestro begnadigen wird, mach dir keine Sorgen, Faustina.«

Sie verließen das Haus und gingen schon durch den Hof, als die alte Frau ihnen noch zurief: »Warten Sie!«

Sie gab Pete eine Lederjacke, die ihm bis auf die Mitte der Oberschenkel hinabreichte, und einen amerikanischen Hut, den Manterola getragen hatte, wenn er es richtig in Erinnerung hatte. Maria gab sie ein Schultertuch aus weicher Wolle und ein Schaltuch, das sie sich um den Kopf binden konnte. Sie wünschte ihnen eilig Glück und sperrte das Gitterschloss hinter ihnen zu.

Das Treffen mit Guzmán war für Mitternacht vereinbart, am Ausgang der Stadt, an der Straße nach Ciudad de Guatemala. Sie liefen mit der Selbstsicherheit von Menschen, die ihren Weg kennen. Maria mit ihrem Schultertuch und ihrem Schaltuch, er in Lederjacke und mit Hut, so wirkten sie wie ein begütertes Paar, das spät nach Hause kommt. Sie liefen durch die Gässchen, machten Umwege, kehrten wieder um und gingen in östlicher Richtung weiter.

»Guzmán sagt, er weiß, wo Aznar ist. Das heißt, sein Schiff ist noch da.«

»Das Schiff vielleicht schon, Gringo, aber Guzmán und

Aznar sind nicht so sentimental wie Manterola. Sie werden dich für deinen Verrat bezahlen lassen.«

Sie sagte das in einem ganz natürlichen Ton. Ein Verräter sollte sterben.

»Ich bin nicht naiv.«

»Dann weißt du, was dich bei einem Treffen mit Guzmán erwartet?«

»Das ist ja der Grund, warum du mit ihnen reden wirst.« Maria lächelte.

»Hast du mich deshalb auf deinem Rücken getragen? Damit ich für dich die Verhandlungen führe?«

Die Straße wurde immer dunkler, je näher sie dem Stadtausgang kamen und je weniger Häuser es gab. Sie huschten zwischen den Häusern hindurch und folgten einem Abwassergraben, womit sie einem möglichen Wachtposten aus dem Weg gingen, kamen dann auf die schwarze Route und beschleunigten ihre Schritte. In der Ferne leuchteten die Lampen der Relaisstation, in der Guzmán sich mit ihnen treffen wollte. Vier oder fünf Holzschuppen, eine Meile vor der Stadt gelegen. Sie erkannten die Hütte, die ihnen in der Nachricht beschrieben wurde, ein ehemaliges Restaurant, das man zur Futterscheune umgebaut hatte, kauerten sich an der Lichtgrenze nieder und warteten schweigend. Die Beleuchtung diente eventuellen Reisenden zur Orientierung, aber in der Nacht arbeitete dort niemand. Maria stand auf.

»Warte hier.«

Pete packte sie beim Arm.

»Auch du wolltest Guzmán sehen. Deshalb sind wir zusammengeblieben. Und auch du musst das Land verlassen, das hast du selbst gesagt.«

»Ich weiß, was ich gesagt habe. Wenn du es wirklich

besteigen willst, Gringo, dann werde ich dein Schiff schon für dich finden.«

Der Amerikaner wollte noch etwas hinzufügen, sie spürte, wie seine Finger sich mit festerem Griff um ihren Arm schlossen.

»Was?«

»Dieses Schiff... Wenn du nicht von hier fortgehst...«

Er beendete seinen Satz nicht, ließ ihren Arm los, sprang über den Graben und verschwand zwischen den Bäumen. Maria blieb einen Augenblick stehen, hörte zu, wie er sich entfernte und tote Äste zum Knacken brachte. Sie fluchte durch die Zähne und schimpfte ihn einen Verrückten.

II

Sie ging auf die Relaisstation zu, verunsichert durch Fergusons Zögern. Sein Geist nahm Wege, auf denen sie ihm nicht folgen wollte. Sie dachte wieder an die Ruhestunden im Haus des Dichters, wie sie sich an der Seite dieses Amerikaners, hinter diesen Mauern und diesem mit einem Vorhängeschloss versperrten Zaun gefühlt hatte. Sie erinnerte sich an seine Blicke und seine Gesten. Was hatte die Haushälterin gesagt, als sie die Antwort des Dichters brachte? *So sieht die weitere Reise für Sie beide aus.* Maria versuchte sich zu konzentrieren, sie lief jetzt an der blinden Mauer des Relais entlang und näherte sich dem alten Restaurant. Sie blieb stehen, bis ihr Schwindel sich gelegt hatte. Sie war wieder auf der Tanzfläche des Palacio del Ayuntamiento, das Orchester spielte, die alte Heilerin legte Glut auf ihren Bauch, nach dem Überfall von Ortiz' Soldaten und der Vergewaltigung. Die Alte in Trance, vor zwölf Jahren, sie wälzte sich auf dem Boden, mit verdrehten Augen, und sagte immer wieder, Maria, die Getaufte, werde mit einem weißen Prinzen tanzen. Sie stützte ihre Hände auf die Knie, ging in die Hocke und atmete langsam. *Die weitere Reise...* Sie ging um das Gebäude herum und fand die Hintertür, die sich nur schwer öffnen ließ. *Für Sie beide.* Der Gringo war verrückt.

»Guzmán, bist du hier?«

Ferguson war verrückt, aber er hatte recht. Sie musste fort von hier. Guzmán war gefährlich. Ein Intellektueller auf der Lauer, ein Paranoiker.

»¿Alberto Guzmán?«

Das Innere des Gebäudes war entkernt worden, Wände und Treppen fehlten, um Futter lagern zu können; sie erkannte alte Motivtapeten an den Wänden, der Boden fehlte, und in drei Metern Höhe sah man zerbrochene Fensterscheiben. Mondlicht fiel auf die Heuballen.

»Guzmán, wo bist du?«

»Hier.«

Guzmáns zischende Stimme drang von hinten an ihr Ohr. Er hatte sich an die Wand neben der Tür gepresst, stand reglos da und versuchte, mit der alten Blümchentapete zu verschmelzen, während seine Brillengläser einen Augenblick die Fensterkreuze spiegelten. Auf dem Kopf trug er einen kleinen Strohhut, auf seinem Arm einen Poncho, den er von sich warf. Mit einer kreisenden Bewegung richtete er den Lauf seiner Waffe auf die Indiofrau, das Viehfutter und die Tür.

»Wo ist Ferguson?«
»Den hat die Angst gepackt. Er hatte kein Vertrauen. Er ist zu Pferd nach Puerto Barrios aufgebrochen, um sich ein Schiff zu suchen, mit dem er das Land verlassen kann.«
Guzmán richtete wieder die Waffe auf sie.
»Zu Pferd?«
»Manterola hat ihm Geld dagelassen. Der Amerikaner hat sich eins gekauft.«
»Was?«
»Manterola hat ihm zur Flucht verholfen.«
Guzmán kam auf sie zu.
»Der Amerikaner hat uns verraten, und Manterola hilft ihm bei der Flucht, willst du das damit sagen? Du hast ihn versteckt, nach seinem Verrat im Palacio, du bist mit ihm nach Antigua zurückgereist. Er hinterlässt mir eine Nachricht, er verschwindet, und dann tauchst du an seiner Stelle auf. Was geht da vor sich?«
Maria trat einen Schritt vor, und der Intellektuelle wich zurück, überrascht, dass seine Größe und seine Waffe sie nicht beunruhigten.
»Der Amerikaner hat begriffen, dass er sich nicht mehr auf die Organisation verlassen kann. Gustavio und Santos wurden in Jutiapa gehängt, Gouverneur Ortiz ist mir auf den Fersen, und die Xincas sind auf der Flucht. Auch ich muss das Land verlassen. Ich muss Aznar finden. Wo steckt er?«
Guzmán kalkulierte geschwind. Was die Indiofrau da erzählte, war plausibel. Er sprach zu sich selbst: »Ich muss auch fort.«
Aber irgendetwas stimmte hier nicht. Er schüttelte den Kopf und hob seine Waffe.

»Warum hast du Ferguson nach dem Palacio geholfen? Was ist in Jutiapa geschehen?«

»Sag mir, wo Aznar ist.«

Guzmán hob die Stimme: »Manterola hat mich verraten, Ferguson ist auf seiner Seite, und du bist es auch. Was machst du hier?«

Diesmal wich Maria zurück.

»Nur mit der Ruhe, Guzmán.«

»Ihr habt mich alle verraten. Sie haben meine Zeitung zerstört!«

Er schoss, als er sah, dass Maria sich ins Heu warf. Der Schuss ließ den alten Schuppen erzittern, und die Kugel pfiff, als sie sich in das Viehfutter bohrte. Guzmán, den der laute Knall des Schusses aufgerüttelt hatte, stürzte sich brüllend auf sie: »Sag mir, wo Ferguson ist! Ich werde ihn richten für das, was er getan hat, und du wirst auch für deine Verbrechen zur Rechenschaft gezogen!«

Er lud seine Pistole noch einmal nach. Das Klicken des Deringer klang lächerlich im Vergleich.

»Lass deine Waffe sinken, Guzmán.«

So lächerlich, dass Guzmán es nicht gehört hatte und sich umdrehte. Die Gentleman-Waffe beeindruckte den Anarchisten nicht im Geringsten.

»Ich habe dir nie vertraut, Ferguson, weder dir noch Manterola. Ihr seid Abartige. Dekadente. Die Indiofrau zu holen war auch ein Fehler, ich hab's immer gesagt.«

Pete drückte auf den Abzug des Deringer. Guzmán fuhr sich mit der Hand an den Hals und blieb eine Sekunde lang reglos stehen. Er sah seine vor Blut glänzende Handfläche und richtete die Waffe auf Pete, der seinen zweiten Schuss abfeuerte. Guzmán betrachtete ungläubig seinen Bauch. Der Amerikaner hatte aus zu großer Entfernung geschossen und kein lebenswichtiges Organ und auch keine Arterie getroffen, es würde eine Stunde dauern, bis er verblutet wäre. Pete stürzte sich auf Guzmán, der mit einer erstaunlichen Geschwindigkeit reagierte, seine zu langsamen Reflexionen hatten sich in animalische Reflexe verwandelt. Die Pistole erwischte Pete an der Stirn, der Schlag war so heftig, dass er ihn in eine andere Richtung schleuderte, er verlor das Gleichgewicht und rollte über den Holzboden. Guzmán zielte für den Todesschuss – auf Petes Kopf. Die drei Zinken der Heugabel bohrten sich in seine Rippen und seine Wirbel, bis zu den Lungen. Mit einer Hand im Nacken und einer am unteren Rücken versuchte der Anarchist, den Schmerz zu packen. Maria ließ den Stiel des Werkzeugs los, und Guzmán brach zusammen, ohne begriffen zu haben, was ihn getötet hatte.

Maria wankte. Draußen bewegten sich Lichter, Stimmen tönten vom Relais herüber. Aus dem Heuhaufen, den Guzmáns Kugel durchschossen hatte, stieg Rauch auf, der zu den Fenstern drängte. Pete hob die Pistole des Toten auf, packte Maria bei der Hand und stieß die Tür auf.

Die Flammen des Brandes erhellten noch den Himmel, als sie schon seit einer Stunde davonrannten. Zuerst rechts auf der Straße, um so schnell wie möglich zu entkommen, dann in den Wald, um zu verschwinden. Das ganze Land hinter ihnen brannte, bald würde ihnen die Erde unter den Füßen weggezogen werden. Sie streckten die Arme zum Ozean aus, ohne zu wissen, ob Aznars Schiff sie dort erwartete.

*

Als die Vorräte von Faustina aufgebraucht waren, aßen sie wieder ihre magere Kost der Flüchtenden, knieten an den

Flussufern nieder, tranken Wasser aus der hohlen Hand, kauten Körner und Pflanzen, die sie unterwegs gerupft hatten.

Pete Ferguson rammte seine Stiefelabsätze in die weiche Erde und zog Maria mit sich, ließ sie nicht mehr los. Am Abend rollte er sich in seine Lederweste ein und Maria in ihr Schultertuch, Rücken an Rücken mit dem Amerikaner. Sie sprach Xinca in der Nacht, hatte Träume, von denen sie erwachte. Die einzigen Wörter, die er verstand, waren die Namen Guzmán, Gustavo und Santos.

Über die Nordroute umgingen sie Ciudad de Guatemala und kamen nachts in dem Dörfchen Mixco an. Sie stiegen auf den Gipfel eines Hügels, von dem aus man auf das Dorf schauen konnte, und Pete verweilte zwischen den dunklen Silhouetten der Stufenpyramiden, die sich vom helleren Himmel abhoben. Jetzt war es Maria, die ihn weiterzog.

»Mach voran, wir können hier nicht bleiben.«

Am Fuß der großen Opferaltäre packte sie die Angst. Pete sah zu den Bauten hinauf, die niedriger und eckiger waren als die große Pyramide der Eitelkeiten; er wollte hierbleiben, auf eine dieser himmlischen Plattformen hinaufsteigen und dort auf den Sonnenaufgang warten.

Sie stiegen von der alten Indiostadt zu ein paar Feuern hinunter, auf halbem Wege nach Mixco.

»Wir sind nicht schnell genug, Gringo. Wir brauchen ein Pferd.«

Sie betrachtete die Umfriedungsmauer, das Steinhaus mit den erleuchteten Fenstern, die Gebäude ringsum – eine Farm.

»Er gibt bestimmt Tiere in den Scheunen.«

Pete machte sich sogleich ans Werk. Er sprang über eine Mauer und verschwand. Sie hörte eine quietschende Tür, dann ein Wiehern. Licht seitlich des Hauses, ein Mann mit

Laterne in der Hand auf der Außentreppe. Der Amerikaner feuerte einen Schuss ab, und die Kugel prallte von den Steinen der Fassade ab, der Farmer brachte sich mit einem Sprung in Sicherheit. Pete schoss noch zweimal in die Luft, bevor er ihr den Arm hinstreckte. Sie ergriff ihn und saß hinten auf. Sie ritten ohne Sattel, mit aller Kraft klammerte sie sich an den Amerikaner. Die Erde verschwand jetzt unter den Hufen des galoppierenden Pferdes, ein Halbblut, ein Reit- und Arbeitspferd, kräftig genug, um sie beide zu tragen.

Im Morgengrauen hatten sie den Umweg, über den sie die Hauptstadt umgingen, hinter sich gebracht und gelangten wieder auf die Route, die er vier Monate zuvor, als der neue Sekretär von Maestro Manterola, in entgegengesetzter Richtung eingeschlagen hatte. Er ging weiter in die Vergangenheit zurück, auf den Spuren eines Pete Ferguson, den es schon nicht mehr gab, dieser andere Pete, von dem er den Eindruck hatte, er sei mittlerweile der Einzige, der ihm noch auflauerte, während er hungrig mit der Indiofrau davongaloppierte und seinen Platz gefunden hatte.

Als sie sich am Morgen zum Trinken niederknieten, senkte das Pferd neben ihnen den Kopf, um seine Ration zu fressen. Als sie einschliefen, blieb es über ihnen stehen und machte mit den Flüchtenden sein Tageschläfchen.

Niemand konnte sie mit Guzmáns Tod in Verbindung bringen. Wusste man überhaupt, dass er das war, die verkohlte Leiche aus dem Relais? Diese Flucht und die dazugehörigen Gespenster gehörten nun ihnen. Basin, der alte Meeks, Rusky, Rafael und die sieben Gräber auf dem Friedhof von Ojinaga. Ortiz, Granados, Gustavio, Santos und Guzmán.

Das Pferd war ihr Verbündeter. Das Karibische Meer, mit seinen von Kannibalen bevölkerten Inseln, war greifbar nah.

Sein warmer Atem drang jeden Tag stärker zu ihnen. Ihre Wangen wurden hohl. Zehn Tage lang nachts reiten und dann tagsüber in den feuchten Wurzelfalten ein kurzer Schlaf. Bei Nebel aufstehen und sich bei Nebel schlafen legen, die Hände aufgerissen von den Pflanzen, die sie ausrupften, um ihr Pferd zu ernähren. Am Morgen des elften Tages, als sie einen letzten Pass hinaufstiegen, entdeckten sie an einem schiefergrauen Morgen die große blaue Zunge des Golfs. An jenem Tag schliefen sie, ohne Wache zu halten, inmitten von lautlosen Schlangen und fauchenden Großkatzen.

Dann liefen sie nur noch bergab, schliefen einen Tag und eine Nacht am Stück, an einem grauen Sandstrand in der Nähe von Puerto Barrios. Das Rauschen der Wellen begleitete ihren Schlaf. Am frühen Morgen zog Pete sich aus und stieg bis zu den Schultern in das glatte Wasser. Er tauchte unter und öffnete die Augen, den Kopf in den Nacken geworfen. Er konnte über der wogenden Oberfläche die ersten Farben des Sonnenaufgangs sehen. Das Salz reinigte seine Schürfwunden.

Er pflückte Kokosnüsse vom Kamm eines Felsens und legte sie neben Maria nieder. Sie tranken die Milch und kratzten das weiße Fleisch aus. Der Zucker tat gut, ihr Zahnfleisch blutete, als sie ins Fruchtfleisch bissen.

Pete legte sich mit schmerzendem Bauch auf den Rücken.

»Wenn du Aznar findest, dann nimm dich in Acht vor ihm.«

Maria zeichnete Linien in den Sand.

»Falls Segundo hier ist, wird er uns keine Probleme machen.«

»Was ist mit Guzmán geschehen?«

Maria hielt in ihrer Bewegung inne.

»Das braucht er vorläufig nicht zu erfahren.«

Sie brach allein auf. Eine Indiofrau würde weniger auffallen als ein Amerikaner, und Maria erinnerte sich an einen Ort in Puerto Barrios, an dem der Kapitän sich gerne aufhielt, wenn er einen Zwischenstopp einlegte. Sie kannte Aznar gut; er hatte sie angeheuert, erklärte sie, so wie er Pete angeheuert hatte. Er sah sie davongehen und lief einen Moment hinter ihr, hielt das Pferd am Zügel, dann kehrte er an den Strand zurück. Fischer warfen ihre Netze aus. Im Osten, in Richtung Stadt, sah man Boote von einer langen Nacht zurückkehren. Pete ging zu den Fischern und setzte sich zu ihnen, wandte den Kopf den dunklen Schatten der Gebäude am Ende des langen Strandes zu, der Hafenmole und den Häusern von Puerto Barrios.

*

Sie wartete vor der Kirche, bis die Cantina öffnete. Allmählich kam Leben in den Hafen, die lange, hölzerne Hafenmole zog die Halbinsel, auf der das Dorf lag, bis hinaus aufs Wasser. Entlang der Strände hatte man Holzbaracken gebaut, im Zentrum standen die Villen, die Läden und die herrschaftlichen Stadthäuser der Händler, Reeder und Schiffsinhaber. In der Mitte stand die Kirche, der Kirchenvorplatz war eine Verlängerung der Avenida Central und der Hafenmole, wie ein Arm, der die Bucht von Santo Tomás de Castilla schloss. Maria schreckte hoch, als ein alter Mann ihr eine Münze vor die Füße warf. Sie erhob sich, ohne das Geld zu nehmen, und ging die Avenida bis zur Cantina hinunter. Das war der Ort, an dem sie Aznar vor drei Jahren zum ersten Mal begegnet war und wo er sie Guzmán vorgestellt hatte.

Da sie aussah wie eine Bettlerin, hielt sie sich vom Restaurant ein wenig fern. Die Bedienung erschien, deckte die Tische und verteilte die Stühle auf der Terrasse; eine Mulattin, die von den ersten Gästen höflich gegrüßt wurde. Maria ging auf sie zu. »Bitte.«

Sie blieb auf der Schwelle stehen und sagte schnell und leise: »Aznar, der Kapitän der *Santo Cristo*, ist er hier?«

Die Mulattin warf einen Blick hinüber zu den Gästen der Terrasse. Sie senkte ebenfalls die Stimme: »Was willst du von ihm?«

»Ich suche Segundo. Wo ist er?«

»Den kenne ich nicht, scher dich weg.«

»Ich bin eine Freundin. Ich brauche seine Hilfe.«

Maria hatte sich vor die Frau gestellt, ihr Schaltuch beiseitegeschoben, damit sie ihr Gesicht sehen konnte.

»Vielleicht erinnerst du dich an mich, ich bin schon einmal mit Aznar hier gewesen.«

»Aznar ist fort. Niemand spricht mehr seinen Namen aus. Verschwinde, Indianerin!«

Maria verließ die Terrasse, so schnell sie konnte, verlief sich ein paar Mal in den Straßen, die einander alle so ähnlich sahen, bevor sie den Laden fand, den sie noch in Erinnerung hatte, ein Laden, in dem Schiffszeug verkauft wurde und in dem Aznar ein treuer Kunde gewesen war. Hier hatte ein anderes Treffen der Organisation stattgefunden. Ein Karren stand vor dem Lager, und Mestizen entluden aufgerollte Taue. Die Tür zu den Büros war offen, und auf der Schwelle, eine Tasse Kaffee in der Hand, stand der Wirt, den sie wiedererkannte, ein dickbäuchiger Weißer mit gestutztem Bart. Sie wartete, bis er hineingegangen war, und schlüpfte hinter ihm hinein.

»Buenos días, Señor.«

Der Wirt wich unwillkürlich zurück.

»Himmel! Was machst du hier? Scher dich raus!«
Maria ließ ihm keine Zeit aufzustehen.
»Ich suche Kapitän Aznar, es ist dringend. Ist er in Puerto Barrios?«
Der Wirt kniff die Augen zusammen.
»Bist du die Indianerin?«
Er stürzte zur Tür, um hinter ihr abzuschließen, packte sie am Arm und schüttelte sie.
»Wo ist der Amerikaner?«

*

Maria kehrte am Abend zum Strand zurück. Sie machten ein Feuer und grillten den Fisch, den Pete von den Fischern geschenkt bekommen hatte. Zwei Tage später, frühmorgens, kam der Wirt aus dem Laden in Puerto Barrios in einem Tilbury vorgefahren. Sie brachen gemeinsam auf.
Die *Santo Cristo* lag in der kleinen Bucht vor Anker, schwebte auf dem klaren Wasser, als sei es Glas. Am Strand gab es verlassene offene Palmdachhütten, Teile von zerrissenen Netzen waren dort aufgehängt, man sah das Gerippe eines gekenterten Bootes, die Spanten wie die Rippen eines Brustkorbes zum Himmel geöffnet. Mit Früchten beladene Kokosnussbäume neigten sich zum Wasser, die Baumwurzeln wie Haargeflechte von den Wellen freigespült. Das Beiboot der *Santo Cristo* fuhr auf sie zu, zwei Ruderer und vorne am Bug Kapitän Aznar, im Mund eine Zigarette, deren Rauch sich in der weißen Luft auflöste. Es war Mittag, die Sonne brannte vom Himmel, und die Brise vom Land war heiß wie ein Hotelbad. Maria ließ sich vom Pferd gleiten. Der Ladenbesitzer wartete in seinem Tilbury, den Bauch auf den Schenkeln, im Schatten seines Hutes. Pete blieb auf dem Pferd sit-

zen. Aznar suchte die Nordküste in Richtung Puerto Barrios ab, dann blickte er gen Süden zu der sehr nahe gelegenen Grenze von Honduras. Er sprang aus dem Beiboot in den Sand, und Maria ging ihm entgegen. Sie wechselten ein paar Worte. Dann sprach der junge Kapitän mit dem dicken Händler. Die Ladung sei komplett, es fehle nur noch der letzte Passagier, dann könnten sie ablegen. Der Patron bestätigte ihm, er werde am nächsten Tag kommen, dann entfernten sich die beiden Männer, damit man ihr weiteres Gespräch nicht mithören konnte. Der Händler stieg wieder in seinen Wagen und fuhr fort, ohne die Indiofrau oder Pete zu grüßen.

Aznar kam auf ihn zu.

»Buenos días.«

Pete stieg vom Pferd. Segundo, der am Abhang zum Strand stand, ein Bein abgestützt, um das Gefälle auszugleichen, schien auf der Hut zu sein, bereit, entweder zu fliehen oder sich auf ihn zu stürzen. Die beiden Matrosen aus dem Beiboot waren bewaffnet, trugen Revolver am Gürtel. Maria hatte sich in den Sand gesetzt und hielt den Kopf gesenkt. Pete öffnete die Jackenschöße, um Eindruck zu schinden und Guzmáns Waffe vorzuführen.

»Guten Tag.«

Über Segundos Gesicht huschte ein Lächeln, er deutete mit einer ausholenden Bewegung auf die Landschaft, die Bucht, das Schiff, sie alle. Sein Lächeln verschwand und wich einem Ausdruck der Enttäuschung. Die Situation gefiel ihm nicht. Die Rollen waren ungleich verteilt. Die Akteure wollten nicht mehr. Er bedauerte das und wollte herausfinden, wie man die Dinge regeln könnte.

Pete zog die Pistole aus dem Gürtel und gab sie ihm. Dann ging er zu Maria. Sie bestaunte Aznars Schoner, ganz so, wie ihre Vorfahren wahrscheinlich die ersten Schiffe der Spanier bestaunt hatten, die an ihren Küsten anlegten. Es mussten für sie gänzlich unvorstellbare, mit dem Geist nicht zu erfassende Dinge gewesen sein, denn diese Holzmonster konnten in ihrer Vorstellungswelt keinen Platz finden.

»Was wirst du tun, Maria?«

Sie wandte die Augen von dem Boot ab.

»Du hast mich zu einer Fremden im eigenen Land gemacht, Gringo.«

Sie stand auf.

»Ich werde Segundo folgen.«

TEIL DREI

I

Guayana, Trockenzeit, 1872

Beim Ankern wurde Maria vom Stampfen der *Santo Cristo* hundeelend. Sie wirkte grau im Gesicht im Licht der Sturmlampen, die in der Offiziersmesse an der Decke schaukelten. Aznar ließ das Beiboot wieder zu Wasser, und zwei seiner Matrosen brachten sie zum Strand zurück.

»Die Indianer werden oft so seekrank, dass sie nicht mehr essen und nicht mehr trinken können. Auf zu langen Überfahrten sterben sie einfach. Geht es ihr auf See nicht bald besser, müssen wir sie in Honduras von Bord gehen lassen.«

Segundo stand, die Ellbogen aufgestützt, neben Pete, gemeinsam blickten sie zum Strand und dem Boot hinüber.

»Vielleicht ist es auch nur die Vorstellung, dass sie ihr Land verlässt, was sie so schwächt. Heute Nacht schläft sie an Land und kommt morgen früh mit dem Franzosen zurück.«
»Welchem Franzosen?«
Sie ließen sich mit einer Flasche Rum auf dem Achterdeck nieder. Pete bemerkte, dass die amerikanische Flagge sich über dem Heck im Wind wiegte.
»Hast du die mexikanische Flagge wieder eingeholt?«
Segundo hob sein Glas.
»Auf den Anfang deines Piratenlebens, Americano!«
Pete stieß mit ihm an.
»Ist das ein Pirat, der Franzose, der morgen an Bord kommt?«
»Ein Freund der Sache.«
Pete trank sein Glas aus.
»Wo fahren wir hin?«
»Wo werden wir wohl hinfahren, Americano?«
»Zum Äquator.«
»Was willst du da?«
»Ich habe nicht die geringste Ahnung.«
Segundo warf den Kopf in den Nacken.
»Die *Santo Cristo* fährt in die richtige Richtung, Pete. Aber bevor wir beim Äquator ankommen, müssen wir noch einen Zwischenstopp einlegen.«
»Wo das?«
»Auf dem größten Müllabladeplatz Amerikas, dem Abfallkübel des Landes der Menschenrechte. Französisch-Guayana, mein Freund. Ein Gefängnis so groß wie Guatemala.«
Er hob den Kopf, um Pete anzusehen.
»Ich werde dich zum Äquator mitnehmen, aber zuerst machen wir einen Zwischenstopp im Straflager.«

Aznar wurde langsam betrunken, und seine Stimme bekam einen anderen Tonfall. Pete hielt seinem Blick stand.

»Hast du mir etwas zu sagen, Aznar?«

Segundo stand auf und legte seine Hand auf die Schulter des Amerikaners.

»Gar nichts, Gringo, was glaubst du denn?«

Es wurde Abend, und Kapitän Aznar sprang auf das Kanu. Die Ruderer setzten ihn am Strand ab, Pete sah ihn zu der überdachten Hütte laufen, in der Maria sich versteckte.

Am nächsten Morgen war er lange vor Morgengrauen auf der Brücke und wartete, dass man den Kreisbogen des Strandes erkennen konnte, und das Kanu, das mit den Passagieren zurückkehrte. Mit den beiden Matrosen, Segundo, dem Franzosen und der geduckten Gestalt Marias.

Der Kapitän bot Maria an, seinen kleinen Waschraum zu benutzen. Der Franzose, in den Vierzigern, war ein bisschen größer als Pete, hatte helle Augen, war dunkelhäutig, hatte dickes Haar und kräftige Hände – ein Freund der Sache, der mehr in der Aktion als in Guzmáns Theorien zu Hause war. Als er sich dem Amerikaner vorstellte, sprach er mit dem gleichen Akzent wie Alexandra Desmond.

»Sébastien Ledoux. Sind Sie der Amerikaner?«

»Pete Ferguson.«

»Willkommen an Bord.«

Ledoux lachte und folgte Segundo.

Pete blieb auf der Brücke, um den Matrosen bei der Arbeit und dem Schiff bei der Abfahrt zuzusehen. Er war gerne wieder an Bord des Schoners, die Segel flappten, ein Matrose pfiff und warf Pete, der breitbeinig mitten auf der Brücke stand, ein Seil zu. Pete zog mit Leibeskräften daran, bevor er es um die Klampe wickelte. Die *Santo Cristo*, die die amerikanische Flagge gehisst hatte, drehte sich in den Wind und durchschnitt eine erste Welle mit dem Vordersteven.

Drei Tage lang verließ Maria Aznars Kabine nicht mehr. Pete stand nachts mit den Matrosen auf, die Wache hatten, er rauchte und trank, gebeugt über Seekarten, deutete die Strömungen und die Winde. Tagsüber lernte er die Namen der Segel und der Besatzung, beobachtete die Wolken und den Seegang, erwarb sich Anfangskenntnisse in der Bedienung des Sextanten. Während er ein neues Fortbewegungsmittel entdeckte, lernte er, auf einer Karte einen Punkt einzuzeichnen, der den Ort angab, an dem sie sich gerade befanden, unter der Sonne oder unter einem Stern.

Der Franzose interessierte sich für Pete und fragte ihn über die Vereinigten Staaten aus. Und nach einer Weile, nachdem er genügend Antworten bekommen hatte, ergriff er wieder selbst das Wort. Seine eigenen Ansichten über die Vereinigten Staaten zählten mehr als Petes Erzählungen.

Sébastien lachte viel. Er trank viel, und wie er immer wieder betonte, ging es bei seinem Kampf fröhlich zu. Warum sonst sollte man sich schlagen? Er war der bei Weitem verrückteste Verschwörer, den Pete je getroffen hatte, und der gefährlichste.

»Die Vereinigten Staaten sind die größte Farce, die die Welt je gesehen hat. In Echtzeit wird hier eine neue Nation nach den Prinzipien der modernen Demokratie aufgebaut! Die alten Nationen beginnen, den amerikanischen Kuchen untereinander aufzuteilen, indem sie sagen, dass es genügend für alle geben wird – unter zivilisierten Händlern! –, und anschließend bekriegen sie einander, um alles an sich zu reißen. Aber es ist noch etwas anderes geschehen. Denn die

Abgesandten der alten Nationen, die dort zu Reichtum gelangt sind, kamen auf die Idee, statt für Europa zu kämpfen, könnten sie das doch auch für sich selbst tun. Also haben sie ihre Unabhängigkeit erklärt. Anschließend brauchten sie natürlich auch Armeen, um ihre neuen Länder zu verteidigen, nicht wahr? Also rekrutierten sie Soldaten: *Gebt mir eure Armen, eure Heimatlosen!* Während eures Bürgerkrieges kam die zehnfache Menge der Männer, die auf den Schlachtfeldern starben, in den Häfen an. Wer nicht direkt in den Krieg zog, wurde in den Fabriken angestellt oder baute Eisenbahnlinien. Aber aufgepasst! Ihnen wurde Land versprochen. Stell dir das doch nur mal vor, Pete, den Sklaven der Alten Welt Land versprechen, wo das kleinste Stückchen Garten oder Gehsteig seit Jahrtausenden denselben Familien gehört?«

Sébastien Ledoux wollte partout nicht für einen Kämpfer der Sache gehalten werden und behauptete, er sei nur ein leidenschaftlicher Krimineller, und das genüge vollauf, um schlagkräftig zu sein.

»Und dann, mein amerikanischer Freund, kommt noch der Clou in dem ganzen Spektakel: die Verfassung! Sie wurde dem amerikanischen Volk auf den Leib geschneidert, um es vor den Tyrannen der Alten Welt zu beschützen, die es gerne bis in sein Paradies hinein verfolgt hätten! Unterdessen machten es sich die neuen Besitzer Amerikas im Schutz dieses Schriftstückes bequem, das von ein paar Philosophenfreunden eigens für sie verfasst wurde!«

Der Franzose brachte die Mannschaft zum Lachen, brüllte los und bot den anderen zu trinken an. Er steckte alle in die Tasche, aber mit Pete gab er sich die meiste Mühe.

»Iss mit mir heute Abend, ich langweile mich zu Tode auf dieser Nussschale!«

Pete hatte dem Franzosen misstraut, seit er ihn das erste Mal vor Lachen losbrüllen hörte. Aznar hatte Sébastien die Brücke überlassen, er verbrachte die Zeit in seiner Kabine, mit Maria, und ging Pete aus dem Weg.

»Sie ist noch krank, sie kann nicht rauskommen.«

Pete wusste immer noch nicht recht, was sie in Guayana machen wollten. Er grübelte viel, Ledoux saß ihm auf der Pelle.

»Erzähl mir noch mehr von dieser Ranch. Du sagst, sie sei tausend Hektar groß? Lass mich deine Geschichte hören, hier gibt es ja sonst nichts zu tun!«

Pete tischte ihm Lügen auf, dachte sich nach Belieben Orte und Namen aus, wollte diesem Mann nichts preisgeben.

»Erzähl mir von Paris, Sébastien.«

Der Franzose log ihn genauso an. Pete trennte bei seinen Lügengeschichten die Spreu vom Weizen, und am Ende hatte er ein Skelett von wahren Begebenheiten bloßgelegt. Er war der Sohn eines Pariser Bordellbetreibers, Waise, erzogen von einer Tante, Laufbursche für die Kriminellen seines Viertels und Einbrecher, habe aber, wie er sagte, nur die Reichen bestohlen. Ganz gewiss war er ein Zuhälter gewesen. Nachdem er ins Gefängnis kam, hatte er angeblich Anarchisten bei der Flucht geholfen und sich mit ihnen angefreundet. Sébastien hatte Frankreich verlassen müssen, und man hatte ihn außer Landes gebracht. Jetzt war er hier, um es ihnen zu vergelten oder, besser gesagt, eine Schuld zu begleichen. Alles, was an der erfundenen Version seines Lebens heldenhaft war, schien er sich von anderen geborgt zu haben. Gewalt und linke Tricks waren wahrscheinlich seine einzigen eigenen Großtaten. Er war intelligenter, als er durchblicken ließ, und sprach mit ihm ein Englisch, das ebenso geschliffen war wie das Spanisch, das er mit Segundo und der Mannschaft sprach.

Pete ging auf sein Spiel ein und log ihn an, legte sich schlafen und hörte im Vorbeigehen Geräusche aus der Kapitänskabine. Aznar, wie er die Indianerin rannahm und stöhnte.

Segundo ließ ihn eines Abends in die Offiziersmesse kommen.

Der Franzose hatte eine Karte auf dem großen Tisch ausgebreitet.

»Es sind vier.«

Sébastien Ledoux deutete auf einen kleinen schwarzen Punkt auf dem Papier, eine Stadt am Ufer eines Flusses.

»Saint-Laurent. Auf der anderen Seite des Maroni liegt Surinam. Die holländische Kolonie hat Vereinbarungen mit Frankreich getroffen und schickt Kriminelle, denen es nach ihrem Ausbruch gelungen ist, den Fluss zu überqueren, ins Gefängnis zurück. Im Mündungsbereich sind die Strömungen und die Fluten mit kleinen Booten so schwer zu überqueren, dass man Gefahr läuft, auf den Schlammbänken stecken zu bleiben und vom Schlick verschlungen zu werden. Von den Haien ganz zu schweigen.«

Er zeigte ihnen ein kleines Archipel einige Tausend Seemeilen von der Küste entfernt.

»Auf den Inseln des Heils wirft die Verwaltung der Strafvollzugsanstalt die Leichen der Sträflinge ins Meer. Ein Drittel der Häftlinge überlebt nicht das erste Jahr, und es sind insgesamt zweitausend, auf drei Inseln verteilt. In dieser Gegend dürften die Haie die fettesten von ganz Südamerika sein. Manche schwimmen sogar im Brackwasser fünfzig oder sechzig Kilometer den Fluss hinauf. Die streiten sich dann mit den Kaimanen um die fette Beute.«

Ledoux brach in Gelächter aus, aber weder Pete noch Aznar stimmten ein.

»In den Waldstraflagern gibt es sehr viel mehr Sträflinge, und sie sterben auch schneller. Die dreckigen Biester fressen nur einen Teil der Beute, den Rest holt sich das Ungeziefer aus dem Urwald.«

Aznar richtete sich auf und trat aus dem Schein der Lampe.

»Es braucht einen guten Grund, um in Guayana Zwischenstation zu machen. Frankreich besteht auf dem Handelsmonopol mit seiner Kolonie, außerdem stellen die schönen ausländischen Schiffe für die Sträflinge eine ungeheure Versuchung dar. Wir werden in Saint-Laurent anlegen. Um die Teile einer Dampfpumpe abzuliefern, die auf den Inseln des Heils zum Einsatz kommen soll. Das Material kommt aus New Orleans, von einer Tochtergesellschaft, die bei Fawcett & Preston in Liverpool unter Vertrag steht. Sobald die Fracht ausgeladen ist, müssen wir uns mit Einbruch der Nacht an der Mündung des Maroni verstecken und abwarten, bis unsere Kameraden uns ein Zeichen geben.«

Pete versuchte sich zu konzentrieren, aber er konnte immer nur an Maria denken, die zum ersten Mal wieder aus der Kabine herausgekommen war und in der Offiziersmesse in der Ecke saß.

»Wie lange dauert es noch, bis wir in Guayana ankommen?«

Segundo antwortete dem Franzosen und ließ dabei Pete nicht aus den Augen.

»Wenn Wind und Wetter so bleiben, machen wir in zehn Tagen halt in Trinidad und Tobago. Von dort sind es fünf Tage bis Saint-Laurent-du-Maroni.«

»Aus Trinidad werde ich ihnen eine Nachricht schicken, damit sie über unsere Ankunft unterrichtet sind.«

Pete fragte den Franzosen: »Wer sind die vier?«

»Zwei Kameraden, die seit vier Jahren Gefangene sind, und zwei andere, die erst vor einem Jahr deportiert wurden, sie gehören zu den Kommunarden und kamen mit genug Geld in der Tasche an, um Beamte zu bestechen und sich Material für die Flucht beschaffen zu können. Auch dort muss man reich sein, um heil davonzukommen. Mit jedem Jahr, das verstreicht, wird man schwächer, und die Überlebenschancen werden geringer. Ein Sträfling, der zu weniger als acht Jahren verurteilt wurde, muss nach seiner Befreiung noch einmal für die Zeit seines Strafurteils in Guayana bleiben. Man nennt das *Doublage*. Aber wenn einer zu mehr als acht Jahren verurteilt wurde, muss er nach seiner Befreiung den Rest seines Lebens im Land verbringen. Unsere vier wurden zu fünfundzwanzig Jahren verurteilt. Die Richter hätten es auch dabei bewenden lassen können, ihnen neun Jahre aufzubrummen, das wäre genug, um sie loszuwerden, aber sie jonglieren gern mit großen Zahlen. Gleichviel, wie ich bereits gesagt habe, die meisten überleben das erste Jahr nicht.«

Sébastien brach noch einmal in Gelächter aus.

»Sie wissen, dass die Verwaltung der Strafkolonie den befreiten Verurteilten anbietet, dort zu bleiben? Man gibt ihnen ein kleines Stück Land zum Bebauen. Bietet ihnen an, Siedler zu werden – die neuen Besitzer von Guayana.«

Sie platzten schier vor Lachen.

»Das ist noch besser als in deinem Land, Pete! In Guayana werden die Gefangenen mit Privatbesitz belohnt!«

Als Pete sich umdrehte, hatte Maria die Kabine verlassen. Er ging wortlos hinaus. Sie stand auf der Brücke, ans Geländer gelehnt, den Kopf über Bord.

»Immer noch seekrank?«

Ihre kupferfarbene Haut war stumpf, auf ihrer Stirn und um die Augen hatten sich Falten gebildet. Maria antwortete nicht und beugte sich wieder zu dem schwarzen Wasser vor, das am Schiffsrumpf vorbeiglitt.

»Du hättest Guatemala nicht verlassen sollen«, setzte er hinzu. »Wenn wir in diesem Land ankommen, in Trinidad, dann finden wir ein anderes Schiff, das dich wieder zurückbringt.«

Er ging fort, machte aber noch einmal kehrt.

»Ich schlafe heute draußen, mach es dir in meiner Kabine bequem. Du bist nicht gezwungen, in seine zu gehen.«

»Lass mich allein.«

2

Auf Trinidad und Tobago, so erzählte ihm Sébastien, sprach man Englisch.

»Queen Victorias Fußabtreter, mein Freund, an dem sie vor Südamerika ihre kleinen Füßchen abstreifen konnte. Hier gibt es keine Sklaven mehr, wie bei dir in Amerika, nur noch Neger. In Guayana auch nicht mehr, seit 1848 nicht. Die Strafkolonie wurde 1854 gegründet, und die Sträflinge arbeiten heute für Siedler, die ihre Sklaven verloren haben. Sieh mich nicht so an, das ist bloß eine historische Koinzidenz!«

Trinidad war grün, umgeben von Stränden so weiß wie Perlmutt, gelegen im türkisfarbenen Meer der Karibik. Für

Pete war es unvorstellbar, dass der schwarze und kalte Meeresgrund an der Oberfläche so aussehen konnte. Die Insel schien zu schwimmen. Aber der Kontinent war da, seine Gegenwart war unangenehm und die Insel nur ein paar Meilen von ihm entfernt. Während der Schoner Kurs auf Port of Spain nahm, fragte er sich, ob die Inseln des Straflagers von Guayana auch so schön waren wie diese.

Die Vertreter der Hafenbehörde, zwei britische Militärs, kamen an Bord. Sie ließen sich von den falschen Papieren der *Santo Cristo* und von Sébastien täuschen. Als Kapitän Aznar ihnen zu verstehen gab, die Reise nach Französisch-Guayana sei nicht nach seinem Geschmack, stimmten die britischen Offiziere ihm eilfertig zu.

»Dieser Ort ist eine Schande für die zivilisierte Welt. Die Königin hat hier ein Refugium für diejenigen geschaffen, die dieser Hölle entronnen sind.«

In Trinidad und Tobago genossen die französischen Sträflinge, denen es gelang, die Küste zu erreichen, den Schutz des britischen Empire, manchmal auch materielle Hilfe, mit der sie ihre Reise fortführen konnten. Sébastien lachte gehässig, sobald die englischen Offiziere wieder von Bord gegangen waren: »Die Politiker, die das Straflager von Guayana haben wollten, hatten sich Victorias Straflager in Australien zum Vorbild genommen! Die Briten machen das nur, um Paris in Verlegenheit zu bringen. Sie haben Frankreich die Utopie der Straflager schmackhaft gemacht. Die Idee, die Verbrecher des Landes an einen dreckigen Ort fern des Empires zu schicken, zukünftige Kolonialisten, reingewaschen von ihren Sünden durch das Exil und die Gefangenschaft! Glaubst du etwa, England liebt seine Diebe und Anarchisten mehr als Frankreich?«

Maria blieb an Bord, Pete machte eine Tour durch den Hafen. Sie glichen sich alle, von Tampico bis hierher, mit ihren Lagerhallen und ihren Speichern mit Fensterläden. Die Schiffe und Waren, die feuchte Sonne, Indianer oder Schwarze bei der Arbeit, anstelle von Peitschenhieben schlechte Löhne, Weiße, die die Register führten, Frauen unter Sonnenschirmen. Der Handel war die einzige Beschäftigung und die einzige Verbindung zur Hauptstadt, die bei allen Gelegenheiten genannt wurde, sie war in den Namen der Kais und der Straßen gegenwärtig, auf den Speisekarten der Restaurants, in Kleidung und Architektur, in allem, was an *dort* erinnern konnte. Die Langeweile wirkte wie ein Wundbrand; die einzigen Zerstreuungen waren: Hahnenkämpfe oder Hundekämpfe für die Männer, während die Gattinnen in ihren Briefen den Cousinen in London oder Madrid ihr Leid klagen konnten.

Maria hatte recht daran getan, nicht von Bord zu gehen. Dieser paradiesische Hafen hätte sie nur noch kränker gemacht.

Der Franzose war in die Stadt gegangen und kehrte bei Tagesende wieder auf die *Santo Cristo* zurück. Der Sonnenuntergang, kurz und farbenprächtig, wurde von einigen Gesängen und Musikdarbietungen aus den Handwerker- und Fischervierteln begleitet. Sébastien Ledoux sah einen Segler an der Hafenmole vorbeifahren.

»Meine Nachricht an Saint-Laurent befindet sich auf diesem Schiff. In zwölf Stunden werden wir nach Guayana aufbrechen, und dort werden sie bereit sein.«

»Seit wie langer Zeit ist das schon geplant?«

»Seit Monaten.«

»Segundo bezahlt man dafür, aber du, was nützt dir diese Sache?«

Sébastien Ledoux lächelte still in sich hinein.
»Ich werde Kameraden befreien.«
Pete lehnte sich an die Reling und blickte dem Segelschiff nach, das auf dem Meer davonfuhr.
»Die beiden Gefangenen, nicht die Kommunarden, die beiden anderen, die willst du befreien. Alte Freunde aus Paris?«
Der Franzose klopfte ihm auf den Rücken. Nicht so fest, dass es wehgetan hätte, aber doch zu fest, als dass es eine freundschaftliche Geste hätte sein können. Als habe er sich von seiner guten Laune mitreißen lassen und aus Versehen eine Kostprobe seiner Kraft gegeben.
»Du spielst dich so gern als Cowboy auf, da vergisst man fast, dass du kein Hohlkopf bist!«
Aznar war an Land. Pete stieg ins Unterdeck hinunter und klopfte an seine Kabinentür. Er bestand darauf, dass Maria ihm öffnete. Sie roch nach Alkohol. Die ganze Insel roch nach Alkohol und Nostalgie. Sie trat zur Seite wie eine Nutte, die ihrem Freier öffnet, lässig gekleidet wie eine Dienerin, und machte eine amerikanische Verbeugung.
»Kommst du, um dir deinen Anteil zu holen, Gringo?«
»Der Franzose plant etwas. Ich weiß nicht was, aber wir müssen das Schiff verlassen.«
»Er plant etwas Mutiges, Gringo. Das macht dir Angst, und deshalb willst du die Flucht ergreifen.«
»Wir müssen das Schiff verlassen.«
Sie schlug ihm die Tür vor der Nase zu.
Pete ging zurück an Deck, überquerte die Gangway und folgte den Stimmen und der Musik aus den Hafentavernen. Die Schwarzen tranken schlechten Raffia und sprachen ein seltsames Englisch, das er kaum verstand. Sie nahmen den Amerikaner wortlos bei sich auf und ließen ihn in ihrer Ge-

sellschaft alleine trinken, setzten sich von dem Tisch weg, an dem er sich niederließ.

*

Alexandra Desmond.

Du warst lächerlich, hast dich in die Frau verliebt, die du nicht haben konntest. Diese Mutter, die du am liebsten nur für dich alleine gehabt hättest, ohne sie mit Oliver zu teilen, dem kleinen Bruder, der sie auf so naive Weise liebte. Kinderliebe, dachtest du, denn du hast dich für einen Mann gehalten. Bei mir hast du dich lächerlich verhalten, bei Lylia warst du ein brutales Vieh.
Du hast sie erniedrigt und geschlagen, du hast ihr in den Mund gespuckt, wenn sie dir gesagt hat, dass sie dich liebt. Du hast gedacht, ein Mann wie du braucht eine Frau wie mich, nicht so eine Hirnlose aus Carson City. Eine Frau wie die von Arthur Bowman. Glaubst du, er wusste das nicht? Glaubst du, Lylia hat dich zu Unrecht beschuldigt? Dass du unschuldig warst in all den Punkten, die sie dir vorgeworfen hat?
Du konntest es nicht ausstehen, wenn man dich so nannte: junger Mann.
Du bist gewachsen wie ein Baum am Meeresufer, Pete, hast gegen einen Wind angekämpft, der dich immer in die gleiche Richtung niederdrückte und dich umwerfen wollte. Warst schließlich unfähig, dich wieder aufzurichten, zu verstehen, was ich dir zu geben hatte. Der Wind hat dich flach auf den Boden gedrückt, du bist mit ihm geflohen. Du warst noch kein Mann in dieser Welt, in der man kleinen Kindern Waffen anvertraut.

Der Baum der Freiheit wird nicht vom Blut der Tyrannen gewässert, er ist ein Galgen, an den man unsere Kinder knüpft und ihnen die Kehle durchschneidet. Möge man ihn zum Blühen bringen, zusammen mit den von seinen Ästen baumelnden Patrioten.
Arthur und ich haben zwei Kinder gerettet. Die Söhne einer Frau, die zu schön war und zu früh gestorben ist, und eines Mannes, unter dessen Händen die Pflanzen weinten. Ein Scheiterhaufen, Pete. Oliver war noch zu jung, um unser Angebot anzunehmen, du warst zu sehr verhärtet und zu früh groß geworden, gebückt. Eine Reaktionskraft, ein gespannter Bogen.

Du hast den alten Meeks nicht getötet, jedenfalls nicht so, wie sie es erzählen. Aber du hast ihn getötet, in dieser Welt, in der man manchmal einfach so tötet, indem man nur ein wütender junger Mann ist.
Und jetzt sie...
Glaubst du, eine Frau wie sie könnte einen Mann wie dich lieben?
Die Männer, die ihr Böses angetan haben, waren dir ähnlich, Pete Ferguson. Sie weiß das. Du kennst sie, diese Männer, Sohn deines Vaters. Sie haben verschiedene Gesichter, in denen du deines wiedererkennst. Rusky. Der Franzose. Aznar ebenso. Die von deinem Blute.
Du musst dich ändern oder du änderst die Welt, so wie sie es gerne tun würde. Ändern? Eine Frau, die einen nicht liebt, dazu bringen, einen zu lieben, das heißt, dass man die Welt ändert, etwa nicht? Man muss die Welt verführen, Pete Ferguson, damit sie uns liebt.
Man ändert sich für die anderen, Pete Ferguson. Was sollte

das sonst für ein Bedürfnis sein als das Bedürfnis, ein anderer zu sein? Die Welt ändern heißt nur, dass man lernt, sie anders zu sehen. Mit den Augen der anderen.

Sei ganz ruhig, junger Mann, die Indianerin wird dir in den Mund spucken, wenn du sie ansprichst.

Schluck es hinunter. Schluck deine Wut wieder hinunter.

Warum sollte sie bereit sein, die Welt so zu sehen wie du, Pete Ferguson, wenn du sie weiterhin auf diese Art betrachtest?

Fang an, nicht mehr an diese alten Frauen zu denken, junger Mann. Deine Mutter, eine abgenutzte Erinnerung. Aber zu alt. Wir treten vor der jungen Frau beiseite. Den Rest musst du erledigen.

Du musst mir eines Tages das Buch dieses Dichters vorlesen, dieses Maestro Manterola, der im Gefängnis sterben wird.

*

Entlang der Küste nahm das Meer die Farbe der Flüsse an. Der Schlamm des Waldes löste sich in dem Blau, und die Strömung trieb ihn gen Süden. Der Kontinent war flach, eine unendlich weite grüne Platte, braune Ausblutungen der großen Flüsse und darüber tief hängende Wolken. Von Venezuela bis zum kleinen britischen Guayana, über das holländische Surinam und schließlich bis vor Maroni und Guayana nahm die Hitze entlang der Küste immer mehr zu.

»In Saint-Laurent ist meine Freundin, die Guillotine, das ganze Jahr im Einsatz. Man sagt, die Korrosion an der Luft sei so stark, dass man sie täglich in Bewegung setzen müsse, damit sie nicht rostet.«

»Die Guillotine?«

Der Franzose sah Pete mit einem Lächeln an.

»Stimmt ja, du kennst nur Kugeln und den Strick. Im Land der Menschenrechte gibt es keine Hinrichtungen durch den Strang, Pete. Hier schneidet man die Köpfe mithilfe einer Maschine ab, die ein Humanist erfunden hat, ein Freund der Französischen Revolution. Unglaublich, was du auf dieser Welt alles noch lernen musst.«

Die Trichtermündung war vier oder fünf Kilometer breit, wie ein Fischmaul, das sich auf die Eingeweide des Kontinents öffnet.

»Keine Hinrichtungen durch den Strang?«

Aznar stand auf der Brücke, das Fernrohr in der Hand, und beobachtete das Ufer und die kleinen bewaldeten Inseln inmitten des Flusses. Auch Ledoux deutete mit dem Kinn auf die grünen Inselchen.

»Wenn es keine Probleme gab, werden sie uns heute Abend dort erwarten.«

»Gibt es Waffen an Bord?«

»Du verhältst dich ruhig, Pete. In zwei Tagen wirst du in Brasilien an Land gehen, Ende der Geschichte.«

Am Anlegesteg des Hafens von Saint-Laurent, zwei parallelen Kais am Fluss, hatte kein einziges Boot festgemacht. Vor dem Zollamt ein viereckiger Hof, der von blühenden Flammenbäumen beschattet wurde, ein grüner Rasen, dann die große Straße aus roter Erde, die ins Stadtzentrum führte. Nach dem Zoll eine fünf Meter hohe und hundert Meter lange Mauer, ein Tor, durch das sechs Männer nebeneinander hindurchgepasst hätten, darüber in auf den Verputz gemalten Lettern ein einziges Wort, von dem Pete annahm, dass es dasselbe bedeutete wie auf Englisch: *Transportation*. Die Ankunft der *Santo Cristo* führte zu einer gewissen Belebung in dem im Sterben liegenden Hafen. In Saint-Laurent wurde kein Handel getrieben, abgesehen vom Import von Kriminellen. Mit Gewehren bewaffnete Militärs patrouillierten, es gab neugierige weiße Siedler und auf dem Anlegesteg eine Gruppe von Männern, die dem Boot Zeichen machten.

Aznar und seine Matrosen führten das Manöver aus, Zollbeamte und Angestellte der Strafvollzugsverwaltung gingen an Bord, und der Kapitän zeigte ihnen die Frachtliste. Die Beamten hatten es eilig, die Formalitäten hinter sich zu bringen, um mit Ledoux, dem französischen Ingenieur, über die im Trockendock liegende Handelsware zu sprechen.

»Das ist jetzt sechs Monate her, seit die Pumpe bei der Île Royale kaputtgegangen ist. Jetzt haben wir Trockenzeit, und das Becken ist leer. Dem Krankenhaus geht langsam das Wasser aus, ganz zu schweigen vom Personal, ihren Familien und den Gefangenen.«

Der Zollbeamte erklärte alles für ordnungsgemäß, die große Luke wurde geöffnet, und der Franzose, der sich über seine Rolle als Fachmann amüsierte, stieg mit den Gefängnisangestellten ins Trockendock hinunter. Er zeigte ihnen die Maschinenteile, erklärte ihnen die Montage. Sträflinge in schmutzig-weißen Uniformen, Hose und Hemd mit ausgeblassten roten Streifen, strömten auf die Brücke, und das Ausladen begann. Sie beäugten das Schiff und die Mannschaft und arbeiteten unter der Aufsicht von einem halben Dutzend auf dem Anlegesteg postierten Soldaten.

Die Verwaltungsvertreter luden den Ingenieur, Kapitän Aznar und seinen Gehilfen, M. Ferguson ein, unter den Arkaden des Zollgebäudes ein Erfrischungsgetränk zu sich zu nehmen. Zwei Sträflinge deckten einen Tisch, stellten Stühle bereit, brachten Karaffen mit Wasser, Wein und Rum. Sie schenkten die Gläser voll, während der Franzose für Segundo und Pete die Kommentare ihrer Gastgeber übersetzte: »Es sind viele Militärs unterwegs, denn es hat heute Nacht einen Ausbruch gegeben. Vier Gefangene sind gemeinsam geflohen.« Die Beamten fügten lachend hinzu: »Es gibt viele Ausbruchsversuche. Die Sträflinge können sich relativ frei bewegen. Hin und wieder reizt es sie, ihr Glück zu versuchen. Die meisten werden nach zwei Tagen wieder aufgegriffen. Ausgehungert, dehydriert, Gefangene der Militärs von Surinam oder tot. Wer nicht sofort aufgegriffen wird, auf den hetzen die Kopfjäger ihre Hunde, ehemalige Sträflinge, die das Gelände sehr gut kennen.«

Am Hafen gingen Weiße und Chinesen vorbei, Neger und Mestizen.

»Die Chinesen haben den Handel in der Hand, von hier bis zu den Lagern im Wald und auf surinamesischer Seite. Sie helfen den Ausbrechern oder verraten sie, das kommt darauf an, welche Summe man ihnen bietet.«

Pete unterbrach das Gespräch, um zu fragen, woher die Sträflinge mit der dunklen Haut kamen. Araber, erklärte man ihm, Verbrecher aus den nordafrikanischen Kolonien von Frankreich. Weil sie von allen Sträflingen am meisten verachtet wurden, war der Aufenthalt im Gefängnis für sie am härtesten. Daher machte die Verwaltung mit ihnen, was sie wollte. Es verbesserte ihre Lebensumstände nicht gerade, wenn sie Hilfswärter wurden. Schlüsselträger. Danach waren sie noch mehr verhasst, aber unberührbar. Bei guter Führung verließen die Sträflinge nach ein paar Jahren die Lager und Zellen, um eine Stelle in der Stadt anzunehmen. Hier oder in Cayenne gingen sie bei Siedlern in Stellung oder wurden Mit-

glieder der Verwaltung. Sie schliefen im Käfig, aber tagsüber konnten sie sich frei bewegen. Das war das Ziel der meisten Sträflinge, ein Gefangener erster Klasse zu werden, um Arbeit zu bekommen, die eigenen Lebensumstände zu verbessern oder Geld auf die Seite zu legen, wie die vier von heute Nacht, und dann ab dafür.«
»Ab dafür?«
»Na, ab in die Freiheit.«
Pete ahnte, ohne nachfragen zu müssen, wer die widerwärtigen Vagabunden waren, die im Hafen herumhingen. Diese Befreiten, von denen Sébastien gesprochen hatte, die dazu verurteilt waren, ohne Arbeit dort auszuharren, schließlich konnte ein jeder die Dienste der echten Sträflinge umsonst haben. Warum sollte man diesen Vogelscheuchen wie einem freien Mann einen Lohn zahlen?
Pete spülte den Rum mit zwei großen Gläsern Wasser hinunter. Nachdem die Beamten die Neugierde ihrer Gäste befriedigt hatten, wandten sie sich wieder der Dampfpumpe zu. Aznar und Pete entschuldigten sich und verließen den Tisch.
Sie gingen vor dem Tor des Camp de la Transportation vorbei, das auf den Hof führte, der aus der gleichen roten Erde bestand wie die Straße. Etwa zwanzig Gebäude zu beiden Seiten einer Zentralallee, die grau-rosa Gestalten der Sträflinge, die bewaffneten Wächter und die Sonne der Trockenzeit, die ihnen das Hirn zum Kochen brachte. Sie liefen im Schatten der Umfriedungsmauer, gingen am Straflager vorbei und gelangten an eine große Kreuzung, an der ein Windstoß eine Wolke aus rostfarbenem Staub aufwirbelte. Alle Bauten waren rund um ein riesiges Gefängnis angeordnet. Vor der Existenz der Strafkolonie war Saint-Laurent ein Nichts gewe-

sen. Pete verlangsamte seinen Schritt, als er eine Gruppe von Sträflingen auf sie zukommen sah, sechs Männer mit sechs Strohhüten, ohne Eskorte. Aznar ging ebenfalls langsamer. Die kleine Truppe senkte den Kopf und ging in völliger Stille, barfuß auf dem glühend heißen Boden, an ihnen vorbei, Spaten und Schaufeln geschultert. Die eingezäunten Häuser und Gärten waren perfekt in Schuss gehalten.

Dann kamen sie an einer Schule vorbei, in der die Kinder der Wärter im Chor eine Lektion aufsagten. Sie waren bereits am Ende der Stadt angelangt, die sie in wenigen Minuten durchquert hatten, und am Stadtausgang trennte sich die Straße in zwei Routen, die eine nach Osten, die andere nach Süden. In dieser Gabelung lag der Friedhof, sein Eingang war eingerahmt von zwei großen Mangobäumen, deren Früchte noch grün waren. Die beiden Männer setzten sich einen Augenblick in den Schatten.

»Dieser Ort macht mich krank, Gringo. So etwas habe ich noch nie gesehen, so falsch und zugleich so real.«

Pete setzte seinen Hut ab und wischte sich die Stirn, sah zu seinen Füßen eine Kolonne von Ameisen vorbeilaufen, die herausgeschnittene Blattstückchen trugen. Sie krabbelten den Stamm herunter und liefen zu den Gräbern, es waren Tausende, und sie hatten sich eine blitzsaubere kleine Piste geschaffen. Sie wirkten entschlossen, den ganzen Baum zu entlauben.

»Nicht vor diesem Ort musst du dich in Acht nehmen, Segundo. Der Franzose führt Böses im Schilde, du solltest auf dich aufpassen.«

»Ich habe ein Auge auf ihn, Gringo, ich brauche deine Ratschläge nicht.«

»Und Maria?«

»Was ist mit Maria?«

»Wirst du dich um sie kümmern?«
»Maria wird sterben wie alle Indianer, weil sie verrecken, wenn man sie von ihrer Erde fortschleppt.«
»Wenn du sie nicht beschützt, werde ich das tun.«
»Sie will deine Hilfe nicht, Pete.«
Segundo lächelte, nicht wegen Pete, sondern weil er seine Erinnerungen zu zähmen versuchte.
»Ich gehe zum Hafen zurück. Je schneller wir fertig werden, desto schneller bin ich euch alle los.«
Pete sah weiter den Ameisen zu, mit ihrem kleinen grünen Segel auf dem Rücken. Sie würden mit dem Mangobaum fertig werden. Dann ging er wieder durch die Stadt, kreuzte den Weg der Anwohner, Wärter und Gefangenen, verlangsamt durch die Hitze, mit einem Gang wie Kranke im purpurroten Park eines Krankenhauses.

3

Es wurde viel zu früh dunkel, die Nacht beendete den Tag so jäh, wie man einen Fensterladen zuschlägt. Das Sträflingslager erlosch, die Lampen wurden ausgeblasen, die Gittertore mit Vorhängeschlössern versperrt, die Ketten angelegt und die Wachrunden eingeteilt. Die Männer der Verwaltung waren bis zum Sonnenuntergang unter den Arkaden geblieben; stockbesoffen klammerten sie sich an den Franzosen, der zurück an Bord kletterte.

»Bleiben Sie heute Nacht hier, Monsieur Ledoux! Sie können morgen bei Tag weiterfahren!«
»Wir müssen die Flut ausnutzen, meine Herren. Es war mir ein Vergnügen, Ihre Bekanntschaft gemacht zu haben!«
»Grüßen Sie Paris, Monsieur Ledoux!«
»Das werde ich tun!«
Die beiden Beamten ließen die Reling nicht los.
»Grüßen Sie Ihr Land, Monsieur Ledoux.«
»Wenn Sie nach Belleville kommen, dann grüßen Sie das Viertel von mir!«
»Auf Wiedersehen, meine Herren!«
Aznars Matrosen, alles Galgenvögel, machten sich schweigend ans Werk, denn sie hatten es eilig, Saint-Laurent und den langen schwarzen Schatten des Straflagers wieder zu verlassen. Das Manöver war schnell ausgeführt. Sie hissten nicht die Segel, Aznar stand am Steuerrad und lenkte die *Santo Cristo* in die Strömung des Flusses und die zurückweichende Flut hinein. Wenn sie zu lange warteten, wären die Schlammbänke freigelegt und die Ufer unerreichbar. Der Himmel war vom auflandigen Wind freigefegt, und die Sterne gaben dem Himmelszelt seine wahren Proportionen zurück. Aznar steuerte den Schoner zwischen den Inseln und dem Ufer hindurch, der glänzenden Wasserpassage folgend. Sie fuhren an der ersten Insel vorbei, und der Franzose am Bug zündete eine Signallampe an, die in regelmäßigen Intervallen einen Code wiederholte. Ein anderes, schwächeres Licht antwortete ihm vom Ufer und ließ die Mangrovenwurzeln ihre Schatten werfen. Die Spinnenbeine der Mangrovenbäume, die sich in den Schlamm hinausstreckten, glänzten im Schein der Lampen. Aznar näherte sich so weit wie möglich dem Ufer, bevor er wendete.

»Ankermanöver!«

Der Schoner drehte sich um sich selbst und stabilisierte sich gegen die Strömung.

»Anker auswerfen!«

Der Matrose machte die Winde los, und die Stahlkettenglieder veranstalteten einen Höllenlärm. Der Anker schlug auf dem Wasser auf, die Kette wurde abgespult, bis die Bewegung langsamer wurde. Eine Reihe von Stößen, der Anker schleifte am Flussbett entlang, dann spannte er sich, und der Schoner kam zum Stehen. Die Lampe auf dem Ufer wurde geschwenkt, die sich bewegenden Schatten und Lichter verwandelten den Mangrovenbaum in einen fantastischen Tausendfüßler. Ängstliche Stimmen drangen an ihr Ohr. Niemand außer dem Franzosen verstand, was sie sagten. Die vier Männer hielten sich an den Wurzeln fest, um voranzukommen, und schoben auf dem schwarzen Schlamm einen Einbaum vor sich her. Sie hatten die Lampe darauf abgestellt und wateten, den Bauch gegen das Boot gedrückt, bis zu den Hüften im Schlamm voran. Als sie losließen, verschwanden sie bis zum Hals darin und zogen sich mit der Hilfe ihres nächsten Gefährten keuchend wieder heraus. Etwa zehn Meter vor der *Santo Cristo* erreichten sie das Wasser und ließen sich außer Atem in den Einbaum rollen. Die Matrosen beugten sich mit gestreckten Armen vor, um sie an Bord zu hieven. Der Einbaum wurde sogleich abgetrieben und verschwand. Aznar schrie: »Anker lichten!«

Zwei Matrosen stellten sich bei der Handkurbel der Winde auf, die Segel wurden gehisst, und der Wind half bei dem Manöver. Nachdem alle Lichter gelöscht waren, machte die *Santo Cristo* eine Kehrtwende, um die Strömung wiederzufinden. Die vier entflohenen Häftlinge entledigten sich ihrer schlammverdreckten Sträflingsuniformen. Der Franzose sammelte ein paar Exemplare ein und warf sie über Bord. Vielleicht würden der verlassene Einbaum und die im Mündungsbereich auf dem Wasser treibenden Stoffe dafür sorgen, dass die vier Männer nach dem Ausbruch in den Verwaltungsregistern den Vermerk »verschollen« erhielten. Nachdem sie Matrosenkleidung angezogen hatten, stiegen die Flüchtigen schlotternd in den Frachtraum hinunter, um sich dort zu verstecken.

»Die Brandung!«

Mit der Ebbe trafen verschiedene Strömungen aufeinander. Das Wasser des Flusses prallte mit dem Rückfluss auf die mächtigen Wellen des Ozeans und zeichnete einen weißen Schaumstreifen in die Nacht. Aznar steuerte direkt auf die zwei Meter hohe Walze zu. Die *Santo Cristo* rammte ihren Vordersteven hinein, wurde hochgeworfen und brutal ausgebremst, dann wankte sie in einer schaukelnden Bewegung hin und her. Sie wurde einen Augenblick hochgehoben, bevor sie mit der Nase voran in die Tiefe stürzte, das Heck in der Luft wie ein ausschlagendes Pferd. Es gab ein paar Beulen und zerschlagenes Geschirr, aber die Brandung war überwunden. Aznar setzte die Segel gen Osten. In der Nacht würden sie an den Inseln des Heils vorüberfahren, und am folgenden Tag käme die brasilianische Küste in Sicht. Anschließend bräuchten sie noch fünf Tage, um das Delta des Amazonas zu erreichen, den größten Fluss der Welt, sagte Aznar, mit Macaparé an der Mündung, jener Stadt, von der aus man den Äquator erreichen konnte.

Der Franzose war mit den Entflohenen im Frachtraum. Pete dachte, dass die Hälfte der Mannschaft, vielleicht sogar mehr, auf Sébastiens Seite waren. Segundo wusste das auch, hielt sich aber stur und beharrlich am Steuerrad seines Schiffes fest.

»Was wirst du tun, Kapitän?«

Aznar betrachtete durch die offenen Fenster des Postens die Nacht, prüfte seinen Kompass, lauschte dem Geräusch der Segel, um ihre Spannung und die Windstärke abzuschätzen.

»Sie brauchen mich, um mit diesem Schiff voranzukommen. Aber du und Maria, ihr seid zu nichts nütze.«

Pete ging zu den Kabinen hinunter.

»Mach auf, Maria.«

In der Kabine roch es nach Erbrochenem und Exkrementen, Aznar war mittlerweile ausgezogen und schlief jetzt im Steuerhaus. Die Indianerin hatte die Kabine in eine stinkende Grotte verwandelt. Hier durfte nicht das geringste Licht angezündet werden. Pete öffnete das Bullauge und setzte sich auf die Liege, so nah wie möglich an die frische Luft. Maria befand sich irgendwo im Dunkeln, wo er sie nicht sehen konnte.

»Sie werden uns nicht vom Schiff gehen lassen. Morgen ist alles vorbei. Willst du hier krepieren?«

Er hörte sie in einer Ecke rumoren, eine leere Flasche rollte über den Boden und schlug gegen die Liege. Dann vernahm er, wie der Hahn einer Waffe gespannt wurde. Pete machte sich ganz steif und glitt am Rumpf entlang, um aus dem Lichtkreis des Bullauges herauszukommen.

»Was machst du da? Wo hast du die Waffe her?«

Er nahm ihren üblen Geruch wahr und spürte, wie ihm der Lauf einer Pistole auf die Brust gesetzt wurde.

»Du hast mir mein Land gestohlen, Gringo, mein Dorf, meine Berge und meine Männer.«

»Ich habe dir das Leben gerettet.«

»Guzmán hätte dich töten sollen.«

»Dann wärest du jetzt auch tot.«
»Dieses Meer ist der Tod. Man treibt über dem Ertrinken dahin, sonst nichts.«
»Die Franzosen wollen uns loswerden.«
Er spürte, wie der Druck des Laufs nachließ und Maria von ihm abrückte.
»Ich habe mir das Boot angesehen, habe mich überall hineingeschlichen. Ich habe gegen das Holz gelehnt geschlafen und gehört, wie das Wasser über den Rumpf glitt.«
»Was redest du da?«
Sie ließ es still werden, das Meer pfiff im Bullauge.
»Es gibt Waffen an Bord, sie sind im Frachtraum versteckt.«
»Wir müssen die *Santo Cristo* verlassen.«
Sie lachte.
»Wie denn? Und wohin sollen wir gehen?«
»Das Rettungsboot. Sobald wir die Sträflingsinsel passiert haben, nähert das Schiff sich wieder der Küste, der auflandige Wind wird uns eine Hilfe sein. In Guayana haben wir nichts zu befürchten, wir sind hier keine Kriminellen.«
Sie verstummten, vor Schreck erstarrt, als von der anderen Seite der Kabinenwand, aus dem Frachtraum, Lärm zu ihnen drang. Ein Kampf, Schreie wie von geschlagenen Tieren.
»Ich muss das Rettungsboot ins Wasser lassen, wir haben keine andere Wahl mehr.«
Der Lärm war jetzt über ihnen, Schritte, überstürztes Laufen durch die schmalen Gänge, Richtung Kommandobrücke. Die *Santo Cristo* richtete sich auf und wurde gewendet. Pete hob den Blick zu der schwarzen Decke. Stimmen, Schreie, Befehle, der Aufprall eines Körpers, der über Bord ins Wasser geworfen wurde. Er spürte, wie Maria seine Hand packte, er

dachte, sie suche seinen Schutz, aber sie stand auf und zog ihn mit sich. Sie traten auf den Gang hinaus, tasteten sich blind an der Wand entlang, die sie vom Frachtraum trennte. Sie ließ seine Hand los, und er hörte das Quietschen von Holz und dass etwas verschoben wurde. In der Wand war ein verborgener Durchgang. Sie zog an seinem Bein, und er folgte ihr. Die große Luke war geöffnet, sie sahen die weißen Segel in der Nacht, die Sterne, das Schlingern des Großmastes, der durch den Himmel glitt. Sie lag lang ausgestreckt auf dem feuchten Holz und durchsuchte ein geheimes Versteck.

»Die Waffen sind nicht mehr da.«

Sie schlug die Hand vor den Mund und wich vor ihm zurück. Zwischen zwei Spanten lehnten zwei Leichen aneinander wie kraftlose Säcke. Die beiden Kommunarden. *Die Sache*, ermordet von ihren vorübergehenden Verbündeten, den Pariser Gaunern. Maria kniete nieder. Mit zurückgeworfenem Kopf blickte sie zu dem hellen Viereck auf, die Pistole auf den Oberschenkeln, den Kolben mit beiden Händen fest umklammert. Sie atmete stoßweise, gierte nach Luft. Über ihnen ging die Meuterei weiter, die Stimme des Franzosen, die Befehle erteilte, ein Schuss, der sie zusammenzucken ließ. Maria wandte den Kopf und sah den Amerikaner an. Sie weinte, die Tränen weiß glänzend im Licht der Sterne und dem Widerschein der Segel.

»Ich will nicht auf dem Meer sterben. Bring mich wieder an Land zurück, Pete, bitte.«

»Bleib hier. Schieß auf alles, was in diesen Frachtraum hinuntersteigt. Wenn du mein Signal hörst, rennst du nach hinten und springst. Nicht denken. Einfach springen. Ich werde da sein.«

Maria ließ sich ins Schwarze hinab, so weit weg von den

Leichen, wie es nur ging. Pete schlich zurück bis zu dem Durchgang in der Wand. Er kroch auf allen vieren durch den Gang vor den Kabinen, ging in die Offiziersmesse, fand das Möbel mit dem Besteck und schnappte sich ein Fleischmesser. Jemand stieg die Stufen hinunter, Pete versteckte sich unter dem großen Tisch zwischen den Stuhlbeinen. Eine Lampe erhellte die Offiziersmesse, das Licht verschwand im Gang, und er hörte das Holz einer Kabinentür bersten, als man sie eintrat. Er stürzte auf den Flur und die Treppen, die im hinteren Geviert einen Bogen bildeten. Dort war das Rettungsboot, hing über dem phosphoreszierenden Kielwasser des Segelschoners. Er machte kehrt und kroch auf allen vieren den schmalen Gang entlang zu der erhellten Kommandobrücke und der am Steuerrad stehenden Gestalt, die er nicht aus den Augen ließ. Vielleicht hatte er noch eine Chance, Aznar zu überzeugen.

Er erstarrte. Er hatte in eine warme Flüssigkeit gegriffen. Segundo lag quer über den Gang gestreckt auf dem Rücken, die Hände hingen über den Rand des Schiffes, die Kehle war durchgeschnitten. Der Franzose hatte den Platz am Steuerrad übernommen. Pete entfernte sich rückwärtskriechend.

Er band das Rettungsboot seitlich an einer Klampe fest und schnitt die Seile von der Umlenkrolle. Das Boot fiel, prallte aufs Wasser, lief ein bisschen voll, ehe es sich im Schlepptau der *Santo Cristo* wieder stabilisierte. Ein Schuss, dann noch einer, vorne, auf Höhe des Frachtraums. Pete richtete sich auf, sah Gestalten über die Brücke rennen. Er hielt sich am Rettungsboot fest und sprang ins Wasser. Die Beine tauchten ins schwarze und warme Meer, das über ihm zusammenschwappte und ihm die Luft nahm, als er mit der Strömung kämpfte. Er stemmte sich zurück ins Boot, hustete, schnappte nach Luft und schrie: »Maria!«

Die Lampenlichter strömten von beiden Seiten zum Heck und zur Messe hin. Er hörte den Franzosen gegen den Wind brüllen: »Das Rettungsboot!« Die kleine Gestalt, einer Katze gleich, sprang von der Messe. In zwei Sätzen war Maria über der Reling, und er sah sie ins Wasser fliegen, der Rock blähte sich im Sprung. Die Füße unter einer Bank verkeilt, streckte Pete die Arme aus und tauchte die Hände ins Wasser, spürte etwas, zog daran und hievte Maria an den Haaren aus dem Wasser. Sie klammerte sich ans Dollbord, und er beeilte sich, das Seil zu kappen, das sie mit dem Schiff verband. Das Rettungsboot tauchte mit der Nasenspitze ins Wasser und blieb stehen, die Lichter des Segelschoners entfernten sich in Sekundenschnelle, dann änderten die Dreieckssegel ihren Kurs. Pete hielt sich die Ohren zu. Über seinem Kopf leerte Maria die Trommel ihrer Pistole, indem sie auf die Lampen zielte. Eine von ihnen erlosch, und sie hörten einen Schrei. Schüsse antworteten ihnen, aber die Meuterer schossen nur aufs Geratewohl, das Rettungsboot war auf dem Wasser nicht zu sehen. Der Wind half ihnen, denn der Segelschoner hätte dagegen ansegeln müssen, um zurückzukommen.

Pete versuchte, ungefähr abzuschätzen, in welcher Richtung die Küste lag, und ruderte aus Leibeskräften. Das Rettungsboot verfügte über einen Mast, den man abmontiert und am Dollbord festgemacht hatte. Die Lampen der *Santo Cristo* entfernten sich schnell, die beiden Boote trieben in entgegengesetzter Richtung davon, die Lichtpunkte tauchten nur noch hin und wieder hoch oben auf dem Wellenkamm auf. Plötzlich wurden Maria und Pete auf das Geräusch aufmerksam, das sie umgab, das Tosen eines starken Windes und die Gischt der Wellenkämme, die ihre Kleider und das Boot peitschten.

Aber es war nicht das Meer, das sie so durchnässte. Es regnete, ein schwerer Regen, warm wie das Meer, prasselte auf das Holz und ihre Köpfe nieder. Pete richtete den Mast auf, spannte die Abspannseile, hisste das Segel und holte die Schot dicht. Maria rollte sich im Boot auf dem Boden zusammen. Zwei Stunden, drei, er klammerte sich an die Pinne des kleinen Ruders und suchte den Horizont nach der noch kaum sichtbaren schwarzen Masse des Kontinents ab. Er glaubte schon, den Kurs zu verlieren, der Erde den Rücken zu kehren und direkt aufs Meer hinauszutreiben, der aufgehenden Sonne entgegen, dorthin, wo der Horizont seine Farben ändert. Ein schwacher Streifen Weiß. Aber es war nicht die aufgehende Sonne, es war die Gischt der Ruderwelle, deren animalischen Atem man hörte.

»Maria!«

Er zog sie an sich, sie umklammerte sein Bein. Er zog die Pinne gegen seinen Bauch, und sie wurden von dem weißen Schlund verschluckt, das Holz des Bootes knackte, und die Strömung spuckte sie wieder aus, das Wasser stand kniehoch, sie japsten nach Luft. Von der Meeresbrandung getragen, ließen sie sich treiben.

*

Als sie wieder die Augen aufschlug, flappte das Segel im Wind, die Schot peitschte die Luft. Der Gringo schlief, das Boot war auf einer Schlammbank gestrandet, über die Dutzende von Krabben liefen, asymmetrische Wesen mit einer kleinen roten Zange und einer weiteren violetten, die halb so groß war wie das ganze Tier. Das Festland war nur zwanzig oder dreißig Meter entfernt. Das Meer war ruhig, es war kaum ein Plätschern zu hören, und das Rettungsboot lag flach auf der Seite.

Die Sonne stand hoch, und auf der Erde vernahm man das Vibrieren von Tausenden von Insekten. Maria holte das Segel herunter und warf es über sie, um sie vor der vom Himmel brennenden Sonne zu schützen, und kauerte sich neben Pete unter das feuchte und salzverkrustete Segeltuch.
Etliche Stunden später weckte er sie. Kaum hatte sie die Augen halb geöffnet, setzte sie sich ans Steuer, und er begann zu rudern. Die Flut hatte sie genommen und hochgehoben und zu einem braunen, etliche Meter breiten Fluss getragen. Der Schlamm und die Mangrovenbäume wichen einem Wald und mit Gestrüpp bewachsenen Uferböschungen, die Zweige trafen sich überm Wasser und bildeten einen grünen und kühlen Tunnel. Als der Mast sich darin verfing, montierte Pete ihn ab. Ein paar Ruderschläge genügten, um weiterzukommen, zusammen mit dem Salzwasser, das ins Landesinnere drängte und den Fluss aus seinem Bett heraustreten ließ, um den Wald zu erobern. Sie verloren die Spur und trieben inmitten der unter Wasser stehenden Wurzeln, glitten auf einem Spiegel voran, darauf die vollkommene Spiegelung der Baumstämme. Sie verließen den Wald und gelangten in eine weite, sumpfige Ebene, die mit großen, halb im Wasser stehenden Pflanzen bedeckt war. Schwarzbeschuppte Schlangen schwammen vor ihnen davon, überall nisteten Vögel, weiße Stelzvögel flogen auf, unsichtbare Tiere flohen und zauberten Wellen auf die glänzende Wasseroberfläche. Die Sonne machte sie durstig. Sie fanden die Spur des Wasserlaufes wieder, der sich zurückzog, fuhren wieder zwischen den Bäumen, im Schutz des Schattens, ins Festland hinein. Ihr Boot blieb stehen, die Meeresströmung stieß sie nicht mehr vorwärts, und Pete kostete das Wasser. Es war Süßwasser. Sie tranken schließlich aus vollen Händen, und als die Ebbe kam und der Fluss sie wieder

Richtung Ozean zu drängen begann, banden sie das Boot an einer Wurzel fest. Maria richtete sich auf, suchte ihr Gleichgewicht und brachte dabei das Boot ins Wanken.

»Was machst du da?«

Die Nase in der Luft, gab sie ihm ein Zeichen zu schweigen.

»Riechst du das nicht?«

»Was denn?«

»Feuer.«

Die Indianerin setzte sich jäh wieder hin, warf sich auf die leere Pistole, die im Wasser lag. Sie hielt in ihrer Bewegung inne, streckte die Waffe von sich und ließ sie fallen. Sie hoben beide die Hände in die Luft. Die Schulter gegen einen Baumstamm gelehnt, hielt auf dem Ufer über ihnen eine Frau eine doppelläufige Flinte auf sie gerichtet, eine große Jagdwaffe. Eine zweite Frau, die keine Waffe trug und der ein Männerhut Schatten spendete, sagte etwas auf Französisch. Pete sagte so deutlich wie nur möglich: »Kein Französisch... No French. English? Spanisch?«

»Spanisch?«

Er nickte. Die beiden Frauen sahen einander an.

»Sprichst du Englisch oder Spanisch?«

»Nein. Wir müssen sie zu Maman bringen.«

Die mit der Flinte schüttelte ihre Waffe und deutete mit dem Lauf in eine Richtung.

»Raus aus dem Boot.«

4

Der Waldweg führte direkt vom Fluss ins Dorf, das etwa fünf Minuten entfernt lag, auf einer einen halben Hektar großen Lichtung. Häuser auf Pfählen, die man zwischen abgehackten Baumstümpfen erbaut hatte. Eine andere Parzelle wurde gerade abgeholzt, es gab gefällte Bäume und Astfeuer, die Hitze und den Staub einer Brandrodung. Das Dorf wurde erweitert.

Kein Mann weit und breit. Die Frauen waren mit Holzfällen beschäftigt, sägten die Bretter und die Balken, entasteten die Bäume mit der Machete, kochten, schlugen Nägel ein, fütterten das Kleinvieh. Sie rauchten Pfeife, hatten eine Flinte geschultert oder kümmerten sich um den Gemüsegarten, sie erinnerten an die Pioniere, die Konvois anführten, an die Soldatenfrauen, die in Kriegszeiten Bauernhöfe und Dörfer bewirtschafteten, an diese nicht kleinzukriegenden Witwen des Wilden Westens. Die Kinder verhielten sich still und arbeiteten ebenfalls. Die Jungen waren die einzigen Vertreter des männlichen Geschlechts, kein einziger war in der Pubertät. Die Frauen waren entweder zahnlos, hinkten und waren schmutzig oder aber sauber und gekämmt, alles in allem etwa vierzig an der Zahl.

Die Indiofrau und der Mann, der kein Französisch sprach, blieben unter der Aufsicht der Frau mit dem Gewehr stehen, während die andere Frau die Treppe eines Hauses hinaufstieg. Sie kam in Begleitung einer Matrone wieder heraus, die größer war als Pete und ihn auf Spanisch ansprach: »Woher kommst du?«

»Aus Amerika.«
»Amerika? Was machst du hier?«
»Unser Schiff ist verunglückt.«
»Und sie?«
Maria schnitt Pete das Wort ab.
»Wo sind die Männer?«
Die Frau mit den Boxerschultern zog die Brauen hoch, als sie die Indiofrau reden hörte. Sie wandte sich an den Amerikaner.
»Wo hast du denn eine Indianerin gefunden, die Spanisch spricht?«
Sie pflanzte sich vor der zierlichen Maria auf.
»Welcher Stamm? Palikur? Arawak? Galibi?«
Maria spuckte ihr vor die Füße.
»Xinca.«
Die weiße Frau wich, nicht sonderlich beeindruckt, der Spucke aus.
»Xinca? Noch nie gehört.«
Maria richtete sich auf.
»Ich komme aus Guatemala.«
Der Kreis der Frauen wurde größer.
»Woher?«
Sie stellte den Versammelten eine Frage auf Französisch, eine Frau antwortete etwas, und Pete schnappte die Wörter Mexiko und Guatemala auf. Es gab ein paar lebhafte Wortgefechte, die Große, die Spanisch sprach, hob schließlich die Hand und unterbrach die Debatte. Sie wandte sich an den Amerikaner: »Du kannst hier nicht bleiben. Wir werden dir zu essen geben, aber du musst das Frauendorf verlassen. Sie kann bleiben.«
Pete war sich nicht sicher, ob er das verstanden hatte.

»Frauendorf?«
»Du gehst mit den Männern, sie bleibt hier.«
»Ich gehe nicht ohne sie.«
Maria reagierte nicht, der Frau huschte ein Lächeln übers Gesicht.
»Sie wird dich besuchen kommen, wann immer sie mag.«
Maria wurde von den Frauen mitgezogen, er bekam den Lauf der Doppelflinte in den Bauch, sobald er Anstalten machte, ihr zu folgen. Die große Frau senkte schließlich die Waffe, die sie auf ihn gerichtet hatte.
»Beruhige dich. Das Männerlager ist gleich da hinten. Du bist nicht weit, aber ohne Erlaubnis kannst du nicht ins Frauendorf hinein. Das ist eine Regel. Verstehst du, Americano?«
Pete nickte, auch wenn er es nicht ganz verstanden hatte.
»Du bleibst hier, Maria! Du gehst nicht von hier weg!«
Die Weißen, in ihrer Mitte die Indianerin, sahen zu, wie Pete das Frauendorf verließ. Er hob die Hand, um Maria nachzuwinken.

Vor dem Männerlager blieb die Frau mit dem Gewehr stehen und scheuchte ihn mit einer Handbewegung hinein. Pete ging alleine zwischen den Zelten und Schutzhütten hindurch und entdeckte vier Kerle in Hängematten rund um ein Feuer, das am helllichten Tag brannte, um die Mücken zu verscheuchen. Einer von ihnen erhob sich und ging der Frau mit der Flinte entgegen, die Pete begleitet hatte, sprach sie an, erstarrte mit in die Höhe gerissenen Armen, als die Jägerin ihn mit ihrer Waffe ins Visier nahm und etwas bellte. Pete grüßte die Männer auf Englisch. Einer von ihnen, der unter einem Palmdach in der Hängematte lag, richtete sich auf.

»Damn it! Ein Brite?«
»Amerikaner.«

»Was machst du hier?«

»Keine Ahnung.«

Pete betrachtete die Männer, die dort untätig lagen und darauf warteten, dass die Frauen ihnen erlaubten, sie zu besuchen. Wahrscheinlich hatten die Huren der Kolonie sich zusammengetan und mitten im Wald ihr eigenes Bordell aufgezogen und empfingen die Kunden, wann sie es für richtig hielten. Der Mann, der Englisch sprach, war von Kopf bis Fuß mit Tätowierungen übersät. Unter der Nase ein Anflug von Schnurrbart; auf den Schläfen bis hinauf zu seinem rasierten Schädel ein Kranz aus dornigen Blumen, der wie eine Christuskrone aussah; auf der Brust ein Anker und Schiffe. Ein Seemann. Er schnappte sich eine Flasche aus seiner Hängematte.

»Sie mögen es nicht, wenn man trinkt, aber vor morgen wird keiner hineindürfen, da können wir uns gut noch einen oder zwei genehmigen.«

Sie hatten alle irgendwo eine Flasche gebunkert. Außer dem Seemann, der bei relativ guter Gesundheit zu sein schien, waren die anderen so mager wie Sträflinge. Der Mann reichte ihm die Flasche, und Pete ließ sich im Schatten der Palmen auf den Boden plumpsen.

»Ist es weit bis in die Stadt? Gibt es dort keine Huren? Sind die alle im Frauendorf?«

»Huren?«

Der Seemann sprach mit seinen Gefährten, und ihre Mienen wurden finster.

»Das sind unsere Frauen, mein Freund. Wir versuchen, sie wieder für uns zu gewinnen. Die anderen, die aufgegeben haben, gehen zu den Dirnen von Cayenne, die ihnen gleich ihre Einnahmen wieder abknöpfen.«

»Ihr seid also keine ehemaligen Sträflinge? Keine Befreiten?«
»Nicht alle, mein Freund. Es sind waschechte Idioten unter uns, die freiwillig hierhergekommen sind.«
»Freiwillig?«
»Genau. Falls du glaubst, das Goldfieber lässt dir die freie Wahl!«
»Gibt es hier Gold?«
»Ho! Wo kommst du denn her?«
Der Seemann übersetzte, und die vier Männer zeigten unverhohlen ihre verfaulten Zähne.
»Als sei die Strafkolonie noch nicht genug, ist dieses Land noch dazu eine riesige Mine.«
Der Seemann hob die Arme zum Himmel, sodass die Schiffe und Sirenen auf seinem Oberkörper einen Sprung nach vorn machten.
»Sogar unsere Frauen schürfen nach Gold!«

*

Die Namen waren einfach und schlicht. Sie erzählten die Geschichte der Strafkolonie und ihrer Bewohner. Die Flüsse hatten kleine Buchten – *Criques* genannt –, und die Hütten, von der Hängematte bis hin zur Konstruktionen aus einem Gerüst und einem Dach, nannte man *Carbet*. Eine Goldmine war ein *Placer*. Es gab das Frauendorf und das Männerlager. Die Schürfmine Freie Frauen. Die Schürfmine Endlich. Die Schürfmine Gott sei Dank, die Schürfmine Paris oder Lyon. Die Bucht Gestillter Durst, die Kleine Bucht, die Große, die Grüne, die Blaue. Die Rettungs-Hütte, die Hoffnungs-Hütte, die Schürfmine Wiederkehr. Die Großzügige Bucht, die Aussichts-Hütte, die Schürfmine Glückauf. Die Versunkene Bucht, die Schlangen-Hütte, die Schürfmine Mitleid.

Die Pisten trugen den Ort im Namen, zu dem sie führten. Das Männerlager der Goldwäscher lag auf der Frauendorf-Piste. Am Ufer der Gabriel-Bucht verteidigten sie mit dem Gewehr die Schürfmine Freie Frauen. Der Ertrag war gering, ein paar Gramm Gold im Monat, was sie so zum Leben brauchten, gelegentlich fanden sie einen etwas größeren Goldklumpen.

»Die Frauen«, sagte der Seemann, »werden nicht ganz so heftig vom Goldfieber erfasst wie wir, sie haben eine etwas größere Widerstandskraft gegen diesen Wahnsinn.«

»Wie sind sie hierhergekommen?«

»Man hat sie aus Frankreich kommen lassen!«

Ehefrauen, die ihren glücksuchenden Männern gefolgt waren, ehemalige Prostituierte – hier hatte Pete nicht so ganz danebengelegen –, ehemalige Strafgefangene, die Witwen der Wärter …

»Wieso wir alle hier sind und darauf warten, bis sie sich uns gewogen zeigen? Wir haben es verdient, mein Freund!«

Und dann war da noch Maman, die Größte, die Chefin.

»Ist Maman deine Frau?«

Pete dachte schon, der Seemann wolle sich bekreuzigen, aber er legte sich nur die Hand aufs Herz, an die Stelle mit dem auftätowierten Dreimaster, der alle Segel gehisst hatte.

»Um Himmels willen, nein! Maman hat mehr Witwer hinter sich gelassen, als man zählen kann. Nicht, dass sie sie abgemurkst hätte, aber sie überlebt alles, was andere umbringt, und so könnte man sich doch fragen, ob sie sie nicht ein bisschen ins Grab geschubst hat. Du musst dir jedenfalls keine Gedanken um deine Frau machen, Amerikaner. Sie könnte nirgends sicherer sein als dort.«

»Sie ist nicht meine Frau.«

Der Seemann zwinkerte ihm zu.

»Keine Bange, mein Freund, ich mach dir keinen Vorwurf. Mir sind auf meinen Reisen Paare in allen Farbschattierungen begegnet, Gelb mit Weiß, Rot mit Weiß, Schwarz mit Weiß, Donnerlüttchen, auch Rot mit Braun, Schwarz mit Gelb! In diesem verdammten Land und in diesem verflixten Wald habe ich schon alle Arten von Hochzeiten miterlebt und Kinder gesehen, die aus allen Weltgegenden etwas in sich tragen. Die Einsamkeit lässt einen schnell die Eseleien der Pfaffen und ehrbaren Bürger vergessen! Sogar ich habe eine Engländerin geheiratet, dabei bin ich Franzose! Dir und deiner Indiofrau wird hier niemand Probleme machen.«

Der Seemann klopfte ihm auf die Schulter, und Pete widersprach ihm nicht.

Die Bewohner des Frauendorfes waren die zähesten Siedler von Guayana. Sie hatten beschlossen, dass der Wald, das Klima und die Krankheiten keine Entschuldigung dafür waren, sich auf einem Bordstein in Cayenne niederzulegen und sich langsam mit Palmwein totzusaufen. Als sie genug davon hatten mitanzusehen, wie das Geld aus ihrem Haushalt in den Bordellen und Bars verschwand, setzten sie ihre Männer vor die Tür. Sie hatten sich um die Wütendste und Gerissenste unter ihnen geschart, Maman, und dann ein Grundstück und eine Goldgräberkonzession gekauft, die niemand haben wollte. Die Bewohnerinnen des Frauendorfes waren Weißwäscherinnen, Näherinnen, Goldwäscherinnen, Gemüsegärtnerinnen und trieben Handel mit den Chinesen, den Siedlern, den Jägern und den Seemännern. Sie trieben Tauschhandel mit den Indianern und den Bushinengué, den Saramakas, Paramakas, Ndjukas, den Nachfahren der entflohenen oder befreiten Sklaven, die im Wald lebten und immer noch ihre afrikanischen Sprachen sprachen. Die entschlossenen Grundbesitzerinnen arbeiteten mit allen zusammen, und niemand suchte Streit mit ihnen. Ihre mächtigste Waffe: Sie ließen ihre Ehemänner darben. Ohne einen Sou kamen diese wieder angekrochen, bekamen unversehens einen Spaten in die Hand gedrückt, nachdem Kneipen und Bordelle außer Reichweite waren, und Kleinkinder auf den Arm gesetzt. Die meisten machten sich aus dem Staub und kamen nie wieder zurück.

Das Frauendorf war vielleicht die einzige Erfolgsgeschichte dieser Strafkolonien-Utopie: Mithilfe von Exil und Brutalität wollte die französische Gesellschaft sich von ihren Kriminellen und Gesetzesbrechern reinigen, um sie dann, nachdem sie sich gebessert hatten, in neue tugendhafte Siedler zu verwandeln. Nur dass die Männer von diesem Erfolg ausgeschlossen waren und die Dorffrauen Frankreich hassten. Für sie war Frankreich selbst eine Strafkolonieverwaltung – und es wurde hier von allen nur *La Tentiaire* genannt, die Strafkolonie.

Im Männerlager gab es vier arme Schlucker, die auf eine Audienz bei ihrer Gattin warteten und bei allen Göttern schworen, sie würden dieses höllische Gesöff und die Weiber von Cayenne niemals wieder anrühren.

»Und du, Seemann?«, fragte Pete.

»Ich ging von einem Schiff an Land. Folgte einem Weg bis in eine elende Spelunke. Ein Kerl gab dort Runden aus, und zwei Tage später war ich im Wald und grub in einer Bucht nach Gold. Das war vor fünf Jahren. In der Stadt habe ich meine Engländerin kennengelernt, sie war die Witwe eines freigelassenen Sträflings. Sie war nicht wirklich eine Hure, sie versuchte nur, sich irgendwie über Wasser zu halten, nachdem ihr Gatte den Abgang gemacht hatte. Sie war eine hübsche

Frau. Aber ich war zu verliebt in meinen Rum. Und außerdem, ein Seemann, der sein Meer nicht mehr hat, was soll da Gutes draus werden?«

Arbeiten, treu sein, nüchtern bleiben, diese Aufgaben mussten die Männer erfüllen; dann würden die Paare wieder zusammenziehen, in Häuser außerhalb des Frauendorfes, in der Stadt oder im Wald bei einer Schürfmine. Der Seemann war skeptisch. Seiner Meinung nach kamen die Frauen in ihrem Dorf auch ohne sie gut zurecht.

»Nicht, dass sie keine Bedürfnisse hätten wie unsereins auch. Aber am Ende werden wir unser eigenes Dorf haben, neben ihrem, und man wird sich nur noch begegnen, wenn alle das wollen. Und letztlich, warum auch nicht? Man teilt nur das, was man braucht.«

Der Seemann wurde schwermütig, und das Palmweingesöff schien ihm auch nicht mehr zu schmecken.

»Sie ist hübsch, meine Engländerin, und die Kleine fehlt mir, das kannst du dir nicht vorstellen. In diesem gigantischen Saustall wächst unsere Tochter heran wie jedes andere Kind auf dieser Erde, sie hat ihren Spaß und spielt, das ist das Beste, was ich je zustande gebracht habe. Was ihre Mutter angeht, so werde ich tun, was sie will. Ich werde hierbleiben, meiner Tochter beim Aufwachsen zuschauen und mich um sie kümmern. Sie spricht bereits zwei Sprachen, sie ist die neue Welt!«

Der Seemann hatte das Kinn gehoben und den Hals langgestreckt, und im Schein des Feuers sah man dort in einer zarten Schreibschrift *Marinette* eintätowiert, den Vornamen seiner Tochter, vom einen Schlüsselbein zum anderen.

Die Flaschen waren leer, und man hatte für Pete eine Hängematte gefunden, die man unter eine flugs errichtete Palmhütte gespannt hatte, die ebenso flugs Amerika-Hütte getauft wurde. Die vier ein wenig angesäuselten Lagerbewohner hatten sich brav schlafen gelegt, denn sie folgten dem Rhythmus der kurzen Tage in diesem Land.

Pete, gewiegt vom Hin und Her der Hängematte, schlief mit dem Gedanken an die kleine Aileen ein, die auf der Fitzpatrick-Ranch bald ihren elften Geburtstag feiern würde. Und mit dem Gedanken an Maria, die das Frauendorf vermutlich nie wieder verlassen wollte.

5

Eine Frau kam sie suchen und sagte, auf dem Schlachtplatz könne man Hilfe gebrauchen. Die fünf Männer folgten ihr.

Die Frauen nutzten ihre Macht nicht aus und behandelten die Männer ganz wie Angestellte auf Probe, vorsichtig und aufmerksam. Sie wollten Ordnung in ihren Verband bringen, um eine Chance zu haben in diesem Land, das alles auf der Stelle auffraß, Menschen, Bäume, die Hoffnung auf ein Auskommen. Angesichts der Dichte dieses Waldes, seines Überflusses, seines Wucherns, seiner Parasiten, seines Strebens in alle Richtungen, seiner Schnelligkeit und seines Ehrgeizes war es im Interesse der Europäer, die es nach Guayana verschlagen hatte, genau zu wissen, was sie wollten. Die Natur hatte noch eine gute Länge Vorsprung, aber im Frauendorf krempelte man sich schon die Ärmel hoch.

Pete suchte Maria und fand sie nicht. Als die Männer sich zum Frühstück am Tisch niederließen, unter der großen zentralen Palmhütte, kam ein vierjähriges Mädchen vorbei und setzte sich zu dem Seemann. Maria war nicht zum Essen gekommen, und die Arbeit hatte sich anschließend noch bis in den Nachmittag gezogen. Pete hatte Maman befragt, die Frau, die immer ihre Ehemänner unter die Erde brachte. Sie hatte, so gut sie konnte, versucht, ihm auf Spanisch zu erklären, dass Maria in einem schwarzen Loch saß und dass niemand zu ihr hinunterklettern konnte, dass Pete im Männerlager bleiben und warten musste, falls er sie wiedersehen wollte. Sie fragte ihn, ob er wirklich warten wollte.

»Was?«

»Sie wird vielleicht sterben.«

»Woran denn?«

»An nichts, an allem, was weiß ich?«

Pete hatte sich mit den Lebensmittelrationen, die er als Lohn erhalten hatte, wieder auf den Weg zurück ins Männerlager gemacht und sich dort ins kühle Wasser der Gabriel-Bucht gleiten lassen. Das hatte ihm gutgetan, aber er hatte sich sputen müssen. Der Seemann hatte ihn gewarnt: Im Sand versteckten sich giftige Stachelrochen, und wenn man drauftrat, stachen sie zu; unter den Felsen und den Wurzeln versteckten sich Aale, die so fest zubissen, dass es noch im Wasser wie Feuer brannte, man das Bewusstsein verlor und unterging.

Bei dem traurigen Abendessen, das die Männer miteinander teilten, trennte er seine Nahrungsration in zwei Hälften. Ein Teil war für ihn selbst, den anderen würde er morgen Maria bringen, falls sie bereit war, etwas zu essen.

Die Indiofrau wollte nichts zu sich nehmen, ihr Gesicht war von Falten durchzogen und so farblos wie verdorrte Erde, verbrannt von der Sonne und vom Salz des Meeres. Sie fastet, beruhigte sich Pete, um ihren Organismus von allem Vergangenen zu reinigen. Die Diät eines Menschen im Exil. Jetzt, da sie unter ihrem Moskitonetz lag, hatte Maria, die Getaufte, keine alte Hexe mehr um sich, die ihr half, die sie mit Liedern und Gesängen hypnotisierte, bis sie eine Vision bekam, dieses geschickte Arrangement zwischen den Göttern und den menschlichen Angelegenheiten. Sie musste es allein durchstehen, also tat Pete nichts weiter, als ihr zu sagen, dass er da war und dass er auf sie wartete.

»Ich werde mich hier nicht fortrühren, solange es dir nicht besser geht«, versicherte er ihr, bevor er ihre Hütte verließ.

Er arbeitete weiter für das Frauendorf und sah jeden Tag bei ihr vorbei, um ihr zu beweisen, dass er keine Halluzination war. Er legte ihr eine Hand auf die Stirn und sagte ihr immer wieder, er werde nicht fortgehen.

Die Frauen zahlten ihm mittlerweile Geld. Als die Schlachtung vorüber war, halfen die Männer beim Bau von drei neuen Palmhütten, dann wurden sie zur Arbeit in der Mine geholt, zum Goldschürfen in der Gabriel-Bucht. Als er genug Geld beisammenhatte, unterbreitete Pete dem Seemann ein Angebot.

Sie machten sich tagelang über die Zeichnung Gedanken, dann über die Buchstaben und die Wörter, welche die Tätowierung begleiten sollten. Es sollte eine Pflanze sein, die sich von den Füßen bis zum Kopf über seinen ganzen Körper ranken würde.

Eine Wurzel, hatte Pete dem Seemann erklärt, ich hätte gerne eine Wurzel, die mich, egal wo ich gerade bin, auf der

Erde festhält, weil ich kein Zuhause mehr habe. Und die Pflanze soll bis zu meinem Kopf klettern, damit ich nicht vergesse, dass ich zu einem bestimmten Ort auf dieser Erde unterwegs bin, und sei es nur zu Fuß.

Der Seemann hatte schon als Kind immer und überall gezeichnet, hatte Papier, Holzplanken und Stoffe mit seinen Kunstwerken versehen.

»Niemand konnte mir sagen, wozu das gut sein soll, ein gutes Auge beim Zeichnen zu haben, sich etwas auszudenken oder etwas kopieren oder nachzeichnen zu können. Und dann habe ich eines Tages in Alfortville, auf einem Jahrmarkt, ein besonderes Spektakel erlebt. Einen Mann, der sozusagen von den Inseln kam, einen Kannibalen, den Forscher auf einer Pazifik-Expedition gefangen hatten. Er war ein Weißer wie du und ich, mein Freund, aber über und über mit Tätowierungen bedeckt, und er hatte Ohrringe und Holzschmuck am ganzen Leib. Ich brauchte Tage, bis ich mich wieder von diesem Anblick erholt hatte, und ich traf zwei Entscheidungen: Ich würde Seemann werden, damit ich die Pazifischen Inseln sehen konnte. Und dort würde ich lernen, wie man Haut bemalt.«

Bei den Seefahrern hatte er einen guten Ruf. Die Männer machten Monate im Voraus in den Häfen Termine mit ihm aus, um sich während eines Zwischenstopps ihre Träume oder ihre schlimmsten Albträume, denen sie auf diese Weise die Stirn boten, auf den Leib malen zu lassen: Stürme, Schiffbrüche, das Gesicht oder den Namen einer Frau. Der Seemann war ein Marabout, der die Schicksale beschwor, seine Nadeln zeichneten Talismane auf die Haut. Die Sträflinge liebten Tätowierungen so wie die Seemänner. Der Schmerz war eine Sache, war der Preis für den Exorzismus, bei dem man zeigte, dass man stundenlang ausharren konnte, ohne den Mund aufzumachen, aber das war nicht das Wichtigste. Das Wesentliche war, dass man, mit nacktem Oberkörper, unter der Sonne der Strafkolonien Afrikas, Neu-Kaledoniens oder Guayanas bewies, dass man eine Geschichte hatte. Dass man nicht nur Fleisch war, das eines Tages verfaulen würde.

»Ein Schicksal?«, flüsterte Pete ihm zu.

Der Seemann nickte.

»Ein elendes Schicksal! Das Urteil der *wahren* Geschichte, einer Geschichte, die die Richter, die Geschworenen und die unbescholtenen Bürger nicht verstehen. Die Sträflinge, das sind diejenigen, die sie groß machen, die sie beschützen. Ich habe Drecksschweine tätowiert«, sagte er, »und ich habe ihnen das Haus ihrer Kindheit gezeichnet, so, wie sie es in Erinnerung hatten. Ich habe Widerlinge tätowiert, deren Vergangenheit mich beschämte; wenn ich auch nur die Hälfte dessen zu ertragen gehabt hätte, was sie ertragen hatten, ich hätte lange vor ihnen aufgegeben. Weißt du, was man sagt: Es gibt die Lebenden, es gibt die Toten, und es gibt die Seemänner. Die Seemänner und die Sträflinge, die tätowieren sich das Leben und den Tod ein. Als ich Sachen aufs Papier kritzelte, damals als kleiner Junge, hätte ich mir niemals träumen lassen, dass ich einmal hier enden würde, dass ich das hier einmal für Kerle wie sie machen würde… Und du, Pete, du bist ja noch eine richtige Jungfrau und hast noch nichts auf dem Rücken stehen, was hast du denn für eine Geschichte zu erzählen?«

Pete dachte nach.

»Die Geschichte vom schlechten Samenkorn.«

Der Seemann lachte laut auf und holte eine Nuss aus seiner Tasche, die er zwischen Zeigefinger und Daumen drehte und dann gen Himmel hob.

»Mein Freund, damit werde ich deine Tätowierung machen. Ein gutes Samenkorn! Ich habe es von den Pazifischen Inseln mitgebracht. Der Lichtnussbaum wächst hier, als sei er zu Hause, in diesem verfluchten Sträflingsland. Einen Samen, einen einzigen, habe ich hierher mitgenommen! Ich habe ihn gepflanzt, und nach zwei Jahren hatte ich schon einen Baum, der Früchte trug. Die Ernte fiel so üppig aus, dass ich neu pflanzen und genügend Nüsse für eine ganze Armada von Tätowierern produzieren konnte. Aus ihren verbrannten Schalen mache ich die beste Holzkohle dieser Erde. Noch ein bisschen Kokosöl dazu, und schon hast du die schönste aller Tinten. Zur Herstellung der Kämme braucht man nur ein paar Zähne von diesen scheußlichen Haien, die hier die Flüsse heraufschwimmen. Dann hast du genau so eine Tätowierung, wie ich sie von den Alten in Polynesien gelernt habe.«

Er sah Pete an.

»Das ist eine heilige Kunst.«

»Wo liegt Polynesien?«

»Davon erzähle ich immer nur bei der Arbeit. Wenn du mehr darüber wissen willst, dann musst du dich von mir tätowieren lassen.«

*

Pete betrat die kleine Kapelle im Frauendorf, eine Hütte, in der man aus Zweigen ein paar Wände hochgezogen und in deren Tür man ein Kreuz eingeritzt hatte. Drinnen standen zwei Bänke vor einem Bild, einem Christus am Kreuz, dessen Stil eindeutig an den Zeichenstil des Seemanns erinnerte. Maria saß auf einer der Bänke und betrachtete diesen schneidigen Jesus, der aussah wie ein Schurke, mager und muskulös. Statt dem Lendenschurz der Reinheit hatte der Seemann dem Sohn Gottes eine an den Knien zerrissene Sträflingshose verpasst, in der er aussah wie ein Pirat. Und da der Seemann der Seemann war, hatte er die Brust des Christus, der kurz davorstand, von seinem Sockel zu springen, mit einer Tätowierung verschönert. Er hatte das flammende Herz Jesu mit der Dornenkrone gezeichnet; auf die beiden Ausbuchtungen des Organs der mystischen Intimität, zwischen die stechenden Dornen, zwei Buchstaben: G und V. Gefängnisverwaltung. La Tentiaire. Feind der Piraten und der freien Männer, Arbeitgeber für echte Raubeine und wahre Dreckskerle.

Maman hatte Pete mitgeteilt, Maria sei in der Nacht aufgestanden. Mit einer Kerze in der Hand sei sie durch das Frauendorf gegangen und habe die Kapellentür hinter sich zugezogen. Tagelang habe sie sich dort eingeschlossen. Die Frauen begannen zu raunen, wenn sie von Maria sprachen, das Getuschel gab dem Ganzen einen Hauch von Mysterium, eine Brise von Aberglauben wehte über dem Dorf; die alten Sträflingsfrauen oder Huren sahen diese Indiofrau mit ihren Ambitionen auf die Stellung einer Heiligen mit einem gewissen Misstrauen an, schließlich hatte man ihnen nur allzu oft mit den Flammen der Hölle gedroht.

Pete setzte sich neben sie auf die Bank. Mit gerunzelter Stirn und zusammengezogenen Augenbrauen befragte Maria stumm den Christus mit der Streifenhose. Der Gott der Christen wurde einem peinlichen Verhör unterzogen. Maria, die Getaufte, rechnete ab, und Pete tat nichts weiter, als sie dabei zu beobachten, und bevor er ging, wiederholte er, er sei für sie da, falls sie ihn brauche. Er hinterließ Lebensmittel bei Maman, die Hälfte seiner Ration.

Eines Sonntags faltete er vor ihren Augen ein paar Blätter auseinander.

»Das ist das, was der Seemann auf meine Haut zeichnen wird. Es ist eine Kletterpflanze. Sie beginnt an meinem Fuß, bei meinen Zehen, die ihre Wurzeln sein werden, und klettert dann das Bein hinauf. Sie wird bis zu meinem Kopf reichen, und es werden auch Wörter darauf stehen. Oder, besser gesagt, Namen, die Namen der Menschen, an die ich denke und die ich in meinen Briefen zum Sprechen bringe.«

Er fuhr mit dem Finger den Lauf der Blätter und Stiele nach, die der Seemann auf seinen nackten Körper zeichnen würde. Die Pflanze endete unten auf dem Rücken, die restliche Tätowierung hatten sie noch nicht ausgesucht. Maria senkte den Kopf und folgte der Bewegung von Petes Zeigefinger, dann hob sie die Augen zu dem Christus an der Wand. Pete lächelte. Sie hatte hingesehen, für einen Augenblick war sie zurückgekehrt. Am nächsten Tag aß sie einen Teil dessen, was er ihr gebracht hatte.

Am folgenden Sonntag, dem Ruhetag für die Frauen und Männer, brachten Pete und der Seemann den Entwurf der Tätowierung zu Ende, und er wollte sie Maria zeigen. Die Indiofrau schlief. Sie hatte sich am Vorabend hingelegt, aber nicht wie an den Tagen zuvor mit zur Decke gerichteten, offenen Augen; diesmal hatte sie die Augen geschlossen und sich auf die Seite gedreht.

»Sie hat sich hingelegt, um zu schlafen«, sagte ihm Maman, »um sich auszuruhen.«

Pete ging auf sie zu.

»Die Zeichnung ist fertig«, murmelte er, »nächste Woche fangen wir an. Der Seemann glaubt, er wird acht Tage brauchen, bis er damit fertig ist. Das bedeutet acht Sonntage. Zwei

Monate. Dann sprechen wir miteinander. Du wirst mir dann sagen, ob du fortgehen oder lieber hierbleiben willst.«

*

Mit dem Geld für die Tätowierung war die Arbeit des Seemanns bezahlt, die Herstellung der Tinte, der Kauf von Zeichenstiften in Cayenne, das Papier und das Laudanum.

»Du bist ein kräftiger Kerl, Pete, aber zwei Stunden mit dem Tätowierhammer, mehr kann keiner aushalten, außer den Maoris, das sind Krieger, die sind dreimal so groß wie wir, aber auch sie sind am Ende in Trance, so sehr saugt der Schmerz ihnen die Kraft aus. Letztlich braucht man, um das durchzustehen, nicht einen kräftigen Körper, sondern eine Seele aus Stein.«

Der Seemann schrieb das Material, das er brauchte, um seine Hütte wieder instand zu setzen, nicht mit auf die Rechnung. Denn er wollte seine Sache gut machen und sich vorbereiten für die, wie er sagte, wichtigste Tätowierung, die er jemals durchgeführt hatte. Zunächst musste er ein Bett aus Brettern zimmern, das groß genug war für eine ganze Familie und in dreißig Zentimetern Abstand vom Boden auf Füßen stand. Die Palmblätter des Daches wurden ausgetauscht und halbhohe Wände eingezogen, die das Licht hindurchließen, aber vor dem Wind schützten. Gegen den Regen und die Sturmböen konnte man die Hütte im Bedarfsfall mit Paneelen aus Zweigen und Palmblättern verschließen. Zwei andere Männer aus dem Lager gingen ihm zur Hand. Der dritte war verschwunden, er hatte es sattgehabt, darauf zu warten, dass seine Frau ihn wieder zu sich ließ, und auf die Pulle nicht verzichten können. Die Tropenparasiten hatten an ihm genagt: die viel zu zäh verstreichende Zeit, das Goldfieber und der Traum von der Rückkehr in die Hauptstadt, und so war er wieder nach Cayenne gegangen. Seine Spur würde sich verlieren, wie die so vieler anderer Männer, die am Ende aufgegeben hatten. Aber sein Aufgeben hatte diejenigen, die im Dorf geblieben waren, wie elektrisiert, sie mühten sich eifrig um das Tätowierungsprojekt, mit dem dieser Mann sich ein Schicksal geben wollte.

»Tinten-Hütte!«, verkündete der Seemann stolz, sobald seine Arbeit beendet war.

*

Pete und er waren bereits im Morgengrauen auf den Beinen und gingen sich in der Gabriel-Bucht waschen, solange die Luft noch frisch und das Wasser noch kühl war. Sonne und Nebel zeichneten Kathedralen ins Astwerk, der Wald glich einem großen Kirchenfenster aus leuchtendem, durchscheinendem Grün. Die Nachtvögel hatten sich versteckt, die Tagvögel schrien sich die Seele aus dem Leib, die Zikaden rieben ihre Deckflügel aneinander, es gab Riesenhirschkäfer, die sich, müde von ihren Kämpfen und ihren nächtlichen sexuellen Abenteuern, ein Versteck suchten und brummend in den Spalten der Rinde saßen. Der erste Rauch aus dem flussaufwärts gelegenen Frauendorf glitt mit dem Nebel den Wasserlauf entlang. Auch die Frauen waren gerade aufgestanden und wuschen sich etwas weiter flussaufwärts in der Strömung; Seifenblasen und weiße Seifenspuren flossen den beiden Männern zwischen den Beinen hindurch.

Vor zwei Wochen hatte der Seemann seine tägliche Alkoholdosis reduziert, um ganz in Form zu sein. Seit dem Vorabend hatte er ihn sich ganz verboten und Pete gesagt, er dürfe keinen Kaffee mehr trinken.

»Kein Zittern. Nur mit Ruhe werden wir beide es schaffen.«
Und doch saß der Seemann, trotz aller Vorbereitungen und seiner großen Erfahrung, wie auf glühenden Kohlen. Pete beunruhigte das.
»Was ist los?«
»Was denn?«
»Warum bist du in dieser Stimmung?«
Der Seemann antwortete ihm, ohne ihn anzuschauen, deutete mit gerecktem Hals auf den Weg, der zum Frauendorf führte.
»Ich brauche zwei Hände zum Klopfen, also muss dich jemand anders festhalten und deine Haut straff ziehen, während ich arbeite.«
Der Seemann schluckte.
»Harriet ist meine Assistentin.«
»Ich soll mich vor deiner Frau ausziehen?«
»Da ist sie schon!«
Sie kam im Morgenlicht über den Waldweg, trug ein sauberes Kleid, hatte sich die Haare gekämmt und war ebenfalls nervös. Harriet – Mutter von Marinette –, die Hure, für die das Herz des Seemanns schlug, laut wie eine Galeerentrommel.

6

Pete hatte sich den Lendenschurz um die Hüfte gewickelt und trank zwei Schluck Laudanum.

»Ich habe noch nie Opium genommen.«

»Du wirst schlafen wie ein Kind, mein Freund, und irrwitzige Träume haben. Träume, die sich mit der Realität vermischen und die du dann als Erinnerung abspeicherst.«

Der Seemann dachte einen Augenblick nach und lächelte.

»Das Problem ist, dass du danach deinen Erinnerungen nicht mehr recht traust, weil du nicht weißt, ob sie echt sind oder nicht.«

Pete legte sich auf den Rücken, die Kleider unter dem Kopf zu einem Ballen zusammengerollt, die nackte Haut berührte unmittelbar das Holz. Sein Blick irrte vom Seemann zu Harriet, von Harriet zum Seemann.

Der Seemann hatte sich gründlich sauber geschrubbt und roch nach Seife, sein Oberkörper war nackt, die Haut wie altes Leder, das die Geschichten seiner langen Irrfahrt erzählte, er war ernst wie ein Priester und hatte, da seine Frau vor ihm saß, rote Wangen wie ein junger Bursche auf dem Ball. Er legte sein Werkzeug zurecht und wagte es nicht, sie anzusehen, barg sie doch den Schlüssel zum Glück unter ihren sauberen Röcken. Harriet schloss die Beine, so fest sie nur konnte, damit sich die Tür zum ehelichen Schlafzimmer nicht schneller öffnete, als ihr lieb war.

Der Seemann legte drei Bambushölzer von geringem Durchmesser, die einen halben Meter lang waren und an deren Ende er quer die Kämme gebunden hatte, auf ein weißes Leintuch. Drei unterschiedlich lange, gerade geschliffene Haifischzähne, von denen der kleinste nur mehr eine Spitze war. Neben den drei durch die Gefräßigkeit der Haie angespitzten Kämmen lag ein vierter Bambusstab, der dicker war und am äußersten Ende von einem Kiesel beschwert: der Hammer. In die eine Hälfte einer gespaltenen Kokosnussschale goss der Seemann ein wenig aus seiner Tintenflasche. Er kniete sich ans Fußende von Petes Lagerstatt, legte ein Kissen auf seinen Oberschenkel, wartete und sah seine Frau an.

Auf Harriets Seite befanden sich saubere Laken, eine Wasserschüssel, Seife und ein Rasiermesser. Sie krempelte die Ärmel hoch und setzte sich ihrem Ehemann gegenüber.

Die Tätowierung hing an der Wand, auf mehrere Blätter Papier verteilt wurde die Pflanze, die dort wachsen sollte, Stück für Stück in allen Details dargestellt, mit allen Blüten und Buchstaben.

»Wenn ich auf die Knochen und die Sehnen komme, wird es am schmerzhaftesten sein. Und auch da, wo die Haut dick ist, weil ich dann fester zuschlagen muss, damit die Tinte deine Epidermis durchdringt. Und da, wo die Haut sehr dünn ist, auch ...«

Während der Seemann Pete alles erklärte, ließ Harriet mit sanften Bewegungen die Klinge über seine Wade gleiten. Er spürte, wie ihm Schauder über den Bauch liefen, und es war ihm peinlich. Der Seemann lächelte.

»Ja, du wirst sehen, es gibt Stellen, da tut es nicht so weh. Wie fühlst du dich?«

Die Stimme des Seemanns klang tief und verlangsamt, und Pete spürte, wie sein Körper auf dem hölzernen Bett ganz flach wurde, von der Schwerkraft nach unten gezogen, das

Laudanum begann zu wirken, die erotischen Schauder von der Rasur und dem Kontakt mit Harriet ließen nach. Als er sprach, kam ihm die Zeit zwischen den einzelnen Worten lang vor, viel länger als die Worte selbst: »Ich fühle mich gut. Alles in Ordnung.«

Harriet säuberte die Klinge mit einem Tuch, spülte die Haut und wischte sie mit einem alkoholgetränkten Tuch ab, bis zu Petes Knie und dem Oberschenkelansatz unter dem hochgeschobenen Schurz. Sie massierte seinen rechten Fuß, damit er sich entspannte. Pete sah ihr dabei zu. Der Seemann verschlang seine Frau mit den Augen. Das Kissen unter den Ellbogen geklemmt, hielt er mit der rechten Hand den Hammer. Er hatte den feinsten Kamm auf seinen Oberschenkel gelegt, den zackenförmigen, dessen Zahn über Petes Fuß schwebte.

Harriet war eine der hübschesten Frauen im Dorf. Sie war nicht sehr groß und rundlich und hatte auch mit fünfundzwanzig oder sechsundzwanzig noch eine gewisse Aufrichtigkeit im Blick, einen Hauch von Jungfräulichkeit, mit dem sie in den Bordellen der karibischen Kolonien einigen Erfolg gehabt haben dürfte. Ihre Zähne waren kräftig, und das war eine gute Sache, denn sie lächelte gern und bewies damit, wie sehr die Leute im Irrtum waren, wenn sie glaubten, nur schlechte Charaktere seien starke Menschen; die Hartherzigen waren lange vor ihr gestorben. Pete wandte seinen Blick dem Seemann zu, und zum ersten Mal entdeckte er auch bei ihm einen Rest dieser Unschuld, ein Stück Jugendlichkeit, die er sich vielleicht durch das Salz des Meeres bewahrt hatte, so wie Salzlake die Nahrung länger vor dem Zerfall bewahrt. Die beiden hatten, trotz der Anstrengungen, trotz des Hungers und trotz der tausend Tode, die sie auf ihren Reisen gestorben waren, genug füreinander beiseitegelegt.

Die Sonne war über die Wipfel geklettert und hatte ihre Strahlen auf das Palmdach geschickt. In wenigen Minuten würde die Temperatur ihren Höhepunkt erreichen und dann bis zur Abenddämmerung, der Stunde der Schlangen, konstant bleiben. Pete betrachtete das Paar, das sich über ihn beugte, jeder von seiner Seite, ihre Haare, die sich fast berührten, der hohe Haarknoten von Harriet und sein Wuschelkopf. Er dachte an Marias Haar und erinnerte sich, wie es gerochen hatte, als sie im Wald von Guatemala, auf Blätter gebettet, an ihn gekauert geschlafen hatte. Harriet hatte eine Hand um seinen Knöchel gelegt und drückte ihn sanft, mit der anderen hielt sie seine Zehen gepackt und zwang seinen Fuß, sich zu strecken. Er war im guatemaltekischen Urwald und hielt Marias Hand in der seinen, er zog sie hinter sich her, Guzmán war tot, und sie waren gemeinsam auf der Flucht. Sie rannten außer Atem auf das blaue Meer der Karibik zu. Jemand rief sie dort, die ferne Stimme des Seemanns.

»Das Blau, my love, das der Lagunen auf den Inseln Polynesiens, ist das unglaublichste Blau, das es gibt. Eine Farbe, die man eigentlich nur auf einem Gemälde für möglich halten würde. Ein Blau, das nicht von dieser Welt ist, so transparent, dass man nicht wagt, ins Wasser zu springen, aus Angst, auf dem Grund zu zerschellen.«

Die Insel der Tätowierungen. Der Seemann war bei der Arbeit. Er erzählte Harriet, die ihn seit Monaten nicht mehr in ihrem Zimmer empfangen hatte, von seinen Reisen in den Pazifik. Denn der Seemann hatte in letzter Zeit wieder angefangen, über den Durst zu trinken. Die Regeln des Frauendorfes zwangen sie zur Abstinenz. Schlechte Gewohnheiten sind Parasiten, die sich von unseren Verletzungen ernähren; von den zähen Tieren, die in unseren Bäuchen nisten. Der Seemann hatte sich entwöhnt, hatte die Viecher in seinem Bauch, die uns weismachen wollen, ihr Tod sei auch der unsere, ausgehungert. Er hatte sie ausgehungert, um eine sichere Hand zu haben, um die Tätowierung genau stechen zu können, und hatte Harriet kommen lassen, die Assistentin, deren Wärme Pete unter ihrem Kleid spürte und der der Seemann jetzt von den Südmeeren erzählte. Um sie dahinschmelzen zu lassen, seine Wanderhure, Mutter des Wunders. Pete öffnete einen Spalt weit die Augen, um sie anzusehen. Harriet lächelte, und die Hand auf seinem Knöchel war glühend heiß.

»Meine Harriet, was ist das herrlich, in dieses Blau zu springen! Diese Inseln sind irgendwie nicht von dieser Welt. Meine Liebe, stell dir Landzungen vor, die so schmal sind, dass du an manchen Stellen von einer Seite zur anderen springen kannst. Stell dir die weißen Sandstreifen und grünen Baumreihen vor, die Kreise auf dem Ozean ziehen, ganz wie das Blau, das in den Vulkankratern eingeschlossen ist. Die Haie können durch unterirdische Gänge in die Lagunen hineinschwimmen. Sie kommen zum Kopulieren und um es sich gut gehen zu lassen, diese Tiere der schwarzen Gewässer, in der glasklaren Transparenz des Wassers. Wir haben sie gejagt, um ihre Flossen zu essen und ihre Zähne zu heiligen Kämmen zu schleifen.«

Pete starrte Harriet an. Eine Hornisse stach ihn in den Fuß, verspritzte ihr Gift, eine heiße Nadel, die einen Nerv unter seiner Haut fand. Der Schmerz schoss ihm bis in die Schläfen. Die erste Tintenwurzelfaser der Pflanze hatte sich ihm gerade in einen Knochen gebohrt. Lang war das Schweigen zwischen den beiden Schreckschüssen, während der Seemann und Harriet einander ansahen, gebadet im Blau Polynesiens. Der Hai biss ein zweites Mal zu, und ein weiterer Stromstoß ging durch Petes Körper. Es gab eine Parallelwelt zu der hiesigen, sie existierte im Schweigen zwischen den Worten, der Leere zwischen den Gesten und Gedanken. Räume, groß genug, um sich zwischen zwei Hammerschlägen auszuruhen. Eine hohle Materie. Die Transparenz der Lagunen, die sich auf eine Leere öffnet. Pete sah jetzt deutlich, dass auch wir nur Parasiten sind, die in diesem hohlen Bauch hausen und unseren Tod für den Tod der Welt halten.

Er wollte lächeln und lachte schon ohne seinen Körper, ausgeliefert an den Seemann und Harriet. Wieder holte die Hornisse der Wurzeln mit ihren Dolchstößen den Nektar aus seinem Körper. Er schloss die Augen, wollte fort, zu Maria, die dort im Frauendorf lag und schlief.

»Die Inselbewohner sind nackt, meine Harriet. Dort sieht man durch alles hindurch, und alle Frauen lächeln wie du, mit perlweißen Zähnen.«

Harriets Hand wanderte Petes Wade hinauf, verharrte dann dort und zog die Haut straff, während der Seemann seine Zeichnung eingravierte. Bald würde er den ersten Namen schreiben. Pete tastete mit der Hand nach der Laudanumflasche, aber die Welt am Ende seines Armes war zu weiträumig, als dass er dort etwas finden konnte. Harriet beugte sich über ihn und führte den kleinen kühlen Flaschenhals an seine Lippen.

»Trinken Sie.«

Pete vermochte ihr nicht zu danken. Harriet zog sich über ihm aus, vor ihrem Ehemann. Sie war nackt bis zur Taille, Schweißperlen liefen ihr vom Hals zwischen den weißen Brüsten herab. Sie dürften glücklich sein, die beiden Liebenden, dass die Tätowierung so groß war und es so viele Tage dauern würde, bis sie fertig war. Die Hornisse bearbeitete sein Bein, dessen Haut zerriss wie das Hymen einer wiedergefundenen Erinnerung. Die Opiummilch trug ihn in einer neuen Welle fort, und Pete verließ schließlich das Bett und ließ seinen Körper dort zurück. Er lief auf dem Waldweg hinüber ins Frauendorf und zu der Hütte, in der Maria schlief. Er lief mit einem Brennen am Bein, die fleischfressende Pflanze kletterte immer höher, er hatte Durst. Harriet goss ihm noch etwas Sirup in den Mund. Maria lag mit offenen Augen ausgestreckt. Sie schlug die Decke zur Seite, und Pete schlüpfte neben sie. Sie stieg auf ihn, oder war es Harriet, die über dem Seemann stöhnte, die beide neben ihm lagen. Marias große Augen wurden immer kleiner, je weiter sie sich über ihn beugte, bis sie zwei schwarze Perlen waren. Er tauchte hinein, verlor sich darin und verschwand.

Als er erwachte, lag er allein auf dem Bett, ein Laken war über seinen Körper gezogen. Die Tinten-Hütte war leer, sein Traum und das Liebespaar hatten sich in Luft aufgelöst. Er hob das Laken an, um zu verstehen, woher das Brennen kam. Schwarz, die Haut darum gerötet, wuchs die blühende Pflanze aus seinem Fuß, wand sich um den Knöchel, umkreiste sein Knie und warf einen Stiel hin zu seinem Oberschenkel, hier stockte ihr Wachstum vorläufig. Er wand sich und betrachtete den Wadenmuskel, eingehüllt von Pflanzenlinien, die Namen um die Stiele geschlungen.

Der erste Sonntag ging zu Ende, es wurde Nacht.

*

Im Frauendorf ging Maria vom Bett zur Kapelle und dann von ihrem Sträflingschristus wieder zum Ausruhen, und so Tag um Tag. Sie aß nur, was Pete ihr brachte, verweigerte jede andere Nahrung. Nachdem sie ihre eigene Welt verloren hatte, beschränkte sie eine mögliche neue Welt auf den Amerikaner und die Kapelle.

Jeden Sonntag legte Pete sich auf das Holzbett, und die Liebenden der Inseln kamen wieder über ihm zusammen. Die Pflanze wuchs, er trank das Opium und ging Maria besuchen, während Harriet an seiner Seite ihr helles Fleisch den Drachen, den Schiffen, den Stürmen und Sirenen des Seemanns feilbot.

Wenn er in der Stunde der Schlange alleine erwachte, zündete Pete eine Kerze an und griff zu Papier und Bleistift.

*

Brief an Maria.

Auf meinem Fuß wurzelt eine Distel. Das ist das Emblem unserer Erde, des Landes, aus dem meine Eltern stammen. Die Legende erzählt, Wikinger aus Norwegen, die gekommen waren, um das schottische Dorf Largs anzugreifen, hätten ein Distelfeld überquert, und einer von ihnen, der barfuß lief, habe sich daran gestochen, habe geschrien und somit Alarm geschlagen; die Schotten wären aufgewacht und hätten die Schlacht gewonnen.

Ich laufe über die Disteln dieses Landes, das ich noch nie gesehen habe, das ich nur aus den Geschichten kenne, die meine Mutter mir erzählt hat, die ich wiederum meinem Bruder Oliver erzählt habe und von denen ich heute nicht mehr weiß, wie viel wahr ist, bei allem, was ich dazuerfunden habe. Schottland ist für uns ein Fantasieland. Ich habe dem Seemann gesagt, er soll seinen gälischen Namen Alba auf meinen Knöchel schreiben. Die Knöchel folgen unserer

Nase, die Witterung aufnimmt und in die Richtung zeigt, in die wir gehen, sie wenden die Füße auf den Weg, dem wir folgen. Ich denke an meine Mutter, als ich ein Neugeborenes in ihren Armen war – sie ist in den meinen gestorben –, sie hält ihre zarte Nase in den Wind des schottischen Meeres, mit Blick auf den Horizont, die Füße gekitzelt von stechenden Träumen. Sie steht an einem Gestade und denkt an Amerika. Mit unseren Knöcheln erheben wir uns auf die Fußspitzen, um weiter sehen zu können und die Zukunft zu erahnen. Sie wird einen Schritt auf Amerika zugehen, und die Distel klettert über meine Wade, sie wird zu einer leichten und auf der Oberfläche treibenden Wasserpflanze. Entlang ihrer haarfeinen langen Blätter hat der Seemann mit seinen Haifischzähnen ihren Namen eingemeißelt. Die Wade bringt mich voran, wie meine Mutter, die die Welt durchquerte, um an diesen Küsten anzukommen. Coira Ferguson. Coira ist ein gälischer Name und bedeutet kochendes Becken, erzählte sie mir. Coira Ferguson, ein vulkanischer Charakter, ein heißes und fröhliches Wasser, ist bis in die Stadt Basin in Oregon gereist, die in langen Wintern unterm Schnee begraben liegt. Von Coira habe ich diese verzweifelte Lust am Fliehen geerbt, mit der Nase im Wind. Ihre Reise hat sie nicht allein unternommen. Er war bereits bei ihr. Er, der dann später nichts anderes mehr zustande gebracht hat, als an Ort und Stelle zu verrotten. Er ist der Alte, Maria, und ich muss dir von ihm und seinem Ende erzählen. Aber vorher hat er mit Coira die Reise gemacht – eine Liebe, die zarter war als die ihres Mannes –, und das war damals ganz sicher eine mutige Tat: Sie hatte die Träume, und er machte es sich zur Aufgabe, sie Wirklichkeit werden zu lassen. Und da begann der dornige Weg, der die Wikinger zum Schreien *brachte und der die Stunde der Niederlage ankündigt. Rund um das Knie, in meine Knochen und meine Sehnen gemeißelt, von der Meeresalge gestreift, steht der Name des Alten: Hubert Ferguson. Das Knie beugt sich und streckt sich wieder, es ist das Gelenk des Mutes und der Erniedrigung. Vielleicht drückt man sein Verzeihen genauso aus wie seinen Gruß: Man beugt das Knie. Beim Kontakt mit dem Alten wird die Alge zu einem Stechpalmenzweig auf meinem Oberschenkel, mit den typischen Stacheln und kleinen Blüten auf den Muskeln, die die Welt tragen. Die Oberschenkel sind für die Schultern, was die Knöchel für die Nase sind. Was auf unseren Schultern lastet, wird von unseren Oberschenkeln getragen, die Welt und die ganze Vergangenheit. Atlas, mit gebeugten Knien und angespannten Oberschenkeln, trägt das Gewicht, das auf den Menschen lastet, die ohne Gott leben wollen. Auf den Dornen vereinzelte Buchstaben, die man zusammensetzen kann, wie man will, um alle Wörter und Sätze zu bilden, die man sich nur vorstellen kann. Einer von allen, die möglich sind, könnte lauten: die Nacht in der Scheune; aber das wusste der Seemann nicht, er hat die Buchstaben, die ich ihm genannt habe, in einer zufälligen Anordnung eingehauen. Das ist eine Botschaft, die man nur lesen kann, wenn man sie schon kennt, versteckt im dornigen Gestrüpp der Schuld. Davon werde ich dir auch erzählen. Stechende Morgen, die meinen albtraumhaften Nächten folgen. In meinen Schenkeln das Gewicht des Geheimnisses, das wie ein Raubvogel auf meinen Schultern sitzt. Die Lüge dagegen ist ein Seeigel, den ich mir vom Seemann auf die Handfläche meiner rechten Hand habe tätowieren lassen, mit türkischroter Tinte, die er eigens einem Chinesen aus Cayenne abgekauft* hat. Die Lüge ist ein roter Seeigel. Sie sticht und vergiftet jene, denen ich die Hand ausstrecke, verletzt mich, wenn ich vor Wut die Faust balle.

Der Weißdorn blüht rund um meine Taille, rund um mein Becken, den gezackten Turm, der mich stützt, Gipfel der Beine. Der Weißdorn wird zur amerikanischen Klettertrompete, einer zähen und starkwüchsigen Kletterpflanze, mit ihren Trompetenblüten, die ein Fest und eine Geburt anzukündigen scheinen. Und genau dort, bei den Hüften, hat der Seemann eine gerade Linie für mich eingezeichnet, sie geht einmal um mich herum und beginnt bei der Tür des Nabels. Ich habe mir vom Seemann meinen Äquator eintätowieren lassen, Maria. Auf diese Linie hat Harriet ihre Wange gelegt, nachdem der Seemann und seine Frau sich neben mir geliebt hatten. Als ich aufwachte, ließ der Seemann uns alleine, und Harriet schlief auf der frisch tätowierten Linie.

Die Klettertrompete wächst bis zu meinem Herzen, und zwischen den Linien meiner Rippen stehen vier Namen, in vier trichterförmigen Blüten: Alexandra, Arthur, Aileen und Oliver. Von ihnen werde ich auch erzählen. Von dieser Familie, vor der ich geflohen bin. Die Fitzpatrick-Ranch trägt den Namen eines Paares junger irischer Pioniere, mit denen Arthur Bowman eine Reise unternahm. Jonathan, der Ehemann, starb, als er zur Jagd ging, verschluckt von einer Bergspalte. Seine Frau war schwanger und verstarb daraufhin, sie hieß Aileen. Bowman begrub sie gemeinsam unter einem großen Redwood-Baum und beschloss, dass seine Reise hier enden würde, am Ufer des Tahoe-Sees, neben den Gräbern dieser beiden Eltern, die er auf seiner Irrfahrt kennengelernt hatte – als wären sie seine jüngeren Vorfahren.

Oliver, mein Bruder, ist der einzige noch lebende andere Ferguson auf dieser Seite der Erde, der aus dem Bauch, dem glühenden Becken von Coira, der Träumerin, gekommen ist. Oliver gehört eine Hälfte meines Herzens. Ich habe oft mein Leben aufs Spiel gesetzt, um seines zu retten, um ihn vor dem Alten zu beschützen, vor dem Krieg und vor den verschneiten Bergen, die uns verschlingen wollten. Deshalb gehört mein Herz zur Hälfte ihm. Jeden zweiten Schlag habe ich für ihn aufgespart. Die tiefe Leere und die gleißende Hitze, die zugleich in diesem Brustkorb herrschen! An diesem Ort versuchen wir, ein Teil der Welt zu sein, indem wir uns mit ihrer Luft füllen. Dort pochen das Abenteuer, die Angst, die Lust am Unwirklichen, dort wird unser Schicksal geformt. Weißt du, Maria, dass das Schicksal beginnt, wenn wir dem entfliehen, was wir eigentlich sein sollten? Man erwartet uns hier unten. Eltern, ein Land, eine Sprache, eine Geschichte, es steht schon ein Platz für uns bereit. Die Nase im Wind, ein laufwütiger Knöchel, eine stramme Wade, ein stolzes Knie und starke Schenkel, ein Schritt daneben, und wir sind nicht mehr das, worauf wir vorbereitet wurden. Unser Schicksal: nichts als eine Geschichte, die es wert ist, erzählt zu werden, ein Brief, der es wert ist, geschrieben zu werden, das Leben wieder ein Abenteuer, das, wie klein es auch sein mag, doch größtenteils Risiko und Unbekanntes enthält.

Die Klettertrompete läuft über meine Rippen und dann den Rücken hinab, sie ist jetzt ein Baum, ein blühender Apfelbaum, wie die, die der Alte rund um die Farm gepflanzt hatte und die nie Früchte trugen. Der Seemann sagt, im fernen Japan, im hintersten Asien, lassen sich die Männer diese blühenden Bäume auf den ganzen Leib tätowieren.

Der Apfelbaum streckt seine Äste und seine Blätter dreiecksförmig bis zu meinen Schultern. Diesen Teil der Tätowierung kann ich nicht sehen. In die Astgabelungen hat der Seemann Erinnerungen hineingesetzt, wie Vogelnester. Kleine Zeichnungen, die mit dem feinsten Haifischzahn eintätowiert wurden. Einen Berg und einen See, das Haus der Fitzpatrick-Ranch, so wie ich es ihm beschreiben konnte, einen Pistolenlauf, einen Mustang, der Reunion hieß, einen Bison, ein Buch, einen Schoner mit Namen Santo Cristo, eine Pyramide. Zwei Äste reichen bis hinauf an meinen Hals und werden dort feiner, und die beiden Spitzen werden zu Buchstaben, die sich hinter meinem Ohr verstecken. Der Baum flüstert dort die Namen Maria und Pete.

Zwei Monate sind vergangen, jetzt hat die Regenzeit begonnen, und ganz wie die Pflanze wuchs und kletterte, hast auch du dich wieder aufgerichtet, Knöchel, Waden, Knie und Oberschenkel, aufrecht auf dem Becken hältst du Wache. Du bist bereit, ich werde dich nach deinen Träumen fragen, und wenn du das gerne möchtest, werde ich sie wahr machen. Du wartest im Frauendorf auf mich. Ich werde ein Knie auf die Erde setzen, Maria, ich werde den auftätowierten Namen des Alten in den Boden rammen wie einen Nagel in einen Sarg. Ich bin ein Schicksal aus Papier, Tinte und Narben. Ich knie vor dir mit Versprechen, Bitten und offenen Armen.

7

Zu Maria zu gehen, mit ein paar Tintenlinien als einzigem Schutz, machte Pete mehr Angst, als sich den Fäusten des Alten zu stellen, auf einen wilden Mustang zu springen oder ein paar Meter durchs hohe Gras zu laufen, um Rusky die Hand zu schütteln. Es machte ihm solche Angst, als wäre es etwas, das noch kein Mann je gewagt hat, dabei war doch die ganze Menschheit nur dazu bestimmt, diesen kleinen schüchternen Schritt auf den anderen zuzugehen.

Er dachte, er sei bereit, man könne gar nicht weniger bereit sein als er, es sei denn, das Alter hindere einen daran. Auf dem Waldweg, auf dem sie sich treffen wollten, blinzelte Pete, ballte seine Finger zur Faust und zerquetschte den noch warmen Seeigel. Maria könnte ihm ins Gesicht lachen, ihn ohrfeigen, sich bücken, ihm in die Augen schauen und mit hochgehobenem Rock pinkeln, es hätte keine Bedeutung. Sie konnte sich weigern, aber eigentlich müsste sie erkennen, was sich alles verändert hatte, schließlich hatte sie ihr ganzes Leben dafür gekämpft.

Er sah die Palmhütten und die Rauchsäulen über dem Frauendorf, das die Männer auf Knien belagerten. Pete sah sich als Überbringer einer Botschaft, als Diplomat unter weißer Fahne, im Namen aller noch Wartenden. Er fühlte sich auch mutig genug, der Unnachgiebigsten von allen entgegenzutreten: Maria, die einen Kampf gegen den Gott ihrer Herren und gegen sein Buch führte, in dem sie, die instinktive und ungebildete Revolutionärin, diese entsetzliche Vorstellung einer besseren Welt gefunden hatte, die Entdeckung einer Hoffnung, die von denen, die dem Kreuz folgten, weitergetragen und sogleich wieder zunichtegemacht wurde. Maria hatte Fieber, weil sie die Keime bekämpfen musste, die von Hagert, dem Jesuiten, eingeschleppt worden waren, von den Dichtern mit den sanften Händen, den bebrillten Guzmáns und den Aznars mit ihren Raubtieridealen. Und er musste sie überzeugen, dass es sich lohnte, sich anzuhören, was das zuerst verdorbene und dann verhätschelte weiße Kind auf seinem Weg der kleinen Barmherzigkeit zu sagen hatte, dass sie noch davon träumen konnte, etwas könnte sich ändern, und sei es etwas noch so Lächerliches: dieser Gringo, der kein Herz für die Revolution hatte, nur ein wenig Mut für den Tod.

Er stand vor der Hütte von Maman, und in seinem Nacken, bis hin zum Ohr, brannten die Buchstaben ihrer beider Vornamen von den letzten Bissen der Haifischzähne. An diesem Ruhesonntag saß Maman unter ihrem Vordach, badete ihre Füße in einer Schüssel mit Salzwasser und tötete damit die Parasiten, die sich unter ihren Nägeln und in ihrer Haut festgesetzt hatten.

Mit den Fingerspitzen fasste er sich an die Lippen, die vom Laudanum und dem langen Marsch ausgetrocknet waren. Die Farben waren merkwürdig, das rote Holz der Hütte, Mamans Kleid, die Emailschüssel, die Erde unter ihnen. Die Linien, die die Dinge voneinander trennten, waren nicht klar, er wollte sprechen, aber er hatte schon vor langer Zeit vergessen, wie man Wörter artikulierte. Maman schlüpfte mit ihren verschrumpelten Füßen in die Ledersandalen, ging wortlos an ihm vorbei und ließ ihn dort stehen wie einen Busch im Wind.

Er durchquerte das große Zimmer, schritt über den Holzboden, auf dem sich vom Licht, das durch die Jalousien fiel, helle und dunkle Streifen abzeichneten, und klopfte an die Zimmertür. Maria antwortete nie, er wartete einen Augenblick, ehe er eintrat. Sie lag auf der Seite unter dem Moskitonetz und sah ihn an, wie er auf ihr Bett zuging.

Pete knöpfte sich das Hemd auf, knotete das Hanfseil auf, das seine Hose hielt, und stieß die Kleider mit dem Fuß von sich. Er setzte sich auf die Bretter des Holzfußbodens und streckte sein rechtes Bein aus.

»Das ist eine Distel, das Emblem unserer Heimat, Schottland. Es gibt mehrere Legenden, die von dieser Distel erzählen...«

Maria schob sich die Hände unter die Wange, hob den Kopf und riss weit die Augen auf.

Pete erklärte ihr die Tätowierung, stellte ihr seine Mutter vor, Coira, die Brodelnde, Hubert, den starken, aber mutlosen Mann, Oliver, den Pete vor allen Verletzungen beschützt hatte, indem er sie selbst auf sich nahm. Vom Alkohol und vom Wahnsinn auf der heruntergekommenen Farm. Von der Nacht in der Scheune, in der der Alte die Leiter aufgestellt und sein ältester Sohn ihm dabei zugesehen hatte, auf zitternden Knien, die sich aber nicht beugen ließen. Er erzählte ihr von der Durchquerung der Sierra Nevada, von der Entdeckung der Fitzpatrick-Ranch, dem ersten Äquator der Ferguson-Brüder. Pete stand aufrecht vor Maria und drehte sich um sich selbst, damit sie der Linie um seine Hüfte folgen konnte. Er schilderte ihr Carson City und seine Flucht, den atavistischen Fatalismus, der das Schiff von Hubert Ferguson gepackt hatte und der in seinen eigenen Adern floss. Er sprach von den Namen, die auf den Blüten der Klettertrompete geschrieben standen.

Da gab es diesen Mann, Arthur Bowman, der sie faszinierte und der ihr Angst machte. Ein zum Mann gewordener Fels, oder umgekehrt, dessen Liebe und Fürsorge den Wunsch befeuerte, wieder Kind zu sein. Diesen Mann, den der Gringo bewunderte und fürchtete, und dann ahnte sie es schon: dass Pete und Bowman große Ähnlichkeit miteinander hatten, dass ihr Misstrauen dort seinen Grund hatte, dass die beiden nicht aufeinander zugehen konnten. Am Ende kam sie zu dem Schluss, dass sie ihn liebte, diesen gewalttätigen und gebrochenen Mann, der eine wundervolle Ranch gebaut hatte, um sich dort zu verstecken. Auch er, sagte Pete, ist in dieser Welt, in der man stirbt, ein Mensch, der getötet hatte.

Es gab eine Frau mit roten Haaren, die Frau mit den Büchern und der freimütigen Rede, die Frau von Bowman, eine intellektuelle Pionierin, die für die Zeitungen schrieb, die den Männern die Stirn bot, die von Liebe und Gleichheit sprach, von Gemeinschaft und Frieden. Eine Frau im Krieg, in die der Gringo sich verliebt hatte. Als sie ihn so reden hörte, wie er von Alexandra Desmond erzählte, hoffte Maria insgeheim, falls Bowman Ähnlichkeiten mit Pete hatte, dass sie dieser Frau ein wenig ähnlich war.

Aileen war der Engel, der morgens den See erhellte und die Sonne über der Ranch untergehen ließ, wenn sie einschlief. Onkel Pete nahm Aileen zu Ausritten in die Berge mit. Als Aileen ihren elften Geburtstag feierte, hatte er die Ranch schon verlassen. Maria glaubte, das Lachen der Kleinen zu hören, wenn er von seinen Erinnerungen an sie erzählte.

Es wurde Nacht, und Pete zündete drei Kerzen an, die er auf den Holzboden stellte. Dann drehte er kniend Maria den Rücken zu, erzählte die Fortsetzung seiner Geschichte vom Baum, der auf der schottischen Distel wuchs, die Äste dem

Meer entgegengereckt, von den Pyramiden, von Mexiko und Guatemala, von dem Segelschoner und dessen Kapitän. Erklärte ihr den letzten Zweig und die beiden Namen, die Pete mit gesenktem Kopf präsentierte, wie ein Samurai, der seinem Herrn den Kopf darbietet. Das Opium hatte seine Wirkung verloren, er fühlte sich gut.

Maria betrachtete die große Tätowierung, die aufeinanderfolgenden Pflanzen, die sich dem Körper des kräftigen kleinen Mannes anschmiegten und ihm etwas Aufwärtsstrebendes verliehen, eine neue Leichtigkeit, trotz der Tintenschwärze. Sie legte ihren Finger auf die Dornenranken auf seinem Oberschenkel, folgte der Pflanze bis zur Hüfte, kniete hinter Pete nieder und legte ihre Wange auf den blühenden Apfelbaum, schlang die Arme um seinen Bauch und umarmte den Äquator.
Pete legte seine Hände auf die von Maria.

Das Seufzen und Stöhnen und die Schreie von Pete und Maria waren in jener Nacht in allen Häusern des Frauendorfes zu hören, in den fenster- und wandlosen Holzplankenhütten. Die Liebenden lösten eine Welle einsamer zärtlicher Berührungen aus. Einige Frauen traten vor die Tür, um sie besser hören zu können. Harriet und zwei weitere Ehefrauen huschten auf dem Waldweg davon, um zu ihren Männern ins Männerlager zu gelangen, und in dieser Nacht herrschte allgemeines Bedauern, dass es nicht mehr von ihnen gab.

Als die Kerzen ausgeblasen waren, wurde es Nacht im Frauendorf, und man schlief mit den Liebenden ein.

Am nächsten Morgen wurde mit dem Bau einer etwas abseits gelegenen Hütte begonnen, der Hochzeits-Hütte, in der sie unterkommen sollten, bis sie ein Dach für immer gefunden hätten. Die Entfernung dieser neuen Behausung zum Dorf war groß genug, dass man sie nicht mehr hörte, aber nicht groß genug, als dass ein großer Lustschrei nicht bis zu ihnen hätte dringen können.

Die Hütte war dürftig ausgestattet, Maria und Pete hängten eine große Hängematte auf, in der sie gemeinsam Platz hatten, schlugen den Stoff über sich zusammen, schlossen sich für die Nacht in einen Kokon aus Baumwolle ein und ließen ihren Schweiß ineinanderfließen.

*

Sie fingen in der Schürfmine der Freien Frauen zu arbeiten an, gruben mit Schaufeln die Sand- und Schluffbänke in den Mäandern der Gabriel-Bucht um, wuschen mit dem Sieb die Goldsplitter aus. Sie erhielten ihren Anteil – der Rest ging ans Dorf –, bekamen in etwa den Lohn eines Arbeiters gezahlt, mussten aber für das Essen und ein Dach überm Kopf nicht mehr aufkommen.

Harriet und der Seemann zogen zusammen, als die Regenzeit im Monat März kurzfristig aussetzte. Diese wenige Wochen anhaltende Verschnaufpause vor dem Beginn der großen Regenfälle wurde der kleine Märzsommer genannt. Vor dem wieder ansteigenden Hochwasser schürfte das ganze Dorf, mithilfe der Männer, die sich freikaufen wollten, und der neuen Frauen, die Unterschlupf suchten, in der Bucht nach Gold, um alles, was in der Erde war, herauszuholen. Harriet und der Seemann hatten jetzt ihre eigene Hochzeits-Hütte, in der Nähe der Hütte von Pete und Maria, und lebten dort mit der kleinen Marinette.

Maria sprach nur mit Pete. Sie unterhielten sich auf Spanisch, damit die anderen sie nicht verstehen konnten. Er wiederum sprach immer besser Französisch und entdeckte die lateinischen Wurzeln, die es mit dem Spanischen gemein hatte. Er wollte mit jedem in seiner eigenen Sprache sprechen. Maria begann, ihm Xinca beizubringen.

Im Mai erlebten sie fasziniert das Schauspiel der großen Regenfälle. Die Erde konnte das ganze Wasser nicht aufnehmen, der Himmel konnte es nicht festhalten, und doch gab es andernorts Wüsten aus Schotter und Staub. Die Flüsse schwollen so an, dass Pete sich fragte, wie viel Erde wohl von Guayana noch übrig bleiben würde. Maria und er gingen zu dem großen Fluss Mahury, in den die Gabriel-Bucht mündete, und sahen zu, wie er jeden Tag ein wenig breiter wurde und sich zu Sümpfen ausdehnte, in denen die Stelzvögel mitten unter den Kaimanen standen und Fische fingen.

An einem Junitag fuhren sie nach Cayenne, an Bord eines Segelschiffes, das die unregelmäßige Transportverbindung zur Stadt sicherte. Maria trug die Pistole unter ihrer Kleidung. Schlotternd gingen sie in der Hauptstadt der französischen Kolonie von Bord, nach vier Stunden bewegten Seegangs, unter peitschendem Regen. Die Indiofrau hatte sich nicht auf eine der Bänke unter dem Brückendach setzen dürfen, daher war Pete draußen bei ihr geblieben. Auf diesem stets heißen Stück Erde war die Kälte, wenn sie einen überfiel, tief und beunruhigend. Wie die Kälteschauer einer Krankheit oder einer Schwäche, die man sich in Guayana nicht leisten durfte.

Der Regen endete, als sie an einer Landebrücke an Land gingen, über die sich gerade das Wasser der Straße ergoss und in einer langen dreckigen Kaskade vom Kai ins Meer floss. Avocado- und Mangobäume, umgeben von aufgeweichten Rasenflächen, bildeten einen Park entlang des aus schwarzen

Felsen bestehenden Gestades. Die niedrigen Walmdachhäuser hatten alle Fensterläden geschlossen; der Wind kam vom Meer und fegte durch die leeren Portalvorbauten. Maria lief einen Schritt hinter Pete her, mit gesenktem Kopf. Er wollte sie bei der Hand fassen, aber sie machte sich sogleich los und sagte in ihrer schroffen Art, er solle vorangehen.

»Sonst werden wir Probleme bekommen.«

Pete betrachtete die leblosen Häuser um sie herum.

»Es ist niemand da.«

»Geh weiter.«

Sie bogen in eine Querstraße zur Küste ein, um tiefer in die Stadt hineinzugelangen. Vierzig Zentimeter hohe Gehsteige waren angelegt worden, damit man nicht durch den Schlamm waten musste. Als der Sturm sich vorübergehend legte und ein Sonnenstrahl herauskam, zeigte Cayenne sich in einem besseren Licht, und es tauchten ein paar Gestalten auf, Sträflinge, die den Platz säuberten, einen riesigen Park voller Königspalmen mit glatten und geraden Stämmen. Auf den schmalen Wegen und am Ende des Platzes zeigten sich Weiße, aus einem Café hörte man eine Melodie von einem Pianola und Stimmen. Sie sahen helle Anzüge, glänzende, saubere Leinenstoffe im Sonnenlicht. *Café-Restaurant Les Palmistes* hatte man in schmalen Lettern auf die Fassade geschrieben.

Die Büros der Schifffahrtsgesellschaft lagen etwas weiter weg auf der linken Seite, und sie folgten dem Gehsteig, ohne den Platz zu überqueren, hielten sich so weit wie möglich vom Gelächter und den Gesprächen der Kolonisten fern.

Maria wollte nicht hineingehen, sie hockte auf dem Gehsteig, kauerte sich zusammen und machte sich so klein wie möglich. Pete betrat allein die Büroräume der Compagnie Générale Transatlantique, um zu erfahren, dass sie keine

Transportverbindung zur Stadt Macapá im Mündungsgebiet des Amazonas anbot. Man gab Pete den Rat, er solle sich bei anderen lokalen Schiffseignern erkundigen, die mit ihren Schiffen die Handelsstrecken zwischen hier und Brasilien befuhren. Sie gingen von Büro zu Büro, doch immer ohne Erfolg. Sie könnten nach Belém in Brasilien fahren, aber dann wären sie von Macapá so weit entfernt wie hier in Cayenne. Sie waren umsonst in die Stadt gereist.

Anders als Saint-Laurent war Cayenne nicht nur eine Strafkolonie. Hier waren nicht alle Bewohner Wärter, nicht alle Geschäfte schmiedeten Ketten, und nicht alle Restaurants waren Gefangenenkantinen; man fand dort Privathotels und Amtsgebäude, ein Rathaus, ein Seegericht, ein Gouverneurshaus, Aushängeschilder von Minen- oder Handelsgesellschaften. In den Straßen gab es Militärs und Bürger, freie Neger, Mulatten, es war ein größerer Reichtum zu spüren, aber die Tristesse war immer dieselbe. War Saint-Laurent eine Sträflingsstadt, so war Cayenne die Stadt der Herren und Sklaven, die die Sträflinge ersetzten. Eine Atmosphäre des Scheiterns herrschte in der Hauptstadt dieses Stückchens von Südamerika, der erträumten Pforte Frankreichs zu einem Eldorado, das zur Müllhalde verkommen war.

Sie fanden im Zimmer einer Pension Unterschlupf, die Maman ihnen empfohlen hatte und die von einer ehemaligen Bewohnerin des Frauendorfes geführt wurde.

Die Pensionsbesitzerin, die begierig war auf Neuigkeiten von ihren früheren Kameradinnen, stellte ihnen viele Fragen, während sie ihnen ein Essen bereitete. Sie legten sich bei Einbruch der Nacht schlafen, lauschten den Geräuschen der Stadt. Maria drückte sich fest an Petes Bauch.

»Dieser Ort ist nicht für uns gemacht. Wir können nur im

Wald leben. Nur dort wird man uns in Frieden lassen. Ich glaube nicht an deinen Äquator.«

»Viele Dinge haben sich bereits geändert.«

»Ja, ich habe keine Heimat mehr.«

Pete wäre am liebsten von ihr abgerückt, so sehr irritierte ihn ihr Vorwurf. Für Maria war er nur ein Stück umherdriftende Scholle, an der sie sich festklammerte, um nicht unterzugehen. Er breitete die Arme aus, er schüttelte sich vor Selbstekel. Sie packte seine Hände und drückte sich noch fester an ihn.

»Ich werde mit dir gehen. Du wirst mich dort brauchen, wenn deine Pyramiden von ihrer Spitze fallen, um dich zu erschlagen. Du verstehst nichts von Pyramiden.«

Sie sagte ihm auf Xinca Gute Nacht, er antwortete ihr in ihrer Sprache, und dieser kurze Austausch, diese codierte Sprache, die schon bald niemand außer ihnen mehr sprechen würde, heiterte sie auf. Sie drehte sich um und umarmte ihn, ihr Vollmondgesicht mit den großen glänzenden Augen und ihre glühenden Lippen, die eine wärmere und feuchtere Luft atmeten als die der Strafkolonie.

Am folgenden Tag zog Pete allein am Hafen Erkundigungen ein und fand schließlich ein Boot, ein kleines Handelsdampfschiff, das sich im Besitz von französischen und brasilianischen Händlern befand, ein paar wenige Passagiere mitnahm und am Mündungsdelta des Amazonas vorbeifuhr. Die nächste Transportfahrt war für Anfang September vorgesehen. Im Laden der kleinen Gesellschaft bezahlte er einen Vorschuss für zwei Passagiere.

Nach einer zweiten Nacht in der Stadt nahmen sie wieder das Beiboot, das sie an der Mündung des Mahury absetzte, und gingen, erleichtert über ihre Heimkehr, zum Frauendorf zurück.

Ein Monat verging, die Regenfälle waren nicht mehr so heftig. Maria bekam Bauchschmerzen. Sie hörte mit der Gartenarbeit auf und blieb in der Hängematte liegen. Pete fand sie eines Abends, als er von der Schürfmine nach Hause kam, vor dem Boden der Hütte kniend, das Kleid klebrig von Blut, während sie in ihren zur Schale geformten Händen einen kleinen schleimigen Fleischklumpen hielt, schwarz und purpurrot. Maria kniete in dem Auswurf ihres Bauches und weinte. Maman brachte sie zur Bucht, damit sie sich dort waschen konnte.

Pete hatte sich neben der Hängematte auf den Boden gesetzt. Maria ließ es zu, dass er ihre Hand nahm.

»Das ist nicht das erste Mal. Es hängt damit zusammen, dass die Soldaten von Gouverneur Ortiz mich vergewaltigt haben. Die Babys fallen aus meinem Bauch heraus, nichts kann sie darin festhalten.«

Er wiegte die kleine Revolutionärin, die mit ihren Kampfgenossen, mit Gustavio, Santos und sogar mit Segundo Aznar versucht hatte, das Leben in ihrem Bauch zurückzuhalten. Maria hatte sich nicht nur für die Sache geopfert, sie hatte im Kampf eine Wiedergutmachung für das finden wollen, was sie in diesen Kampf hineingegeben hatte.

Es stellte sich auch die Frage, ob Pete überhaupt ein Kind wollte. Und was das bedeutete, eine Frau zu erwählen, die keine Kinder bekommen konnte.

8

Den Kopf zum Schutz vor der Hitze mit einem ockerroten Baumwollstoff bedeckt, ein Stoffbündel quer vor dem Leib, drückte Maria die Hände der Frau, die sich ihrer angenommen hatte. Pete hielt ein Gewehr beim Lauf gepackt, und mit dem Kolben auf dem Boden benutzte er es wie einen Wanderstock. Haare und Bart waren lang, er legte dem Seemann, der traurig war, seine schönste Tätowierung davonziehen zu sehen, eine Hand auf die Schulter. Maman runzelte die Stirn und bekämpfte ihre Anspannung mit Kauen. Sie machte sich Sorgen um die Indiofrau, die mit diesem Amerikaner aufbrach, einem Grünschnabel, der sich einbildete, er habe sich wegen ein paar Tintenlinien auf dem Rücken in einen unverwüstlichen Pilger verwandelt. Sie hatte darauf bestanden, dass das Paar sich eine Waffe besorgte. Ihr müsst ja auch jagen gehen, hatte sie gesagt.

Was dachten Maria und Pete selbst über sich? Sie waren gemeinsam angekommen, aber doch jeder für sich, und jetzt, da sie gingen, waren sie durch Bande vereint, die sich schwer erklären ließen. Es gab ihnen Halt, zu zweit zu sein, aber sie blieben misstrauisch wie geschlagene Tiere oder alte Zyniker. Zwischen ihnen herrschte ein Schweigen wie unter Novizen, sie waren unfähig, ihren Gefühlen Worte zu verleihen. Und wenn es kein Wort gab, um die Sache zu beschreiben, gab es sie dann wirklich? Fortgehen war ihre Antwort auf dieses bedrohliche Schweigen.

Marinette, die auf den Schultern des Seemanns saß, winkte

am längsten, bis das Schiff nur noch ein Punkt auf dem Fluss war. Auf der Brücke hatten die anderen Passagiere sich von dem Paar ferngehalten.

In Cayenne warteten sie am Hafen, bis das kleine Dampfschiff vollgeladen war, seine Wasser-, Kohle- und Lebensmittelvorräte aufgefüllt hatte. An der Hafenpromenade mit ihren grünen und gestutzten Rasenflächen, den Bäumen und belebten Terrassen, wirkte die Hauptstadt viel einladender als bei ihrem ersten Besuch. Die Sträflinge huschten lautlos umher und hielten sich im Schatten. Sie sahen das Schiff der Gefängnisverwaltung anlegen, das den Transport zwischen Cayenne, den Inseln des Heils und Saint-Laurent sicherte. Drei Wärter in Uniform eskortierten einen Gefangenen, einen Weißen, der kaum größer war als Maria, schmalgliedrig, mit etlichen Zahnlücken und großen runden Augen. Ein entflohener Sträfling, den man wieder eingefangen hatte. Der Oberkörper des kleinen Mannes war nackt, um den Hals trug er Halsketten, geflochtene Lederbänder, kleine weiße Vogelknochen mit gebohrten Löchern, Talismane, die auf seiner hervortretenden Brust klapperten. Er sah die Indiofrau und den bärtigen Mann an, sein Lächeln wurde breiter. Ein Wärter schubste ihn vorwärts.

»Mach voran, Belbenoît! Wir haben wirklich Besseres zu tun!«

Pete nickte kurz als Antwort, das Lächeln des kleinen Mannes erstarb, und er konzentrierte sich. Er machte bereits Pläne für seinen nächsten Ausbruch.

Pete stand auf und nahm Maria bei der Hand. Sie zeigten dem Kapitän, einem alten Brasilianer, der ein genuscheltes Französisch sprach, ihre Passagierscheine. Die Matrosen hatten protzige Tätowierungen und waren zurückhaltend, wie es Menschen sind, deren miserabler Lohn eine ganze Familie ernähren muss. Ein Schiffsjunge zeigte ihnen ihre Kabine, kein Bullauge, ein Stockbett am Ende eines Ganges. Die fünf Tage dauernde Fahrt die Küste entlang bis nach Macapá würden sie also wieder in einer Zelle verbringen. Die Leiter der Gesellschaft hatten gegen einen Zuschlag dafür gesorgt, dass Maria und Pete sich nicht um die Zollformalitäten würden kümmern müssen.

Solange das Frachtschiff noch in Hafennähe war, blieben sie in ihrer erbärmlichen Kabine aus alten Eisenteilen, zerfressen von Salz und Hitze. Nach der weitaus sanfteren Segelfahrt mit der *Santo Cristo* hatte Pete nun das Gefühl, im Bauch eines galoppierenden Tieres zu reisen. Maria wurde sofort wieder seekrank und kauerte sich in eine Ecke, wie sie es an Bord des Segelschoners auch schon getan hatte.

Sie traten hinaus auf die Kommandobrücke, um Luft zu schnappen. Endlich hatten sie das Meer und den Himmel vor sich. Die Wolken filterten die Sonnenstrahlen und warfen ein wenig Grau auf die Farben des Schiffes, des Wassers und der mittlerweile schwarz gewordenen Linie des Kontinents. Maria senkte den Blick, um nicht länger die Küste aufschimmern zu sehen, sie presste sich an Pete, der sich plötzlich schwach fühlte.

*

Der Kapitän, ein kleiner dürrer Mann mit einem unglaublich runzligen Gesicht, hatte als Jugendlicher in den Zuckerrohrplantagen der Gegend um Belém gearbeitet. Ein erstes Leben, das sich auf zwei Aspekte reduzieren ließ: seine Zähne und die Hunde. Das Zuckerrohr hatte seine Beißer verfaulen lassen; während er das erzählte, klapperte sein Gebiss, eine höllische Mechanik, hergestellt aus gegilbten Eselszähnen, beweglich gemacht durch Federn, die quietschten wie eine Maschine vom Jahrmarkt. Und dann die Hunde, sie entstammten alle der Rasse Cane Corso, schwarze Kolosse, die ihm bis zum Bauch gingen, sagte er, und die die Plantagen vor allem bewachten, das hinaus- oder hineinwollte; Tiere, die aus Italien kamen, die in Apulien Bären töteten und hier die Jaguare und die scharf waren auf das Fleisch entflohener Sklaven und Bauern. Hierbei klopfte der Kapitän, während sein Gebiss schaurige Laute von sich gab, auf sein Schiff und ließ das Eisen dröhnen, während er erklärte, auf dem Meer wachse kein Zuckerrohr, und Hunde könnten nicht übers Wasser laufen. Der Kapitän erzählte seine Geschichte, ohne von Pete zu verlangen, er möge auch die seine erzählen.

Am Ende des Tages legten sie in Ouanary einen Zwischenstopp ein, beim letzten französischen Dorf an der Mündung des Oyapock, an der Grenze zwischen Guayana und Brasilien. Frankreich hatte hier keine Zollbeamten postiert. Ein chinesischer Handelsposten und zwei Bretterhütten auf Pfählen, etliche Pirogen und drei Männer, die an Bord gingen, Araber, ehemalige Sträflinge, die entweder Schleuser oder Jäger von Entflohenen waren, je nachdem, wie viel die Strafkolonie zahlte. Die drei bewaffneten Männer sprachen mit niemandem. Es wurde Nacht, als sie auf der anderen Seite, einen Katzensprung von Brasilien entfernt, in eine lange Piroge sprangen, auf der sechs schwarze Ruderer warteten. Als die Fracht ausgeladen war, ließ der Kapitän seine Eselszähne klappern, während er sich, dem französischen Ufer zugewandt, die Nase zuhielt.

»Dieses Land, mein Freund, wurde zum Ruhm unserer

schlimmsten Wesenszüge erfunden. Aber ihr seid jetzt bei mir, Schluss mit Frankreich, willkommen in Brasilien!«

Pete stieg in ihre Kabine hinunter, um Maria die Neuigkeit zu verkünden. Sie war eingeschlafen, in dem Moment, da sie diese neuerliche Grenze passiert hatten.

*

In jeder Trichtermündung legte das Dampfschiff einen Zwischenstopp ein. Indianer auf Einbäumen, Weiße oder Mestizen warteten dort seit Stunden oder Tagen auf die Vorbeifahrt des Dampfers, der auch als Postschiff diente. Der Kapitän kannte die Männer, die zu ihm kamen, tauschte Neuigkeiten mit ihnen aus und bat seine zwei Passagiere jedes Mal, sich unauffällig im Hintergrund zu halten. Die Wasserrouten führten überall zu Dörfern oder Zuckerrohr- und Kautschukplantagen, und Neuigkeiten reisten schnell die Küste entlang. Jeder wusste, dass beim Ausbruch der vier Sträflinge im letzten Winter ein Amerikaner beteiligt gewesen war. Der Kapitän hatte zwischen diesem Ereignis und Pete, der unentdeckt nach Brasilien kommen wollte, einen Zusammenhang hergestellt. Aber er hatte von der Summe, die sie der Gesellschaft für ihre Sicherheit gezahlt hatten, einen Anteil bekommen; außerdem unterhielt er sich gerne mit ihm.

»Beim nächsten Zwischenstopp möchte ich dich bitten, mir einen kleinen Gefallen zu tun, Kapitän.«

»Wir legen heute Abend vor Jerusalem an, einer großen Plantage. Übermorgen sind wir am Amazonas. Dort erwartet euch etwas, die Indianerin und dich.«

Das Frachtschiff fuhr eine Stunde lang ein Flussbett hinauf und machte an einer behelfsmäßigen Pontonbrücke fest, bei der ein Karren und zwei Landarbeiter auf sie warteten. Es wurden Waren und ein paar Geldstücke getauscht, dann beugte sich ein Matrose auf Befehl seines Kapitäns zum Boden hinunter und griff nach etwas, bevor er wieder an Bord kam.

Pete ging in ihre Kabine hinunter und setzte sich neben Maria, die ihre Wange auf seinen Oberschenkel legte. Er streichelte ihre Haare, dann ihre Handinnenflächen, in die er die kleinen glatten Kieselsteine hineinlegte, die der Matrose aufgesammelt hatte. Maria ließ die kleinen Steine zwischen ihren Fingern rollen und prüfte ihr Gewicht.

»Danke.«

Mit zwei Kieselsteinen in jeder Hand legte sie sich lang hin und streichelte diese kleinen Stückchen Erde.

*

Inseln, groß wie grüne Seen. Die braunen Flussarme wie Bisonpisten, die von den gewaltigen Herden durch die Ebenen gezogen werden. Erde und Wasser kehrten sich im Spiegelbild der Blätter und kleinen Wellen um. Das Feste und das Flüssige machten sich in dieser schwindelerregenden Perspektive gekrümmter Linien die Urheberschaft des Deltas streitig. Der Kontinent war noch nicht real, schwebte in riesigen Schollen auf dem Wasser, eine dahindriftende Erde. Der Richtungswechsel, das Ende des hohen Seegangs und das Duell der beiden Materien lockten Maria aus der Kabine. Während das kleine Dampfschiff sich zwischen den Inseln seinen Weg bahnte, gesellte sich der Kapitän auf der Kommandobrücke zu ihr. Er machte dem Matrosen am Steuerrad ein Zeichen, deutete auf ein Ufer und auf gewaltige Schlammbänke direkt unter der Wasseroberfläche. Auf einer dieser Hunderte von Metern langen Landzungen war ein hellerer Fleck auf dem Schlamm zu erkennen, der das Ufer berührte. Je näher sie kamen, desto geringer der Zweifel. Es war ein gestrandetes Schiff. Sie erkannten es schnell wieder: die *Santo Cristo*, Aznars Segelschoner, auf der Seite liegend, die Steuerbordseite mit den Bullaugen auf Höhe des Schlamms. Die Segel waren noch gehisst, zerrissen und von grünem Moder überzogen, die abgerissenen Schote wiegten sich im warmen Wind. Beim Geräusch des Dampfmotors flogen Vögel vom Mast auf, und Affen rannten über die Brücke, sprangen mit einem Satz vom Bug, um sich im Wald zu verstecken. Das Frachtschiff, das langsam zwischen den Schlammbänken hindurchnavigierte, fuhr so nahe wie möglich heran, den Dampfkessel unter Druck, um gegen die Strömung des Kanals zu kämpfen.

Regen, Wind und Laub hatten viel Schmutz auf die *Santo Cristo* gebracht, die jetzt aussah wie ein Geisterschiff. Von den Ästen hängende Lianen hatten sich um die Handläufe und Wanten geschlungen, der Rumpf war von Algen und Schichten getrockneter Erde bedeckt. Der Kapitän bekreuzigte sich und mit ihm die gesamte Mannschaft.

»Der Schoner liegt seit letztem Winter hier, zwei Wochen nach dem Ausbruch französischer Anarchisten auf Saint-Laurent-du-Maroni.«

Maria biss sich in die Faust, Pete hielt sich die Nase, um sich nicht zu übergeben, während er wieder Segundo Aznar in jener Nacht auf der *Santo Cristo* vor sich sah, auf dem Rücken liegend, die Kehle aufgeschlitzt. Ohne den Kapitän hatte der Schoner am Ende Schiffbruch erlitten, hatte im größten Delta Amerikas sein Ende gefunden.

»Und die Passagiere?«

Der Kapitän hatte sein Gebiss in die Hand gespuckt, damit das Holz sich nicht mehr am Zahnfleisch rieb, und sprach langsam.

»Man muss das Delta gut kennen, um auf diesem Kanal segeln zu können, vor allem in der Jahreszeit, in der sie gekommen sind. Als sie an dieser Insel zerschellten, war der Fluss auf Hochwasserstand, gab es diese Sandbänke nicht. Sollten sie an Land gegangen sein, wären sie beim Schiff geblieben, und jemand hätte sie gesehen. Auf dieser Insel gibt es genug Süßwasser und Jagdwild. Falls sie sich für den Fluss entschieden haben, schwimmend oder mit einem Boot, haben sie auf dem Meer den Tod gefunden, hat die Strömung sie mitgerissen. Um die Wahrheit zu sagen, niemand weiß, was an Bord vorgefallen ist. Es gibt Waffen auf der Brücke und Spuren eines Kampfes.«

»Bist du an Bord gegangen?«

Der brasilianische Kapitän rieb seine Kiefer mit dem Zahnfleisch eines Neugeborenen aufeinander und schüttelte den Kopf.

»Nein. Die Schmuggler und Flusspiraten haben sich in den Monaten, seit der Schoner hier liegt, dieses Schiff näher angesehen. Aber niemand hat etwas von Bord mitgenommen. Maldição. Ich hoffe, in der nächsten Regenzeit wird der Amazonas das Boot aufs Meer hinaustragen und versenken. Dann wird niemand mehr davon sprechen.«

Der Kapitän gab dem Mann am Steuer ein Zeichen, er möge sie von hier wegbringen. Der Steuermann legte den Rückwärtsgang ein, um wieder Kurs aufzunehmen, direkt nach Osten, zur Stadt Macapá und ihrem Hafen.

Die meuternden Matrosen von Segundo Aznar, die beiden Pariser Gauner und der Franzose hatten hier ihr Ende gefunden, verirrt, verängstigt, mit Wut im Bauch und der Waffe in der Hand. Sie hatten sich gegenseitig getötet, sich gegenseitig zerfleischt, Entflohene, die nur wenige Tage der Freiheit gekostet hatten. Wer von diesen Verrückten hatte die *Santo Cristo* auf die Schlammbank auffahren lassen? Wen konnte man für diese Toten verantwortlich machen?

Pete trank in der Messe eine Flasche Rum, die er dem Kapitän abgekauft hatte, der manchmal seine Gesellschaft suchte, um sich einen kräftigen Schluck zu genehmigen und dabei mit seinen Eselszähnen an den Flaschenhals stieß.

In der Kabine ließ Maria die kleinen glatten Kiesel von einer Hand in die andere gleiten, träumte lächelnd von Petes Äquator, an dem die Steine nicht mehr nach unten fielen und an dem das Wasser, seiner Schwerkraft beraubt, in den Himmel stieg. Ein Wasser, in dem man nicht mehr ertrank.

*

Es war ein gewaltiges, aus Steinen errichtetes Fort, auf einer in den Fluss hineinreichenden Halbinsel, welche die Stadt Macapá ankündigte und jene willkommen hieß, die aus dem Delta kamen. Das Kapitänsgebiss klapperte vor Freude.

»Die Iren und Engländer kamen als Erste hierher, vor drei oder vier Jahrhunderten, um mit den Indianern Handel zu treiben. Sie ließen sich von den Portugiesen vertreiben, die sich wiederum von den Franzosen vor die Tür setzen ließen, da diese den Amazonas als Grenze zu Guayana haben wollten. Die Portugiesen eroberten die Stadt, das Delta und den Fluss zurück. Sie hatten sich gerade erst von den Arabern aus Marokko vertreiben lassen, da unten in Afrika, und die Kolonisten, die hierherkamen, hatten beschlossen, damit sei es nun ein für alle Mal vorbei, im Jahr 1764 war das gewesen. Sie hatten Pläne für eine Festung gezeichnet, wie es schon andere an der afrikanischen Küste gab, sternförmig, ohne toten Winkel.«

Es war kein Baum zu sehen rund um die Festung São José,

nur weite, kurz geschnittene Grasflächen, dieser gestutzte Rasen, den Pete seit Saint-Laurent und Cayenne mit der Anwesenheit von Sträflingen oder Sklaven assoziierte. Der Kapitän zeigte ihnen die Türmchen und Schießscharten. »Die Festung ist noch bewaffnet, und die Kanonen können den Amazonas in alle Richtungen beschießen. Ihr Äquator, der liegt stromaufwärts, da, wo das Wasser verrücktspielt, ein paar Meilen hinter der Stadt.«
Maria, die unter Petes Arm geschlüpft war, spürte, wie die Schultern des Amerikaners immer schwerer wurden. Er würde sich bald nicht mehr aufrecht halten können, würde das Ziel seiner Reise erreichen, und die Leere, die auf dem Fuß folgte. Sie hatte sich in der langen Genesungszeit im Frauendorf erholt und wusste, dass es jetzt ihre Aufgabe war, ihn zu tragen.

Am folgenden Morgen verließen sie Macapá im Morgengrauen, zu Fuß, angeführt vom Neffen des Kapitäns, einem jungen Burschen, der nur Portugiesisch sprach. Sie hatten nicht geschlafen in dem jämmerlichen Zimmer im Hafenviertel. Bei einem guten Marschtempo könnten sie noch vor Einbruch der Nacht die imaginäre Linie des Äquators erreichen. Ein Geruch von Fisch und nasser Wolle stieg vom Fluss auf. Im Wald, der noch wärmer und feuchter war als in Guayana, roch es nach faulen Früchten und vergorenen Trauben; der Humus destillierte seinen eigenen Laub- und Holzalkohol.
Ihr Führer erwies sich schon bald als überflüssig. Die Route, der der Amazonas folgte, war breit, hoch frequentiert und nicht zu verfehlen; sie schickten den Neffen wieder zurück, indem sie ihm seinen Tageslohn auszahlten. Er murmelte etwas, eine Ermahnung, begleitet von einer weit aus-

holenden, Fluss und Wald umfassenden Armbewegung. Sie kehrten ihm den Rücken und gingen allein weiter. Der Neffe des Kapitäns blieb dort stehen und blickte ihnen nach, hin- und hergerissen zwischen seiner Pflicht, sie nicht allein zu lassen, und dem Befehl, den er erhalten hatte, sie gehen zu lassen.

Ein Teil des Tagebuchs von Pete Ferguson, niedergeschrieben in Macapá, wurde sehr viel später in den Archiven der Fitzpatrick-Ranch gefunden, sowie ein in Brasilien aufgegebener Brief, den eine gewisse Maria Bautizada im März 1874 verfasst hatte, sieben Monate nach der Ankunft des Paares in der brasilianischen Stadt.

9

Tagebuch von Pete Ferguson, Macapá, November 1873.

Ich habe Basin vor mittlerweile fast zehn Jahren verlassen, getrieben von den Gewehren der Militärs, und die Fitzpatrick-Ranch vor fast drei Jahren, in der Nacht, gejagt von dem Groll und dem Hass, den man mir entgegenbrachte.
In der Gasse hinter dem Eagle Saloon in Carson City habe ich hämisch gelacht beim Anblick des alten Meeks mit den geballten Fäusten. Er war ebenfalls besoffen, brüllte Beleidigungen und beweinte seinen Sohn. Als er sich auf mich

stürzte, machte ich einen Schritt zur Seite. Mitgerissen von
seiner eigenen Wut, brach er ohne mein Zutun zusammen.
Manchmal verwandelt der Alkohol Männer in andere
Wesen, manchmal auch in das, was sie im Grunde ihres
Wesens wirklich sind. Der Alte war feige, sein Sohn böse
wie eine Giftschlange.
Meeks starb auf meinen Knien. Plötzlich hatte ich den Alten
vor mir, abgeschnitten von seinem Strick, und fing an zu
brüllen.
Meeks war einer der fiesesten Kerle in der Stadt. Als sein
Sohn in den Krieg zog, sagte er zu ihm, er solle tot oder mit
Medaillen bedeckt zurückkehren; sein Sohn hatte sogar eine
Runde im Saloon ausgegeben. Die Meeks' waren brutale
Halunken in der wer-weiß-wievielten Generation. In mir
hatten sie jemanden gefunden, mit dem sie an den Abenden,
an denen sie vom Saufen schlechte Laune bekamen, reden
konnten. Und sie hatten eigentlich immer schlechte Laune.
Der alte Meeks bekam keinen Sarg mit seinem Sohn darin,
nicht einmal eine Schachtel mit einer Medaille, nur einen
Brief, in dem stand, er sei dort unten auf einem Feld im
Süden gestorben.
Ich habe auf seine Brust eingedroschen, bis ich seine Rippen
knacken hörte, wir waren schlammverdreckt, das Herz
dieses schlechten Vaters blieb stumm, und Lylia, die sagte,
ihr eigenes Herz sei gebrochen, hat uns genau in dem
Augenblick entdeckt. Ich weiß nicht, was sie gesehen hat.
Einen Mord, eine Gelegenheit, sich zu rächen, oder einen
jungen Kerl, der so widerlich war, dass ihre Liebe augenblicklich in Abscheu umschlug, ihr Abscheu zu dem Hass
wurde, der mich aus der Stadt trieb.
...

Es gab keinen Äquator.
Gegen einige Geldstücke hat ein Mann uns ein Blatt gezeigt, das sich im Wasser eines löchrigen Kochtopfes erst in die eine Richtung drehte, dann, ein paar Schritte weiter, in die andere. Aber ich habe es nicht geglaubt. Was bewies das? Ich konnte nicht einmal mehr weinen. Meine Tränen wären lächerlich vor dem ganzen Wasser des Amazonas. Wir kehrten nach Macapá zurück und ich begann auszutrocknen und abzumagern.
...
Ich schreibe ein paar Zeilen, wenn ich die Kraft dazu habe, seit Wochen bin ich bettlägerig. Verbringe ganze Tage, ohne Maria zu sehen. Ich weiß nicht, wohin sie geht. Sie kommt, sieht nach mir und geht wieder, wenn ich schlafe. Ich habe den Eindruck, wenn ich dieses Opium trinke, bekomme ich Albträume davon.
Ich habe nicht mehr die Kraft, die Gespenster auf Abstand zu halten. Die Toten, die schon an der Türe kratzten, sind hereingekommen, triefend nass aus dem Fluss gestiegen, stinkend nach verfaultem Fisch und der Vagina einer infizierten Nutte.
Es gab keinen Äquator.
Nur das Blatt, das sich in diesem improvisierten Siphon in die andere Richtung drehte. Der Mann sagte, er zeige uns ein Wunder, er erbettelte ein Geldstück für einen üblen Streich an ehrlichen Reisenden. Ich hätte ihn für seine Lüge töten können. Uns glauben zu machen, dass die Welt sich ändern könnte. Schaut euch das an! Das Blatt dreht sich in die andere Richtung. Folgt mir auf die Schlachtfelder, ihr werdet für das Blatt sterben! Auf in den Krieg! Wir werden ein neues Land schmieden, werden den Baum der Freiheit

pflanzen, werden ein neues Kapitel schreiben, werden einen noch größeren Traum erschaffen an einem neuen Morgen, wir werden eine neue Route ziehen, werden Mauern niederreißen, werden Grenzen überwinden, werden die Geschichte neu schreiben, werden uns eine neue Ordnung schaffen und in ein unbekanntes Land einmarschieren. Wir werden eine neue Welt erfinden. Auf in den Krieg!

Der Mann auf der Straße zum Äquator, mit seinem Kochtopf und seinem magnetischen Taschenspielertrick, war der Offizier, der gekommen war, uns zu holen, Oliver und mich, auf der Farm. Das war der Mann von der Santa Fe Railway, er wollte über seine Eisenbahn verhandeln, die die Prärie verändern würde. Ein Wirt im Saloon schenkte diesen verzweifelten Säufern Alkohol aus. Der Bankier, der dem Alten Geld lieh. Die Verkäufer von Leitern und Stricken. Die Händler mit Bisonskeletten, dem Dünger der Zukunft. Schaut, es dreht sich in die andere Richtung, das Kreuz der Konquistadoren.

Er bestritt Hin- und Rückfahrten, sprang von einer Seite des imaginären Äquators auf die andere und hielt seinen Blechnapf hin. Jedes Mal machte mir die Offensichtlichkeit ein wenig mehr Angst: Es geschah nichts, der Mann war verrückt. Maria sah das Blatt nicht an, sie warf die kleinen glatten Kieselsteine, die der Matrose des Frachtschiffs für sie aufgelesen hatte, in die Fluten des Amazonas. Sie wollte diese Erde nicht mehr.

Die Lianen schaben an den Türen des Hauses.

...

Ich habe lange nichts mehr geschrieben, ich weiß nicht, was in dieser Zeit geschehen ist. Maria kommt. Sie sagt etwas von Fieber. Ich bin mumifiziert.

Die Laken, auf denen ich liege, kann man nur noch wegwerfen. Maria wäscht mich. Sind wir magnetisch aufgeladen? Drehen sich die Säuren und Flüssigkeiten in unserem Magen am Äquator in die andere Richtung? Wir sind Abflusslöcher.
Maria hat Angst, dass ich nicht überlebe. Ich verstehe ihre Befürchtungen.
Das Jahresende kommt näher, die Zeit der Wünsche und der Vorsätze. Ich habe gelacht auf meinem stinkenden Bett.
Es ist schwer, in Schönheit zu sterben. Wir haben zu viel Angst vor dem Ende, um dem Tod den schönsten Part zu lassen. Was wir tun, ist nur für die wichtig, die übrig bleiben. Uns fehlt es oft an Mut und Großzügigkeit, um in Schönheit zu sterben. Das Ende, das man mir hier vorhersagt, wird nicht schön sein, dazu fehlt es mir an Kraft. Ich könnte vielleicht ein paar Worte sagen, aber auch für die Worte braucht man Kraft.
Ich kämpfe, aber der brutale Kerl, der ich einmal war, ist nicht mehr da, seine Kraft fehlt mir. Der brutale Kerl, der seinen Tod für den meinen hält.
...
Weniger Worte. Ich muss sparsam mit ihnen umgehen.
»Versuch nicht, mit mir zu sprechen«, sagte Maria.
Diese Indianerin kennt den Tod besser als ich. Sie weiß, was zu tun ist, so wie sie auch wüsste, wie man sich um ein Kind kümmert, sie, die keins gehabt hat.
...
Ich hätte Maria gerne Oliver vorgestellt. Ihr die Ranch gezeigt. Meine Gedanken, größtenteils Erinnerungen, sind bei diesem Ort. Bei den Gräbern von Aileen und Jonathan Fitzpatrick und ihrem Kind, das keine Zeit hatte, geboren zu

werden, dort unter dem großen Baum. Ich bitte Maria, meine Wange auf ihren geschundenen Bauch legen zu dürfen. Ich bringe Abreise und Rückkehr durcheinander.
...
In meinen Adern fließen zerstörerische Substanzen, böse Fieber, die meine Knochen weich werden lassen. In wenigen Monaten bin ich um ein Leben gealtert. Ich bin älter als der Alte.
...
Zwischen jedem Wiederauftauchen meines Tagebuchs verschwinde ich ganze Tage in der Stille. Die blaue Lagune, der Raum zwischen den Dingen. Und dann schreibe ich, entsetzt, die Ankündigung meiner Rückkehr nieder, meines vertagten Todes, ohne zu wissen, ob ich wiederauferstanden bin oder gerade träume.
...
Ich werde gehen, ohne es zu wissen. Was wird mein letzter Satz sein? Vielleicht dieser, der nichts sagt. Manchmal spreche ich mir nur immer Marias Namen vor, während der Stift mir aus den Fingern gleitet und ich versuche, ihn wieder aufzuheben, panisch, dem Tod ins Auge blickend.
...
Das ganze Jahr die gleichen Tage, die Sonne jeden Morgen zur gleichen Zeit, der gleiche Sonnenuntergang. Nichts geschieht. Am Äquator ist alles identisch und immerwährend. Das Blatt in dem Becken, genau auf der Linie des Äquators, bewegt sich nicht über dem Abflussrohr. Das Wasser ist dort nicht von der Schwerkraft befreit, es ist die Schwerkraft; es fällt gerade herunter, ohne einen eleganten Wirbel, ohne den geringsten Widerstand.
...

Keine Jahreszeiten hier. Keiner könnte sagen: Als der Sommer zu Ende ging, begann es Pete Ferguson besser zu gehen. Keine Jahreszeiten, der Atem des Amazonas und der gellende Wald. Pete Ferguson geht es nicht besser, er schreibt seine letzten Worte.
...
Oliver, Maria. Maria, mein Bruder. Die Fitzpatrick-Ranch, wo der Winter so lang ist. Am Ufer des Sees zerschlagen die Pferde mit den Hufen das Eis, um zu trinken.
...
Wo ist Maria? Mein letztes Wort? Hätte ich ohne sie sterben können? Sie ist meine Leiter. Ich werde Marias Hand halten.
...
Dabei hat der Alte doch gesagt, dass ich am Galgen enden werde. Zum Beweis dafür hat er sich aufgehängt. Ich habe ein Schicksal gehabt, habe die vorgezeichneten Wege des Vaters verlassen. Ich sterbe in Brasilien am Fieber. Wusste der Alte überhaupt, dass es dieses Land gibt?
...
Halte meine Hand.
...
Mein hohler Bauch tut mir weh. Ich krümme mich um die Äquatorlinie zusammen, die der Seemann mir auftätowiert hat. Mein kaputtes Becken, auf dem ich mich nicht mehr halten kann.
...
Halte meine Hand.

*

März 1874, Macapá, Brasilien.

An Mr. Bowman, Alexandra, Oliver und Aileen, Fitzpatrick-Ranch, Carson City, Nevada, Vereinigte Staaten von Amerika.

Mein Name ist Maria Bautizada, ich bin in Guatemala geboren und schreibe Ihnen aus der Stadt Macapá in Brasilien, in der ich mich zurzeit mit Pete aufhalte. Sollte dieser Brief mit viel Glück bei Ihnen ankommen, bezweifle ich, dass noch Zeit ist. Und selbst wenn, ist doch die Entfernung zwischen Ihnen und uns so groß, dass Sie nichts mehr tun können. Ich wage es kaum, Ihnen mehr zu sagen. Aber wenn Sie eines Tages diesen Brief lesen, dann wissen Sie wenigstens, was mit Pete geschehen ist. Ich habe ihn im April 1872 in Guatemala kennengelernt, im Hinterzimmer eines Restaurants in Antigua. Bei einem geheimen Treffen, das dazu führte, dass wir wenige Monate später gemeinsam auf einem Schiff, das gen Süden auslief, aus dem Land flohen. Pete kümmerte sich monatelang um mich. Heute kümmere ich mich um ihn. Er ist krank, und ich bitte Sie in seinem Namen um Ihre Hilfe, denn wir haben unsere Rücklagen vollständig aufgebraucht. Ich habe ihm gesagt, dass ich einen Brief an die Ranch aufsetzen werde. Ich weiß nicht, ob er es verstanden hat. Wenn er bei Bewusstsein ist, spricht er von einem See wie bei ihm zu Hause.

In den großen Plains in Ihrem Land hat Pete einen Mann kennengelernt, der ihm vom Äquator erzählt hat. Macapá in Brasilien liegt ganz nah an dieser Linie, die den Norden vom

Süden scheidet. Das war das Ziel einer Reise, von der Sie den Anfang kennen und ich das Ende.
Pete und ich sind ein Liebespaar. Wir sind nicht verheiratet. Ich bin eine Xinca-Indianerin.
In Französisch-Guayana hat ein Seemann ihm seine Lebensgeschichte auf den Leib tätowiert, Ihre Namen sind in seine Haut geritzt, und er hat Sie mir vorgestellt.
Er ist nicht mehr derselbe wie bei seiner Abreise aus Carson City. Ich muss Ihnen den Mann vorstellen, den ich pflege, den anderen Pete Ferguson, den Sie nicht kennen.
Als ich ihm in Antigua begegnete, war er gerade aus Mexiko geflohen, wo er einen Mann getötet hat. Ich weiß nur, dass dieser Mann für den Tod mehrerer Kinder verantwortlich war, Indianerkinder. Pete war auch deshalb aus Mexiko geflohen, weil er in Amerika einen Bisonjäger getötet hatte, um sein Leben zu retten. Das ist alles, was ich weiß. Als er in Guatemala an Land ging, dachten wir, Pete Ferguson sei ein Mörder und ein Söldner. Wir haben ihn für seine Dienste bezahlt, damit er an unserer Seite gegen die korrumpierte Macht in meinem Land kämpft. Er trank, und wir misstrauten ihm. Dass er mir das Leben gerettet hat, führte zum Sturz unserer Organisation. Dafür habe ich ihn gehasst.
Ich war nicht der Ansicht, dass ich mehr wert war als die Menschen, mit denen ich kämpfte. Pete hatte eine andere Rechnung aufgemacht. Einige Wochen später tötete ich einen meiner früheren Kameraden, um Pete zu retten.
Wir flohen übers Meer bis nach Guayana, wo wir von den Frauen eines Dorfes aufgegriffen wurden, in einem Urwald, in dem ich mit Petes Hilfe gegen meine Schwäche und meine Fieberanfälle kämpfte.
Wir sind glücklich gewesen in dieser Gemeinschaft, aber

auch dort konnten wir nicht bleiben. Er hatte ja diese Reise begonnen und konnte nicht einfach dort aufhören. Wir hatten keine andere Wahl, als bis zum Ende zu gehen. Wir sind angekommen.
Oliver, Sie sind derjenige, an den er am meisten gedacht und geschrieben hat. Er sagt, jeder zweite Schlag des Herzens in seiner Brust gehöre Ihnen. In den Briefen, die er Ihnen schrieb, stellte er sich immer vor, dass Sie ein glückliches Leben auf der Ranch führen, dass Sie ein ruhiger, starker und ehrlicher Mann geworden sind.
Mr. Bowman, von Ihnen sprach Pete mit Worten, die etwas beunruhigender waren, aber wenn er von Ihnen sprach, konnte ich sehen, dass die Schatten nach und nach von seinem Gesicht wichen. Ihnen hat er auch geschrieben.
Mrs. Desmond, Sie und Mr. Bowman sind die Eltern, von denen Pete immer geträumt hat. Wenn er schrieb (mittlerweile ist er zu schwach, um sein Tagebuch weiterzuführen), dann stellte er sich vor, wie stolz Sie sein würden. Sie haben ihm diese Freiheit eröffnet, die letzte, für die er noch kämpft, die Wörter.
Aileen, du kannst mittlerweile wahrscheinlich schon lesen, für dich hat Onkel Pete immer das schönste Lächeln gehabt. Ich arbeite in der Stadt, ich nehme alles an, was ich finden kann, um unsere Miete und unser Essen bezahlen zu können. Brasilien geht mit einer Indianerin nicht sanfter um als jedes andere Land auf dieser Welt. Ich kratze zusammen, was wir zum Überleben brauchen. Aber man kann nur überleben, wenn man bei guter Gesundheit ist. Die Schwachen und Kranken können das nicht. Meine Bemühungen ändern nichts daran. Mit jedem Tag, der verstreicht, wird es nicht besser, er wird nur immer schwächer. Mittlerweile bin

ich überzeugt, dass er nur gesund werden wird, wenn er selbst es will, und dass niemand ihm dabei helfen kann. Seine immense Energie wird bald verbraucht sein. Ich werde versuchen, ihn zu halten, bis eine Antwort von Ihnen kommt. Etwas zu haben, auf das wir warten können, wird uns helfen.

Der Mann, den Sie gekannt haben, wurde durch eine Reise verändert, die ihn gerettet und zugleich getötet hat, die er unternehmen konnte dank dem, was er von Ihnen mitbekommen hat. Ich bin glücklich, ihn kennengelernt zu haben, seine Sehnsucht nach dem See und der Ranch ist auch meine Sehnsucht geworden.

Wir sind in Macapá, der Hauptstadt des Staates der Amapú in Brasilien. Wir wohnen in der Rua Porto Rio, bei Senhora Cardeal. Macapá ist eine wichtige Handelsstadt. Jeden Tag legen dort Schiffe aus den anderen großen Städten Brasiliens an. Ich bewahre mir die Hoffnung, dass Ihre Antwort uns hier erreichen wird.

Mit meiner größten Hochachtung
Maria Bautizada

10

Das kleine Frachtschiff schipperte schwerfällig das Delta hinauf. Die Farbe des Kielwassers zeugte davon, wie heftig die Maschinen gegen die Strömung ankämpfen mussten. In Macapá konnte man an dieser großen schwarzen Rauchwolke erkennen, dass die Männer an Bord schufteten, ohne je eine Atempause einzulegen.

Irgendwo auf dem Kontinent, weit im Landesinneren, war Regen gefallen und der Flusslauf des Amazonas urplötzlich angestiegen. Die Menge am Kai sah zu, wie das Schiff besorgniserregend langsam den Hafen ansteuerte. Als die Trosse schließlich festgezurrt wurden, warf der Kapitän sich auf die Flasche Rum, die man ihm reichte.

»Herrgott noch mal, eine Minute länger, und wir hätten das Boot zerlegen müssen, um die Dampfkessel nachzuladen!«

Nach ihm ging ein großer, schlanker Mann von Bord, sein Anzug zerknittert von der Reise, und erkundigte sich nach dem Weg in die Rua Porto Rio. Der Kapitän zog ein schiefes Gesicht. Der blasse Mann suchte den Gringo und seine Vermieterin, Senhora Cardeal, die Schwester des Kapitäns. Nur war es so, dass seine Schwester, sein Schwager und er selbst den kranken Amerikaner und seine Indiofrau schon vor langer Zeit vor die Tür gesetzt hatten. Man kann schließlich nicht bis zum Sankt-Nimmerleins-Tag Kredit geben! Keiner wusste, was aus ihnen geworden war. Ein wenig unangenehm nur, dass der große Schlanke für die Banco do Brasil arbeitete. Er wurde ungeduldig, und am Ende erklärte der Kapitän ihm den Weg.

Senhora Cardeal wies dem Bankier den Weg zum Fluss und sagte ihm, der Amerikaner und die Indianerin seien vor mittlerweile vier oder fünf Monaten auf diesem Weg verschwunden. Der Mann erkundigte sich, wo man sich einen Ochsenkarren und einen Führer mieten könnte, wenn möglich von einer anderen Familie als der der Senhora. Das war peinlich, schließlich bekam man diese Bankiers nicht oft zu Gesicht, und jetzt kam einer nach Macapá und machte ihnen auf den Kopf.

Der Bankier begann sich Sorgen zu machen. Man hatte ihn wegen der Ruhe und Gelassenheit ausgesucht, die er in jeder Situation an den Tag legte, aber was konnte er an so einem Ort schon ausrichten? Die Auftraggeber in dieser Mission, Amerikaner, waren recht naiv. Sollte das Paar Macapá verlassen haben, dann würde ihre Spur sich verlieren, im besten Fall würde er zwei Gräber finden mit Ameisenhügeln darauf.

Der Besitzer des Karrens erinnerte sich, dass der Amerikaner und die Indianerin Spanisch gesprochen hatten, aber er hatte keine Ahnung, was aus ihnen geworden war. War das wirklich ein ernstes Thema?

Die kleine Gemeinschaft von Indianern am Ufer des Flusses war ein erbärmlicher Handelsvorposten. Erloschene Feuer, vernachlässigte Palmschutzhütten, Müll überall, Zeitungsblätter, die man zum Einwickeln hergenommen hatte und die jetzt aufgespießt oben in den Palmen hingen. Die Bewohner des Lagers wachten erst auf, wenn es schon helllichter Tag war, den Kopf schwer vom Alkohol, die Augen geschwollen, sich den Bauch kratzend. Einbäume lagen ans Ufer gezogen herum; das Dorf bestand aus kaum mehr als einem Dutzend

Leuten, von denen auch die Frauen gehörig dem Alkohol zusprachen. Der Mann von der Bank war am Tag nach den Verhandlungen mit den Händlern der Stadt gekommen; auf dem Boden, in den herumliegenden leeren Flaschen, befand sich der Lohn der Indianer.

Als er sie ausfragte, antworteten sie in Zeichensprache: weiter weg, höher hinauf, da hinten, eine Tagesreise. Gegen Entlohnung könnten sie ihn in fünf Stunden mit der Piroge hinbringen.

Die Indios wuschen sich das Gesicht, schoben die Boote ins Wasser und schnappten sich ihre Paddel. Sie ruderten schweigend, pflügten in regelmäßigem Rhythmus durchs Wasser, kamen Meter für Meter gegen die Strömung voran, bis sie an einer Flussbiegung einen kleinen Strand aus hellem Sand erreichten, bei der Mündung einer kleinen Bucht. Der Tag ging zur Neige; der Mann von der Bank, der völlig durchnässt war, handelte mit ihnen aus, dass einer der Ruderer ihn begleiten und die Piroge ihn hier erwarten würde.

Der Waldweg war sauber; sein Führer, der barfuß war, lief darauf völlig geräuschlos. Nach einer Stunde Marsch begann man das Feuer zu riechen, lange bevor man sie sah, die Menschen. Der Bankier glaubte nicht daran und fasste sich dennoch an die Innentasche seiner Jacke, um nachzusehen, ob der Brief sich noch immer in der Hülle befand, die ihn vor Feuchtigkeit schützte. Der Brief, den er persönlich, falls seine Mission erfolgreich sein sollte, einem gewissen Mr. Ferguson übergeben sollte.

Eine Indiofrau, die vor einer baufälligen Hütte saß, sah ihn näher kommen. Der Führer kauerte sich ohne weitere Umstände beim Feuer hin. Der Banker pflanzte sich vor der Frau auf.

»Maria Bautizada?«

Sie hatte dunkle Augenringe, magere Arme und geschwollene Hände, sie war schmutzig und stank, gekleidet war sie nach Art der Flussstämme.

»Ja.«

»Ist Mr. Ferguson bei Ihnen?«

Er kramte in seiner Tasche und zog den Brief heraus.

»Ich habe hier diesen Brief für ihn. Mir wurde aufgetragen, sie alle beide nach Belém zu bringen. Ist er hier?«

Maria sah den Brief an, hob den Blick zu ihm und antwortete auf Spanisch: »Ich weiß nicht, ob er die Reise machen kann.«

Sie führte ihn in die Hütte und zündete einen Kerzenstummel an. Der Angestellte der Banco do Brasil schlug die Hand vor den Mund. Es dauerte einen Moment, bis er begriff, dass der Mann, der da vor ihm lag, noch atmete. Es war fast nicht zu glauben, dass in so einem kleinen Häufchen Fleisch noch Leben sein konnte.

Der Bankier trat vor die Hütte, wo er sich übergeben musste, und ließ Maria am Kopfende von Pete kniend zurück, wie sie ihm den Brief der Fitzpatrick-Ranch vorlas.

Den Indios wurde eine schöne Geldsumme als Entschädigung dafür angeboten, dass sie noch in der Nacht durch die Strömung paddelten, um einen Arzt aus Macapá zu holen. Als der Arzt am folgenden Abend kam, hatte Pete Ferguson die Augen geöffnet.

*

Es brauchte drei Wochen und zahlreiche Fahrten zwischen dem Lager des Paars und der Stadt, bis man der Meinung war, Pete sei mittlerweile wieder so weit zu Kräften gekommen, dass er die Reise antreten konnte. Für die Unsummen an Geld, Expertise und Zeit, die aufgewandt wurden, um sie aus dem Wald wieder herauszuholen, hatte niemand Verständnis. Schließlich hatte man da unten keine Goldmine entdeckt, nur eine Indiofrau und einen Weißen.

Pete war zwar der Kränkere von beiden, aber auch Maria wurde gepflegt. Sie waren von allen möglichen Waldparasiten befallen. Der Arzt scherzte und erklärte, auf ihnen würden Lianen und Orchideen wachsen. Das Chinin senkte das Fieber, der Alkohol heilte die infizierten Wunden, ihnen wurden blutreinigende Mittel verabreicht, und mit dem Essen kam auch wieder Leben in ihre Muskeln.

Der sie behandelnde Arzt stellte überrascht fest, dass weder Ferguson noch die Indiofrau sich freuten, den Wald zu verlassen. Der Amerikaner las den Brief immer und immer wieder.

An Bord des Frachtschiffs, mit dem sie gekommen waren, verließen sie Macapá Anfang August. Der Kapitän mit dem Gebiss riss sich schier in Stücke, damit sie wie ein Prinzenpaar behandelt wurden, und das Schiff wich von seiner üblichen Strecke ab, um sie ohne Zwischenstopp nach Belém zu bringen.

Der Direktor der Banco do Brasil stand dort persönlich am Hafenkai, um sie zu empfangen. Sie wurden ins nächste Hotel gebracht, ein sehr einfaches Haus, Pete auf einer Liege, während Maria ihm unablässig die Hand hielt.

Ihr Zimmer ging aufs Meer und den großen Markt Ver-o-Peso hinaus; sie verbarrikadierten sich dort, verschreckt durch das beständige Treiben und Gewimmel auf dem Boulevard. Ein neuer Arzt kümmerte sich um sie. Der Direktor kam sie in der ersten Woche besuchen, dann der Mann, der sie im Wald gefunden hatte, dann vergaß man sie. Die Bank kam für alles auf. Als man sie entdeckt hatte, war sogleich eine Nachricht in die Vereinigten Staaten geschickt worden, und man hoffte auf eine schnelle Antwort.

Maria begann, das Haus zu verlassen und im Schatten der Palmen an der Avenue am Hafen und am Meer spazieren zu gehen. Als Pete wieder stehen konnte, gingen sie gemeinsam nach draußen. Er hielt sich am Arm von Maria fest, mit dem anderen stützte er sich auf seinen Stock. Die monatelange Unterernährung hatte zu einem Kalziummangel geführt, der Arzt hatte ihm gesagt, mit genügend Bewegung könne er das wieder ausgleichen und Muskeln aufbauen, aber das Hinken werde wohl bleiben. Sie ruhten sich im Schatten des Marktes aus, dessen Fassade vom Meerwind und den Regenfällen ausgebleicht war. Pete betrachtete das Blau des Himmels, Maria die blaue Farbe des Gebäudes.

»Im Urwald habe ich Blaue Morphofalter gejagt, um sie an die Indianer zu verkaufen, die sie an die Weißen weiterverkauften. Die Farbe dieser Schmetterlinge ist so unvorstellbar schön, wie die der Îles du Marin.«

Der Direktor der Banco do Brasil stattete ihnen im September einen letzten Besuch ab und zeigte sich entzückt, dass es ihnen gesundheitlich besser ging, nur störte es ihn, dass die Indiofrau ebenso von diesem Geld aus den Vereinigten Staaten profitierte. Die Familie Ferguson hatte sich nicht knausrig gezeigt. Er richtete das Wort immer nur an ihn.

»Alles ist arrangiert. Ein Dampfschiff der französischen Compagnie Générale Transatlantique wird Sie in zehn Tagen zum Hafen von Colón in Panama bringen, von dort gelangen Sie mit einer Fährverbindung in zwei Tagen über den Fluss zum Pazifik. Vom Hafen von Panama fahren Sie mit einem amerikanischen Dampfer nach San Francisco, wo Sie am 6. Oktober an Land gehen werden. Dort erwartet Sie dann Ihr Bruder.«

Der Direktor übergab ihm die versiegelte Transkription einer nüchternen telegrafischen Botschaft, die ihn in nervöse Unruhe versetzte. Er gab sie Maria zu lesen: *Erwarte Rückkehr auf die Ranch. Reise arrangiert. Situation in Carson City geregelt. Keine Gefahr. Werde 6. Oktober in S.F. sein. Auf bald. Oliver.*

Nach diesem letzten Besuch blieben sie allein. Pete nahm Bäder, und Maria stieg zu ihm in die Badewanne, fuhr mit Meeresschwamm und Seife über seine Tätowierung.

»Wie fühlst du dich?«

»Ich weiß nicht, ob ich wieder dorthin zurückkehren kann, nachdem ... nachdem ich so gescheitert bin.«

»Wieso gescheitert?«

»Weil ich nichts gefunden habe. Nichts, worüber ich berichten könnte.«

Maria erstarrte, woraufhin Pete sich ins Wasser gleiten ließ und sich an sie presste.

»Das wollte ich nicht sagen. Ich habe ja dich gefunden. Aber ich habe *es* nicht gefunden.«

Maria stieß ihn von sich.

»Du bist bei dem Versuch gestorben. Was hättest du denn noch machen wollen, pendejo?«

Sie stieg aus der Wanne, und Pete sah ihr zu, wie sie durch das Badezimmer und das Schlafzimmer ging, all dieser abstoßende Luxus, dieses Ende des Kampfes, die Wasserspuren, die sie auf dem gewachsten Parkett hinterließ. Er murmelte: »Ich bin nicht so gestorben, wie ich eigentlich hätte sterben müssen. An einem Galgen.«

Er betrachtete Maria, wie sie nackt auf dem Bett saß, ihr verärgertes Mondgesicht, ihre kleinen Brüste, ihre braune Haut, die nach all den Entbehrungen wie durch ein Wunder glatt geblieben war. Er stieg aus der Badewanne und ging auf sie zu, spürte, wie sein Geschlecht sich mit Blut füllte. Sie legte sich auf die Seite, drehte ihm den Rücken, führte ihn in sich ein und erhob sich dann auf alle viere. Sie liebten sich wie wilde Tiere, brachten das Hotelbett zum Knarzen und hofften, es werde unter ihnen zusammenbrechen. Sie rollten über den Holzboden, klammerten sich an eine Anrichte, über der ein Spiegel angebracht war. Die kleine Indiofrau zog den abgemagerten Weißen mit seinen schwarzen Tätowierungen auf der verbrauchten Haut so fest wie möglich an sich. Sie betrachteten ihrer beider Augen im Spiegel, die kalten Doppelungen auf der Glasoberfläche. Marias Bauch knallte gegen das Büffet, dass es ihr wehtat. Sie schubste Pete zum Bett zurück, wo er auf den Rücken fiel. Mit geschlossenen Augen setzte sie sich rittlings auf ihn. Sie ließ ihr Geschlecht auf ihm kreisen, die Beine um den Äquator aus Tinte geklammert, und die Orgasmus- und Kriegsschreie, die sie ausstieß, drangen bis zu den Frauen aus dem Frauendorf.

II

Die Luft war kalt und glasklar, der Seewind drang in die Bucht und trieb mühelos Schiffe, die so groß wie Häuser waren, in die Bucht hinein. Hunderte von Schornsteinen sorgten für einen grauen Nebel über der Stadt. Beim Anblick des Rauchs über San Francisco, im blauen Himmel Kaliforniens, bekam Pete Lust, in den Frachtraum hinunterzusteigen, in den Schiffsrumpf mit dem Beil ein Loch zu schlagen und das Boot hier zu versenken. Er beneidete Maria, die sich seit Panama seekrank in ihrer Kabine eingeschlossen hatte und fast nichts von der Reise mitbekam.

Er war schon einmal mit Bowman hergekommen, um ihn beim Verkauf mehrerer Hengste zu begleiten. Pete hatte sich nicht für die Verhandlungen interessiert, und Bowman hatte ihn später stockbetrunken in einem Saloon in der Market Street aufgegriffen. Seither schien die Stadt ihre Holzhäuser gegen Backsteinhäuser eingetauscht zu haben und um drei Stockwerke gewachsen zu sein. Die Lokomotiven konnten mit ihren Waggons in jedes Lager hineinfahren.

Der Hafen war ein unentwirrbarer Wald aus Takelagen. Ihr Dampf bahnte sich zwischen all den anderen Schiffen, die hier vor Anker lagen, seinen Weg und gelangte zum Kai der Gesellschaft.

Pete ging hinunter in ihre Kabine. Maria wartete auf der Liege neben dem Gepäck, vor Übelkeit weiß im Gesicht, und weigerte sich, aufzustehen, bevor das Schiff vertäut war und sich nicht mehr bewegte. Pete war ebenso bleich wie sie. Sie blieben dort und wagten sich nicht mehr hinaus, sprachen nicht mehr miteinander, mittellose Immigranten in einer Erste-Klasse-Kabine, bis es stiller wurde auf dem Schiff und eine Faust an ihre Tür klopfte.

»Pete?«

Er schreckte zusammen, drückte fest Marias Hand in der seinen.

»Oliver?«

Sein Bruder öffnete die Tür. Er war außer Atem, trug einen Bankiersanzug, sein Schnurrbart glänzte, und er blinzelte. Pete schnappte sich den Stock, stützte sich zitternd auf Marias Schulter. Oliver stand dort, die Arme ausgebreitet. Pete Ferguson, der große, zum Skelett abgemagerte Bruder, in sich zusammengefallen, die Augen hohl, der Bart vorzeitig ergraut, gestützt auf einen Stock, in einem viel zu großen Anzug, das Lächeln ängstlich, die Zähne abgefault. Es erforderte von beiden Brüdern einen gewaltigen Mut, den Gedanken, dass eine Wiederannäherung unmöglich sein könnte, beiseitezuschieben. Ungeschickt umarmten sie einander.

Maria betrachtete Olivers Gesicht und seine Tränen, während er an Petes Hals gedrückt dastand. Er erinnerte sie an den Pete Ferguson aus Antigua. Die beiden ähnelten sich weit mehr, als er gesagt hatte, aber nach dieser Reise hätte man seinen kleinen Bruder Oliver auch für seinen Sohn halten können. Pete drehte sich zu ihr um, den kleinen Bruder noch im Arm haltend, um nicht umzufallen.

»Oliver, Maria. Maria, Oliver.«

Oliver nahm die Hand der kleinen Frau und verbeugte sich, ein etwas grobschlächtiger Gentleman.

»Danke. Danke, dass Sie diesen Brief geschrieben haben. Willkommen.«

Er richtete sich wieder auf, bremste seinen Überschwang.
»Am Kai wartet ein Wagen. Wir sollten nicht hierbleiben, ich habe in einem schönen Hotel Zimmer für uns reserviert.«
Pete krallte die Finger um seinen Arm.
»Die Stadt... Die ist zu laut. Da sind zu viele Menschen...«
Oliver sah sie beide entgeistert an.
»Wir können sofort aufbrechen, wenn ihr wollt. In drei Tagen sind wir auf der Ranch.«
Über Petes Gesicht huschte ein Lächeln.
»Drei Tage? Bis zum See braucht man eine Woche.«
»Die Züge der Central Pacific fahren in zwei Tagen von San Francisco nach Truckee. Von dort ist es noch eine kleine Tagesreise mit dem Pferd, dann sind wir auf der Ranch.«
Oliver drehte sich zu der Indiofrau um.
»Können Sie reiten, Maria?«
Er folgte ihrem Blick zu dem gebeugten Rücken und dem Stock seines Bruders, woraufhin er errötete und in seinem neuen Anzug mit den Schultern rollte, als juckte der ihn.
»Wir können in Truckee einen Wagen mieten.«
Er stürzte auf den Flur hinaus, kehrte wieder zurück, um Maria das Gepäck aus der Hand zu nehmen, passte sich an Petes Tempo an und vermied es, dessen krumme Beine anzusehen, während er hinter ihm herlief. Oliver biss sich auf die Lippen, als er sie beide auf dem Kai sah, wo sie sich von den anderen Reisenden und den Kofferträgern fernhielten; er ging mit dem Gepäck voran und bahnte ihnen den Weg zum Wagen. Er half Pete beim Einsteigen, reichte Maria die Hand, was diese gar nicht wahrnahm, und gab dem Fahrer Anweisung, sie zur Fähre nach Oakland zu bringen.
Der Wagen fuhr mitsamt den Pferden und Fahrgästen auf ein Dampfboot. Pete und Maria weigerten sich auszusteigen.

Als sie gerade an der kleinen Insel Yerba Buena, die mitten in der Bucht lag, vorbeifuhren, brach Oliver das Schweigen: »Arthur und Alexandra werden auf der Ranch sein, wenn wir ankommen.«

Er senkte den Kopf. »Sie sind euch nicht holen gekommen, weil ich mich jetzt in San Francisco um die Geschäfte der Ranch kümmere. Arthur ist nach deiner Abreise schnell gealtert! Sie sind beide alt geworden.«

Er hob den Kopf, Pete sah die unbewohnte Insel in der Bucht an sich vorüberziehen.

»Aileen wollte mitkommen, und sie hat sich geärgert, als ich ihr gesagt habe, das sei nicht möglich. So wie ich sie kenne, schmollt sie jetzt schon seit einer Woche. Sie hat gefragt, ob Sie eine Prinzessin wären, Maria.«

Maria, die immer bleicher wurde, drückte sich an Pete.

»Maria hat die Seekrankheit.«

Es war schier unglaublich, mit welcher Aufmerksamkeit und Zärtlichkeit sein Bruder die Indiofrau behandelte. Oliver lächelte als Antwort, es war das letzte Lächeln auf dieser Reise, so unerträglich war es allen dreien, den anderen etwas vorzumachen.

Der Wagen setzte sie vor dem brandneuen Backsteingebäude des Bahnhofs von Oakland ab. In der Nacht fuhr ein Zug, Oliver reservierte eigens für sie ein Abteil der ersten Klasse. In der Halle war der Lärm für die beiden zu groß, sie wollten lieber auf dem Bahnsteig warten. Maria und Pete hatten seit zwei Jahren nicht mehr so gefroren. Sie standen diesen neuen Empfindungen fast ein wenig neugierig gegenüber, gingen schließlich näher an die Lokomotive heran, die langsam im Leerlauf lief, hielten sich in der Wärme ihres Atems auf. Oliver brachte ihnen Kaffee in Tassen, sie kamen ihm vor wie Greise, dabei war Maria so alt wie er. Schließlich fiel ihm auf, wie eingehend sie von den anderen Reisenden beobachtet wurden. Diese viel zu gut gekleidete winzige Indiofrau am Arm eines von einem fernen Krieg heimgekehrten Weißen und der Mann im Anzug, der sich so aufmerksam um sie kümmerte. Die Passanten zeigten ihre Ablehnung, indem sie Maria von Kopf bis Fuß musterten. Oliver drängte sie in Richtung ihres Waggons.

Maria war noch nie mit dem Zug gefahren, und ihr wurde darin so elend wie auf einem Schiff. Als auf der oberen Schlafbank die Decke ausgebreitet war, rollte sie sich darin ein, ohne ein Wort zu sagen, und ließ die beiden Brüder im gelben Schein einer Petroleumlampe sitzen. Der Zug fuhr quietschend die ersten Bergpässe hoch. Ein Steward brachte Flaschen mit Likör und Wein und servierte ihnen das Abendessen; das von Maria blieb unter der Glocke liegen, bis Pete einen Bissen davon nahm. Gemüse und Steaks, Brot mit knuspriger Kruste, die ihm das Zahnfleisch verletzte. Das Ruckeln des Zuges schüttelte die beiden schweigsamen Brüder durch. Pete aß geräuschvoll, trank Whisky und Rotwein, ein Glas nach dem anderen. Oliver zeigte gutbürgerliche Manieren.

»Du sagtest in deinem Telegramm, für mich sei in Carson City jetzt alles gut. Was ist geschehen?«

Oliver wischte sich den Mund. Das war wieder die echte Stimme seines Bruders, trocken und autoritär; hörte die Indiofrau ihnen zu? Er sank auf seinem Sitz zusammen.

»Es hat Veränderungen gegeben. Die Ranch ist noch größer geworden, du wirst sie nicht wiedererkennen. Wir sind jetzt genauso bedeutend wie die Eagle Ranch.«

Oliver war aufgeregt, riss sich aber unter Petes Blick wieder zusammen. Es war wie ein Schlag, wie eine Kälte im Magen: seine eigene Leidenschaft für die Ranch und Petes Misstrauen, all das, worüber sie sich bei diesem Thema schon immer uneins waren, bis sein Bruder fortging. All das, was zu seiner Flucht geführt hatte.

»Man könnte auch einfach sagen, dass die Fitzpatrick-Ranch jetzt mehr Einfluss hat.«

Oliver blickte zu Marias Schlafplatz hinüber.

»Lylia hat für diese ganzen Veränderungen gesorgt.«

Pete biss die Zähne zusammen.

»Was hat sie noch getan?«

»Sie hat noch einmal eine neue Aussage gemacht«, stammelte Oliver, »sie hat gesagt, dass du Meeks in jener Nacht nicht getötet hast.«

Er zögerte, Pete beugte sich zu ihm vor.

»Was noch?«

Oliver richtete sich wieder auf, aber seine Stimme wurde leiser.

»Wir haben geheiratet. Lylia ist jetzt meine Frau, und wir erwarten ein Kind.«

Pete lachte schallend.

»Du hast diese Schlange geheiratet? Sie ist schon immer dem Geld hinterhergelaufen, aber ich hätte nie gedacht, dass sie so weit gehen würde. Nach dem großen Bruder jetzt der kleine!«

Oliver stand auf, stieß dabei Teller und Gläser um, zog die Schiebetür des Abteils auf und schloss sie geräuschvoll hinter sich. Maria schreckte hoch.

»¿Qué pasa?«

»Nichts, schlaf weiter.«

Er leerte weitere Gläser und wartete. Sein Bruder kehrte nicht zurück. Pete legte sich auf seine Bank und ließ sich vom Geruckel des Zuges und den Geräuschen einwiegen. Als sie erwachten, roch es nach Kaffee. Oliver war da und saß schweigend vor seinem Frühstück; er hatte seine Kleider gewechselt, trug jetzt den etwas bequemeren Anzug eines wohlhabenden Farmers. Pete fuhr sich mit der Hand über sein stechendes Kinn und seine trockenen Lippen, schenkte sich Kaffee ein und spülte den schlechten Geschmack aus dem Mund.

»Ich hätte das gestern so nicht sagen sollen. Das war der Alkohol, ich bin es nicht mehr gewohnt zu trinken. Ich habe nicht das Recht, über wen auch immer ein Urteil zu fällen, und schon gar nicht über dich oder Lylia.«

Oliver wusste nicht, wie er reagieren sollte. Er hatte schon vor so langer Zeit gelernt, seinem Bruder zu verzeihen, aber er hatte ihn noch nie eine Entschuldigung aussprechen hören. Er sah hinauf zu Maria, die oben auf ihrer Liege lag, die Nase ans Fenster gepresst; sie wischte die beschlagene Scheibe frei, fasziniert von den verschneiten Bergen, die an ihnen vorüberzogen. Pete kniff die Augen zusammen und wandte sich ebenfalls dieser weißen Landschaft zu.

»In Guatemala gibt es Berge, die so hoch sind wie dieser hier, aber es ist dort auch oben auf dem Gipfel warm und es fällt niemals Schnee.«

Oliver sagte zu ihr: »Auf der Ranch ist der Schnee schon drei Fuß hoch, und an manchen Stellen beginnt der See zu gefrieren.«

»Gefrieren?«

»Wenn das Wasser sich in Eis verwandelt.«

Sie sah Oliver an, dann Pete. Es gab Wörter, die Pete nie

benutzt hatte, wenn er mit ihr sprach, einen riesigen englischen Wortschatz, der eine Welt beschrieb, die Maria nicht kannte.

*

Der Bahnhof von Truckee war nur ein Bretterhaufen und in einem ebenso schlechten Zustand wie der Bahnsteig; ein Büro der Central Pacific mit reifüberzogenen Fensterscheiben, drei Passagiere, die an Bord gingen, und drei, die ausstiegen. Der Wagen erwartete sie. Die Linie der Telegrafenmasten folgte der Bahnstrecke, Oliver hatte vom Bahnhof von Oakland aus eine Nachricht geschickt.

Nachdem die Koffer eingeladen waren, machten sie es sich unter dicken Wolldecken im Wagen bequem. Der Fahrer gab ihnen Schals und Mützen und grüßte Oliver höflich – *Mr. Ferguson*. Die sechs Zugpferde des Gespanns, die gewaltige Dampfwolken ausstießen, stürmten auf den gefrorenen Pfad und liefen geschwind an den stillen Häusern des kleinen Örtchens vorbei.

»Als ich das letzte Mal hier war, gab es in Truckee nichts als eine Relaisstation und ein Bordell für die Gleisarbeiter.«

Pete hatte aus dem Fenster geblickt, zog den Kopf wieder ein und schloss den Vorhang ihres Privatwagens.

»Dass die Ranch sich vergrößert hat, ist ganz offensichtlich kein Scherz. Die Fitzpatrick-Ranch schwimmt im Geld.«

Oliver erzählte ihm stolz, er müsse sich fast nicht mehr um die Pferde kümmern, das sei jetzt die Domäne von Arthur und Alexandra. Er und Lylia kümmerten sich ums Vieh. Aus den tausend Hektar waren viertausend geworden, auf der Fitzpatrick wurden jetzt Kühe gezüchtet, eine aus Europa eingeführte Rasse, eine Kreuzung mit dem Angus-Rind, die sich an die Jahreszeiten der Region wunderbar angepasst hatte. Oliver erzählte mit leisem Bedauern, dass er nicht mehr auf der Ranch wohnte, sondern mit Lylia in Carson City, in dem Gebäude, in dem die Ranch ihre Büroräume hatte. Wenn man ihn so reden hörte, bekam man den Eindruck, die Pferdezucht sei zweitrangig geworden. Oliver musste den Namen Lylia mehrfach aussprechen, bis ihm die zwei Silben des Vornamens seiner Frau nicht mehr im Hals stecken blieben. Pete blickte zu Maria hinüber – wie um ihre Zustimmung zu suchen –, ehe er sich vorbeugte und durch die Decke hindurch Olivers Knie einen Klaps gab.

»Ihr habt gute Arbeit geleistet. Ich bin stolz auf euch.«

Oliver lächelte, ein in der Kälte erstarrendes Lächeln. Pete hatte nicht verbergen können, wie unwohl ihm wurde, als er von dem Erfolg der Ranch hörte. Der Jüngere der Ferguson-Brüder beendete seine Berichte, sein Bruder schien zu schwach – und dieser Gedanke machte ihn ganz betroffen –, um die Veränderungen zu ertragen, die es während seiner Abwesenheit gegeben hatte. Vielleicht hatte er gehofft, alles so vorzufinden, wie er es verlassen hatte, und einen neuen, besseren Anfang zu wagen. Aber seine Vergangenheit hatte nicht auf ihn gewartet, hatte sich auch verändert. Das war die Botschaft, die Oliver seit dem Hafen von San Francisco unbewusst vermittelte.

Ein einziger Pass trennte die Stadt Truckee vom Tahoe-See. Nach dem Aufstieg, den Schreien und Peitschenhieben des Fahrers, liefen die Pferde schnaubend im Schritt über die kleine Ebene, bis ihr Herz sich wieder beruhigt hatte und das Gespann den Abstieg in Angriff nahm. Pete hob den Vorhang an, betrachtete die Bergkette der Sierra Nevada, spitz und weiß, die Wirbelsäule eines riesigen Drachens, der sich dort zum Schlafen gelegt hatte, wo sie zehn Jahre zuvor fast gestorben wären. Die Brüder dachten beide das Gleiche. Maria, das Gesicht in der Wolle vergraben, beobachtete sie. Oliver vermochte den Blick der kleinen Frau nicht auszuhalten. In der Zeit, als Pete aus Carson City floh, hatte er Bettlern ihrer Rasse, die sich auf der Straße herumtrieben, Fußtritte versetzt. Die Stimme der Indiofrau, mit ihrem mexikanischen Akzent, überraschte ihn wie einen Jungen, den man auf frischer Tat ertappt: »Wie lange dauert ein Winter mit Schnee auf der Ranch?«

»In harten Jahren von September bis März. In guten Jahren von September bis März.«

Maria verstand den Witz nicht und runzelte die Brauen.

Oliver räusperte sich: »Wir werden noch vor dem Einbruch der Nacht dort sein.«

12

Es war, als feiere man einen vom Krieg heimgekehrten Deserteur, und es wurde zu schnell dunkel, als dass man sich an den Anblick der anderen hätte gewöhnen können. In dem Pfahlhaus am Rande des Sees hinderten einen die langen Gläser der Lampen, dem Gegenüber direkt ins Gesicht zu sehen. Sie warfen Schatten um die Augen, und je mehr Lampen man anzündete, desto klarer wurde es, dass das nichts half. Maria aß ohne Appetit, wie ein kleines Tier, das sich anzupassen sucht. Pete hatte Hunger, rührte sein Essen aber nicht an, misstrauisch wie ein Tier vor der Falle. Bowman und Alexandra waren müde. Lylia war keine junge Frau mehr, ihr Hals, ihre Wangen und ihre Brust waren durch die Schwangerschaft rund geworden. Der Tisch war lang, und zwischen den Stühlen blieb zu viel Platz. Keiner vermochte seine Stimme richtig einzusetzen, entweder man hörte einander nicht oder man sprach zu laut. Maria konnte Englisch gut verstehen, aber wenn jemand sie ansprach, betonte er die Sätze ganz übertrieben und stellte naive Fragen.

Sie hatten Petes Heft nicht gelesen, nur Marias Brief. Sie wussten nichts, und man musste ihnen alles erklären. Petes Erschöpfung schlug in Fieber um, und der Rauch des Petroleums bereitete ihm Kopfschmerzen. Das Essen war zu gehaltvoll und die Weine zu teuer. Bowman begegnete der bourgeoisen verschwenderischen Fülle nur mit einem höflichen Widerwillen, während Lylia, der Oliver nicht sehr überzeugend zur Seite stand, als Einzige ihre Rolle weiterspielte – dabei war sie doch eine Halbweltdame, die Pete dem Strick hatte ausliefern wollen. Alexandra, die neben Maria saß, aß zu schnell und wünschte sich, dass sie sich morgen, bei Tageslicht, draußen auf der echten Fitzpatrick-Ranch treffen und sich wieder neu kennenlernen könnten.

Nur Aileen machte Pete eine Freude. Es war weder ihrer Mutter noch ihrem Vater gelungen, das Mädchen ordentlich zu kämmen und anzuziehen, sie war eine kleine Wilde, die laut Bowmans Schilderungen mehr Zeit zu Pferd verbrachte als mit den Büchern ihrer Mutter. Als Aileen ihren Onkel Pete sah, war sie weder erschrocken noch, wie die anderen, zwischen Freude und Scham hin- und hergerissen, sondern einfach enttäuscht. Wie sollte er in seinem Zustand reiten können? Sie warf ihm während der Mahlzeit Blicke zu, senkte den Kopf über ihren Teller, wenn er sie ansah. Dieses hinkende Gespenst, das war nicht ihr Onkel, man hatte ihn gegen einen alten müden Mann eingetauscht. Aileen reichte ihm fast bis zur Schulter, ihr Haar war röter als das von Alexandra, das allerdings auch nicht mehr die Farbe hatte, an die er sich erinnerte. Wie die blauen Augen von Aileen, die den Glanz aus den Augen ihres Vaters gestohlen hatten.

Pete rieb sich die Rippen an der Stelle, an der ihm der Seemann die Namen dieser Menschen eintätowiert hatte. Er stand auf, suchte mit wachsendem Zorn seinen Stock, sagte, er sei müde, und entschuldigte sich. Alexandra stand hastig auf, um der Stille ein Ende zu machen.

»Wir haben das Gästezimmer vorbereitet, aber wenn es dir lieber ist, ich habe auch in eurer Hütte Feuer gemacht.«

Jener Hütte, in der Arthur und Alexandra die Ferguson-Brüder versteckt hatten, die Kinder-Deserteure, die auf die Ranch gekommen waren. Sie stand neben der Scheune, an den Fels gebaut, hundert Schritt weit vom Haus entfernt. Pete konnte sich nicht vorstellen, an einem anderen Ort zu schlafen. Er nickte, sprach Xinca mit Maria, die sich ebenfalls erhob und sich von ihren Gastgebern verabschiedete, die so gar nicht den Charakteren glichen, die Pete in seinen Briefen geschildert hatte. Nichts hier hatte in irgendeiner Form Ähnlichkeit mit dem, was sie sich aufgrund seiner Erzählungen vorgestellt hatte. Sie schämte sich für den Brief, den sie ihnen geschrieben hatte, für die Gefühle, die sie darin zum Ausdruck gebracht hatte. Diese Leute erinnerten sie an die Bürger, die ins Waisenhaus kamen, um sich ein Kind auszusuchen. Sie war nie ausgewählt worden, die kleine Indianerin mit dem großen Kopf, bis der Jesuit Hagert gekommen war, als sie etwa im gleichen Alter war wie das rothaarige Mädchen, das sie gerade von der Seite ansah.

Alexandra begleitete sie zur Hütte, über einen tief verschneiten Weg.

»Ruht euch aus. Morgen haben wir alle Zeit der Welt und können euch in Ruhe die Ranch zeigen.«

Maria hatte bereits die Nase voll von dieser Ranch, an der ihnen allen so gelegen war. Sie schlossen die Tür und stellten sich vor den Ofen, während sie die Einrichtung betrachteten, die für Maria so neuartig war und für ihn so altbekannt. Pete ging zum Fenster. Unter dem Vordach des großen Hauses, im Licht einer Lampe, die vom Dachbalken hing, stand Arthur Bowman. Er rauchte, an einen Pfosten gelehnt, und betrachtete die Hütte. Maria trat zu ihm heran.

»Was macht er hier?«

»An dem Tag, an dem ich mit Oliver hier ankam, hatte er sich hier eingerichtet, hat tage- und nächtelang Wache gehalten. Noch nie hat mir jemand so Angst gemacht.«

Maria legte sich aufs Bett. Die Hütte war das Erste, was sich nicht verändert zu haben schien, sie fühlte sich wohl hier.

»Sie wissen nicht, unter welcher Krankheit du gelitten hast.«

»Unter welcher Krankheit habe ich denn gelitten?«

Maria betrachtete lange die Decke aus Rundhölzern, dann die Wände, die dem Ansturm einer Armee hätten trotzen können, dieses Miniaturfort, das Bowman gebaut hatte und das dann die Zelle der Deserteure wurde.

»Daran, dass du deinen Vater getötet hast und alle, die ihm ähnlich waren. Daran, dass du alles getötet hast, was etwas hätte verändern können, bis es nichts mehr zu töten gab. Und statt dich selbst zu retten, hast du jemand anderen an deiner statt gerettet. Für dich ist es ein Verrat, wenn man sich ändert. Sie verstehen nicht, dass dich das krank macht. Du wirst nicht hierbleiben können.«

Pete betrachtete immer noch Bowman, der auf der Terrasse stand, er erinnerte sich, wie er in jener Zeit gewesen war, als der Bürgerkrieg jeden Tag Tausende von Ferguson-Brüdern dahinmähte. Sergeant Arthur Bowman, Soldat der Britischen Ostindien-Kompanie, der zwei Jungen rettete, der sich, so gut es ging, wieder reinwusch, der reglos seine Strafe aus Kälte und stundenlangem Warten ertrug.

»Wo gehen wir hin?«

»Das ist dein Land. Such dir was aus.«

»Mein Land? Ich bin desertiert.«

Maria lachte.

»Dann wirst du mir das Land der Deserteure zeigen.«

Bowman löschte die Lampe und ging zurück in das große Haus.

Pete legte Brennholz im Ofen nach, zog Maria aus und legte sich auf sie, ihre zarte Haut vor Kälte von Gänsehaut überzogen.

»Der alte Meeks und alle, die sind wie er, halten Deserteure für Feiglinge. Man zeige mir einen echten Feind, und ich ziehe in den Krieg.«

Sie lachte wieder, etwas stockend, denn Pete drückte ihr mit seinem Gewicht den Atem ab.

»Ich werde dir deine Feinde zeigen.«

An Marias Hals nahm er seinen eigenen Atem wieder auf, hörte ihre Stimme, die in ihrer Kehle erklang: »Hier hast du keine.«

*

Die erste Person, mit der er sich aussprach, war sein Bruder. Da er sich kräftig genug zum Reiten fühlte, schlug er ihm vor, sich den See vom Gipfelkamm aus anzusehen. Sein wahres Ziel lag auf halbem Weg am Abhang, auf einem verlassenen Pfad, den er aber immer noch auswendig kannte.

Oliver half Pete in den Sattel. Sie hatten zwei friedliche Wallache ausgewählt und entfernten sich im Schritttempo durch den knirschenden Schnee, den Hals tief in den Fellkragen eingemummt.

Oliver war jetzt einer dieser Männer, die ihr Land gestalteten, indem sie sich ein Vermögen aufbauten. Er war der authentischste Amerikaner, den die Fitzpatrick-Ranch je hervorgebracht hatte. Ihre Vergangenheit in Basin und die Ranch hatten einen perfekten Geschäftsmann aus ihm gemacht. Lylia hatte dieses Bild des Erfolgs noch gefestigt und kümmerte sich in Carson City um die Buchhaltung. Seit ihrer Hochzeit vor zwei Jahren hatte sie ihn gedrängt, sich in der Stadt niederzulassen, hatte ihn so weit wie möglich von der Ranch und der Erinnerung an Pete ferngehalten. Als Bruder eines Mörders und selbst ein Deserteur, verdankte Oliver seine Gelassenheit nur seinem Einfluss und seinem Geld. Die Stadt wurde immer größer, die neuen Bewohner würden allein schon aufgrund ihrer Anzahl dafür sorgen, dass diese Erinnerungen verblassten.

Lylia und Oliver hatten sich kennengelernt, als er mit der Bitte zu ihr kam, sie möge ihre Zeugenaussage revidieren. Er ging nicht ins Detail, Pete wollte gar nicht wissen, ob er ihr ein Arrangement vorgeschlagen oder ob sie ihn erpresst hatte: das Eheversprechen gegen die Unschuld des ältesten Ferguson-Bruders. Das war unwichtig. Wenn man sie zusammen sah, schienen sie gemacht füreinander, trotz Olivers Naivität.

Sein Bruder hatte stets das Gute in jedem Menschen sehen wollen, während Pete immer nur instinktiv das Böse gewittert hatte. Sie hatten nicht die gleiche Art, sich vor der Welt zu schützen.

Die Fallgrube, so nannten sie damals die andere Hütte, in die sie sich flüchteten, wenn Leute auf die Farm kamen. Holzbalken über einem Felsloch, ein mit Erde und Pflanzen bedecktes Dach, eine Tür, eine Schießscharte und ein Ofen – mehr eine Höhle als ein Haus. Pete schlug den Weg zur Fallgrube ein, und Oliver folgte ihm fraglos, als wisse er schon Bescheid.

Die beiden Brüder mussten ihre vereinten Kräfte aufwenden, um die Tür ihres alten Unterschlupfs aufzustoßen, der gegenwärtig halb unter Pflanzen begraben und eingefallen war. Das Bett war vom Holzwurm zerfressen, der Ofen durch einen vom Dach gefallenen Balken in zwei Teile gespalten. Sie betrachteten schweigend diesen Verschlag, an dem so viele Erinnerungen hingen. Erinnerungen an die Tage, an denen sie nicht vor die Tür gingen, an Alexandra, die ihnen Essen und Bücher brachte, Bowman, der hin und wieder vorbeischaute, wenn er seine Runde drehte, und der unablässig redete, das Karabinergewehr in der Hand. Sie setzten sich vor die Hütte, suchten durch die Linien der Balken hindurch nach dem Widerschein des Sees unten im Tal. Pete senkte den Kopf, die Ellbogen auf den Knien, den Hut in Händen haltend. Oliver betrachtete das Ende der Tätowierung auf seinem Hals, die kleinen Zweige und die beiden Vornamen, von seinem Bruder und Maria. Pete ließ ihm die Zeit, es sich anzusehen, dann richtete er sich auf.

»Es ist nicht das Gleiche, ob man draußen etwas sagt oder in einem Haus. Wenn es eine Aussicht gibt, sind die Wörter kleiner. Man muss sie besser auswählen, sonst überhört man sie. Zugleich ist es so, als würden sie sich verirren und man würde sie schneller vergessen.«

Er drehte sich zu Oliver um.

»Ich werde nicht lange bleiben. Am Äquator habe ich begriffen, dass nichts sich ändert, dass es aber besser ist zu kämpfen als abzuwarten. Dass man sich ändern muss, selbst wenn man weiß, dass das auch keinen Unterschied machen wird. Verstehst du, was ich meine?«

»Dass ein Problem, das man gelöst hat, trotzdem einmal eines gewesen ist. Dass Erinnerung und Vergessen sich nicht so sehr voneinander unterscheiden. Dass es eine Absprache mit uns selbst ist.«

»Wir werden immer die Gleichen sein, in Vergangenheit, Gegenwart und Zukunft. Ich bin nicht hier, um dir zu erzählen, was ich auf dem Herzen habe, sondern um dich zu fragen, ob du es hören willst oder nicht. Du hast die Wahl.«

Oliver stand auf. Die kalte Luft füllte zu schnell seine Brust, und er musste sich bewegen, um sie zu verbrauchen. Er lief ein paar Schritte im Schnee, drehte Pete den Rücken zu, kam zurück und setzte sich zu ihm. Er ergriff die Hand seines großen Bruders, und sie drückten durch die Handschuhe hindurch ihre Finger aneinander. Oliver kämpfte mit den Tränen, mit einem Mut, zu dem Pete nicht imstande war.

»Was ist in jener Nacht geschehen, in der Scheune?«

Pete nickte. Oliver legte ihm den Arm um die Schultern.

»Es tut mir leid, dass du diese Bürde trägst und nicht ich. Es ist deine Geschichte. Aber ich werde dich nicht gehen lassen, ehe du nicht wieder zu Kräften gekommen bist.«

In der Nacht kehrten sie zurück, Pete war erschöpft, aber sein Gesicht wirkte entspannt. Aileen wartete in der Scheune auf sie, glücklich zu sehen, dass ihr Onkel reiten konnte.

»Morgen komme ich mit dir.«

Das Abendessen verlief entspannter als am Vortag, aber man verließ sich zu sehr darauf, dass Pete die Gesprächslücken füllte. Die zwischen ihm und Lylia, ihm und Alexandra, ihm und Bowman, bei dem Maria das Gefühl hatte, sie habe noch gar nicht seine Stimme gehört. Dieser Mann mit dem Gesicht eines alten verwundeten Löwen faszinierte sie. Dieser Kämpfer voller Narben und voller Albträume, mit seinen abgeschnittenen Fingern, gehörte weder in dieses Land noch in diese Welt. Die viertausend Hektar, von denen er umgeben war, genügten nicht, er drehte noch immer ermüdende Wachrunden auf seiner Ranch. Bowmans Ruhelosigkeit war noch gewachsen. Maria entnahm das den Blicken, die seine Frau ihm zuwarf. Der alte Soldat wusste genau wie Pete, dass mit ihm eine Bedrohung auf die Fitzpatrick-Ranch zurückgekehrt war. Bowman war traurig darüber, das Schweigen an diesem zweiten Abend lastete besonders schwer.

Am dritten Tag machte Pete einen Ausritt mit Aileen, die sogleich mit ihrem Pferd über den Zaun des Anwesens sprang. Das Mädchen drehte sich um und wartete brav auf ihren Onkel. Sie kehrten erst spät am Nachmittag zurück.

Alle sollten diese Reise mit ihm machen, nur Lylia nicht.

In den folgenden Tagen war es Alexandra, die aufbrach, um mit Pete am Ufer des Sees entlangzureiten. Maria folgte ihnen mit den Augen, die Brauen gerunzelt, bis sie ganz klein und dann nicht mehr zu sehen waren. Sie fragte ihn bei seiner Rückkehr: »Worüber habt ihr gesprochen?«

»Über dich.«

»Bist du nicht mehr in die Frau verliebt, die dich adoptiert hat?«
»Sie ist nicht meine Adoptivmutter.«
»Ist sie auf mich eifersüchtig?«
»Nein.«
Maria fühlte sich gekränkt.
»Was wollte sie wissen?«
»Ich sollte ihr unsere Erlebnisse schildern, aber nicht wie eine Flucht, sondern wie eine Reise.«
»Weshalb?«
»Weil sie nur an die Zukunft denkt.«
»Sie ist eine Utopistin.«
»Wir sind nicht nur geflohen, wir haben auch eine Reise gemacht.«
»Lüge.«
»Sie mag dich.«
Das ärgerte Maria noch mehr.

Seit einem Monat waren sie nun auf der Ranch, der Winter war immer noch mild, es fiel regelmäßig Schnee, sie blieben vom Blizzard verschont, und die Kälte hatte die Pferde nicht getötet. Lylia hatte die Ranch wieder verlassen und war in ihr Haus in Carson City zurückgekehrt. Oliver fuhr jetzt auch immer öfter hin. Pete konnte wieder besser atmen, war zu Kräften gekommen, hatte an Gewicht zugelegt und konnte schließlich ganz auf seinen Stock verzichten. Er hinkte immer noch leicht. Maria musste zugeben, dass dieser Ort das Schönste war, was sie je gesehen hatte.

Ende November, als sie alle im Haus am See versammelt waren, verkündete Oliver, in Carson City habe sich die Neuigkeit herumgesprochen, dass Pete zurückgekehrt war. Pete musste sich zusammennehmen. Er begriff – überwältigt von Scham und Wut –, dass man auf der Ranch versucht hatte, seine Rückkehr so lange wie möglich geheim zu halten.

Bowman klärte die Sache: »Nächste Woche gehen wir zum Richter, damit Pete die offiziellen Dokumente unterschreiben kann. Die alten Geschichten sind nur noch Gerüchte, es gibt keinen Grund mehr, sich hier zu verstecken.«

Lylia wäre fast vom Tisch aufgestanden, die Mahlzeit wurde abgekürzt.

Und so rückte Petes letzte Reise näher, die Reise mit Bowman. Die beiden brachen eines Morgens, bei blauem Himmel und Windstille, auf, um zu Pferd die vierstündige Strecke von der Ranch bis zum Gerichtsgebäude von Carson City zurückzulegen, über die Berge und durch die Ländereien der Fitzpatrick-Ranch. Bowman hatte für Pete ein lebhafteres und schnelleres Pferd als den Wallach satteln lassen, an den er sich gewöhnt hatte. Er dagegen ritt einen Zuchthengst, den alten Walden mit dem schlechten Charakter, der immer noch schnell war, den Vater von Reunion. Bowman und Aileen waren die Einzigen, die dieses Pferd ritten.

Auf dem Pass, an der Grenze zwischen der Sierra im Osten und den Nevada Plains im Westen, kamen sie an einem Grenzstein des Ranchgebiets vorbei. Pete zog die Zügel an.

»Das ist der erste, den ich mit Oliver entdeckte, als wir uns in den Bergen verirrt hatten.«

Bowman war neben ihm stehen geblieben und sah tief unten die rauchenden Schornsteine von Carson City, die Linien der geraden Straße und die dicht an dicht stehenden Häuser.

»Die Stadt ist gewachsen, seit du fort bist.«

»Das sieht man von hier.«

Bowman zog die für ihn so typische Grimasse, die das schmerzhafte Narbengewebe in seinem Gesicht dehnte und bei der man nicht recht wusste, ob er jetzt beunruhigt war oder wütend oder zufrieden mit dem Schlachtplan, den er sich ausgedacht hatte.

»Ich bin froh, dass du zurückgekommen bist. Auch wenn deine Indianerin und ich als Erste begriffen haben, dass ihr nicht bleiben könnt. Was ich für dich und Oliver getan habe, bereue ich nicht. Ich würde die Ferguson-Brüder auch weiterhin verteidigen.«

Bowman griff in eine von Waldens Satteltaschen und reichte Pete eine Schachtel und einen voll bestückten Munitionsgürtel. Und einen geölten und geladenen Colt.

»Die Stadt ist gewachsen, aber sie hat sich nicht allzu sehr verändert. Es gibt dort nicht nur Verleumder, es gibt auch noch die Mitglieder der Familie Meeks.«

»Ich weiß.«

Die Stiefel beim Abstieg tief in die Steigbügel gerammt, machten sie sich auf den Weg, Bowman vorneweg.

»Was ist mit Reunion geschehen?«

»Er ist in Mexiko gestorben, als er mir das Leben rettete.«

»Genau so soll ein Pferd sterben.«

Sie verließen das Gebiet der Ranch und gelangten schon bald auf die Hauptstraße. Pete machte es Bowman nach, zog seinen Hut tief ins Gesicht und den Kopf zwischen die Schultern. Die Tafel, die den Eingang von Carson City ankündigte, war jetzt am Fuß des Berges aufgestellt. Die Häuser waren neu, auf noch leeren Grundstücken lagen schon die Backsteinhaufen und Spitzhacken bereit. Pete sank noch ein wenig mehr in sich zusammen, als sie an Gebäuden vorüberkamen, die er wiedererkannte. Der Eagle Saloon und das Hotel, die Gasse, in der der alte Meeks starb, das Büro des Sheriffs und seine Zelle. Vor einem zweistöckigen Gebäude, das einmal ein Hotel gewesen war und in dem Pete manchmal übernachtet hatte, ritt Bowman langsamer vorbei; es war jetzt renoviert und frisch gestrichen und beherbergte die Büroräume der Fitzpatrick-Ranch. Die große Eingangstür ging auf, und Oliver trat heraus, er trug einen Hut auf dem Kopf und knöpfte sich gerade eine lange Winterjacke über seinem Gürtel und seiner Waffe zu. Er stieg auf ein Pferd, das vor dem Gebäude angebunden war, und hob den Kopf. Pete und Bowman folgten seinem Blick. An einem Fenster im ersten Stock, hinter einem gelüpften Vorhang, stand Lylia, aschfahl, wie eine Statue. Oliver senkte den Kopf und ritt mit seinem Bruder und Bowman die Straße hinunter bis zum neuen Hauptplatz und dem Park mit den frisch gepflanzten Bäumen. Drumherum, in strahlender Frische, das Rathaus, die Geschäfte, das Grundbuchamt und das Gerichtsgebäude, vor dem die drei Männer ihre Pferde festbanden.

Lylias Zeugenaussage war schon gemacht, die Akte bereits geschlossen, und so dauerte es nur wenige Minuten, da der Richter Pete die Dokumente nur noch unterschreiben lassen musste. Er überreichte ihm eine mit Siegel versehene Kopie des Urteils und einen Brief, in dem ihm offiziell, vor den Menschen und vor Gott, die Unschuld am Tod des alten Meeks bescheinigt wurde.

Die guten Bürger, die draußen auf sie warteten, maßen diesen Dokumenten so wenig Bedeutung zu wie der Richter. Die Gruppe wurde von Onkel Meeks, dem letzten Vertreter der Bruderschaft, und zweien seiner Söhne angeführt. Unter ihnen waren weitere alte Feinde von Pete aus der Zeit der Faustkämpfe, ehemalige Angestellte, die von der Fitzpatrick-Ranch gefeuert worden waren, und kleine Viehzüchter, die sich zur gleichen Zeit wie sie in der Gegend niedergelassen hatten. Sie waren nicht bewaffnet, in ihren Taschen steckten lediglich Flaschen. Bowman, der Besitzer der Fitzpatrick, sah sie alle nacheinander an. Sie kamen nicht näher, sie wichen nicht zurück. Vor allem mussten sie weiter schweigen. Arthur und die Ferguson-Brüder stiegen aufs Pferd und ritten in die Gruppe hinein, die sich langsam teilte. Die Waage pendelte beständig zwischen Für und Wider. Oliver Ferguson, einer der reichsten Männer der Region, Pete Ferguson, einer der gewalttätigsten, Bowman, einer der härtesten. Es war helllichter Tag, die drei waren bewaffnet, man hatte nicht damit gerechnet, sie schon so bald in der Stadt zu sehen, eine Überraschung. Ein Dutzend Männer blickten ihnen nach, wie sie davonritten, weitere Neugierige standen auf der Schwelle ihrer Haustür, der Richter auf seiner Außentreppe, der Sheriff an seinem Fenster.

Oliver begleitete sie bis zu den letzten Häusern und blieb dann stehen. Bowman überwachte die Straße hinter ihnen. Petes Pferd war so nervös wie er selbst.

»Du und Lylia, ihr solltet auf die Ranch kommen.«

»Mir wird nichts geschehen. Du bist derjenige, der sich hier besser nicht herumtreiben sollte.«

Die beiden Brüder gaben einander die Hand. Pete und Bowman schlugen den Weg zurück zur Ranch ein, Oliver den in die Stadt, um zu Lylia zu gehen. Pete drehte sich um, um ihn am Ende der Straße verschwinden zu sehen, ihn, dessen einziger Schutz vor den Kugeln im Rücken das Geld war, das seine Frau anhäufte, so schnell es nur ging. Pete hätte am liebsten die Türen der Häuser vernagelt und Feuer an die Stadt gelegt.

*

Maria hatte sich an die Kälte gewöhnt, Pete arbeitete, um wieder Leben in seine Muskeln zu bringen. Auch sie ritt mit ihm über die Ländereien der Fitzpatrick-Ranch. Maria, die aus Wäldern kam, in denen es vor Getier nur so wimmelte, hatte noch nie eine so stille Natur gesehen. Der Winter war die Jahreszeit der Ruhe. Die schlafende Natur, das langsamer schlagende Herz, die ihres Saftes beraubten Äste, Landschaften, in denen die Anwesenheit des Menschen zusehends geheimnisvoll erschien.

Auch Maria hatte an Gewicht zugelegt. Sie war seltsam kräftig geworden und verbarg ihren Bauch unter so vielen Kleiderschichten, wie sie nur konnte, bis Pete es bemerkte. An jenem Tag hatte sie gezittert, und ihre Wangen hatten sich gerötet.

»Das hier hält sich besser. Es ist jetzt schon zwei Monate da. Vielleicht mag es die Kälte.«

Sie hatte gelacht, sich aber auch Sorgen gemacht.

Sie schlief mit den Händen auf dem Bauch, bat Pete, nicht allzu viel Holz in den Ofen zu tun. Sobald sie konnte, würde sie im Schnee spazieren gehen.

Weihnachten nahte. Lylia und Oliver kamen aus Carson City, die letzte Reise, die Lylia vor der Geburt unternehmen konnte. Die Zusammenkunft war gleichzeitig auch ein Abschied.

Maria hatte mittlerweile genug Umgang mit diesen Leuten gehabt, um ihre Großzügigkeit annehmen zu können. Außerdem waren ihre Geschenke nicht solche, die den Schenkenden an die Kette legten, sondern völlig uneitel verteilte Gaben von Reichen, und sie konnten alles für ihre Reise gebrauchen. Zwei kräftige, gut dressierte Pferde, die das Brandzeichen der

Fitzpatrick-Ranch trugen, komplett mit Sattelzeug, und einen Lastesel, auch er mit allem Geschirr. Eine Ausrüstung fürs Kochen und Zelten und Lebensmittelreserven für die erste Zeit. Echte Geschenke, denn sie hatten nichts, das sie hätten zurückschenken können.

Das Abendessen war noch trauriger als das nach ihrer Ankunft, aber die Traurigkeit war einfacher zu bannen als die Angst. Sie teilten auch eine gewisse Erleichterung. Wenn Oliver, Lylia und Alexandra zugegen waren, konnte Pete immer noch dafür sorgen, dass ein Zimmer sich zu klein anfühlte. Die Luft um ihn herum wurde dünner, bis man am Ende um sich schlug. Er hatte sich verändert – und war der Gleiche geblieben; war die kleine Indiofrau nicht da, bezweifelte man, dass er sich lange unter Kontrolle haben könnte. Wenn er nicht mehr auf der Flucht war, musste er gehen.

Als es Nacht wurde über dem See, gingen sie mit ihren Decken hinaus, um auf der Terrasse Luft zu schöpfen. Der Himmel war von roten und orangefarbenen Streifen durchschnitten, die letzten gelben Strahlen zeichneten die Linie der Berge nach. Aileen war gekommen, um die Hand von Maria zu ergreifen, die in Xinca mit ihr sprach. Das Mädchen sah ihren Onkel Pete an.

»Was hat sie gesagt?«

»Sie hat gesagt, du seist mutig, ihre Hand zu halten, denn in ihrem Dorf sei sie eine Hexe.«

Aileen betrachtete den Sonnenuntergang und richtete sich auf, sie schien beeindruckt, ließ aber Marias Hand nicht los.

»So ein Unsinn. Es gibt keine Hexen.«

Maria sprach Englisch weiter.

»In meinem Dorf gab es noch eine andere Hexe, die sehr alt war und sehr mächtig. Als ich ein bisschen älter war als du, sagte sie mir, eines Tages würde ich mit einem weißen Prinzen tanzen. Erst glaubte ich ihr nicht, dann hatte ich große Angst.«

Aileen wandte sich wieder zu Pete um. Für sie gab es keinen Zweifel, dass er ein Prinz war, aber sie hatte ihren Onkel noch nie tanzen sehen. Sie zögerte, versuchte, es sich vorzustellen.

»Habt ihr miteinander getanzt?«

»So könnte man das nennen, ja.«

Maria wandte sich Aileen zu.

»Im Palast eines Menschenfressers.«

Das Mädchen ließ die Hand der Indiofrau los und ging zu ihrem Vater. Bowman sagte, am folgenden Tag werde es schönes Wetter geben. Das wussten sie längst, man brauchte nur einen Blick auf den wolkenlosen Himmel zu werfen, aber Bowman hatte diese Worte genau in dem Moment ausgesprochen, als die Stille sie zu ersticken drohte.

*

Auf halbem Weg den Berg hinauf waren sie stehen geblieben, um die Ranch zu betrachten. Auf diese Entfernung sah sie aus wie Kinderspielzeug, das Haus am Ufer, die Scheune, die an den Fels gebaute Hütte, die Pferdekoppeln.

»Weißt du, was er tun wird?«

»Bowman?«

»Er wird in die Plains reiten und Mustangs fangen.«

Maria lächelte.

»Würdest du gerne mit ihm gehen?«

Pete antwortete nicht sogleich.

»Man könnte dort hinten nachsehen, in Richtung Ute-Indianer. Hast du schon einmal eine Herde von Wildpferden gesehen?«

Maria atmete tief die reine Bergluft ein, deren Wirkung auf ihre Lungen sie mittlerweile zu schätzen wusste.

»Na, los dann.«

Als sie sich Carson City näherten, bogen sie ab, denn sie wollten die Stadt lieber auf der nördlichen Seite umgehen. Pete wäre gerne direkt durch die Straßen geritten, statt seine Reise damit zu beginnen, dass er sich versteckte. Maria lachte über seine Dummheit. Er schlug den Kragen im Nacken hoch, und sie ritten nördlich weiter auf die Piste nach Salt Lake City. Je weiter sie kamen, desto besser vernarbte der kleine Kratzer auf seinem Stolz. Im Osten sah er die gelbe Wüste, den Schnee, der am Horizont der Plains verschwand.

»Wir sind merkwürdige Pioniere.«

»Weshalb?«

»Weil wir kein Land suchen.«

»Deserteure haben kein Anrecht auf Land, Gringo. Das ist ihr Lohn.«

Das Ende ihrer Geschichte

Maria und Pete hatten Carson City County im Januar des Jahres 1875 verlassen, mit ihren Pferden und ihrem Maulesel, Lederjacken, Waffen und Munition. In diesem riesigen Äquatorialurwald gab es keinen Ort, an dem sie sich verstecken konnten, man würde dieses unschickliche und verstörende Paar überall finden, nur an einem Ort nicht...
Die erste Etappe ihrer Reise führte sie in die Prärie, nachdem sie Utah, Salt Lake City, die Rocky Mountains und dieses Land aus riesigen Canyons, das der Colorado River geschaffen hatte, hinter sich gelassen hatten. Zum Frühlingsanfang kamen sie in den weiten grünen Grasebenen im Süden des Platte River an. Ein paar Tagesreisen zu Pferd von Lincoln City entfernt, wo schon vor langer Zeit das einer Brand-

stiftung zum Opfer gefallene Land Office wieder aufgebaut worden war.

Maria sprach nur noch Englisch, wenn es nötig war, mit Pete sprach sie Xinca oder Spanisch. Ihrem dicken Bauch erzählte sie von den Göttern ihres Stamms, den Legenden, ihrem Land, den Pyramiden. Petes Entschlossenheit, anderen Menschen aus dem Weg zu gehen, war noch gewachsen. Desgleichen seine Überzeugung, er habe das Recht, Amerikaner zu sein – ein anderer Amerikaner als sein Bruder oder die Meeks' –, und das Recht, sein Land zu hassen, wenn er das wollte.

An einem klaren, nach feuchtem Gras duftenden Morgen nahm Pete einen einzelnen Bison im Zielfernrohr seiner Yellowboy aufs Korn. Maria lag neben ihm auf dem Rücken und betrachtete den Himmel. Sie hatten sich gegen den Wind genähert, waren so nah gekommen, dass sie den Atem des Tieres hören konnten. Sie hatten tagelang die Prärie durchstreift, bis sie auf ihn gestoßen waren.

»Wie viele Jäger sind jetzt gerade auf der Jagd nach dem letzten Bison?«

Pete hatte gelacht.

»Bald wird es nicht einmal mehr welche für die geben, die sie brauchen.«

Sie hatten den Bison zwei Tage und zwei Nächte lang verfolgt, hatten ihn abends gehört, wie er mit lautem Brummen die Herde rief, die er verloren hatte; es war ein junges verirrtes Männchen, schnell, stark und ohne Weibchen. Maria hatte am Vorabend am Feuer zwei Dolche geschärft. Sie hatten sich auf diesen kleinen Felsvorsprung gelegt, und Maria hatte, den Bauch in die Luft gereckt, den Himmel betrachtet, während Pete die Beute anvisierte. Er wartete, dass der Bison den Kopf aus dem Gras hob, sich aufrichtete und in ihre Richtung sah, und schoss ihm zwischen die Augen. Das Tier machte einen Satz auf der Stelle, alle vier Hufe vom Boden gelöst, fiel wieder herab und stand aufrecht, blickte geradeaus, dann kippte sein Kopf nach vorn. Es wurde zu einem Fels inmitten der Gräser, während das Echo des Schusses noch über die Prärie hallte. Der Bison starb, ohne zu wissen, dass er starb.

Die Indiofrau und der Gringo tauchten die scharfen Klingen ins Fell, legten die Muskeln frei und breiteten die Haut, mit der Wolle nach oben gekehrt, auf dem blutbefleckten Gras aus. Dann schnitten sie das Fleisch heraus. Ihre Klingen glitten über alle Sehnen, zwischen alle Knochen und Gelenke, durchtrennten die Wirbel mit der kleinen Axt, zerteilten die Beine, zogen, mit vollen Armen und im Bemühen, sich nicht zu übergeben, die warmen und stinkenden Eingeweide aufs Gras, die sie rund um das Fell verteilten. Wie Ameisen, die Stück für Stück einen Baum auffressen, zerkleinerten sie den Kadaver des Tiers. Maria legte die Stücke so aus, wie Pete es ihr auftrug. Die Fliegen krochen ihnen in den Mund, der Aasgestank verbreitete sich schnell, in der neuen Abendkühle über der Ebene. In der Ferne richteten die Kojoten sich auf, um die Nase in den Wind zu halten, die Geier zelebrierten die Messe, indem sie in einer Spirale über ihren Köpfen kreisten und so der Seele des Bisons einen Tunnel zum Himmel schufen.

Am späten Nachmittag hatten sie ihre Arbeit beendet, die Haare waren blutverklebt, Stiefel, Hose und Hemd von einer Schicht aus Fett, Haaren und kleinen Fleischfetzen bedeckt. Sie entkleideten sich, spülten Hände und Gesicht mit dem Wasser der Feldflaschen und wechselten ihre Kleider. Pete drehte sich eine Zigarette, und sie setzten sich hin und schauten.

Das ausgebreitete Fell war von einem Hexenkreis aus Eingeweiden umgeben, und darüber lag das Fleisch in etwa gleich großen Stücken aufgereiht, sodass sie, dicht an dicht nebeneinandergelegt, ein Viereck aus jeweils sieben Seitenteilen bildeten. Man erkannte einen halben Kopf, eine Keule, eine lange Wirbelsäule, Rippen und Hachsen. Im Gebrumm der Fliegen hatte die nüchterne Sachlichkeit dieser Installation, diese geometrische Rekonstruktion des toten Bisons, etwas Heiliges. Ein Tempel des Absurden, eine Antwort und viele Fragen zugleich, ein verrücktes Zentrum für diese Prärie, in der es keinerlei Orientierungspunkte gab und die ihrer ältesten Bewohner beraubt war.

»Was ist das?«

Pete antwortete Maria auf Englisch: »Das Ende der Eroberung.«

Die Nase noch gesättigt von den Gerüchen des toten Fleisches, klebrig von ihrer Arbeit, legten sie sich ein paar Dutzend Meter von der heiligen Stätte entfernt, an der alle imaginären Pisten der Plains zusammenliefen, zum Schlafen nieder. Es wurde dunkel, und sie machten kein Feuer. Die Pferde wurden unruhig, spürten die Gegenwart der Kojoten, der Wölfe und der Geier, die das Gemetzel angelockt hatte. Maria und Pete hörten die ganze Nacht das Heulen und Kläffen, das Pfeifen der Geier und das Knurren der Wölfe, die Schreie der Tiere, die mit Bissen und Krallenhieben um das Festmahl kämpften. Bis zum Morgengrauen, als die gesättigten Tiere vor der Sonne flohen. Die Geier waren die Letzten. Pete schoss in die Luft, und sie entfernten sich langsam, hüpften im Gras, ohne aufzufliegen, gaben den Blick frei auf die Reste der Fressorgie und zwei ihrer Artgenossen, die die Wölfe gerissen hatten. Die Fleischviertel lagen verstreut, halb aufgefressen, aber man erkannte immer noch den Umriss des Tempels, der jetzt eine Ruine war, das Fell und die Anordnung der Stücke. In der folgenden Nacht würde alles noch einmal von vorne beginnen, bis nur noch die Knochen übrig wären, auf dem braunen Fell in der Sonne trocknend. Auch für die Tiere der Prärie waren die letzten Bisons eine Seltenheit geworden. Dieser hier war ihnen kredenzt worden, ohne dass ein Mensch auch nur den geringsten Nutzen daraus ziehen konnte, es war ein Verlustgeschäft, ein wahrer Akt der Großzügigkeit.

Maria und Pete stiegen wieder in den Sattel und machten sich auf die Suche nach einem Wasserlauf, in dem sie sich waschen konnten.

*

In Omaha, Nebraska, hatten sie den Zug nach Salt Lake City genommen. Sie hatten sich in die Anonymität und den Lärm eines Dritte-Klasse-Waggons geflüchtet. In dieser Geschwindigkeit zu reisen hatte ihnen nicht gefallen, aber dabei sparten sie wenigstens kostbare Zeit. In einem Monat würde Maria ihr Kind bekommen, und wenn sie aus dem Zug stiegen, würden sie nur noch zehn Meilen am Tag zurücklegen können, da sie viel ruhen musste.

Nach elf Jahren in eine amerikanische Stadt zurückzukommen, die sich mitten im Goldrausch befunden hatte, bedeutete, dass man Gefahr lief, sie verlassen vorzufinden. Aber Basin, dieser Marktflecken in Oregon, war noch da, als sie im Juli ankamen. Wenn eine Stadt nicht verschwand, dann sollte sie wachsen, und diese hier hatte sich verdreifacht.

Sie gingen nicht in die Stadt hinein, sondern umrundeten sie und begaben sich zum Friedhof. Von diesem einst abgeschiedenen und wilden Stück Land standen die Häuser jetzt nur noch ein Dutzend Meter entfernt, und um den Friedhof zu verbergen, wurde gerade eine Umfriedungsmauer gebaut. Oliver hatte zwei Jahre zuvor jemanden mit Geld hergeschickt. Der Mann hatte den Auftrag gehabt, die Gräber ihrer Eltern von der Farm hierherzuversetzen. Er hatte per Telegramm eine Nachricht geschickt: Die Farm sei verschwunden und die Gräber auch. Oliver hatte trotzdem darum gebeten, dass eine Grabstelle gekauft und zwei Stelen darauf errichtet würden. Vor diesen zwei Steinen ohne Grabmal kniete Pete mit Maria nieder.

Auf dem ehemaligen Anwesen der Fergusons gab es keine Spur der alten Gebäude mehr. Der verdorrte Obstgarten war eingeebnet worden, der Ort, an dem Pete geboren wurde, war gewachsen, und der Fleck, an dem seine Eltern beerdigt lagen, war jetzt eine Weide. Sie hielten mitten auf dem Feld, auf dem das Haus gestanden hatte, und Pete, der Reste der Hausmauern fand und seine Schritte abzählte, ließ für sie die Farm wiedererstehen. Den Obstgarten, die Umfassungsmauer, über die er mit der alten Stute zu springen versucht hatte, die Stelle, an der er gestürzt war und sich den Arm gebrochen hatte, den Gemüsegarten, den Brunnen und die Scheune.

Sie ruhten sich im warmen Gras aus, wo Oliver und Pete sich als Kinder auf einem kleinen Hügel, der am Nachmittag von der Sonne beschienen wurde, vor dem Alten versteckt und den vorüberziehenden Wolken zugesehen hatten.

Als Maria sich ausgeruht hatte, nahmen sie weiter den Weg, der zum Crooked River führte, ritten an einem kleinen Felsen vorüber, einer Geröllhalde, die steil zum Ufer und dem grauen Wasser abfiel. Peter erzählte Maria die Geschichte von Billy Webb, dessen Namen er eine Zeit lang wie einen Pelz aus

Hass getragen hatte: Billy Webb, der starb, als er den Vätern von Basin seinen Mut beweisen wollte, indem er loszog, um im Reservat von Warm Springs Indianer umzubringen.

Sie folgten dem Fluss bis zum Zulauf des Crooked und des Deschutes River, dann gelangten sie zur Wache des Jackson Trail. Auf den Kieselbänken überquerten sie das erweiterte Flussbett und gelangten ins Reservat. Sie liefen flussaufwärts und ließen sich dabei vom gewundenen Lauf des Shitike Creek leiten und machten halt, bevor sie das Lager der Wasco-, Paiute- und Tenino-Indianer erreichten, rivalisierende Stämme, die von den Weißen auf diesem schmalen Gebiet zusammengepfercht worden waren, aber gelernt hatten, in Frieden miteinander zu leben. Die Welt der Weißen war ihr gemeinsamer Feind geworden.

Der Himmel war gelb, die tief stehende Sonne färbte die Bäume und Gräser golden ein. Die Indiofrau aus Guatemala und der Gringo aus Basin luden die Pferde ab, zündeten ein Feuer an und warteten.

Die Hände auf dem Bauch, die langen schwarzen Haare offen über die Schultern gebreitet, sah Maria die kleine Gruppe mit Gewehren bewaffneter Reiter auf sie zukommen. Sie blieben wenige Meter vor der Frau mit der Haut einer Indianerin und dem Weißen, der aussah wie ein Trapper, stehen. Maria ging auf sie zu und sprach Xinca mit ihnen. Die Paiute sahen einander an. Einer der Krieger antwortete in einer Sprache, die Pete und Maria nicht verstanden. Sie wiederholte: »Wir sind gekommen, um hier zu leben.«

Der Krieger antwortete ihnen, und Pete hörte aufmerksam zu und versuchte, sich die ersten Worte dieser neuen Sprache zu merken.

Dank

Für kleine Anleihen: Dank an Nicolas Jaillet, der aus Mexiko die Geschichte der Guardia blanca mitbrachte – mit seiner Hilfe konnten Pete Ferguson und Reunion in Würde den Rio Grande überqueren. Und Dank an Sébastien Rutés, der den roten Seeigel der Lüge gefunden hat, auch das in Mexiko. Es lebe die Fiktion.

Meinen Dank an die Lektorin Stéfanie Delestré, mit der die Zusammenarbeit sich so wunderbar und fröhlich gestaltete.

Posthumen Dank an zwei Persönlichkeiten für ihre Autobiografien, zwei unglaubliche Lehrstücke unserer Geschichte. Frank Mayer stand mit seinem Werk *Tueur de bisons* unmittelbar Pate für Bob McRae, Vimy und die Prärie der Waldläufer. Der zweite Autor, René Belbenoît, ein ehemaliger

Sträfling, der in Guayana seine Haft verbüßte und sechs Ausbruchsversuche unternahm, verdiente sich seinen Lebensunterhalt mit dem Fang und Verkauf des Blauen Morphofalters und heiratete mitten im Urwald eine Indiofrau, deren Sprache er nicht kannte, bevor er nach Los Angeles kam, um in den Studios von Hollywood zu arbeiten. Seine Geschichte, die ein paar Jahrzehnte nach dieser hier spielt, trägt den Titel *Guillotine sèche* und ist so unglaublich, dass kein Schriftsteller es wagen würde, jemals so etwas zu schreiben. Ein weiteres Hoch auf die Fiktion!

Ich danke unseren Freunden in Guayana, mit denen wir einige Monate verbracht haben, vor allem Mathieu, meinem ältesten Freund auf Erden und Begleiter meiner ersten Abenteuer – die ersten Kapitel von *Äquator* wurden bei ihm in Roura geschrieben, unter dem maschinengewehrartigen Geprassel von Regen auf Wellblech.

Dank an Judy und Craig Johnson in Wyoming und David in Colorado, in deren Zuhause diesem Text die letzten Korrekturen hinzugefügt wurden.

Und schließlich Dank an Abbey – den Teil von Amerika, den man einfach lieben muss – für diese fantastische Reise, die vor zwölf Jahren begann.

Die Originalausgabe erschien 2017 unter dem Titel
»Équateur« bei Éditions Albin Michel, Paris.

Sollte diese Publikation Links auf Webseiten Dritter enthalten,
so übernehmen wir für deren Inhalte keine Haftung,
da wir uns diese nicht zu eigen machen, sondern lediglich auf
deren Stand zum Zeitpunkt der Erstveröffentlichung verweisen.

Verlagsgruppe Random House FSC® N001967

1. Auflage
© 2018 beim C. Bertelsmann Verlag, München,
in der Verlagsgruppe Random House GmbH,
Neumarkter Str. 28, 81673 München
Umschlaggestaltung: www.buerosued.de, München
Satz: Uhl + Massopust, Aalen
Druck und Bindung: GGP Media GmbH, Pößneck
Printed in Germany
ISBN: 978-3-570-10340-1

www.cbertelsmann.de

»Dieser Hybrid aus Kriegsgeschichte, Serienkiller-Krimi und Western gehört zu den mitreißendsten Leseabenteuern des Jahres.«

Spiegel online

Arthur Bowman, einst härtester Söldner der Ostindienkompanie in Birma, verdingt sich als alkohol- und opiumsüchtiger Polizist im viktorianischen London. Die Stadt ächzt unter der Jahrhunderthitze, als Bowman in der Kanalisation eine verstümmelte Leiche entdeckt – und des Mordes verdächtigt wird. Denn der Tote trägt Narben wie er, Folge der Folter in Birma. Als Jäger und Gejagter bricht er auf, den Mörder zu finden. Die Suche führt ihn in den Wilden Westen, wo weitere bestialische Morde geschehen. Ein Wettlauf mit der Zeit beginnt…